故事会

2004·1

(总第310—313期)

合订本

上海文艺出版社

图书在版编目(CIP)数据

《故事会》2004 年合订本.1/《故事会》编辑部编.
上海：上海文艺出版社，2004
ISBN 7-5321-2678-1

Ⅰ.故... Ⅱ.故... Ⅲ.故事-作品集-中国-当代 Ⅳ.Ⅰ247.8

中国版本图书馆 CIP 数据核字(2004)第 020392 号

责任编辑：鲍　放
封面设计：李宝强

故事会 2004 年合订本 1
(总第 310—313 期)
《故事会》编辑部　编
上海文艺出版社出版、发行
地址：上海绍兴路 74 号
电子信箱：gushihui@263.net
网址：www.slcm.com
商务印书馆上海印刷股份有限公司印制
开本 787×1092　1/32　印张 12　字数 280,000
2004 年 3 月第 1 版　2005 年 2 月第 3 次印刷
印数：48,001—54,100 册
ISBN 7-5321-2678-1/Ⅰ·2084　定价：10.00 元

告读者：如发现本书有质量问题请与印刷厂质量科联系
T：021—56628900

总目录

·笑话·

《奇招》等14则 …………………………… 唐　晶等 (1上) 4

《专业顾问》等15则 ………………………… 李　华等 (1下) 4

《想睡觉了》等15则 ………………………… 陈春森等 (2上) 4

《什么毛病》等15则 ………………………… 杨　畅等 (2下) 4

·我的故事·

老宅子里的脚步声 …………………………… 陶谨慎 (1上) 8

座位问题 ……………………………………… 谢元清 (1下)17

销售高手 ……………………………………… 彭晓风 (2上) 8

漂泊路上 ……………………………………… 红　叶 (2下) 9

·点击网络故事·

让我爱一次 …………………………………………… (1上)11

洗澡 …………………………………………… 张国新 (2上)50

·百姓话题·

三个母亲的故事 ……………………………… 武爱民等 (1上)17

短信息，爱你又恨你 ………………………… 蒋英姿等 (2上)17

·中国新传说·

中国结 ………………………………………… 张　宇 (1上)25

爱吹口哨的男人 ……………………………… 侯淑芝 (1上)27

1

治怪病 ……………………………	尹全生	(1上) 29
给我说话的权利 …………………	一　冰	(1上) 32
隐藏的财富 ………………………	杨学利	(1上) 40
让良心说话 ………………………	张国心	(1上) 55
10只礼品兔 ………………………	苏景义	(1下) 19
抢劫没有发生 ……………………	李金华	(1下) 24
撞死一头象 ………………………	张　眉	(1下) 26
10年的心债 ………………………	刘　膺	(1下) 29
吃喝有讲究 ………………………	吴　为	(1下) 31
为争一口气 ………………………	钱　岩	(1下) 34
特别的启事 ………………………	杨　格	(2上) 24
老王的新房子 ……………………	民　子	(2上) 27
租树坑 ……………………………	张东兴	(2上) 30
想抱就抱 …………………………	徐　洋	(2上) 32
空钱包里有什么 …………………	林贤安	(2上) 35
智取卧铺 …………………………	程应峰	(2上) 43
中国地图 …………………………	刘春山	(2下) 17
司机的梦 …………………………	韩进林	(2下) 19
一双男人鞋 ………………………	吴庆安	(2下) 23
的哥上夜班 ………………………	于　于	(2下) 32
祸从狗起 …………………………	张长公	(2下) 34
天国之约 …………………………	周远河	(2下) 36
恨你不容易 ………………………	邢　东	(2下) 38
两个喷嚏 …………………………	宾　澜	(2下) 41

· 传闻逸事 ·

神指王 ……………………………	左　手	(1上) 34

米粉杀人	夏 沨	(1下) 56
戏迷	荣 庆	(2下) 30

·16岁故事·

一双美丽的大眼睛	马敬福	(1上) 36
检查视力	洪振坚	(1上) 82
无泪的天空	张晓峰	(2下) 12

·外国文学故事鉴赏·

生死官司	傅 辕	(1上) 43
蛛丝马迹	陈秋生	(1下) 37
专业水平	李 唐	(2上) 46
一幅镂刻版画	李 丹	(2下) 52

·民间故事金库·

谁救了小姐	刘晓东	(1上) 46
商人不爱钱	于永军	(1下) 44
请小媳妇就座	钢 凝	(1下) 47
碰到的财富	叶 子	(2上) 52
错走一步	孙庆章	(2下) 44
棋呆	王洪震	(2下) 49

·东方夜谈·

卖不出去的裘皮大衣	崔新三	(1上) 49
电话那边怎么啦	徐 彦	(1上) 53
看不见的男人	王东生	(1下) 49
超时空网恋	花 剑	(2上) 11
请多关照	叶敬之	(2上) 55
人眼看狗低	张开山	(2上) 84
魔鬼乐队	梁洪涛	(2下) 59

| 找替身 | 林　火 | (2下)62 |

· 谈古说今 ·

| 师兄师弟 | 赵　欣 | (1上)59 |
| 一块铜板断终身 | 张国华 | (2上)60 |

· 情节 ABC ·

张博士的智商	老　三	(1上)63
张博士的智商（结尾部分）		(1下)80
借碗头	邵　健	(2上)58
借碗头（结尾部分）		(2下)80

· 中篇故事 ·

今晚的月亮哭了	冰　儿	(1上)66
步步紧逼	耿忠民	(1下)65
绿茵场上的阴影	李滋民	(2上)65
八百里风云	国　鹰	(2下)68

· 情节聚焦 ·

走进"死穴"	丁　健	(1上)82
救命钥匙	肖公法	(1下)63
女人想要什么	王　远	(2上)87

· 3分钟典藏故事 ·

《幸福可以拉长》等4则		(1上)84
《少走弯路》等4则		(1下)41
《酒和砖头》等4则		(2上)82
《密电的价值》等5则		(2下)65

· 幽默世界 ·

| 《本地的蚊子》等7则 | 王双成等 | (1上)87 |
| 《婚礼录象》等5则 | 刘六良等 | (1下)84 |

4

《人情债》等5则 ………………………………… 叶 飘等 (2上) 89
《形象的比喻》等9则 ……………………………… 李建平等 (2下) 82

·悬念故事·
家花和野花 …………………………………………… 式 森 (1下) 9
一块钱的古董 ………………………………………… 宗 伦 (1下) 12
给美女洗澡 …………………………………………… 曲凡杰 (1下) 14
电话上的花招 ………………………………………… 郑开慧 (2下) 63

·情感故事·
漫漫风雪路 …………………………………………… 黑 子 (1下) 53
妈妈抱着我 …………………………………………… 芦宏伟 (2上) 40
无法寄出的月饼 ……………………………………… 廖 钧 (2上) 44
60岁的浪漫 …………………………………………… 路一歌 (2下) 56

·哲理故事·
痛苦的命运 …………………………………………… 王中云 (1下) 60
分汤方案 ……………………………………………… 郑学伟 (2下) 29

·海外故事·
20年前的收据 ………………………………………… 黎 庶 (1下) 91
鱼竿 …………………………………………………… 建 霖 (2上) 37
最后一枚筹码 ………………………………………… 王 晖 (2下) 90

·阿P系列幽默故事·
和局长亲密接触 ……………………………………… 王国龙 (2下) 26

·漫画故事·
各有妙招 ……………………………………………………… (1上) 15
老母鸡变鸭 …………………………………………………… (1下) 11
特技 …………………………………………………………… (2上) 15
试探 …………………………………………………………… (2下) 89

·快乐辞典·
.... (1上) 65、(1下) 55
.... (2上) 64、(2下) 8
·小白信箱·
.... (1上) 94、(2上) 86
·本刊信息传真·
.... (1上) 15、24、83
.... (1下) 15、30、40、52、59、90
.... (2上) 15、23、26、39、54、64、88
.... (2下) 11、28、31、33、48、83、94
"80万元读者大奖"活动信息
"掌上灵通杯优秀作品月月评"等
.... (1上) 28、58、65
.... (1下) 28、62、80
.... (2上) 34、51、59
.... (2下) 22、58、80

故事会

二〇〇四年第一期
上半月刊·红版

青春读本

——感动中学生的 100 个故事

这是我国第一部由中学生全选、推选和评选而成的作品集。它来自全国各地的中学生之手，是从数万件推荐作品中，大浪淘沙，筛选出一千来份，然后又特邀上海市的几所重点中学的同学们组成"读书会"，依其多数同学的公认，最后才集镌了这 100 个故事。

据先睹为快的同学们坦言，读了这些作品，才知道什么叫轻松阅读，体会到愉快教育的真正魅力；因为它不但使人学会了感动，而且还让人在感动中留下生命的暗记；用不着逐字逐句地诵读，这些故事已完全潜入了意识领地，在需要的时候喷薄而出。

当然对于其他读者来说，看这些作品，一方面，可以了解我们中学生到底喜欢什么样的作品，另一方面，也可以从中探究他们的心理世界和价值取向。

定价：15 元；邮购电话：021-64716466；汇款地址：上海市市南绍兴路 74 号上海文艺出版社邮购部；邮编：200020。

* *

滴水藏海

——300 个 3 分钟典藏故事

我们常有这样的生活经验：有时，想说出一番道理容易，而想让人接受这番道理则难，但如果你借助一个精彩的故事来述说道理，借事寓理，托事言志，情况则完全改观。

这就是故事的魅力。

本书收录的 300 则作品正是这样魅力洋溢的精彩故事。这些故事内容精深，构思精巧，篇幅精短，形式精致。学者撰文，教师授课，干部讲话，家长训导，学生作文，都可从中得心应手地广征博引，如同置一架书橱于身边。

本书会是你的良师益友。

定价：12 元；邮购电话：021-64716466；汇款地址：上海市市南绍兴路 74 号上海文艺出版社邮购部；邮编：200020。

310

2004 1月
SEMIMONTHLY 上半月刊 STORIES

笑话14则 ………… 唐 晶等	4
我的故事	
老宅子里的脚步声 …… 陶谨慎	8
点击网络故事 让我爱一次	11
漫画故事	15
百姓话题 三个母亲的故事 … 武爱民等	17
中国新传说	
中国结 ……………… 张 宇	25
爱吹口哨的男人 …… 侯淑芝	27
治怪病 …………… 尹全生	29
给我说话的权利 …… 一 冰	32
隐藏的财富 ………… 杨学利	40
让良心说话 ………… 张国心	55
传闻逸事 神指王 …… 左 手	34
16岁故事	
一双美丽的大眼睛 …… 马敬福	36
外国文学故事鉴赏	
生死官司 …………… 傅 辕	43
民间故事金库 谁救了小姐 … 刘晓东	46
东方夜谈	
卖不出去的裘皮大衣 …… 崔新三	49
电话那边怎么啦 …… 徐 彦	53
谈古论今 师兄师弟 …… 赵 欣	59
情节ABC 张博士的智商 … 老 三	63
快乐辞典	65
中篇故事 今晚的月亮哭了 … 冰 儿	66
情节聚焦 走进"死穴" …… 丁 健	82
3分钟典藏故事	84
幽默世界	
《本地的蚊子》等7则 …… 王双成等	87
小白信箱	94
本刊信息传真 ………… 15、24、83
"80万元读者大奖"活动信息	
"'掌上灵通杯'优秀作品月月评"等 … 28、58、65

故事会

2004年1月
上半月刊·红版

主编：何承伟
副主编：吴 伦

社务委员会
何承伟 吴 伦 姚自豪
夏一鸣 冯 杰 张 凯
本期责任编辑：姚自豪
美术编辑：李宝强
发稿编辑：
夏一鸣 蔓 石
鲍 放 梁宁宁
潇 白 马 峡
主管：上海市新闻出版局
主办：上海文艺出版总社
（上海市绍兴路74号）
邮政编码：200020
电话：021—64375030
出版发行：《故事会》出版发行部
（上海市建国西路384弄11号甲）
邮政编码：200031
电话：021—64313938
广告总代理：上海文艺广告传播中心
上海市绍兴路74号（邮编：200020）
广告总监：张 淮
广告业务：021—34010383
广告投诉：021—64333738
广告经营许可证
沪工商广字3101034000029号
国外发行：中国图书贸易总公司
印刷：河南瑞光印务公司
发行：洛阳市报刊发行局
本刊封面、内文彩页采用晨鸣纸业铜版纸
封面图片由Corbis／达志影像提供

本刊各栏目欢迎来稿。来稿寄上海市绍兴路74号《故事会》杂志社，邮编：200020，请在信封上注明"×
×栏目"收；本期责任编辑E-mail地址：yaotongzhi@163.com

·笑话·

奇招

有位顾客走进一家小商店买砂糖,售货员打开了一个罐子,顾客见罐子上贴着"胡椒粉"的标签,就说:"我是来买砂糖的。""这就是砂糖。""可上面写着'胡椒粉'呀!""那是骗骗蚂蚁的。"

(唐　晶)

早作规划

杰克有两个儿子,他不幸在一次车祸中被轧去了一只手,为此,保险公司付给他一笔保险费,他将这钱用作大儿子结婚的费用。

在大儿子的结婚仪式上,小儿子在杰克耳边轻声说:"爸爸,您该替我想想了,我结婚的钱怎么筹措呢?"

(庄志荣)

(本栏插图:李　加)

思维不一

民航飞机在飞行的途中出现了机械故障,一个乘客见情况危急,迅速地拿起了降落伞包,另一个乘客很有绅士风度地说:"喂,飞机上还有女士呢!"

拿了降落伞包的男士听了嗤之以鼻:"你这个家伙,都什么时候了,还想那事!"

(陈抗美)

高规格

一位外商到一个山村考察,村主任指示文书说:"考察完后要给县广播站写篇稿,规格要高。"

于是文书在考察结束后就这样写道:"……村党政首脑、会计、文书和其他高级官员都参加了会见,宾主进行了亲切友好的谈话,同时就双边关系交换了意见,最后,双方还就当前国际形势发表了看法……"

(辛　峰)

笑声像顶链围绕着我们的年华。——迪奥普

· 笑口常开 轻松一刻 ·

深刻检讨

小军和小强在自习课上打架,老师要他俩作出深刻检讨,否则不准放学。

小军就认真地写了起来:"其实我现在也挺后悔的,小强的爸爸是电力局长,如果他爸爸因此而生气的话,就会给学校断电,那我们就会在漆黑的教室里学习,个个熬成近视眼……"

小强写得也很深刻:"经老师提醒,我才意识到这件事的严重性,我不该忘了小军的爸爸是坦克团长,把他惹毛了,他肯定会派出大批坦克包围我们的学校,而且会在我们毫无抵抗力的情况下向我们发射炮弹,我们不仅害了自己,还会连累老师和学校的领导……"

(封雨馨)

谁的官大

儿子:"爸爸,你和妈妈谁的官大?"

父亲:"傻孩子,当然是爸爸的官大啦!爸爸在乡下可是个镇长,你妈虽在县城,可只是个秘书而已。"

儿子:"可是爸爸每次都是自己开着摩托车回家,而妈妈连晚上出去玩都有叔叔开小车来接!"

(潘昌和)

打基础

年轻的猴子开了一个糖果专卖店,引得百兽纷纷来解馋。老猴子不解地问:"按说咱们该经营水果才对呀!"年轻猴子说:"爹,请注意,我现在正在攻读口腔专业!"

(杜立宪)

专业用语

老王和邻居挖了一口井,解决了水的问题,谁知第二天老王到井边一看,井上多了一块木板,板上加了一把锁,还写着八个字:"板权所有,翻板必纠。"

老王一生气,就把井边水桶的底卸了下来,扔到了井里,又在桶上写了八个字:"如有类桶,纯属巧合。"

(律 师)

故事会 2004年1月号红版 5

笑话·

兽王认输

有只老虎饿极了,老远看见一只刺猬仰面躺着晒太阳,老虎以为是一堆肉,就扑上去猛咬了一口,立刻鲜血淋漓,疼痛不已。老虎撒腿就跑,路过一片栗子林,刚好一颗浑身带刺的栗子掉到了地上,老虎心惊胆战地对栗子说:"公子放兄弟一马吧,刚才碰到令尊多有冒犯,我知罪啦!"

(杨 明)

血本有归

一个生意人,有三个孩子,一天,大儿子走进办公室,说:"我女朋友怀孕了,要2万块钱去堕胎。"老爸忍痛舍钱,大笔一挥,帮儿子解决了。

接着,二儿子来了,他的脸色比上次哥哥的脸色更难看,他说:"昨天我和邻家女孩……被她父亲抓到了,要付5万块遮羞费……"老爸大笔一挥,也帮二儿子解决了。

正在这时,女儿哭着走了进来,说:"老爸,我怀孕了。"

老爸立刻眉飞色舞:"还是女儿好,这下连本带利全收回来了!"

(仲 飙)

沾点光

宣传科干事小李经常向外投稿,科长沾名钓誉,每次都要想方设法在小李的稿子上署上自己的大名。有一次,小李又要寄稿了,科长说:"怎么,不想让我沾点光啦?"

小李连忙辩解:"这次是一篇散文。""散文怎么啦?"他也没看文章,一定要小李署上名字。

等文章发表出来一看,科长顿时叫苦不迭:那文章的题目是《怀念亡妻》……

(赵 跃)

虽然只是一句笑话,智者从中得到教益。——萨迪

炊事团长

敌军的侦察部队遭到了游击队的伏击,指挥官独自逃了回去,他怕上司责怪,就信口开河:"报告军座,我们遭遇了敌人的主力,几乎全军覆没。"

敌军长大发雷霆:"胡说,这里怎么会有敌人的主力呢?"

指挥官信誓旦旦地说:"绝对是真的,我还亲手打死了他们的一个炊事团长呢!"

"什么,他们做饭的级别这么高?"

"是呀,做饭的都有一个团,你想他们该有多少人呀!"

(孙新峰)

担 忧

两个人在议论电视中广告的插播问题。

甲:以前都是一集电视播完后才播广告,现在倒好,每当电视剧到了紧要关头就插播广告了,有的在一集中连续插播几次。

乙:这倒没什么,只怕……

甲:还怕什么?

乙:只怕他们赚钱赚狠了,干脆播的全是广告,中间才插播一点电视剧!

(郑仙平)

再来一遍

两口子吵了很久,邻居进来劝架,丈夫平时很要面子,便掩饰道:"我老婆要演一个小品,有一场吵架的戏,我在帮着她排演。"

邻居不相信,委婉地说:"这不太像吧?"

丈夫马上对妻子说:"我说你没激情,不投入吧,瞧,连邻居都看着不像,咱们再来一遍!"

(钱伟业)

·我的故事·

老宅子里的脚步声

□陶谨慎

黄山归来不观岳,这话赞美的是黄山景色的奇美,就是这么一句话,把我们三个大学生折腾得神魂颠倒,竟鬼使神差地偷偷结伴直奔黄山。

在芜湖长途汽车站转车时,我的两个同伴"盐水鸭"和"蚊子"突然发现刚才在车上已被扒手洗劫了,身份证、钱这几样最要命的东西全被偷去,我的警惕性高,将300元钱放在夹克的内口袋里,还将书包紧紧地抱在胸前,使扒手无法下手,总算给我们三个人留下了最后一点"活动经费","盐水鸭"苦笑着说:"不然的话,我们只好沿途乞讨回学校了。""蚊子"哭丧着脸说:"沿途乞讨?那要走到猴年马月?何况我们这次出来又没有向系里请假……"

三个人一路上嘀咕着,虽然心情有点不痛快,这也没什么,就算是玩一次"生存游戏"吧,再说,还没到山穷水尽的地步呢!

汽车到达一个小县城时,天已黑了,车子又出了点故障,司机要我们在县城歇一个晚上,明天早上七点准时发车。我们这三个大学生下车后,顾不上吃饭,直接去找旅馆。

眼下正是清明过后,是黄山的旅

8　我们并不关心看得见的事物,而是关心看不见的事物。　——《新约全书》

游旺季，我们跑了几家旅馆后才发现在这里过夜完全是一个错误：所有旅馆的床位都被人包下了！没办法，我们只好步行去县城附近的乡下找一个私人小店歇歇脚。我们遇上了一个好心的大嫂，她领我们到一个老太太的住处去，在路上，那大嫂说，这老太太解放前是一个国民党团长的老婆，现在是一个孤寡老人。

我们到了一个老宅子，见到了那个老太太，一打量，见她一副挺精明的样子，两只眼睛时不时地滴溜溜转，手上的烟一支接一支地抽着。那热心的大嫂帮我们说了不少好话，和老太太讲好了价钱，住一个晚上30块钱，这价钱虽然对我们来说是一笔不小的开支，但在黄山这么个地方，这绝对是便宜的了。大嫂把我们安顿好后就走了，老太太把我们领到了一个还算干净的房间，房间很大，有两张床，三个人挤一夜，没问题。

当天晚上，我们就在这老宅子里住下了，吃完晚饭，我们开始洗脚，那老太太没走开，她捡起地上一张我们扔掉的废报纸，坐在一旁翻着看，一边看报纸，一边眼睛直盯着我们，好像是在监视似的，直到我们一个劲地催促，她才哼哼哈哈地离去。

为了预防不测，我们没有关灯，100w的灯泡照得房间亮晃晃的。"盐水鸭"先睡着了，接着"蚊子"也打起了呼噜，我虽有倦意，但怎么也睡不着，总觉得今天晚上会有什么事情发生。我正这么想着，突然，"咚咚咚"有人敲门，我连忙下床，开门一看，正是那个老太太，她的眼珠子滴溜溜地往屋内扫了一圈，我不耐烦地问："干什么？""不干什么。"老太太说着就缩回了头。

我不满地嘀咕着："神经病，没事敲什么门！"我再一想，总觉得今晚的情形有点怪异，我把"盐水鸭"叫醒了，说："我总觉得今晚有点不对劲，这老太太贼头贼脑的，不像是个好人，刚才又突然来敲门，莫非是来看看我们有什么动静？这会不会是一家黑店？如果是这样的话，我猜想，这屋子外面的黑暗处，必定隐藏着虎

·我的故事·

视眈眈、正待下手的歹徒!"

这时"蚊子"也被惊醒了,他和"盐水鸭"听我这么一说,禁不住脸色都变了,可他俩也说不出什么对付的办法来,唉,只好见机行事了……

我的床是靠窗的,躺下后还是睡不着,加上屋内的灯光贼亮贼亮的,刺得我难以闭眼。我把盖在身上的夹克一把扯了过来,放到了枕旁,那口袋里还放着剩下的300元钱,要是被人摸去,后果不堪设想……

正在这时,我感觉到好像有人在窗外轻轻地走动,我竖起耳朵细细分辨着,千真万确,是有人穿着胶鞋走动的声音,"咔、嚓""咔、嚓",听那声音,好像是有人正轻轻地挪动着脚步,向我床边的那个窗口走来。我顿时毛骨悚然,眯着眼向窗口望去,这是一扇旧式的格子窗,窗上嵌着六块彩色玻璃,最下面的一块缺了一大半,完全够一个人将手、刀、棍子什么的伸进来!

脚步声越来越近,虽然很轻,但在这寂静的半夜,听起来却是如此沉重,如此令人恐怖……

脚步声在我的窗前停住了,一片沉静,除了"盐水鸭"和"蚊子"有节奏的呼吸声外,一切声音都已消失,好像大难临头似的。我的额头上早已满是汗水,手心里湿漉漉的,喉头感到很干涩,想轻轻地咳一下,但又怕惊动了窗外那人。窗外那人会是谁?是那老太太,还是她手下的什么"蒙面人"?要知道她以前可是国民党团长的老婆呀,说不定还有枪呢!

我再次将视线慢慢地移向窗口,窗外漆黑一片,但借着屋内的光,透过那缺了一大块玻璃的窗洞,可以清楚地看到窗外正站着一个黑影,接着,黑影伸出了手,慢慢地从玻璃窗洞里伸了进来……

这是一只枯枝一般的手,像一只鹰爪,这只干枯的手越伸越长,然后向右伸去,正向我枕边那件放着钱的夹克伸去,这下我可急死了,豁出去了,过来吧,过来吧,只要你这手一碰到我那件夹克,我就会立刻跳起,然后把这只枯爪子一把抓住,死死扣住,像折断甘蔗那样在膝盖上"喀嚓"一下,然后再喊醒"盐水鸭"和"蚊子"……

但是那只枯手没有向放钱的夹克摸去,而是在墙上乱摸,那黑影摸呀摸的,终于摸到了一根线,然后使劲一拉,"啪嗒",天花板上那只100w的灯泡熄灭了,屋内顿时一片漆黑,那只枯手慢慢缩回,窗外传来轻轻的嘀咕声:"电费可涨了……"她正是那个神秘的老太太!

"咔、嚓""咔、嚓",窗外又响起了胶鞋的走动声,越走越远……

(本篇月月评短信代码:0101,详见P58) (**题图、插图**:张 侁)

·点击网络故事·

让我爱一次

□ 钟小丽　供稿

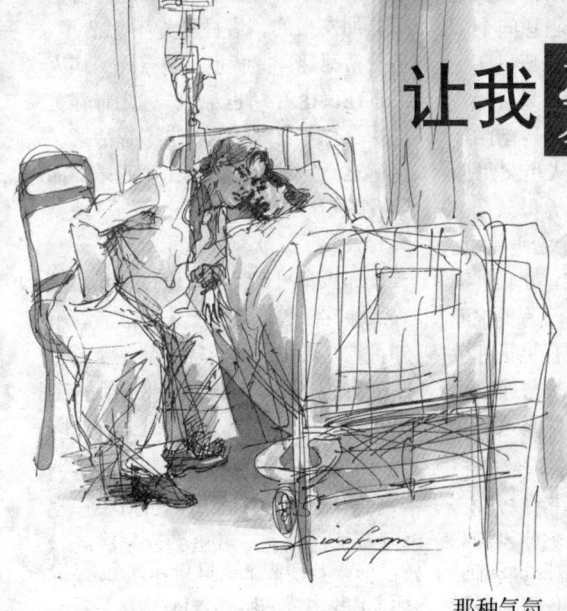

病房里来了位绝代美女

我是到那家医院实习的,想不到会遇到她:一个将使我的灵魂在以后的大半辈子里永远不得安宁的女人!那天是一群人把她送到急诊室的,重大车祸,因颈椎严重受损,脖子以下很可能永远不能动了,永远瘫痪了,她几乎就成了一堆废物。我在她的病历卡上看到:1980年5月生,只二十多岁,可上天就剥夺了她一生欢笑奔跃的权利,更何况她是那么的美,美得就像是从蜡像馆里走出来的一位绝代美女。她没有家属,她竟然是个孤儿!

一天,我去查房时问旁边病床上的人:"有人来看她吗?""有啊,几个女的,来了也不说话,默默对坐着,然后就走了,那种气氛,比死了人还惨!"

我因而也就更加怜惜她,对她备加关怀,可她冰冷的面孔始终没有改变……这样又过了一些日子,有一天早上,我走到她的床边时,她灰黯的眼神中闪出了一点亮光,她说话了,声音很微弱,我就低身附耳过去。

她说:"请你亲亲我。"

我吓了一跳,病房里的所有病人和家属没有听到她说的话,可都看到了我这个实习医师仓皇逃离的窘相。她在以后每天都和我说这句话,弄得我十分狼狈,我既不能弃她不顾,更不能接受这个绝对违背医德的要求,我毕竟是个宣誓过的医生呀!

·点击网络故事·

我不能这样做，但我还是按捺不住好奇心想问个明白。有一天晚上，病房里恰巧只剩她一个患者，护士在打瞌睡，只有我在值班。我坐到了她的床边，她幽幽地诉说了她伤痛的一生：从小父母双亡，被养父母长期虐待，养母又企图把她嫁（其实是卖）给一个智障男子。她高中一毕业就急着离家，她心脏不好，半工半读很艰难，又因为美貌而常受男子骚扰，因而对所有男子都敬而远之，一心一意工作，只想挣够了钱去环游世界，再也不想回到这个令她伤心的地方……

"现在什么都不可能了，我这一生，想得到的都没有得到，甚至每一个人都会有的爱情……"她沉沉地叹了口气，"求求你亲亲我，我不会告诉任何人的，我只会感激你一辈子，就算为我的二十二岁生日，好吗？"

我仍然摇头，缓步离去，又不忍心而回头时，看见她满脸泪水。这一夜我失眠了，一闭上眼睛就是她苍白的容颜，渐失血色的朱唇轻启："请亲亲我，求你了……"

我用眼睛告诉她：我答应你

这以后她不再开口，只是一见到我就流泪，连病人和护士都察觉有异，大家一看到她流泪就转头看我，我虽然什么也没做，却羞愧得无地自容。她床头的一瓶百合花枯了，已经好久没有人来看她了，好像是她自己不要朋友来的，看样子她不想活了，护士帮她翻身擦背也不肯合作。病人们也在议论着："也难怪，这么青春美丽，没有人爱，要是我也不想活了。"

这一句话像铁锤重击了我矛盾而彷徨的心：如果真的答应亲她，她就算有人爱了、就算爱过了吗？

那天夜里，我独自值班，我像一头焦躁的野兽在走廊上来回踱步，不知不觉，走到了她的病房前。今天有两个病人出院了，病房里只有她一个人，我推开了房门，走了进去，原以为她熟睡着，谁知道还醒着，泪光闪闪，一双眼睛直看着我，好像是在等我答应什么。

我艰难地吞了口口水，没有说话，但我用我的眼睛告诉了她："我答应你，亲你……"

她点了点头，第一次，也是最后一次在她脸上看到了笑意，像一池春水缓缓荡开的涟漪……我俯下身去，我滚烫滚烫的嘴终于触碰到了她那冷冷的惨白的唇，她像是被强烈地撼动了，两只手臂想使劲箍着我却又无法动弹，但我分明感觉到她的指甲深深地掐入了我的背部肌肤。借着从百叶窗透射进来的月光，我看着她，她真美，美得就像电视慢镜头里慢慢开放的一朵花，一朵脆弱、易碎的小白花……

此刻躺在我身子底下的，是一名

脖子以下完全瘫痪的女子，这名命运悲惨的女子正在从我的身上抓取人生仅有的、最后的幸福，对此，我能拒绝吗？我能仅仅满足她"亲一亲"的要求吗？那天夜里，我做的比原先想的多……当我出门时，我听到了她轻微的却宛如巨雷轰鸣般的一声低语："谢谢你。"

第二天，我一整天东晃西晃的，故意避开她的病房不去，可还是在走廊上让小护士叫住了："那位小姐找你。""谁？哪位小姐？""还能有哪一位？一看到你就哭的那一位呀！你到底是怎么欺负人家了？"

什么欺负？是她自愿的！可这话我能说出口吗？我狠狠瞪了小护士一眼，匆匆走进了她的病房，她看到了我，要我低身下来，我回头看看病房里没别人，就俯身下去，她说得很轻，却如同霹雷炸地……

现在已经是你死我活的局面

她冷冷地说："我要告你强暴！"

我像是触到了高压电似的跳了起来，以为她在开玩笑，一看，不像！

"没错，你会说我是自愿的，但你有证据吗？没有！就算我愿意，你也不能这么做呀，哪有医生和病人在病房里苟合的？何况我现在告你强暴，你的事业、前途全完了……"

她还是那么美丽，说这些威胁的话时也没有龇牙咧嘴，但我却一下子冷到了脚底心，我强装镇定地问："你有什么证据？"

"我当然有证据！你看看后面那个停电照明灯，你不觉得多了一个小黑点吗？没错，那是针孔摄影机，你和我……你强暴我的过程全都录了下来，当然不是我安装的，我一个人怎么取下你的精液做证据？这些证据还不够吗？"

仙人跳！没想到人家是有备而来

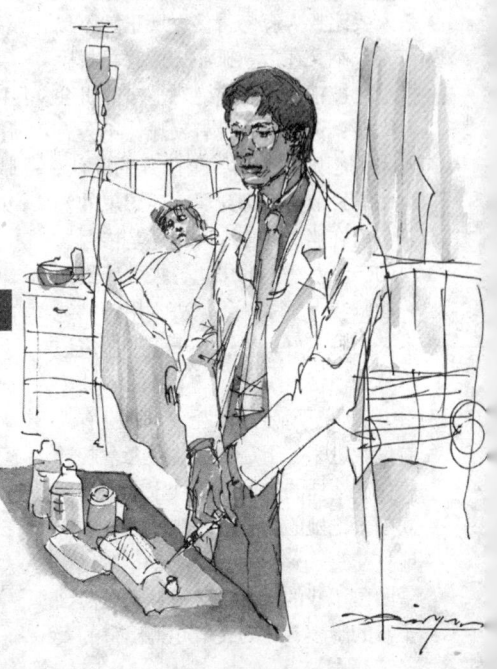

·点击网络故事·

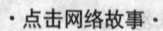

的,我真是太傻了!现在的女人也太歹毒了,想到自己的前程将毁于一旦,下场甚至比全残的她还惨,我悔恨交加,我当场双膝跪地……

"不必求我,我要的不是你的钱,钱对我没有用处,我只是不甘心自己的一生就这样完了,我要得到爱,所以要抓一个来陪葬,只怪你运气不好。我的要求只有一个,娶我,明媒正娶!要不……哈哈哈……"她狞笑着,就像是一个吸足了血的女鬼……

我知道,现在已经是你死我活的局面,必须先下手做了她,反正医师杀人要比救人容易得多,反正她不仁在先我不义在后,孤注一掷、寻找生机总比被指控强暴、绝对坐牢的机会大得多;再说,她没有家属,不会有人来关心她的死因,至于她的同伙,树倒猢狲散,人都死了,还想怎的?

就在当天晚上,月光还是惨白惨白的。我站在她的床边,来见她最后一面。我考虑了一下,决定用钾,她本来心脏不好,忽然死于心脏病应该不算奇怪吧?

我再三确定附近无人,也没有人看见我进来,于是就戴着手套拿起针筒,在她挂的点滴瓶的软木塞上,把立刻会让她的心脏停止跳动的钾缓缓地打了进去……她忽然睁开了眼睛,看明白了我的动作,又把目光转回到了我的脸上,她的表情变得出奇的柔和,就像昨天晚上一样,喃喃着:"谢谢你……"

点滴瓶里的液体仍在一滴一滴地进入她的身体,我翻开了她床下的包裹,里面只有她进院时的一套衣服,墙上的停电照明灯我也拆下看了,根本没有什么针孔摄影机;而值班柜台上的会客记录本我也查了,除了刚住院的几天,已经好久没人来看她了,一切的所谓录像、存证、要告我强暴的陷阱,都是她编造出来的……

点滴瓶里的液体还在流着,她的声音已经越来越微弱:"这样的人生,我不想继续,可又没办法自杀,只有靠你了,你是好人,不这样你不会下手……"说着,她的头忽然往旁边一歪,满头黑发也随之往一边披散,盖住了半边雪白的脸庞,只露出一只眼睛,定定地注视着我,就像被按了"停止"键似的不动了……

"我是好人?我是好人吗?我救不了一个人,却去杀了一个人,我杀的人反而说我是好人……"我喃喃地念着,走出了医院大楼,外面没有人,只有满地冷冷的月光……

(本篇月月评短信代码:0102)

(题图、插图:俞晓夫)

"点击网络故事"是《故事会》上半月刊(红版)的一个新栏目,希望读者能喜欢。欢迎读者、作者向我们推荐精彩的网络作品。这类网络作品由于某些原因有时无法和原作者联系,请原作者能主动和我们联系,以便支付稿酬。

各有妙招 （文：穆剑峰；图：枫 叶）

·漫画故事·

1. 三个暴发户聚在一起，他们都想炫耀一下自己的富有，但又不好意思明说……

2. 王经理突然抬起了手腕，亮出了金光闪闪的手表："哎呀，现在已经十二点啦！"

3. 刘老板忙把戴着六颗宝石戒指的双手伸了出来："听说二位会看手相，吃饭前请先给我看看！"

4. 李工头赶忙张开镶满金牙的大嘴说："怎么又要去吃饭？我早上吃的龙虾还卡在牙缝里呢！"

经典图书《话说中国》出版了

世界品牌期刊在编好刊物的同时，几乎每年都推出能代表自己文化追求的品牌图书，以回报长期关心、支持刊物的读者。他们能做到，《故事会》为什么不能？

历经6年，这本大型故事体的历史百科全书《话说中国》终于和读者见面了，这不仅是《故事会》的骄傲，也是《故事会》读者的骄傲！世界大刊美国《读者文摘》抢在其他同行之前，买下海外版权。该书的魅力究竟何在？

第一册：《创世在东方》（全彩300面，定价：68元）；第二册：《诗经里的世界》（全彩229面，定价：59元）
开本均为大16开

故事文本的感性冲击和知识短文的理性概括相互弥补；文字和图片互相交融，图书、杂志、网络等全新的编辑手法超常而融洽地汇集一体，使这本大书既可以从头看起，又可以从任何一页读起。在中国，目前还没有这样一部既有价值和品位，又充满现代编辑手法、适合大众阅读的历史百科全书。

每一个中国人都为中国拥有5000年的文明史而感到骄傲，我们深信，读过历史的人和没有读过历史的人是不一样的。可喜的是这本书创造了一个让中国大众尤其是青年学生轻松愉快地走进历史文化大门的机会。

《故事会》读者只要来信提出购书的要求，并写明您的姓名、年龄、职业与地址，前2000名幸运读者将收到一本精美的《话说中国》简介及优惠购书券。来信请寄：上海绍兴路74号上海文艺出版社读者俱乐部收，邮编：200020。

[故事会爱好者丛书]
百姓话题故事(1)(2)

《故事会》编辑部编
32开　5.00元（每种）

　　本书所列的百姓话题有三十个之多，诸如话说"当官的"、话说"发财"、话说"球迷"、话说"妻子"、话说"打工"等等，每一个话题都以一种朴实亲切的叙述方式，通过一则则情节性强、生动有趣的小故事揭示问题，形象地道出老百姓要说的心里话。都是老百姓自己讲述的故事，都是讲述老百姓自己的故事。

[故事会爱好者丛书]
名作故事

《故事会》编辑部编
32开　5.00元

　　汇集了经过精心修改包括美、英、法、德、日、俄等国名家大师的作品，其情节或紧张奇特，或真切动情，或谐趣幽默，或荒唐却耐人寻味，既简练明朗，又保持了原作之精华。

[故事会爱好者丛书]
笑话故事

《故事会》编辑部编
32开　5.00元

　　是从《故事会》十几年来的作品中遴选出来的笑话精品，共600余则，全方位地折射了社会、艺术和人生，作品趣味盎然，回味无穷。

[故事会爱好者丛书]
谜案故事

《故事会》编辑部编
32开　5.00元

　　收入的90则作品都是世界著名谜案故事，主人公除了名侦探福尔摩斯外，还有怪盗英雄、强悍警察、著名律师等等，他们八仙过海，各显神通，是一本谜案故事的精萃之作。

邮购电话：021-64716466；汇款地址：上海市市南绍兴路74号上海文艺出版社邮购部（免邮费）；邮编：200020。

说大事、小事,普通人的身边事
讲闲话、实话,老百姓的心里话

三个母亲的故事

有一个传说是这么讲的:

上帝在创造人间的"母亲"时,花了好多时间。到了第六天时,仆人忍不住问上帝:"您为什么在她身上花这么多时间呢?"上帝说:人间的母亲,她具有站立起来就不会弯曲的膝部关节;她靠残羹剩饭就能生活,她拥有能够迅速医治创伤和疾病的亲吻,从骨折到失恋都能治愈;她有6双手,3双眼睛,她的眼睛能透过紧闭的房门洞察一切,当孩子们有了过失或麻烦时,她的眼睛能够看着他们,而不必开口就能表达这样的意思:"我理解并且爱你……"

仆人听上帝这么说,感到十分的吃惊,他想不到上帝为人间创造的"母亲"竟会是这样的神奇和伟大。仆人用手轻轻抚摸着上帝创造的"母亲"的脸庞,突然,他看到"母亲"的脸颊上渗出了一滴晶莹的水珠,就对上帝说:"您看,这儿渗水了!"

上帝走上前去,用手指轻轻蘸起了那滴闪闪的水珠,说:"这不是渗水,这是泪珠……"

……

今天,我就来讲三个母亲的故事……

百姓话题

第一个故事：

师傅，这儿卖热茶水吗

这年高考，第七中学做了考场，考试头天早晨，学校门口人头济济，全是考生和家长。学校对面有一个小店，夏天天气热，小店的生意格外好，不到一个钟头，3箱矿泉水都卖空了。这小店的店主叫老何，他见生意这么好，乐得合不上嘴，正忙活着，忽听外面传来一个妇女的喊声："小强，醒醒，快醒醒！"

老何探头一看，只见有个学生正靠着一棵树哈欠连天，看样子是昨晚没休息好，一旁站着一个妇女，想必是他的妈。这妇女见儿子精神不振，朝四处张望了一阵，立刻朝老何的小店跑了过来，见了老何就喊道："师傅，这儿卖热茶水吗？"

老何这店卖茶叶，但不卖茶水。那妇女看到了老何放在柜台里自用的暖水瓶，便用恳求的口气说："这样吧，师傅，我从您这儿买茶叶，顺便借用一点开水可以吗？我们家小强喝茶水喝惯了，没茶水喝就打不起精神来，本当今天来时把东西带得齐齐的，谁知他全丢在出租车上了……"

老何明白了，现在的父母哪，为孩子真是操碎了心，瞧，连喝什么水都要讲究一下！他爽快地答应了，妇女递给老何两张百元大钞，说："来一两上好的铁观音，两瓶矿泉水。"

嗬，可真够摆谱的，茶叶都买得这么好！可老何又奇怪了：既然她儿子想喝茶水，干吗又要买矿泉水呢？他正这么想着，却见妇女把两瓶矿泉水的瓶盖旋开，出了门，对着下水道"咕咚咕咚"把矿泉水倒完了，然后回来，把空瓶子往柜台上一放，往瓶里各放了一撮茶叶，又向老何借了个水漏斗，提起暖瓶，这才把两瓶水灌满了。也就在这时，铃声响了，考生要进教室了，妇女忽然又紧张起来，跑出门拉着儿子的手，说话也有些语无伦次了："小强，别紧张，一定别紧张，啊？好好考，认真点儿！渴了就喝茶，这茶你爱喝的……"

小强紧紧咬着嘴唇，点了点头，然后接过那两瓶发烫的茶水，扭头向考场走去。小强的妈妈这才长长地松了一口气，回头向老何道了谢，走了。

高考过去了，老何很快就把这件事忘了。第二年高考来临时，小店的生意还是像往年一样，十分红火。考试的头一天，老何哼着小曲正忙活着，忽然听到了一个妇女的喊声："师傅，这儿卖热茶水吗？"

老何一愣，听着这声音有点耳熟，抬头一看，果然是她——小强的妈妈！一年过去，她变化很大，头发有些乱，额头的皱纹也多了不少。这个时候见到她，不用说，肯定是她的

18 做父母就意味着完全肯定人的生命。——米兰·昆德拉

儿子小强去年高考失利了，这次只好再考。可是，去年把茶水忘在出租车上，今年怎么又没带？

老何见小强的妈正盯着自己，便利索地称好了茶叶，备好了矿泉水、暖瓶、漏斗，接着，小强的妈就自个儿按着去年的法子泡茶灌水了。

这天就这么过去了，不料第二天早晨，差不多的时间，小强的妈又到了店里，还是那句话："师傅，这儿卖热茶水吗？"这下老何感到奇怪了：天下还有这么爱自找麻烦的人？他边称茶叶边问："大姐，有句话我不知道当说不当说，您天天到我这儿现沏茶水，干吗不从家带呢？"

"我们家小强说这儿的茶水好喝，所以我就到这儿来了。"

老何听了，鼻子酸酸的，唉，可怜天下父母心哪！

三天过去后，学校门口又恢复了安静，小强的妈也不再来店里了。

时间过得真快，一晃又过去了一年，又到了高考的时候，这天早晨，老何又一次听到了那个熟悉的声音："师傅，这儿卖热茶水吗？"老何听了心头一怔，这么说，小强去年还是没考上？这可是第三年了，他可以想象得到，小强的妈面对儿子一次次的失败，心里该有多难受。

老何还是像以往那样将几样东西放到了柜台上，等小强的妈沏好热茶，拿着灌了茶水的瓶子走出门后，老何忽然产生了一个念头，想去看看小强现在怎么样了。他跟了出来，只见小强的妈走到一棵树前，把瓶里的茶水全浇在树底下，老何在一边都看糊涂了！这时，从一旁走来一个男人，那人一把拉住了小强妈的胳膊，说道："你咋又来这儿了？走，快跟我回家！"

老何走了上去，问："你……你是小强的爸爸？"那男人微微点了点头。老何又问："小强怎么样了？今年又来高考了？"

那男人叹了口气，半天才说："小强他……前年没考上大学，上吊

了……这以后他妈妈就精神失常了,每年到这时候都要犯几回病。"

那男人拉着小强的妈走了,老何朝小强妈刚才倒水的地方看了看,他猛然记起:这棵树正是前年高考时小强打盹的地方……

第二个故事:

娘在天堂为儿子祈求平安

小林子是在一家煤矿打工的,腊月二十三这天,他在井下挖了一天煤,晚上从井里爬出来,连脸也没顾得洗,匆忙扒了几口饭,便顶着刺骨的寒风,朝五里外的县城赶去。前两天,他给娘寄去了1000块钱,让娘过年和看病用,这会儿急着往县城赶,是因为荒郊野外的小煤窑上没有公用电话,他想去县城给娘打个电话,问娘钱收到没有,另外还想告诉娘,今年冬天他们这里特别冷,城里人用煤多,煤矿任务重,他也想多挣几个钱,所以不打算回家过年了。打完电话,他还得赶回来下井加夜班呢。

小林子到了县城,天已经黑透了,好像还要下雪。他来到街上,找到了电话亭,快步上前,插好IC卡,捧着话筒,拨通了家里的电话,而且接电话的正是他娘,小林子激动地喊了几声"娘",他说:"娘……我前两天给你寄去的钱,你收到没有?"可娘只在电话里说了两个字:"收……到……"说着就没了声音……

小林子的心一下子揪了起来:娘体弱多病,从这两个微弱的字音里,他似乎预感到了什么,他对着话筒拼命地叫喊:"娘,娘,娘……"可电话筒里传来的只是忙音。小林子又一连拨了两遍电话,可电话还是没人接,情况已经很明白,娘肯定是出事了,他六神无主,搓手跺脚地干着急,越想越不敢想,越想越害怕。

这时候,不知不觉飘起了小雪花,天空乌黑乌黑的。小林子抬头望望天,知道天色不早了,上夜班的时间早就过了,矿友们这会儿正在百米深的井下辛苦地挖着煤呢。小林子知道误了工会被工头责罚,可娘的安危更使他的心难以安宁呀!娘究竟怎么样了?为了便于和他联系,半年前家里就安装了一部来电显示电话,小林子想:家里人看到来电显示,一定往这里再打电话的,他不住地念叨着:"再等等……再等等……"忽然,一阵刺耳的电话铃声猛地响起,小林子不顾一切地扑向电话亭,一把抓起了电话筒:"娘,娘,娘……"

电话里传来了他姐姐的哭声:"小弟,娘……真的……好想你,她刚才听到你的声音后,一激动……就不行了,医生说,娘……血压突然上升,破了脑血管,娘……不行了……"

·街谈巷议 说长道短·

说,儿行千里母担忧,是远隔千里的娘和我这做儿的心心相印。如果娘好好的,我打完电话肯定会赶回来下井……是娘拖延了我下井的时间,是她老人家今夜救了她的儿呀!"小林子蹲在雪地里抱头痛哭……

第三个故事:
这个老板娘图的是啥

小林子冲着话筒哭叫着:"娘啊,娘……"知道了娘的死讯后,小林子一路哭着,在漫天飘雪的旷野里,深一脚,浅一脚,一路奔跑,他准备回矿山收拾收拾东西,连夜启程,准备回去最后一次看看娘。到了矿上已是深夜了,却见好些人四处跑着,大哭小嚎的,小林子正纳闷着,一个黑影跑过来一把拽住了他,他回头一看,是工头"地老鼠",那工头显得惊恐万分,说:"你小子跑哪去了?你知道不知道,井下瓦斯爆炸了!"

"什么?瓦斯爆炸?"

工头瞪着牛眼,说:"加夜班的人刚下去屁大工夫瓦斯就爆炸了,唉,看样子没一个活的,你……你逃过了一劫,天意,天意呀!"

小林子感慨而又伤心地说:"人

一天晚上,月黑星稀,货车司机老吴开着一辆庞大的五十铃,正在刘家嘴村的盘山路上爬着。这地方,山坡就像刀劈斧削一般陡峭凶险,黑灯瞎火地跑这样的山道,那真是玩命的活计,要不是货主催死催活,一再加价,要老吴把这批货一早运到省城,他才不想冒这个险哪!

货车开着开着,终于开到了刘家嘴村的村道上,再打个弯,那就是国道了,就在这时,车前突然跳出一个拦车的女人,约莫三十来岁,摇着一块花头巾,吆喝着:"停车!停车!"

老吴走南闯北的,拉客的路边店见得多了,不过半夜三更的还这么不顾死活地拦车,还真他妈的敬业!那娘们说,她这店是新开的,铺盖和灶间都是新的,她是让人算了时辰,就挑在这时候选个贵人做第一笔生

意，这就算开张了。老吴一听觉得挺新奇的，再说，肚子倒也真是饿了，于是说道："我急着要赶路，要一碗蛋炒饭，别的啥也不要！"

老板娘"哎""哎"地答应着，把老吴领到了她的"家园客店"。老板娘热情殷勤，不大一会儿工夫，就把一大盆蛋炒饭端了上来，老吴二话没说，狼吞虎咽地把一大盆蛋炒饭吃了个精光，刚想掏钱，老板娘一把按住了他的胳膊："大哥，看你面相，就知道是个贵人，您别急着走，您先到床上热乎乎地歇一歇，有您这份福气留在这床上，咱这小店必定开张三年旺，鬼神不敢挡！"

老吴自然明白这"歇歇"是啥意思，他一把推开了老板娘的手，硬是掏出了钱包："老板娘，我打开天窗说亮话了，我这兜里，就只剩二十块钱了，还不够在这住一夜的开销，我可不想亏了你！"说着，老吴从钱包里抽出了一张十元的票子……

老板娘听着便叹了口气，把票子推了回去："大哥，你倒是看轻我了！我是存心交你这个朋友，告诉你，今儿你在我这床上躺一躺，让我这小店沾沾你的贵气，吃的、喝的、住的，我一分钱都不要你的，怎么样？"

老吴一听呆住了：什么，不收一分钱？天底下有这样的好事？说实在的，这一路奔波，他也真想歇歇脚、养养神，这么一想，他就说道："老板娘，我在你这里，最多躺半个小时，马上走人，我有正事，耽误不得！"

老板娘笑嘻嘻地说："大哥，放心吧，保证耽误不了你的事！"

于是老吴就跟着老板娘上楼，也就在这时，他看到楼下一个房间的门帘儿一挑，一个水灵灵的姑娘在门口探了探头，又马上缩回，老吴心里一个"咯噔"：她是谁呢？

进了二楼房间，果真像老板娘说的，铺盖什么的都是新的，还有一块狗皮褥子。老吴舒舒服服地躺下，美滋滋地伸了个懒腰，说："这里没事了，你走吧。"老板

子女使父母的劳苦变甜蜜，但也使他们的不幸更苦涩。——费·培根

娘有点吞吞吐吐、忸忸怩怩的,她说:"你急啥,我陪你说说闲话么!"说着,她坐到了床沿上,脸涨得红红的,模样有点怪怪的,她说:"大哥,我和你遇见,也是缘分……"说着,她伸手麻利地把外衣脱了,露出了水绿色的内褂,"哧溜"一下,钻进了老吴的被窝。

老吴一看,慌了,来不及穿衣,只穿了条裤衩就跳下了床,他气恼了,对着老板娘就扯开了大嗓门:"老板娘,我们干司机的,这年头里犯糊涂的有,但好人还是多呀,'十个司机九个嫖,还有一个在动摇',那是糟蹋我们的昏话!"老板娘望着站在床边的这条汉子,眼睛里有点迷茫了,裹着被子微微打着抖儿。

老吴又走近了一步,说:"老板娘,你们这村子就在国道旁,我们开车的,你们开店的,我们大家都揣着良心做人,这国道上就干净了,安宁了……"老吴说着,从钱包里掏出了仅有的二十块钱,先把一张十块的钞票"啪"地甩在桌上:"这是蛋炒饭的钱!"接着他又甩出了第二张:"这是在你床上歇息的钱!现在你马上出去,出去!"

老板娘被老吴一阵子话说得脸红耳赤的,她没拿桌上的钱,也没说一句话,默默地穿好衣服,离开了房间。老板娘走后,老吴犯嘀咕了,他怎么也想不明白这老板娘到底图的是啥!

而且已经和她明了了,口袋里只有二十块钱,她还心甘情愿地做这事?

老吴没心思再在床上躺着,穿好衣服下了楼,走出大门,跳上了货车的驾驶室,正要发动车子,却听见有人在敲驾驶室的玻璃窗,老吴一看,是一个十八九岁的姑娘,再一瞧,就是刚才他上楼时看到的那个水灵灵的妹子,这妹子眼睛大大的,嘴巴翘翘的,皮肤白白的,长得真美,但稚气未脱,她说:"叔,求你个事……"

老吴问啥事,她说她是老板娘的女儿,她大伯给她在省城的一家公司里说好了一个经理助理的职位,因为要这个职位的人太多,去晚了怕误事,所以要连夜赶到省城。

老吴一听,二话没说,就让姑娘上了车。这时,车窗外黑平平的一片,只有车灯的光在山道上晃动着。那姑娘坐在副驾驶座上,一路上"叽叽咕咕"不停地说着话,老吴听着笑了:"姑娘,你这嘴巴就像百灵鸟,是跟你妈学的吧?"

姑娘也笑了:"我妈说,司机跑夜路容易瞌睡,她要我跟你多说话,你脑子醒着,就不会出事了。"

老吴听了一阵子感动,他想了想,又问:"不过,这么黑灯瞎火的,你跟着我这么个大男人,跑这么远的路,你妈怎么就放心呢?"

姑娘沉默了好久,说:"这国道线

百姓话题

上是常出事,抢劫的,强奸的,我妈是不放心,但我大伯催得紧嘛,我妈说,大姑娘家跳出山窝窝捧个城里的饭碗,这不容易,非得办成这事不可……我妈还说,她有办法,能让我一路平安地进城。"

老吴问道:"她有啥办法?"

"她没告诉我。"姑娘歪着脑袋说,"不过,我妈刚才告诉我,说你是好人,让我放心地跟你上路。"

老吴一听,什么都明白了,心头不由得一阵辛酸:姑娘,你有一个多么好的母亲呀!

这故事的结局是圆满的:老吴在第二天的一大早把这个老板娘的女儿安然无恙地送到了省城……

"师傅,这儿卖热茶水吗"作者:武爱民(本篇月月评短信代码:0103);"娘在天堂为儿子祈求平安"作者:李树林(本篇月月评短信代码:0104);"这个老板娘图的是啥"作者:安 峰(本篇月月评短信代码:0105)。

下期话题:短消息,爱你又恨你

(题图、插图:王申生)

《解读〈故事会〉》

一本揭示 故事会 40年发展历程的传记

欢迎邮购 欢迎评说

亲爱的读者,为体现与时俱进、求实创新的办刊思想,本刊在《故事会》创刊40年之际,特推出《解读〈故事会〉:一本中国期刊的神话》一书。关于《故事会》这本杂志,你可能有过这样那样的疑问:为什么《故事会》能几十年长盛不衰?高考满分作文与读《故事会》有什么关系?为什么卖《故事会》杂志就能赚钱?办《故事会》的人是不是特别有智慧?为什么著名作家陈忠实说"《故事会》是一大奇迹,写小说的作家可以得到启示"……看完这本书,相信你会揭开所有的谜底。

《解读〈故事会〉》由上海社会科学院出版社出版,定价34元。欢迎读者邮购,邮费免收。汇款请寄上海市绍兴路74号《故事会》杂志社收,邮编:200020。同时也欢迎读者评头论足,本刊将在有关"信箱"中选发部分读者的来信。

醉后方知酒浓,爱过方知情重。 ——林清玄

· 中国新传说 ·

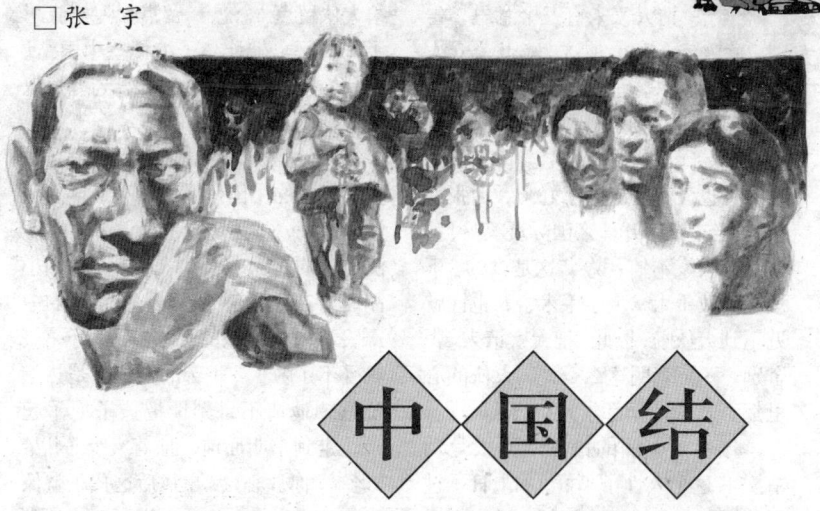

□ 张 宇

中 国 结

李明是个普通工人，脾气暴躁，人缘不好，这次生病住院，据说连自己车间的人都没去看他。在李明出院的第二天，厂子里有二十多人莫名其妙地接到了他发的请柬，请柬上内容千篇一律：恭请某某先生（女士）下班后到车间会议室聚会。接到请柬的大部分是李明的冤家对头……

李明这葫芦里到底卖的什么药？大张和小胡以前跟李明打过架，接到请柬时，当场就撕了，但下班后两人走到厂门口，大张说："到家也没事，不如看看去。"于是两人又转身返回，到了车间会议室，只见坐得满满的，今天的李明脸刮得亮光光的，西装领带，像模像样的，坐在主席的位子上。

李明因为人缘不好，平素很少与人来往，四十多岁的人，连个班组长也没混上，老婆离了婚，家里还有一个弱智的孩子，日子过得紧巴巴的。

桌子上，摆着水果、瓜子、糖，像个茶话会。

这时，李明拿起面前的一张写着几行字的纸，像平时书记、厂长在这里作报告那样说了起来："今天，大伙能来，我谢谢各位了！"李明说着，站起身来双手抱拳，脸上带着微笑。

小胡一听，"扑哧"笑了，他对身旁的大张说："这家伙犯啥邪了？是不是想当官想疯了，把咱们叫来过过官瘾？"

大张没答话，却听见李明接着

·中国新传说·

说:"我这人不会讲话,我请大家来有三个意思,告别、道歉、送礼。"他这么一说,众人全都目瞪口呆,正在发愣,又听李明说:"我得了直肠癌,是晚期……"

一屋子的人惊呆了,会议室里一点声音也没有。沉默了好久,大张说道:"老李,你开什么国际玩笑呀!"李明见大家不信,说:"这是真的,下个礼拜做手术,上了手术台,也许就见不到大伙啦,因此,把大家请来,告个别……"李明这么一说,大伙的心里都不是味,全都没开口。

接着,李明的语气变得很是动情:"我这个人性子不好,加上日子过得不顺心,心情一直不好,过去得罪过大家,现在想起来很后悔,如果现在再不向大家道歉,以后肯定就没有机会了。"说到这儿,李明眼睛湿润、声音哽咽,他站起来向大家深深地鞠了一躬……

看到这情景,大家心里酸酸的,大张站起来,声音抖抖地说:"老李,拌句嘴算个啥呀?谁也没当回事呀!"有人抽泣起来,那是几个女同志:"你这是干啥呀!大家在一起,哪有勺子不碰碗的?老李,你这是何苦呢?"

李明笑了,说:"大伙这么宽宏大量,我李明心领了……小兰子,进来。"随着李明一声唤,他那个弱智的女儿小兰子怀里抱着一摞"中国结"走了进来。

李明站在桌前说:"人走了,总得给大伙留点'念想',留点啥呢?我想了好几天,就让孩子编了些中国结。来,孩子,你把这些中国结送给叔叔阿姨吧。"

小兰子开始给大家送,每个人在接过大红的中国结时,都不由自主地站了起来,神色庄重地接过了这一份沉甸甸的礼物。小兰子走到大张和小胡面前,小胡接过中国结,"哇"的一声哭了:"操他妈的,这是啥事呀……我受不了啦!"一旁的大张也是热泪盈眶,他情不自禁地把孩子抱了起来,走到李明面前,扯着大嗓子说:"老李,你放心,从今往后这孩子就像我的孩子一样,啥也别说了,啥也别说了……"

李明挂着微笑,连连向大家说"谢谢",一边说,一边"吧嗒""吧嗒"地淌着泪珠……

李明在手术后的第十天,离开了人世,李明死后,因为小兰子有妈,不算孤儿,不能送孤儿院,只好由大张他们各家轮流照顾,可这也不是个长法,大张有个姨是弱智学校的副校长,联系好了,但一年得八千多元,为了小兰子上学,三天后,在工厂的大礼堂里举行了规模空前的募捐活动,会场的正中悬挂着一个巨大的中国结……

(本篇月月评短信代码:0106)

(题图:罗培元)

26 万物都会消亡,但善行长存。——英国谚语

爱吹口哨的男人

□侯淑芝

最近,老孙有点怪怪的,每天跑厕所的次数明显增多,科室里的几个年轻人奇怪了:老孙是咋的啦?

这天,老孙清早上班,一放下公文包就往厕所跑,小王冲几个人扮了个鬼脸,蹑手蹑脚地跟了过去,他站在厕所门口,把耳朵贴着听,嗨,怪了,这老孙竟在里面吹着口哨呢!那声音,就像是哄小孩撒尿那样。大伙你望我、我看你的,都不知道老孙这葫芦里卖的是啥药。

小王憋不住了,一推门就闯了进去,老孙正蹲着,一见他,立刻像被黄蜂蜇了一样,"噌"地一下站了起来,脸涨得像猪肝一样,他结结巴巴地说:"你……你这人……进来怎么不先敲门?"

小王伶牙俐齿,一开口就像连珠炮:"都是男人,你怕什么?老孙,你说你到底是咋回事?上厕所还吹口哨?刚才你是大便还是小便了?小便为什么还蹲着?"

老孙一听,哭丧着脸央求着:"哎,大兄弟,求你了,你就别问了,下班哥请你吃饭……"

小王看着老孙可怜兮兮的样子,满腹狐疑地点了点头。

下班后,老孙给老婆打了个电话,推说单位加班,吃饭不用等他,就和小王一起进了餐馆。

喝了几杯酒后,小王就迫不及待地开口问道:"说吧,咋回事?有什么难言之隐哥们给你担着!"

老孙叹了口气,沉默了好久才说:"唉,难以启齿呀!实话实说吧,

故事会 2004年1月号红版 27

"80万元读者大奖"活动之 1
2004年《故事会》"开门红"读者有奖阅读

为回报社会各界对《故事会》的厚爱，编辑部决定举办2004年《故事会》"开门红"读者有奖阅读活动，具体规则如下：

1、编辑部将在2004年1月号上半月（红版）、下半月（绿版），2月号上半月（红版）、下半月（绿版）每期刊登一枚幸运标记，读者凡集齐这4枚幸运标记（复印无效），剪下后即可一起寄回本刊参加抽奖。

2、本次活动共设奖金14万元，其中：一等奖50名，各奖摩托罗拉手机一台（或奖金1000元）；二等奖100名，各获奖金600元；三等奖200名，各获价值100元的书籍；阅读奖1000名，各奖《故事会》丛书2本。

另两项活动见P58、P65。

这一段时间，我真怀疑自己到底是不是男人了！"

小王一听，惊奇得瞪大了眼："有这么严重？到底是啥事？"

老孙红着脸，耷拉着脑袋说："小王，你上午都看见了，我现在和女人一样，不蹲下去就尿不出来，蹲下去后不吹口哨也尿不出来……"

小王急了："我的妈呀，这算啥事呀！老孙你慢慢说！"

老孙红着脸，吞吞吐吐说了起来："还不都是那套新房惹的祸……"

老孙是半年前搬进新房的，他老婆在卧室里铺了很高级的地毯，而卫生间又离得远，到那去就要穿过客厅、厨房和餐厅，而他老孙每晚看电视时总要一杯一杯地喝茶，躺到床上后要折腾好几回，每上一趟卫生间都要绕来绕去地走好多路，烦透了，后来老孙就买了一个大痰盂放在卧室里，他老婆说，在卧室里方便必须和她一样——蹲着！为啥？怕弄脏了地毯！你们想想，老孙一个大老爷们，是蹲着尿的人吗？头几天，蹲下去就尿不出来，到底还是他老婆有招，她说："你就吹口哨吧，你儿子尿尿时不是一吹口哨就行了吗？"老孙一试，还真怪，只要口哨一吹，事就成了！

说到这儿，老孙苦笑着说："现在呀，我落下一身毛病啦，不怕你笑话，不吹口哨还真的尿不了呢！"

老孙的话，把小王逗得哭笑不得："唉，现在的男人怎么啦？连尿尿都不会啦？"

（本篇月月评短信代码：0107）

（题图：张　亮）

治怪病

□尹全生

老何退休后，一个偶然的机缘认识了老江，两人渐渐成了关系密切的棋友，只要不是雨雪天气，每天下午他们都要来到汉江边，围着石桌坐下，品茶对弈。一天，两人对弈时来了个观棋的中年看客，这看客在一旁指指点点、评头论足，老何感到讨厌，指责看客多嘴，看客不觉得理亏，反而争吵起来，老江见此情景，忙岔开了话题，对那看客说："先生，你近来是不是感到身体不适？"

看客见老江并无恶意，摇头答道："我身体好好的，没什么不舒服。"

老江让那看客伸出舌头，端详一番后又说："你的肠胃有毛病，快到医院检查检查。"

看客怀疑老江是想支开自己，但再呆在这里也没趣，所以也就哼哼哈哈地走了。两位老先生又下了一盘棋，然后双双回家。途中，他们看到有人倒在地上，捧着肚子呼爹叫娘，走近一看，正是刚才看棋的那人，围观者中有好心人，便将那人送到了附近医院。后来得知，那汉子是胃穿孔出血，因手术及时脱离了危险。老何听说后觉得非常奇怪。

真正让老何对老江刮目相看的，那是发生在半月后的一件事，当时两人照例在江边下棋，老江说："老何，我估计你肾脏有疾，到医院查查吧。"

老何年近七十，但身体健康，常常自吹"我是七十岁的人，三十岁的心脏"，他对老江的话将信将疑，可第二天还是去了医院。这一检查，还真查出了肾结石！不过结石刚刚形成，人还没有什么感觉。这一下老何对老

· 中国新传说 ·

江可佩服得五体投地了,问他退休前是哪个医院的医生,老江笑着说:"我一生虚度,哪敢称医!"

其实,老江的祖上世代行医,名气很大,他父亲的医术更是精深,可父亲一生坎坷,临死前嘱咐老江:从此不要行医。老江自幼受中医世家环境熏陶,酷爱医道,当时已经从中医学院毕业,可他遵从父亲嘱咐,当了一名和医道毫不相干的小学教师。退休后跟随女儿来到这县城颐养天年,可他的身世在这里无人知晓。

老江越是否认自己是个医生,老何越是觉得老江医术渊博。一天,老何带着自己的宝贝孙子来到老江面前,他的孙子从财经学院毕业后回到本县,在一个企业任职,没想到市组织部门来县城考察干部,认为老何的孙子符合破格提拔条件,一纸调令将他调到市财政局任办公室主任,孙子飞黄腾达,光宗耀祖,老何自然乐不可支,但他又为即将远行赴任的孙子担心,于是就带来给老江瞧瞧,为的是一旦有潜在隐疾,也好趁早医治。

老江碍于情面,不好推托,只得从命,他在老何孙子的脸上抚摸了起来,当手掌摸到下巴时,稍微停顿了一下,接着闭了眼睛自言自语:"天地阴阳,风寒暑热,各因其人体气以受病,各因其地时气以致疾。人生一小天地,日月之食难免,但只要本体强健,日损月缺转瞬便可复明。"

老何听了这话一头雾水,但也不好再问,只得作罢。

老何的孙子赴任后仕途得意,两年后就升任副局长,传言再过三两年便可接任局长,不料就在这时,老何的孙子得了个不大不小的病:下巴上长了个良性瘤子,到医院治疗时,医生动手术割了瘤子,不料被割去瘤子的地方,不久又长出了瘤子!如此割了长、长了割,天南海北跑了不少大医院,骨头也刮了一层又一层,不但

30 荣耀的地位会改变人的品行。——普鲁塔克

·大千世界 众生百相·

没有根治，反而成了骨坏死，孙子张嘴吃饭都很困难了。人到了这份上，不能吃喝，不能讲话，整日求医住院，怎么再当领导？偏偏就在这时单位里对干部进行民主测评，老何的孙子就被"撸"了下来，失势的凤凰不如鸡，没过多久，单位里又搞精简机构，老何的孙子成了精简对象，不得已又回到了小县城的一个小企业。

孙子落到这般田地，老何起初只是心里难过，后来就把气出到了老江的头上，不是么？孙子赴任前，凭老江这么高的医道，为什么没看出孙子体内潜在的疾患？再细细回忆，老何就想到了老江抚摸孙子时的动作：他的手掌曾在孙子的下巴上停留过，孙子的怪病，是不是这老家伙有意做的手脚？老何想当面问问清楚，但又觉得证据不足，两人无冤无仇的，情理上也说不通；就这样不了了之吧，老何又觉得心里憋气，就因为这，老何心存芥蒂，就不和老江喝茶对弈了。

没过多久，老江也知道了老何孙子的情况，就把自己亲手配制的中药、膏药带给了老何。说奇也真是奇：老何的孙子自从用了老江的药，病情竟然渐渐好转，两个月后，连骨坏死的症状都消失了，老何在敬佩老江医术的同时，又打骨子里痛恨他：我和你前世无仇后世无冤，即使我孙子的怪病不是你的手脚，那么，你为什么不早点明明白白地说明病情而要毁

我孙子的前程？你不该直到今天才出手相助呀！因此，孙子痊愈后，老何也没有向老江表示感谢，老江打电话来询问，他也只是随便搪塞几句，谢绝见面。

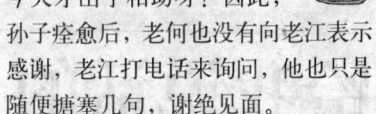

一年过后，老何孙子的继任者，因贪污受贿东窗事发，被判了死刑，消息传来，老何惊出了一身冷汗，把事情前前后后联系起来这么一想，他突然明白过来了，这天，他买了份贵重礼物，诚惶诚恐地去拜见老江。

见到老江，老何心里的千言万语、万语千言都化作了两行眼泪，"刷"地一下涌了出来。老江却乐呵呵地说："你孙子已经可以上班了，又留在你身边，四世同堂，尽享天伦之乐，可喜可贺嘛，怎么还流泪呢？"

老何说："你呀，不该瞒我到现在……"

老江又闭上了眼睛，说："你孙子赴任前，我就察觉到这后生心欲小而胆欲大，正气不固，难抵世风邪气入侵，怕你落个家破人亡的结局，所以才施了下策。"

老何感激不已，说："这话你当初就该说出来。"

"我又不是算命的，话只能点到为止。"老江笑了，"如今事已圆满，往事不提，走走走，咱们还是到汉江边摆开棋局，痛痛快快杀它两把！"

（本篇月月评短信代码：0108）

（题图、插图：罗培元）

·中国新传说·

给我说话的权利

一冰

这天，老李到财务科送报表，因要核对数字，得等一会儿，老李想坐下来歇歇，可又找不到空余的椅子，他就把半个屁股挪到一张办公桌上，可还没等他坐稳，只听"喀嚓"一声，办公桌上的玻璃板破了。

老李吓了一跳，连忙打招呼，财务科里的人说："老李，这不怪你，这批办公用品都是处长介绍到他小舅子店里去买的，质量太次。"大家正说得热闹，处长进来了，他一眼看到了桌上那块碎了的玻璃，脸立即就拉了下来："这是谁弄的？"

众人都拿眼睛看着老李，老李想说这玻璃是他弄破的，损坏公物照价赔偿，他马上到街上去划一块赔给公家，可还没等他开口，处长张嘴就是一通严厉的训斥："老李呀，你也是个老同志了，遵守劳动纪律，爱护公共财产，这是连小学生都明白的道理，也要我三番五次地给你讲吗？"

处长讲了老半天，老李一句话也插不进去，等处长讲完走了，老李才有空擦一把汗。老李想，批评都挨了，我还自己掏钱买玻璃？买一块玻璃要几十块钱呢，儿子的工作还没着落，女儿要结婚，正是花钱的时候……于是，他决定用自己办公桌上的好玻璃，把这块碎的换下来。

老李把玻璃换了，又用透明胶带

·大千世界 众生百相·

把碎的几条缝粘好，又用一个文件夹把坏了的玻璃压住，这样，旁人也不大会察觉了。

处长规定，每星期一是搞卫生的日子，他还要亲自检查。这天，处长检查到老李的办公桌时特别认真，还用手指头在桌上不停地抹着，不经意间挪动了文件夹，看到了那块碎了的玻璃，他用手指点着玻璃心疼地说："我说老李同志呀，你怎么又打碎了一块玻璃呢？"

老李本想说这玻璃就是财务科那一块，是用自己办公桌上的好玻璃换来的，可老李刚张了张嘴，处长就唾沫横飞地训斥了起来："老李，你这是什么态度嘛！上次你弄碎了别人的玻璃，我不过是批评了几句，怎么样？心里不服气？不服气也不能拿集体的财产撒气呀！你对我有意见可以提嘛，但不能蓄意破坏单位的形象！"

老李低着头，一句话也插不上，气得浑身颤抖，处长说完最后一句话，也不容老李解释，气呼呼地走了。

老李很气愤，他立刻上了街，咬了咬牙，掏出50块钱划了一块新玻璃，他把玻璃换上，心里想：看你处长这次还有什么话可说！换下来的碎玻璃有几块大的，老李舍不得扔掉，准备拿到玻璃店里划划齐整，然后铺到自家的小桌上。这天下班时，老李提着捆好的碎玻璃刚走出单位大门，一辆奥迪迎面开来，"吱"地一声在老李身边停住，处长"噌"地跳下，指着老李手里的玻璃，怒气冲冲地说："好哇，又碎了一块！又碎了一块！"

老李想和处长把这事从头至尾解释一遍，可处长根本不让他开口，他把老李狠狠地批评了一番，从行为到思想，然后又上升到政治的高度，最后说："老李，你明天可以不来上班了，在家里写检查，什么时候有了深刻的认识，什么时候再来上班，这段时间没有工资，没有奖金！"

老李一向兢兢业业、老老实实，没想到一块碎玻璃给自己惹来这么大的麻烦，当时正是下班的时间，单位的职工，还有来往行人都围着看，看处长像教训孩子一样训他。老李心里不是滋味啊，回到家里，饭也吃不下，闷着头翻来覆去想了一夜。第二天早上，老李起床时，忽然头晕眼花，一下子倒在床上，动不了身，说不了话，家里人忙把老李送到医院，一检查，不得了，脑溢血啦！老李躺在医院里，同事们都来看他，处长也来了，处长的态度好多了，他拉着老李的手，说着暖暖的安慰话："老李同志，你还有什么要求，提出来，组织上会考虑的。"

老李哆哆嗦嗦地抓起床头的纸和笔，写了一句话，处长一看，上面写的是："给我说话的权利……"

(本篇月月评短信代码：0109)

(题图：罗培元)

·传闻逸事·

神指王

□ 左手

城南晓市住着个神指王,他真名是啥,谁都不知道。神指王,顾名思义,他的神奇之处是在手指上,他练的是铁砂鹰眼指,铁砂是说坚硬,鹰眼是说准确。每天鸡叫头遍,神指王身穿白府绸的袍褂袍裤,脚穿黑帮圆口布鞋,来到院中,先来几趟套路:飞、越、腾、挪、击,好像江中白练,空中翔鹤,套路完了,再走到一个大木盆前"净指",他洗手用的不是水,而是钢砂,只见他伸出双手,五指并拢,"嚓嚓嚓",如旋风劈石一般在铁砂中不停地来回击着。两袋烟工夫后,他就单独练中指和食指,练了一会儿,他再来到沙袋前,那沙袋是吊在一根大梁上的,只见他霍地伸出双手,两个中指和两个食指直逼沙袋,眼前闪过一道白光,沙袋上留下了四个小洞,钢砂"刷拉拉"从小洞里往外流,这时他就拿起一旁准备好的木塞将洞口塞住,拍拍两手,回房洗漱,天天如此。

这年正逢春旱,小孩在城南晓市的街上玩火,这街上住的全是棚户人家,一家挨一家,你接我的墙,我搭你的檐,几根木柱,几张竹笆,用泥一抹就完事,住的全是最底层的穷人呐!小孩又不懂,玩火时把屋棚点着了,火大生风,风助火威,这火就像《三国演义》里的火烧连营,从头天的过午时分一直烧到第二天晌午,二三百户人家都扯家带口地走上了逃荒路,还有几十口子人,老的、病的、瘫的,实在没法逃的,就终日躺在街上坐以待毙。

神指王想帮他们,可他拿不出几个钱,他突然想起了典当行,典当什么呢?家里没什么值钱的东西,他想了想,还是大踏步地来到了本城最大的恒顺典当行。坐柜刘二,一见神指王连忙招呼:"哟,这不是神爷吗?今天到小店有什么贵干?"

"想当点东西。"

"哟,什么东西,我看看。"

"我想请慕老板亲自过目。"

刘二见神指王要找大掌柜亲自过目,知道今天这东西非同小可,连忙陪神指王去见慕老板。慕老板客客气气地请神指王坐下,忙问他所当何物。

神指王笑了:"小弟从来没当过东西,不知哪些可当,哪些不能当。"

慕老板喝了口茶,不紧不慢地说:"典当图的是给人方便,是物都当。"

"我要现洋。"

"可以可以。"

神指王向前跨上三步,说:"好,小弟今天借你这红木桌子用用。"说着,他走到一张红木桌子旁,伸出一只手,在桌上轻轻地点了两下,刹那间,红木桌上已经留下了两个圆圆的小洞!

慕老板倒吸了一口凉气,到了这时,他才知道了神指王此番的来意,望着自己心爱的红木桌立时成了这个样,慕老板半晌说不出话来。神指王笑吟吟地说:"慕老板,怎么样啊?"

"神、神……"

"神又能值几个钱呢?"

慕老板连忙恭维着说:"无价之宝,无价之宝……"

神指王听慕老板这么一说,便依旧笑嘻嘻地说:"既然慕老板已经看中,我想拿它在你这里当两千大洋!"话音刚落,神指王右手早已抽出刀来,横剁下去,手起刀落,左手中指和食指齐刷刷、血淋淋地落在桌上,紧接着一股冷冰冰、麻辣辣的感觉便布满了全身,而后又是一阵撕心裂肺的疼痛。神指王脸色蜡黄,豆大的汗珠开始滚落下来,他没叫一声,只是对着目瞪口呆的慕老板说:"慕老板,拜托了……我会赎当的……"

晓市的街上很快又搭起了两排棚屋,那些无家可归的穷百姓又有了安身之处,但神指王一家老小却不见了。后来又有传说,说是神指王到城南天门寺落发当和尚了,现在天门寺外倒确有一个小村落,人们都说是神指王的后代,但这一村人全姓黄,而不是"王",到底是怎么回事,谁都说不清了……

(本篇月月评短信代码:0110)

(题图:黄全昌)

· 16 岁故事 ·

□ 马敬福

一双美丽的大眼睛

眼前的世界在瞬间变色

王美丽是城关镇中学初三的学生,长着一双美丽的大眼睛。今年中考,她以优异的成绩考取了市广播艺术学校。王美丽从小就有一个愿望,想长大后当个电台播音员,这次,她如愿以偿,拿着录取通知书,王美丽几夜没合眼,躺在被窝里都在偷着乐。

王美丽高兴,她的爸爸王海更高兴,每天上下班都哼着小曲儿,逢人便说:"用不了三年五载,我女儿就是电台播音员了!"

这天是星期天,王海特意买了几样好菜,一瓶红酒,他要亲自下厨,摆上一桌,好好给女儿庆贺庆贺。

不大一会儿,酒菜上了桌,王海和妻子林英共同举杯为女儿祝贺。王美丽喜滋滋的,说不出有多高兴。饭吃到一半,王美丽突然觉得眼睛有点别扭,便让妈妈瞧,林英看了看,说:"不打紧,可能是你这些天看电视看得时间长了,休息一下就好,吃了饭马上睡觉吧。"王美丽点点头,吃完饭就回屋睡觉了。

第二天一大早,从王美丽的房间里突然传出一阵哭声:"爸,妈,我的

36 父亲保持沉默的事会由儿子道出。——尼采

·多梦季节 青春足迹

眼睛什么也看不见了！"听到女儿哭喊，王海和林英赶紧跑进房间，王海用手在女儿眼前试了试，王美丽真的一点反应也没有，王海心里"咯噔"了一下：孩子的眼睛怎么一夜之间就瞎了呢？这孩子眼睛一瞎，广播学校不就上不成了吗？上不了学，这孩子还不急疯了呀？

王海和林英赶紧把王美丽送到医院，医生一检查，说可能是视神经出了毛病，要想治好，就得请专家做视神经再植手术，不然的话，王美丽这双眼睛就废了。王海一打听，做一个手术最少得八九十万，他脑袋当时就耷拉了，别说是八九十万，就是八九万他也拿不出来呀！

回到家里，王美丽什么也不说，就一个字：哭。王海和林英知道女儿心里难受，治不好眼睛，她就上不了广播学校，梦想破灭了，她怎能不难受？可没有钱人家医院不会白给做手术呀，王海抱住王美丽，流着眼泪说："好女儿，别哭了，就是倾家荡产，爸也要把你的眼睛治好！"

他三天后弄到了100万

第二天，王海就开始四处借钱，可一连好几天，钱都没借到，八九十万不是八九十块，谁肯借呀？这天，王海耷拉着脑袋刚走到家门口，就听见林英疯了似的在屋里哭喊："丽丽，你怎么这么傻呀……"王海赶紧冲进屋，一看，林英正趴在床上抱着昏迷的女儿痛哭，一问，才明白王美丽不知从哪儿弄来了一瓶安眠药，她还留了张纸条，说是她的眼睛瞎了，成了废人，不想让爸妈为她治眼倾家荡产，便想一死了之。王海一看这光景，一把抱过女儿，直奔医院……

几个小时之后，王美丽醒过来了，她躺在床上一个劲地哭，王海上前，抹了一把泪，对女儿说："丽丽，你放心，三天之后我一定把做手术的钱拿到手，把你的眼睛治好，送你上学！"

王美丽一听，哭得更伤心了："爸，你不要骗我了，没人会借给你那么多钱的。"王海告诉她，一个朋友已经答应了，三天之后让他去拿钱。

三天之后，王海果然把100万元现金拿回了家。其实，这钱不是什么朋友借给他的，而是他挪用的公款。王海是一家国企的会计，倒个百八十万不在话下。王海知道，挪用公款不还就是贪污，一个会计贪污100万，逮着了就是死刑。他早想好了，先拿这钱给女儿治眼，等女儿眼睛一好，他立马逃之夭夭，抓不着算自己命大，抓住了他就认命，为了女儿这双眼睛，他豁出去了。

王海弄到了钱，林英挺高兴，夫妻俩一起把女儿送进了医院。为了给

16岁故事

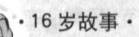

女儿消愁解闷,林英还特意带着一把二胡到医院陪床,天天给女儿拉曲子。林英是音乐老师,二胡拉得特别好。

可王海不能陪着女儿呀,他得想办法应付挪用的那100万公款。纸里包不住火,100万不是个小数目,公司很快就对王海产生了怀疑。王海察觉了风声,知道得赶紧跑,要是自己被抓,公款一追回,女儿的眼就治不成了,于是他就收拾好了东西,又来到了医院,想再看她们母女一眼,然后就远走高飞,可到医院一看,病房里没人,一问医生才知道,林英带着王美丽出院了。

王海赶紧跑回家,还没进门,就听见屋里又说又笑,还有二胡优美的旋律,进屋一看,王美丽正在林英二胡的伴奏下跳舞,王海一看就问林英:"丽丽的眼睛还没有做手术,你怎么让她出院了?"王美丽一听,笑了:"爸,我的眼睛好了!"王海糊涂了:"好了?不会吧?"

为一家人的平安干杯

王美丽笑着说:"真的,到医院不久,我的眼睛突然间又什么都能看见了,不信你看,柜上那个小布人,我一下就能拿下来。"说着,她很麻利地走过去,手一伸,"嚓",真的一下就把小布人拿了下来,递到了王海的手里。

王海欣喜若狂,他又伸出两个手指,刚要问女儿是几,林英那边"吱"地一声拉了一下二胡,王海忙回头对林英说:"别拉了,让丽丽看看这是几。"王美丽马上说:"这是二。"

到了这时,王海才真的相信女儿的眼睛好了,他高兴得像发了疯,一把抱住王美丽,就地转了八个圈儿:"真是老天有眼呐!看来我王海命不该绝!"说着王海放下女儿,把柜里的100万块钱装进书包,对林英说:

38 父母为儿女的操劳是无代价的。——铃木健二

"一会儿你到街上买些好菜,晚上咱们好好庆贺庆贺!"说着,他就出了门。

王海到银行把钱存进了账户,又赶回单位把账做平,刚忙完,公司纪检会的人就领着审计局的人查账来了,一查,什么事也没有,一帮人拍拍屁股走了。王海捏着一把冷汗呀,这帮人要是再早来一会儿,自己的小命就保不住了,生死之间,系于一发,悬哪!

晚上,王海做了一桌子好吃的,端起酒杯对女儿说:"丽丽,我得谢谢你。"

王美丽一笑:"爸,你谢我什么?""我得谢谢你这双眼睛,好得不早不晚,正是时候,救了我一条命啊!"说着,他就把自己挪用公款的事说了出来。王美丽和林英一听,低下头悄悄抹起了眼泪,过了一会儿,王美丽站了起来,说:"爸,我要敬你和妈妈,我来倒酒……"说着,她就伸出手去拿酒瓶子,手胡乱一抓,"噌"地碰倒了酒瓶,酒洒了一桌子……

"哎,你怎么拿的呀?"王海奇怪了,"丽丽,你的眼睛不是好了吗?怎么……"

"爸,其实我的眼睛根本就没好。"

"不对呀,你上回在屋子里拿东西手脚挺麻利的呀!"

王美丽调皮地一笑,说:"我练了好几次,这是熟能生巧。"

王海又问:"那……你怎么知道我伸的是两个指头?"

"那是我和妈妈商量好的,你伸出两个指头,妈妈就用二胡拉个'来'……"

王海听到这里,什么都明白了,他冲着林英大发雷霆:"你怎么能这样,你这不是毁了孩子一生吗?"

王美丽流着泪说:"爸,这主意是我出的,这几天,我觉得你说话办事有点反常,就觉得你那治病的钱里有问题,我不想让你为了我的一双眼睛干傻事,更不想因为我的这双眼睛毁了我们一家的幸福!爸,我已经想通了,我的眼睛瞎了,上不了广播学校,当不了播音员,我可以跟妈妈学弹钢琴,拉二胡,器乐学好了,我再学谱曲,将来当个音乐家,一样能给你们争光!"

王海一听,泪水夺眶而出,趴在桌上放声大哭,女儿用一双美丽的大眼睛换回了他的一条命,换回了全家的幸福,他怎能不痛痛快快地大哭一场啊?

三只酒杯斟得满满的,"叮当"一声撞在一起,他们在为全家人的平安干杯……

(本篇月月评短信代码:0111)

(题图、插图:王申生)

· 中国新传说 ·

隐藏的财富

□ 杨学利

在黑龙江的边上有一座半截山,北面被江水冲得刀切一般陡,东、西、南三面被一大片深不见底的沼泽包围着,附近的采山人都估计这半截山上肯定有罕见的人参珍品,但谁也过不了这片沼泽。

什么事都有例外,别人过不了沼泽地,马蹄屯的吴矮子却能过,当年他花了三个月,琢磨出了过沼泽的办法,上了半截山,找到了三棵五品叶的大人参,卖了不少钱。第二年他又上了山,在后山坡发现了一棵特殊的人参苗子,这苗长得十分茁壮,比一般参苗的叶宽两倍,吴矮子想,这山别人也来不了,就让它在这里长吧,过个十年二十年,它一定能长成一棵六品、七品叶的参宝了,到那时再上山采它,一下子就能发财了。这么一想,吴矮子就咬咬牙,舍了这参苗子,狠着心回了家。

打这以后,吴矮子每年都要过那沼泽地,偷偷到半截山上去一趟,看看这参苗子,见这参宝越长越大,吴矮子心里可高兴了,他觉得这比卖了参苗子、把钱存在银行里的利息大多了……这时间一晃就过去了十八年,现在这参宝已经长成了六品叶,正好儿子入冬就要娶亲,他觉得该把这宝贝疙瘩采回家了!

这天,吴矮子到了半截山下,刚想从草丛里取出长杆子准备过沼泽地,忽然听见身后有"沙沙"的声音,回头一看,是一个瘦高个老头从山坡

40 金钱的锁链,远比铁链更坚硬。——希腊谚语

上走了下来,只见他在沼泽边上坐下,放下背篓,掏出烟包子抽起烟来,吴矮子心里那个着急劲哟:他怎么不走了?是不是他也能过沼泽?会不会他也发现了那棵参宝?不行,我得过去探探他的口气!

吴矮子转身回来,在瘦个子身旁坐下唠嗑,这一唠,才知道他是鹿沟屯的,一问,姓郑,再一问,巧了,他的女儿就是吴矮子儿子找的对象,吴矮子的儿子去年春节到乡里参加秧歌汇演,结识了鹿沟屯的郑晓兰,一来二去,谈起了恋爱,两人商定今年入冬后办婚事,可他们两亲家还没见过面呢!

两亲家越唠越亲热,看看快到中午了,两人就从背篓里拿出干粮、咸菜、烧酒吃喝起来。吴矮子一边吃一边想:现在更不能露出实底了,要是告诉了亲家,采下这参宝,按咱采山人的规矩,也得分他一半;可要是不说,一会儿咋脱身呢?看亲家这架势,好像来这里也有事,他莫非也能过沼泽?要是他也像我一样早就发现了那棵参宝、也是等到现在才来采,那可咋办?

瘦高个亲家喝完酒后说是有点晕乎,要躺下歇一会儿,这一下吴矮子更犯疑了,也就在这时,从山林里走来一个小伙子,一张娃娃脸,一双大眼睛,背着个篓子,手里提了一根长杆子,吴矮子一见,火烧屁股似的跳了起来,忙上前打听小伙子去干啥,小伙子说,多少年来总听人说这沼泽过不去,他不服气,有一次他到这里来看了半天,回家又琢磨了一个晚上,终于想出了办法:那浮在水面上的草滩子有厚有薄,厚的是绿色,薄的是黄色,厚的少说也有一尺,人在上面站十几秒钟肯定没事,在过沼泽时就往绿颜色的草滩子上踩,如果两个草滩子之间离得远,就用预先备好的长杆子搭个"桥",这不就过去了?

吴矮子一听,脑袋"嗡嗡"直响,现在的年轻人真是成精了,当年他琢磨过沼泽的办法用了三个月,这小伙子只用了半天和一个晚上!

小伙子接着就要上山,吴矮子又没办法阻拦,他瞟了一眼正躺在地上的亲家,见亲家眼都没睁,于是啥都顾不得了,拔腿就往藏杆子的地方跑,他要抢在小伙子前面,把那棵参宝夺到手!

吴矮子跑了没几步,忽听后面有人在叫喊,回头一看,不好,那个小伙子毛手毛脚地掉到沼泽地了,陷在烂泥里拼命挣扎着,吴矮子一看要出人命,慌忙回身去救,费了好大的气力,总算把小伙子救了上来。小伙子有点不好意思,红着脸,千恩万谢,这才扛着长杆子走了。这时,吴矮子又看了看躺在地上的亲家,他正打着呼噜,睡得正香呢。

·中国新传说·

这小伙子一走,吴矮子的心里稍微安定了一些,至少这家伙这会儿不会上山和他抢参宝了,他坐下来抽了一支烟,歇了歇脚,定了定神,然后来到了山脚下,从草丛里取出了一根长长的杆子,过了沼泽地,上了半截山。

吴矮子到了东山坡,远远看到了那块青色的卧牛石,顺着卧牛石往东走721步,便是两棵老柞树,两棵树的中间,就长了那棵他等了十八年的大人参。

吴矮子一气奔到了那里,一看,他惊得两眼都直了:哪里还有参宝?只剩下一个深坑,土是鲜的,吴矮子只觉得天地都在旋转……

是谁采去吴矮子苦苦等了十八年的人参?可这人参生在荒山上,长在野地里,你能治他什么罪?他想找那个采参人,就满山遍野地搜寻起来,就在这时,他远远看见西山坡的草丛里有个人,走过去一看,竟是瘦高个亲家,直挺挺地躺在地上,老泪纵横,他的身边也有一个深坑,土也是鲜的,吴矮子上去抱起了亲家的头,喊道:"亲家哥,这是咋回事呀!"

瘦高个慢慢地睁开了眼,看了看吴矮子,叹了口气,说:"我来迟了,让那小子采了去,我可等了它二十年啊……"吴矮子想不到这个亲家竟然也藏着另一棵参,只可惜都已成了别人的囊中之物!两人抹着泪,互相搀扶着走下了山,来到了沼泽地边,突然,他们看到一块平板石上放着一棵白生生的大人参,石板上还用青草的汁写了几行字:"感谢救命恩,还上一棵参,既是两亲家,为何不交心?"

看到这字,两人的脸都有点红了,高个子说:"他一定没走远……"

吴矮子的心里说不出是啥滋味,他说:"唉,现在的年轻人,心眼多着呢!"

(本篇月月评短信代码:0112)

(题图:罗培元)

中国国际图书贸易总公司
帮您为海外亲友、驻外人员订阅中国报刊

中国国际图书贸易总公司报刊出口部现代理《故事会》以及中国各学科中文报刊7000余种,全年接受订户,订期不限,可破季、跨年入订。订阅者只需提供所订报刊名称、份数、邮寄方式(平、航邮)、收刊人详细姓名、地址和经办人姓名及联系方式。

联系地址: 北京市海淀区车公庄西路35号

订阅热线:(010)68413844   68433146

传真: (010)68420340   邮编:100044

电子信箱:bk4@ma11.cibtc.com.cn   网址:http://www.cnokay.com

财富是长翅膀的,有时会自己飞走。 ——费·培根

·外国文学故事鉴赏·

根据美国小说家大卫的小说
《长生不死的祖父》改编

生死官司

□傅辕 改编

罗伯特家族是富甲一方的名门望族，如今，罗伯特已是一个垂暮的老人了，而且被诊断为患了癌症，他的内脏里出现了癌肿瘤，必须施行摘除手术。罗伯特在走进手术室前，镇静自若地向家人交代说："摘除的肿瘤，千万不能随便扔掉，要立即送到科研所寄存！它属于我的，是我身体的一部分。"家人都不明白老人为什么要留着那些恶毒的东西，但又不敢违背老人的旨意。

手术非常成功，一个月后，罗伯特就能下床活动了。这天，老人把正在公司里忙碌的儿子叫到了面前，吩咐道："你马上去科研所，带上足够的支票，和他们办一个协议，我要把那些东西永久地寄存在那里。"

儿子疑惑不解地问："父亲，您指的是那些夺走了您的健康的肿瘤？它们有什么能让您留恋的呢？"

罗伯特笑了，说："谁让它们是我身体的一部分呢？你赶紧去办吧。"

儿子顺利地和著名的肯尼迪生物科研所签了协议，并进行了司法公证。这时，罗伯特又交给儿子一个特殊的任务：要儿子运用一切手段，物色愿意献出内脏器官的人，他要用别人的内脏替换自己那些病变了的内脏。他愿意出钱，可以答应对方的一切条件，但必须是活人的内脏。

这下儿子可难住了，很显然，父亲是想长生不死，儿子也很理解父亲的想法，但父亲的这一要求太苛刻了，从来没有听说有哪个大活人愿意这样做，即使是穷困潦倒的乞丐，也不会答应的啊！果然，两个月下来，儿子还是两手空空，因为没有人答应这种离奇的要求。

看着整日焦虑、痛苦的父亲，儿子没有灰心，他想方设法，并通过各种媒体的帮助，终于同本地一个植物人的家属谈妥了。罗伯特笑了，他把当地医学界的泰斗、州医学院的约翰逊教授请了来，说："老朋友，我完全信任你，我把我的生命交给你了。"

约翰逊教授说："能为您的健康出力，是我的荣幸。"

可就在这时，当地政府却出面干涉，他们说，依据国家的法律条文，植物人虽然是处于死亡状态，但他的呼吸尚存，从本质上讲仍然是活人，所以，罗伯特用金钱买他的内脏和杀人害命同出一理，将被指控为犯有杀人罪。

罗伯特不肯善罢甘休，他委托自己的私人律师杰克逊和政府官员进行协调，杰克逊律师说："植物人的躯体，即使不出卖，也是必死无疑，不如趁活着的时候把肉体提供给需求方，这样既是对社会的一种奉献，也可以解除家人的痛苦……"

政府开始还是不答应，后来考虑到罗伯特对社会的特殊贡献，答应可以交换，但必须先拆掉维持植物人生命的那些医疗器械，然后再通过手术摘除内脏器官。这一下，罗伯特却不同意了，他需要的是活人的器官，先拆除医疗器械再施行手术，那就等于是从死人身上摘取内脏了。这样一来，双方就又发生了不可调和的争执，无奈之下，罗伯特一纸诉状，把政府告上了法庭。

这场闻所未闻的官司，立即引起了人们的关注，一时沸沸扬扬。罗伯特拖着虚弱的身体，不顾家人的反对，不辞辛劳，四处奔走……

这场官司的焦点是：如果大脑死亡不算生命的结束，那么何种状态才能称得上真正的死亡？在法庭上，大律师杰克逊能言善辩，口若悬河，但被告州政府也专门请来了著名的人性学者罗宾逊博士为他们辩护。法庭经过一段时间的论证，又通过一番民意调查，最后宣判如下："靠医疗器械维持生命的植物人并非死人，因为只要有一个人体细胞还存活着，就可以认定还具有生命。只有在拆除医疗器械、当所有的细胞全部死亡后，才可以进行内脏移植……"

这场官司，罗伯特败诉了，人们对罗伯特议论纷纷，都说他打这场官司的目的就是为了延长自己的生命，就是舍不得丢下这份庞大的家业，但奇怪的是，罗伯特在接到法院的判决书时并没有表现出什么失望与痛心，他反倒长长地舒了一口气，脸上露出了一阵快慰的笑容，就像长途跋涉的旅人来到了一泓清澈的池水边……

几天后，罗伯特就病倒了，住进了医院，德高望重的约翰逊教授亲自带领一个医学专家小组进行会诊，但是非常不幸，罗伯特体内的癌肿瘤已经山洪暴发般地扩散了，医药上的万般手段都已无济于事。

罗伯特自己觉得活着的日子不多了，就叫来了夫人、儿子和私人律师杰克逊，四个人在一起，字斟句酌地起草遗嘱。

一个月后，罗伯特终于走到了生命的尽头，离开了人世，约翰逊教授在挚友的死亡证明书上用颤抖的手庄重地签上了自己的名字……

家族为罗伯特举行了隆重的葬礼，可就在葬礼完了的第二天，传来了一个惊人的消息：德高望重的约翰逊教授被推到了被告席上！

原来，把约翰逊教授告上法庭的是罗伯特的私人律师杰克逊，杰克逊控告说：约翰逊教授关于罗伯特先生死亡的证明是无效的，罗伯特先生根本就没有死！

法院在受理这桩诉讼时觉得很是荒唐：大名鼎鼎的杰克逊律师怎么了？到了开庭的那一天，杰克逊在法庭辩论中提出："罗伯特先生并没有死，因为属于他的一部分细胞还存活着。"杰克逊所依据的就是前不久寄存在肯尼迪生物科研所的那部分肿瘤内脏，它们保存在科研所的一种精密仪器里，那是一种具有特殊功能的仪器，它能维持细胞的生命力，因为癌细胞不同于一般的细胞，只要给予它充足的养分和氧气，它就会无限地分裂并存活下去。接着，杰克逊引用了上次打第一桩官司时法庭的宣判："只要有一个人体细胞还存活着，就可以认定还具有生命"……

法官惊呆了，一个个瞠目结舌，你望我，我看你，全都没话可说。最后，法庭不得不宣判杰克逊律师胜诉，也就是说，罗伯特先生的肉体虽然不在人世，但他仍旧活着……

这桩奇特的官司让人们议论纷纷，百思不解。打赢官司后，罗伯特的夫人才向家人出示了一份遗嘱，这时候，家人才恍然大悟：罗伯特苦心策划的这两场官司，并不是对"生"恋恋不舍，而是为了整个家族的利益，因为只要法律证明他没有死，还仍旧活着，那么，他创下的家业和财富，子孙后代就可以安安稳稳地享受和继承，而不需要去依法缴纳巨额的遗产继承税了……

罗伯特没有死，他还活着，是吧？

(本篇月月评短信代码：0113)

(题图：箭　中)

· 民间故事金库 ·

谁救了小姐

□ 刘晓东

北宋仁宗年间,青州人杨遇春因做了多年的"漕运",慢慢地就富甲一方了,家中田产无数,丫环仆役上百,内中一个叫庞勇的小伙计,因头脑灵活,办事干练,被杨遇春收为贴身小厮。

三月初三那天的早上,杨遇春本想带着全家去清虚观烧香还愿,夫人早已收拾停当,却仍不见小姐下来,杨遇春心中大为不快,吩咐内人道:"夫人去看看,小姐为何未起?"

话音未落,小姐的一个粗使丫环跌跌撞撞地扑进门来:"老爷,大事不好了,庞勇进了小姐绣房……"

杨遇春听了又惊又怒,大声呵斥:"胡说!"

丫环哭道:"奴婢不敢……奴婢因同秋香姐给小姐送水,刚推门,秋香就被庞勇扯了进去,小姐五花大绑,躺在床上……"

夫人听了这话,犹如五雷轰顶,当即昏死过去,那些丫环、婆娘连忙上前灌水打扇,折腾了足足半盏茶工夫,夫人方才醒转过来。

杨遇春行走江湖多年,遇事能沉得住气,他目送夫人进了内室后,这才唤来一个管家婆子,低声吩咐道:"小姐名声要紧,若有人走漏半点风

46 只有当你不得不聪明时,你才会聪明。——格雷维尔

声，干系全在你身上！"

那婆子答应一声，刚要出去，杨遇春又说："回来，派人告诉门房，就说内室昨夜被盗，夫人疑是几个老嬷嬷所为，因此这几天内不得放一个人外出！"

吩咐妥当，杨遇春才回到书房，唤来儿子杨步，父子俩商量一番，各揣利刃，悄悄摸上楼来，不料庞勇早已将门窗反锁，不留丝毫破绽，杨家父子本想破门而入，又怕小姐先为庞勇所害，只得在门外强装笑脸，好言相求，无奈庞勇在里面就是一言不发，一步不让，杨家父子面面相觑，束手无策。

原来庞勇虽然出身下贱，却心比天高，自从被杨遇春收为贴身小厮后，自以为有了身价，竟然把目光瞄到了小姐身上，其实小姐相貌倒是一般，只是杨家那万贯家财馋人。可惜流水有意，落花无情，庞勇虽然试探了几次，但得到的只是小姐的耻笑，他贪财心切，不由得心急如焚。

俗话说"利令智昏"，庞勇以为只要先把生米做成熟饭，那杨家人碍于脸面，也就不能奈何自己了，倘若日后再生下个一男半女，那就是名正言顺的姑爷了，杨家的产业自然少不了自己的一份，这么一想，贼胆顿起，于是偷偷蹿上绣楼，干起了绑架"人质"的勾当。

杨遇春回至内室，呆呆地坐了好久。

夫人躺在床上，流着眼泪说："世上哪有不透风的墙？就算女儿侥幸获救，也无人再聘，不如顺水推舟，成全了那畜生吧！"

杨遇春见夫人满面泪痕，不便发作，沉吟半晌方才说道："我女儿虽不是金枝玉叶，却也是堂堂的大家闺秀，岂能与这等下贱贼子同床共枕厮守一生？我宁可让她守活寡，也决不让那贼人奸计得逞！"

夫人低低说道："就依老爷，只是不知如何才能救女儿出得火坑？"说到伤心处，她又哭了起来。

杨遇春说："事已至此，也只好求助于官面上的朋友了。"说罢，杨遇春吩咐管家备好上等礼品、带着他的名帖去见陈知府。

青州的陈知府和杨遇春私交很好，听说杨遇春来访，连忙出迎，并邀请到书房摆下酒宴款待，三杯酒下肚，杨遇春方才说了来意。

陈知府说："这个容易，愚弟即刻点几个好身手的军健，沿墙架梯，摸上楼去，乱刀砍死便是了。"

杨遇春说："投鼠忌器，小女也在里面，我是怕万一有什么闪失呀！"

陈知府又说："愚弟手下有几个善射之人，只须多带几副强弓硬弩，远远地藏了，兄台自去窗前诱那厮说话，相机射杀也未尝不可。当然，事成之后，兄台须破费些银两，把他们

远远地打发了,这样一则可救小姐于水火,二来也保全了小姐的名声。"

杨遇春心想,此计倒也可行,正待答应,一旁的师爷却说:"这个办法只有两成胜算,你们想,庞勇既能做出这等勾当,决非平常之辈,他必定不肯轻易开窗相见。"说到这里,师爷说,这事看来一时也急不得,容他好好想想,从长计议。

杨遇春回到家里,一直等着师爷能想出什么好计谋,不料就在当天晚上,祸事又来了:树大招风,财多招人,一伙蒙面强盗明火执仗,破门而入,先将杨家三口扑倒在地,接着又拖到了后花园。为首的一个大汉厉声喝问:"当家的,银钱藏在何处?说出来,爷饶你不死!"

杨遇春是条硬汉,不肯答应,只是痛骂,那大汉火了,抡起马鞭兜头便打。其余的强盗一声呐喊,撬门砸窗,翻箱倒柜,还有一个喽罗扯着嗓子叫道:"大哥,绣楼给您留着哪!"

那大汉狂笑几声:"好!好!"说着他从腰中抽出两把砍刀,杀气腾腾地直奔绣楼而来。

庞勇在楼上看得心惊肉跳,不等强盗上楼,自己先开了房门,连滚带爬地奔下了楼,跪在地上,口中一迭声地求饶:"好汉饶命!"

那大汉喝道:"你这厮可是庞勇?"

庞勇一愣,连连点头,那大汉一把扯去面罩,转身喝令左右:"绑起来!"

杨遇春见此情景,方才明白这些蒙面强盗其实都是陈知府衙门里的差役,不由得暗暗敬佩师爷的精明。

几年后,清虚观多了个带发修行的女道士,有人说她就是在绣楼遭劫的杨小姐,也有人说不是,闲人们沸沸扬扬地议论了很久,谁也说不清……

(本篇月月评短信代码:0114)

(题图、插图:黄全昌)

□ 崔新三

·东方夜谈·

卖不出去的裘皮大衣

有这么一句谚语:"每个磨坊主都把水引到自己的磨坊里",这话说的是一些人的自私,但是,一个人总不能过于贪婪,像下面这个故事里的卜老板,因为贪心,亏可吃大了……

在一个城市里,有一家叫"真馋人"的裘皮商店。这店是一个叫卜耀明的男人跟他老婆小梅两口子开的。这裘皮商店里的商品还真让人眼馋,皮大衣、皮披肩、皮帽子、皮手套……琳琅满目,应有尽有。在这些裘皮制品中,最令人注目的是一件标价30万元人民币的狐狸皮大衣,这大衣,是有一年的三九天,卜耀明冒着零下40度的严寒,亲自去长白山下套子,整整套了20只正当年的小狐狸,又亲手剥了皮、挑选最好的部位加工而成的。这是真正的野生狐狸皮,比那些人工养殖的,不知要名贵多少倍!

这件狐狸皮大衣,摆上柜台不久,就被一个年轻的女老板买走了。这个女老板身价过亿,区区30万,小菜一碟!当天晚上,在一个朋友的生日派对上,女老板出足了风头,在场的男男女女都被这件罕见的狐狸皮大衣惊呆了。女老板是单身贵族,和妹

故事会 2004年1月号红版 **49**

东方夜谈·

妹住着一套二百多平米的豪华公寓。第二天早上,妹妹起来,发现姐姐不明不白地死在卧室的床上,瞪着两只惊恐万分的大眼睛。妹妹立刻打110报警,警察匆匆赶来后,却发现公寓的门窗完好无损,而且女老板身上也没有任何伤痕,法医进行了尸检,也没发现什么可疑之处,案子只好不了了之。

姐姐死后,妹妹一看到那件狐狸皮大衣就想起姐姐,睹物思人,十分伤感,于是就拿着姐姐只穿了一天的狐狸皮大衣,来到那个裘皮商店,请求退货。卜耀明很精明,尽管大衣完好无损,他还是装出一副为难的样子说:"这件裘皮大衣,你姐姐已经穿过了,况且,她已经死了……死人穿过的衣服,谁还愿意买呀?"

妹妹看出卜耀明的心思,答应付10万元的"磨损费",这才退掉了这衣服。裘皮大衣出手一天就赚了10万元,卜耀明高兴得差点没昏过去!女老板的妹妹刚走,他立刻就把这件完好无损的大衣又挂在货架上,标价仍然是30万元。

几天后,一家上市公司的总裁带着漂亮的女秘书,光临了这家裘皮商店。年轻的女秘书一看到那件漂亮的狐狸皮大衣,两条腿立刻就挪不动步了。总裁正在跟老婆闹离婚,眼下正在全力以赴追求女秘书,此时的男人是不怕花钱的,总裁立刻就买下了这件裘皮大衣,送给了年轻漂亮的女秘书。作为回报,女秘书当天晚上就跟总裁住进了一家五星级宾馆……总裁和女秘书缠缠绵绵一直折腾到后半夜,两人才睡着,谁知女秘书突然惊恐万分地尖叫起来:"不是我干的,不是我干的……救命……救命……"然后,她没命地冲出了客房……

女秘书精神失常了,被送进了精神病院,这么一来,这件花了30万元钱买来的大衣她是没法穿了,总裁的原配夫人是有名的"母夜叉",这大衣不敢拿回家,总裁只好去那家裘皮店退货,卜耀明又在这个花心男人身上狠狠地敲诈了10万元的"磨损费"。

这件狐狸皮大衣的故事,不知怎么就在这个城市传开了。虽然女老板莫名其妙地死去,还有那个女秘书被吓成了精神病,这两件事的具体原因谁也说不清楚,可是,这件漂亮的狐狸皮大衣,再也无人敢买了。贪得无厌的卜耀明和妻子小梅,虽然在这件狐狸皮大衣上已经赚了20万元,可是这衣服还在手里搁着呢,总得卖出去呀,两人苦思冥想,终于想出了一个好主意:中国人不敢买,咱就卖给外国人,老外胆大,不信邪!

于是,卜耀明就在这件狐狸皮大衣上重新标价为5万美元,而且还煞有介事地标上一行字"此商品专供外宾,不收人民币"。你还别说,几天之后,果然有一个名叫阿琳娜的外国女

50 敛财不会有满足的时候。——爱默生

人甩出了花花绿绿的5万美金，买走了这件大衣。卜耀明两口子摆弄着手里那厚厚一叠美钞，高兴得几个晚上都睡不着觉。谁知三天后，这5万美金在两口子的口袋里还没捂热乎，阿琳娜也上门来退货了，这女人是个"中国通"，一进门就操着流利的中国话说："你们这两个家伙没安好心，在这件皮大衣上使了什么巫术？我只要穿上它，晚上就做恶梦……每次都梦见二十个青年男女，在我面前高声喊叫'还我们的衣服！还我们的衣服……'上帝呀！这二十个孩子，一个个都赤身裸体，浑身上下血淋淋的，可怕极了！真残忍啊，你们这店叫'真馋人'吧，你们做得也'真残忍'啊……这大衣我不买了，退货，退货……"

这个外国女人阿琳娜果然胆大，她既没被吓死，也没被吓疯，而且还让卜耀明和小梅终于明白了女老板被吓死和女秘书被吓疯的真实原因。当然，卜耀明两口子不会让阿琳娜白穿几天狐狸皮大衣，同样收了2万美金的"磨损费"。

这件事越传越可怕，从此之后，不管是中国人还是外国人，都不敢买这件狐狸皮大衣了。眼看着这么漂亮的大衣在这个城市里没人敢买，卜耀明和小梅就打起了网络的主意，便在网上登了个广告。世界这么大，还怕没有上当的？

你还别说，几天之后，真有一个老年女人打来了电话，她说在网上看了"真馋人"裘皮商店刊登的广告，想买那件狐狸皮大衣。电话是小梅接的，那个老年女人让她把大衣送到城郊风景区一家新建的大酒店。放下电话之后，小梅得意地笑着对丈夫说："别人都说这件大衣是不祥之物，我却觉得它是我们的一棵摇钱树，这不，又有人给咱送钱来了！"

这事本来应该卜耀明去办，但他要去车行提新买的车，于是小梅就带着那件大衣，乘出租车向城郊风景区驶去。从市内到城郊风景区，要走十

东方夜谈

几公里的盘山公路,小梅匆匆赶到那家大酒店的时候,天已经渐渐黑了。在酒店的大厅里,小梅见到了那个想买大衣的老年女人,老人满头银发,雍容华贵,她接过那件大衣看了又看,显得十分珍爱。一会儿,她把大衣递给小梅,让小梅在大厅里等着,她回房间取钱。小梅原本以为这么大的一笔款子对方会给支票,想不到老人会现金交易,考虑到数字太大,一个人带回去不安全,小梅就给卜耀明打了个电话,这时卜耀明早把车提回来了,正想过过开车的瘾,于是就开车来接她。

小梅打完电话,突然觉得浑身发冷,原来这家酒店竟突然把暖气停了!她等了老半天,那个回房间取钱的老人还没回来,这时的小梅已经冻得受不了啦,她看了看那件即将出手的狐狸皮大衣,不管三七二十一,就把皮大衣裹在了身上。这大衣果然神奇不凡,小梅刚穿上一会儿,就觉得浑身暖融融的,怀里像揣了个小火炉似的,不大一会儿,就舒舒服服地睡着了……

再说卜耀明开着新买的别克车,想到即将到手的那么一大笔钱,得意地吹起了口哨。小轿车在郊区的盘山公路上奔驰着,猛然间,卜耀明看到远处路边的雪地上,趴着一群毛色鲜亮的小狐狸!多年捕捉狐狸的经验告诉他,眼下正是三九天,是捕捉狐狸的黄金季节,要是能把眼前这群小狐狸捉住,制成一件漂亮的裘皮大衣,准能又卖一个好价钱!可是,此时卜耀明手里既没有猎枪,也没有"套子"之类的猎狐工具,可他又不肯失去这个发财的机会,真是见财眼红,一不做二不休,他索性猛踩一脚油门,他要用汽车把这群小狐狸撞死!

就这样,轿车箭一般地向那群小狐狸撞去,只听"嘭"的一声,车子果然把那群小狐狸撞出了一丈多远。卜耀明连忙下车去捡狐狸,但他瞪大眼睛一看,倒在血泊中的竟然根本不是什么狐狸,而是穿着狐狸皮大衣的小梅!卜耀明抱起奄奄一息的妻子,悲痛万分地哭叫着:"天哪,我明明看到的是一群小狐狸啊!"

卜耀明再一看,这里根本不是什么风景区,也没什么酒店,他知道又是那件倒霉的狐狸皮大衣在作怪,便赶紧把大衣从小梅身上扯了下来,惊恐万状地向一旁扔去,就在这时,一件意想不到的事情发生了,只见一只皮毛已经发白的老狐狸,"嚯"的一声从密林中冲出来,叼起那件狐狸皮大衣,眨眼之间就消失在茫茫的夜色之中……

小梅死了,卜耀明也没心思做生意了,那家裘皮商店从此也就关门了……

(本篇月月评短信代码:0115)

(题图、插图:张 恢)

对不正当的获利的希望,是失利的开始。——德谟克利特

·东方夜谈·

电话那边怎么啦

□ 徐 彦

现今打电话成了常事,哪怕是天大的难事,哪怕对方是从未见过面的陌生人,或是恨如山、仇如海的仇人,拿起电话,说上几句,总是多多少少能多一点沟通,但常秘书打电话,他做梦也想不到电话那边会发生这样的事……

这天,洪局长有急事找黄副局长,他让常秘书拨通了黄副局长家的电话:"喂,是黄局长吗?"话筒里传来的声音怪怪的,只听见"吱吱吱"地叫了几声,接着"啪"地一声挂上了。常秘书一愣:咋回事?再拨还是如此。洪局长在一旁看了有些恼火,一把抓起了话筒:"喂,小黄吗?我是老洪!"不一会儿,那头传来了黄副局长的声音:"我是小黄,洪局长,请问您找我有什么事?"常秘书在旁边看了心里甭提多别扭:这算啥事?欺我是个小秘书呀?

又有几次,常秘书给黄副局长家打电话,听到的又是"吱吱吱"的声音,然后"啪"地一声又把电话挂上了,可洪局长、柳副局长、陈副局长他们拨电话时,都是黄副局长亲自接的,你说这气人不气人?

几天后,常秘书正巧有事去黄副局长的家,在他家见到了一只猴子,黄副局长的老婆喜滋滋地告诉他:这是一位朋友送给她养着玩的,名字叫哈尼,通人性、聪明乖巧,瞧它那两只圆溜溜的大眼睛多可爱……

常秘书"是啊""是啊"地应付着,

故事会 2004年1月号红版 53

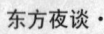

东方夜谈·

正说着,电话铃响了,只见哈尼"嗖"地一下蹿上茶几,用前爪抓起话筒,常秘书离得近,听见话筒里有个女的说:"喂,请问是黄局长家吗?"哈尼冲着话筒"吱吱吱"地叫了一通,"啪",把话筒扣上了。

过了一会儿,又有人来电话,常秘书听见是个男人打来的,声音很大,口气挺冲:"叫小黄听电话!"哈尼捧着话筒,扭头冲黄副局长眨了眨眼睛,黄副局长赶紧过来接电话。

常秘书这下啥都明白了:这猴子真是成精啦,不但能帮人接电话,还听得懂人话,能根据打电话人的称呼,判断该不该叫主人来听电话。

打这以后,常秘书就学乖了,每回打电话找黄副局长,张口就叫:"是小黄吗?"等黄副局长亲自接时,马上改变了称呼:"黄局长,您好,我是小常。"

后来常秘书听说,黄副局长家那只宠物猴子哈尼,曾经得过一场大病,脑子里长了个大肉瘤,随时有生命危险,正巧一家大医院在做一个脑移植手术的课题,征得同意后,将一位死于车祸的男子的脑组织,移植到了哈尼的脑壳里。人跟猴子是同一个祖先嘛,自然是可以移植的,想不到的是自从哈尼移植了那男子的脑组织后,很快又活蹦乱跳起来,而且比以前聪明了好多。

一天晚上,常秘书有事找黄副局长:"喂,小黄在家吗?"不料这次闹出新鲜事了,回答他的却是"吱吱吱"的声音,常秘书刚要搁话筒,却听见一阵微弱的呼救声:"救命哪!"听声音好像是黄副局长。常秘书心里"咯噔"一下,事不宜迟,赶紧拨通了110。

110警察火速赶到黄副局长家,砸开门一瞧,惊呆了:床上躺着一男一女,都光着身子,男的是黄副局长,女的最多二十岁,年轻漂亮,两人的喉咙都给咬了个大洞,气息奄奄。那只宠物猴子哈尼满身是血,正蹲在茶几上摆弄电话机……

经过抢救,黄副局长和那女的总算捡回了一条命。原来那天晚上,黄副局长乘老婆出差,把一个偷养的"小蜜"带回家鬼混,哪晓得哈尼突然发了疯,扑到床上,一口咬在黄副局长的喉咙上,顿时鲜血淋漓,当即晕了过去,那"小蜜"也被哈尼咬了一口……

这事后来传得沸沸扬扬,闹了半天,人们才弄清了里面的名堂:当年哈尼做脑移植手术,移植的是一位处长的脑子,而黄副局长养的那个"小蜜",以前恰好是那处长的相好,这"处长"看见自己的"情人"投入黄副局长的怀抱,妒火中烧,立刻扑了上去,差点闹出一场惨案……

(本篇月月评短信代码:0116)

(题图:罗培元)

54 种的是什么,收的也是什么。——《新约全书》

让良心说话

□ 张国心

王老汉八十多岁了,耳不聋眼不花的,腰板溜直,身板硬朗得很。有一年,王老汉的老伴得了重病,为了治病,他以二分利的年息从本村李麻子那儿借了1000元钱,可钱花了,病却没治好,老伴还是先他一步走了。第二年,王老汉起早贪黑地上山割草药,把卖草药的钱一个子儿一个子儿地积攒起来,凑足了钱,连本带利地还给了李麻子,可那天还钱是在半道上,旁边还有本村的几个人,李麻子说:"借据没在身上。"

王老汉听了没太在意,说:"你回去撕掉就算了,钱还了,你只要不再管我要就行。"

这事一晃就过去了五年,一天,李麻子来找王老汉:"老爷子,这几天我手气不好,输了不少钱,你看,你借我的钱能不能还给我?"

王老汉一听脸都急白了:"我借你的钱不是都还给你了吗?"

李麻子眼睛瞪得溜圆:"没还啊,你什么时候还给我了呀?老爷子,天地良心,你可不要赖我哪!这钱你得还,零头我也不算了,连本带利2000元,我给你五天时间,到了时候你再不还,我就拿了借据上法庭告你!"说完,李麻子怒气冲冲地走了。

王老汉活了这么一大把年纪,见过形形色色的人,可还真没遇上过像李麻子这样不讲信用的无赖,气得他直哆嗦。

·中国新传说·

王老汉放下手里的活计，连忙去找当年还钱时也在现场的"目击"证人，可这几个人一听说这事，不知是怕得罪李麻子，还是被他买通了，说话全都支支吾吾的，都说忘了，记不清楚了，没有一个人站出来说句公道话。王老汉一跺脚，干脆也吞下秤砣铁了心："反正我已经把钱还了，问心无愧，他李麻子愿上哪告就上哪告去！"

五天过去了，李麻子见王老汉没有还钱的意思，就又登上了门，他换了一副面孔，笑嘻嘻地说："老爷子，上次是我态度不好，是我不对，这样吧，都是乡里乡亲的，利息我也不要了，光把本钱还我就行了，你看怎么样？"

王老汉并不示弱，他指着李麻子破口大骂："小兔崽子，你给我滚，我活了这么一大把年纪，最看不起的就是你这样的无赖！"

"那咱们法庭上见！"

"哪见都行！"

于是，李麻子就把王老汉告上了法庭，谁都知道，法院判决的依据是证据，现在借钱的证据在李麻子的手里攥着，而王老汉却拿不出自己已经还钱的证据，形势显然对王老汉十分不利。

在法庭上，经过一番调查和辩论后，庭长对王老汉说："被告，你如果没有足够的证据证明你已经把钱还给了原告，法庭将会判你败诉。"

"败诉怎么样？"

"败诉你就得还原告的钱。"

"我要是不还呢？"

庭长严肃地说："被告，请你注意，这是法庭，法庭一旦作出判决就具有了法律效力，你就要履行法律责任，否则就是抗法，我们将会强制执行！"

坐在原告席上的李麻子听到这里，得意地笑了。

王老汉听了，脸涨得红红的，他激动了，颤抖着手从怀里掏出一个红布小包，剥去一层又一层，最后，从里面拿出了一张巴掌大小的、旧得发黄的草纸来，他说："法官同志，要这么说，我这张借据是不是也能找人还呢？"说着，他双手捧着这纸，递给了庭长，庭长接过这纸一看，惊诧万分，他审过无数的案子，可从来没有在法庭上见到过这样的证据，这证据，可以说和这个案子没有丝毫的关系，也可以说和这个案子有着微妙的关联，这纸上写的是：

借　　据

今借到王德昌老板大洋两百块，年息捌厘，期限壹年。

借款人：　抗日联军第一路军第二师三团团长赵大胜

民国二十六年十二月十八日

借据的右下方还有一方方形的章印，庭长看到这一切，语调有些变了："这是真的？"

王老汉说："真的，千真万确，王德昌是我的父亲，法官同志，你说，我能拿着这张借据向政府要账吗？"

法官沉吟了一会，说："只要你这张借据是真的，政府会如数把这笔钱连本带利地还给你的！"

"能有多少钱呢？"

庭长想了想，说："可不少，有几十万吧。"

一旁的李麻子一听，禁不住叫了起来："妈呀，这么多啊！"

"可是，我不能要，"王老汉语气沉重地说，"法官同志，你能让我把这事说一遍吗？"

庭长点了点头："可以。"

王老汉缓缓地诉说起了这样一件往事：

那是民国二十七年，王老汉的父亲去世了，王老汉在整理父亲遗物时发现了这张借据，当时，抗联部队生活在深山密林里，非常艰苦，王老汉压根儿没指望能把这钱收回来。那年的冬天雪特别大，天特别冷，他清清楚楚地记得，那天是小年，也就是腊月二十三，半夜的时候他被几下沉闷的敲门声惊醒了，急忙披了衣服走下炕来，一开房门，一个几乎冻僵了的人扑倒在他的怀里，那人气息已经很微弱了，他用很轻很轻的声音断断续续地问："你……你是王德昌老……老板吗？"

王老汉说："家父已经去世了，我是他儿子。"

那人的脸上露出了一丝微笑，慢慢地从怀里掏出一个布袋，有气无力地说："路上遇……遇到了敌人，误了几天，这……这是赵团长让我还给你家的钱……"说着，他就昏死了过去，而且再也没有醒来。

王老汉懂一点医道，他断定那人其实是饿死的，在他的口袋里，只有几块硬得再也无法啃下去的树皮，而就在他带来的那个布袋里，却装着216块大洋，那正是抗联那个赵团长

· 本刊信息传真 ·

"80万元读者大奖"活动之 **2**
"掌上灵通杯"《故事会》优秀作品月月评

《故事会》从本期开始,与上海掌上灵通咨询有限公司联合举办"掌上灵通杯"《故事会》优秀作品月月评活动,全年共设价值48万元的奖金和奖品。参加方式如下:

1、请选出本期你最喜欢的一篇作品,将其篇尾的月月评短信代码(如0101,没有短信代码的作品不参加评选)发送到200056(中国移动)或900056(中国联通)。每次限选一篇,可多次投票。

2、凡选中获奖作品前三名的读者均可参加抽奖。每期共设:一等奖3名,奖金各500元;二等奖10名,奖金各300元;三等奖20名,奖金各100元;阅读奖500名,各获价值15元的纪念品一份。所有参与读者将另获赠精彩梦网信息服务。

3、另设读者参与奖:从参与上半年全部12期投票的读者中抽取20名幸运者,各发奖金2200元;从参与一年全部24期投票的读者中抽出20名幸运者,各发奖金5000元。

4、2004年第一季度投票短信免费,第二季度起每条短信收取0.10元。

5、本期活动截止期为:1月5日。得奖读者在评选结果揭晓后将得到短信通知。

另两项活动见P28、P65。

借王家钱的数,连本带利,一分不少!他这一路上,会路过一些屯子和集镇,他只要从口袋里拿出一块大洋,就可以买来东西充饥……

说到这里,王老汉的眼里滚落下了几滴泪珠,他哽咽着说:"那笔钱早已经还给我了,我留着这借据,不是为了什么时候拿它向谁讨要,而是为了纪念那个不知姓名的抗联战士。人,要有良心,要讲信用,要不,那还叫什么人呢?"

法庭上的人都被王老汉的故事感动了,一片沉静。

这时,庭长觉得这庭开得有点走了样,连忙言归正传:"原告,被告,你们是否同意法庭调解?"没等王老汉说话,李麻子便抢着开了口:"老爷子,我撤诉还不行吗?"

(本篇月月评短信代码:0117)

(题图、插图:周　骋**)**

如果说美貌是推荐信,那么善良就是信用卡。　　——布尔沃·利顿

师兄师弟

□ 赵 欣

战国时期,有两个很有名气的人物,一个叫苏秦,一个叫张仪,他们拜在同一个老师门下。苏秦比张仪大了许多,向来把张仪当作亲弟弟,张仪也很敬重苏秦。出师以后,他们洒泪而别,各奔前程。

苏秦来到赵国,凭借过人的口才和学识,得到了赵王的赏识,很快当上了相国,功成名就,荣华富贵,并被委以重权,负责联合其他五国共同抗秦。相比之下,张仪就没有那么幸运了,他投在楚国昭阳公的门下,由于出身卑微,却又恃才傲物,所以备受冷遇。有一次,昭阳公的一块名贵玉石被盗,有人乘机诬陷张仪,昭阳公大怒,命手下把张仪痛打一顿,然后投入牢中,准备择日问斩。

行刑前一天的夜里,一个狱卒悄悄走进张仪的牢中,说:"我虽然不认识先生,但十分敬佩先生的为人,请您快逃走吧。"说着他将一个装着银两和衣物的包袱递给张仪。

张仪感到十分意外,他推辞说:"我不是怕死之人,怎么可以为了自己偷生而连累你呢?"

狱卒笑道:"我也是受人之托,里外都已经打点好了,不会有事的。先生您有治国平天下的大才,屈死在这里太不值得了。"

一席话说动了张仪,他朝狱卒拜了三拜,然后偷偷出了牢房,消失在

谈古说今

夜幕之中。

逃离楚国后,张仪先后来到魏国和韩国,因他已有"犯罪前科",所以屡屡碰壁。张仪一向心高气傲,现在也有些心灰意冷了,想到师兄苏秦眼下位高权重,便准备前去投靠,好歹混个门客求碗饭吃,也好平安度过余生。

经过一个多月的旅途奔波,张仪终于来到了苏秦的相国府前,出乎意料的是,苏秦并没有立刻接见他,而是把他安顿在客栈里,让他安心等候。张仪没想到自己千里迢迢而来,却吃了一碗不凉不热的闭门羹,心里很不是滋味。

客栈老板姓王,是个胖胖的中年人,他得知张仪和苏相国是同窗好友后,天天跑来嘘寒问暖,显得十分殷勤。就这样,不知不觉半个月的时间过去了,张仪虽说衣食无忧,但被冷落的滋味也不好受,他几次跑去相国府求见,都被拒之门外。

这天下午,张仪正闷闷不乐地坐在房间内喝茶,王老板忽然气喘吁吁地跑了进来,连声说:"快、快把窗户打开!"

"怎么了?"张仪不解地看了王老板一眼,但还是照他的话去做了,把窗一打开,王老板就俯在窗前,指着楼下的一辆马车说:"你往那儿看——"

张仪探出头去,仔细一瞧,只见街上过来了一辆华美的马车,还有威严的仪仗,张仪从车辆的装饰上认出这是相国的,顿时明白了王老板的用意,于是对着大街大声喊道:"相国大人,还认识张仪吗?"

马车闻声停下,一个人撩开车帘,抬起头来向客栈二楼张望,那人果然是苏秦,当他看清楼上那人是张仪后,面露笑容地说道:"贤弟什么时候来到赵国的?"

张仪冷冷一笑:"我到赵国已经半月有余了,可惜师兄贵为相国,事务繁杂,无暇接见啊!"

"是吗?那是为兄失礼了。不过我现在有要紧的公务需要处理,不能在此久留。这样吧,明日午时我亲来拜访,并设宴为你接风赔罪,如何?"说完,他也不等张仪回答,放下车帘,径自走了。

张仪望着苏秦远去的马车,心中又喜又忧,喜的是终于见着了师兄,生活有了着落;忧的是看苏秦刚才的架势,即使收留了自己,往后的日子也不好过呀!

第二天中午,相国府果然派人来到客栈,为张仪安排酒宴,但苏秦本人却比约定的时间迟到了足有一个时辰,他在一大帮达官显贵的簇拥下姗姗而来。见面以后,苏秦只朝张仪拱了拱手,就把他晾在一边,大模大样地和身边的人聊了起来;更让张仪感到气愤的是,安排座位时,苏秦并没有按照远来为客的规矩,把张仪请到贵宾席位,而是把他挤到了桌角下人的位子上,张仪的脸色十分难看,苏秦却视若无睹,只顾和其他的人应酬。

张仪终于忍不下去了,他悄然退席,收拾好自己的行装,正要离去,却见王老板走进他的房间,把满满的一包裹银两放在桌上,叹了口气说:"我知道你已经身无分文了,这些盘缠望你不要嫌弃。"

张仪愣了一下,说:"我和你素昧平生,你为什么送这么厚重的礼物给我?"

王老板微微一笑:"我观先生终非池中之物,日后必然位极人臣,到了那时,你别忘了我就好。"

张仪低头沉默了片刻,然后执着王老板的手,郑重地说:"多谢您的信任,我一定发奋努力,以图大业。"

王老板点点头,又说:"苏秦现在身为齐、楚、燕、韩、赵、魏六国相国,执掌六国相印,所以你最好还是到秦国去,车马我已替您备好,请你即刻上路吧。"张仪向王老板拱了拱手,然后登程而去。

张仪来到秦国后,他的政治主张得到了秦王的重视,尤其是他为对付苏秦而谋划的"远交近攻"之策,更是让秦王大喜过望,于是立刻被授予相国印绶,并全力支持他对内大刀阔斧地进行改革,对外不惜重金各个击破,不出两年时间,秦国的国力就远远超过了其他六国,而六国联盟也已名存实亡。

张仪见时机成熟,便积极备战。这天夜里,他邀请几位大臣在府上商议攻赵事宜,忽然门客来报,说赵国派使臣求见。张仪大吃一惊:我还没有发兵,这消息怎么传得这样快?他又急又惊,快步走到前厅,却见来客竟是王老板,这才心头一松:"你怎么当上使臣了?"说着他便走上前去抱

谈古说今

住王老板大笑起来。

王老板等张仪松开自己后,深施一礼,说:"因为苏秦大人知道,只有派我前来,才能说服你不要对赵国大动干戈。"

听到苏秦的名字,张仪的脸上立刻挂了一层霜:"既然是你来了,我也不加隐瞒。不错,我是准备攻打赵国,而且决心已下,不会改变;你既然来了,也就不必再回去,我可以向秦王举荐,让你在秦国为官,你看可好?"

"我生是赵国人,死为赵国鬼,绝不投敌叛国。"王老板摇摇头,说,"张相国急于攻赵,似乎不全是为了统一大业,里面还有个人恩怨吧?"

张仪背过身去,哼了一声。

"张相国,我给你讲个故事吧,也许能化解你心中的怨恨。"王老板徐徐说道,"有这样一对师兄弟,师兄宽厚仁义,师弟心高气傲,两人各在一国为臣,师兄得意,师弟失意。有一次,师弟蒙冤入狱,师兄想出面营救,又怕伤了师弟那脆弱的自尊,于是悄悄买通狱卒放了他,还赠以重金,助他另寻出路,可惜他走了几个小国,都未受到重视。大凡心气高者,志也易挫,他当时万念俱灰,来到师兄处,欲求荫庇。此时,师兄已贵为相国,他深知师弟和自己政见不同,其才又在自己之上,不忍让师弟屈居于自己手下为臣,更不愿意看到师弟就此消沉,于是百般冷落,激发其自强,同时又安排一位客栈老板为他指点迷津……"

"不要再说了!"张仪听到这里,喉头哽咽,浑身颤抖,他身子颤颤地走到王老板面前,眼睛直直地盯着他,半天才说:"难道你送我银两,也是师兄的安排吗?"王老板低下头,说,"不错,我是个生意人,怎会无缘无故地白白送钱给你呢?"

"师兄啊……"张仪刹那间完全明白了师兄的苦心,他忽然两腿一软,跪在地上,以头撞地,发出了一声号哭:"只要有你在,秦国决不兴兵……"

张仪说到做到,秦国果然等苏秦亡故以后才开始吞并六国……

韩愈说过这样一句话:"仰不愧天,俯不愧人,内不愧心。"这"三不愧",说的就是做人的标准,而真正做到这三条,谈何容易,特别是"内不愧心",更难。比如像这一故事中苏秦对张仪的帮助,独具深意,用心良苦,而且不能为被帮助人理解,以致使原本情同手足的师弟萌生了切齿之仇,作为苏秦,那就需要有"内不愧心"的情怀了。

人生在世,时有被人误解的时候,我们要学一点苏秦那种"内不愧心"的心境。

(本篇月月评短信代码:0118)

(题图、插图:黄全昌)

·情节ABC·

□ 老 三

张博士的智商

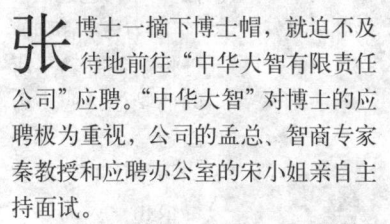

张博士一摘下博士帽,就迫不及待地前往"中华大智有限责任公司"应聘。"中华大智"对博士的应聘极为重视,公司的孟总、智商专家秦教授和应聘办公室的宋小姐亲自主持面试。

宋小姐笑吟吟地对张博士说:"我们公司有规矩,为防止学历高智能低,所有应聘者首先要测智商。下面这些题每道题答对得10分,答错或答不上得负10分。好,请听题:小明的爸爸死了,小明为什么不哭?"

张博士愣了,只好摇头不知。

宋小姐:"小明是遗腹子,他生下来时他爸已死,他当然不会哭了!第二题:小明的亲妈死了,他为什么不哭?"

张博士此刻已经知道这叫"脑筋急转弯"了,都怪他从前对这类雕虫小技不够重视,现在傻眼了。

宋小姐"咯咯咯"地笑了起来:"不知道?小明半岁就过继给了别人,亲妈死时他根本不知道还有个亲妈,他上哪哭去!"

"第三题:小明的亲妈死了,他为什么不哭?"

张博士把宋小姐刚才说的答案重复了一遍,宋小姐连连摇头:"小明是

故事会 2004年1月号红版 63

· 情节 ABC ·

个傻子，压根儿就不知道死是怎么回事，他哭个什么？好，第四题：小明的亲妈死了，他为什么不哭？"

张博士一听还是这道题，知道再重复刚才的答案肯定不对，他的汗全下来了，只好尴尬地摇着头。

宋小姐说："小明死在他妈妈前头，他上哪哭他妈去？他妈哭他还差不多！"

张博士尴尬地问："你们……除了小明之外，还有没有别的题？"

"那就改小强吧！"宋小姐说，"请听题：小强光着脚涉水过河，他自己的脚却没湿，请问为什么？"

张博士答不上来，宋小姐笑着答道："因为小强是残疾，装的是假腿，他自己的脚早没了，当然不会湿了。"

这时，孟总轻声问教授："智商是多少？"

"负50分。"

孟总清了清嗓子，无奈地说："张博士，对不起了，我们这儿扫地的智商都在负30分以上，所以……"

张博士涨红了脸，他请求道："孟总，请您给我三天时间，就三天，行不行？"孟总答应了。

张博士回到家，买了一大摞"脑筋急转弯"开始恶补，他就不信，凭他一个博士的脑瓜，会连个"脑筋急转弯"都对付不了。

三天后，他信心百倍地再次前去应聘。

宋小姐继续出题："请听题：马小伟比哥哥小三岁，他却管他哥哥叫小弟，请问这是为什么？"

张博士连珠炮般地答道："因为马小伟是傻子因为马小伟块头大他哥叫他小弟他就揍他哥因为马小伟和他哥一块生下来的可是马小伟已经在他妈肚子里妊娠了3年因为马小伟和他哥打赌他哥输了所以他管他哥叫小弟因为马小伟的哥哥和马小伟的弟弟长得很相像天黑马小伟认错人了以为他哥是他弟所以他管他哥叫小弟……"

张博士一口气不停地说着，差点没憋死……

64 智慧是乌云背后的阳光。——吉伯特

· 快乐辞典 ·

读者推荐：值得关注的流行语

◇ 最难吃的一道菜——炒鱿鱼
◇ 同名最多的妹妹——打工妹
◇ 最年轻的奶奶——二奶
◇ 涨得最快的费用——出场费
◇ 最富刺激性的表演——跳槽
◇ 最来钱的运动项目——走穴
◇ 最贵的扣子——回扣
◇ 最神气的领子——白领
◇ 最贵的包裹——红包
◇ 掌勺最多的人——炒股
◇ 最难修补的东西——破产
◇ 最难设防的盗窃——偷情
◇ 街上最多的小动物——牛仔
◇ 最无奈的谋杀——宰客
◇ 范围最广泛的称呼——老板
◇ 最无可奈何的等待——插播广告
◇ 最多的头衔——经理
◇ 最畅销的书——女秘书
◇ 最贵的帖子——请帖
◇ 最轻松的表演——假唱
◇ 最结实的一张网——关系网
◇ 最难打掉的东西——假货
◇ 租金最贵的房子——KTV包房
◇ 最配对的两个称呼——大款与小蜜

（欢迎读者为本栏目推荐新鲜有趣的幽默格言、俏皮话和顺口溜，来稿请寄：上海市绍兴路74号《故事会》杂志社，邮编：200020。请写明姓名和联系方法，并请在信封上注明"快乐辞典"字样。电子邮件请发：yaotongzhi@163.com）

"80万元读者大奖"活动之 **3**： 猜情节，赢奖品

你看了"情节ABC"中的故事后，请选择你认为正确的情节发展，将短信代码发送到200056（中国移动）或900056（中国联通）。我们将在本月下半月的刊物上刊登答案，并从竞猜正确的读者中抽取优胜奖20名，赠送价值100元的纪念品；从参加竞猜的全部读者中抽取参与奖500名，赠送价值10元的纪念品。所有参与读者将另获赠精彩梦网信息服务。

参加全年"情节ABC"活动，并猜对全部答案的3名读者（抽奖确定）将获得特等奖彩信手机一部。得奖读者在评选结果揭晓后将得到短信通知。本活动收发短信费用：每条0.10元。

另两项活动见P28、P58。

本期有奖竞猜的题目是：秦教授听了张博士的回答后，他的反应将是：A.哈哈大笑（短信代码AA）B.勃然大怒（短信代码：AB）C.冷笑一声（短信代码：AC）

（题图、插图：张　恢）

故事会 2004年1月号红版　**65**

· 中篇故事 ·

有一种守望，是用生命来支撑的……

□ 冰儿

今晚的月亮哭了

1、重案犯在凌晨越狱潜逃

雷明从部队转业后就回到了家乡沈阳，那年是二十五岁，回来半年后，就分配到监狱工作。分配那天，他对民政局人事处的处长说："其实，我挺不喜欢这个职业的，倒是想去公安局当刑警或者特警，这事你看……"可是，几经周旋也未能如愿，雷明只好安下心来当狱警了。

这一转眼间，雷明已经在监狱干了三个年头，没有发生过什么大事。正当雷明为这平淡的工作而感到没劲时，监狱里却出了一件惊天动地的大事：犯人解峰在凌晨两点多钟越过四米五高的大墙逃走了，等哨位发现时，天已亮了，犯人解峰已经逃跑四个多小时了！雷明看了看逃跑时的现场，他说："这小子有种，这么高的大墙，还有三千三高压的电网，这在平时，鸟飞到这儿都会给电击下来，看来这小子不太好抓呀！"监狱长当即开了现场会，他说："这解峰正像雷明说的，不是一般的人，他身高一米八，体格健壮，性情凶暴，内蒙人，又在

快乐就是身体的无痛苦和灵魂的无纷扰。——伊壁鸠鲁

· 社会长廊 生活广角 ·

内蒙的草原上长大,性格生冷、残暴;还有最重要的一点,你们要记住,解峰虽然犯的只是个小案子,判了三年,不值得跑,可我昨天才收到市局的通知,解峰在赤峰有个命案,这次他能在市局来通知之前仓皇逃跑,肯定是有人给他通风报信,他知道命案犯了,于是就在事发之前逃走。他现在已经是亡命之徒,这就增加了我们抓捕的难度,我们的对手可不简单,所以大家在抓捕时务必小心!"

随后,监狱长布置了抓捕任务:解峰的家是内蒙的,而且在沈阳、大连等好多地方都有亲属和落脚点,这样就使抓捕任务繁重而艰难。抓捕的人员兵分五路,其中一路就是雷明和狱侦科的赵启亮,他俩到解峰的老家内蒙去蹲坑。其实,这一路的工作并不太重要,只是防止万一解峰潜回老家内蒙,从常理上分析,解峰不大可能回到内蒙,因为以往犯人潜逃,大都会回家,所以警方把那里看作是重点,解峰是个聪明人,他不大可能回到内蒙去。

这回雷明一再请求到犯人最有可能出现的地方去,可是监狱长却说:"你还需要锻炼,你经验不足,很有可能出事,所以你也别争着去了,机会多着呢!这回你就先跟着老干警学学吧!"雷明无可奈何,只好和赵启亮驱车赶到沈阳的桃仙机场,坐上飞机赶往内蒙解峰的老家。

雷明和赵启亮赶到那里时,天已经黑了,在当地公安机关的配合下,趁着天黑摸上了山,他们就在离解峰家三百米的一个凹地蹲上了坑。他们不停地用望远镜注视着这个很不起眼的房子,一夜过去了,天空泛出鱼肚白,两人几乎快被蚊子吸干血了,尽管他们不停拍打着,可是由于怕暴露,不敢有太大的动静;再加上蹲坑的地方是个凹地,四周全是蒿草,正是蚊子的孳生地,可这是个最佳的监视处,他们只能蹲在这儿守候,用望远镜监视着那所小房子。

这次抓捕解峰,雷明和赵启亮都知道事关重大,因为解峰身负积案,而且是命案,所以,两人都不敢掉以轻心,全都一夜没敢合眼,他们不知道什么时候撤回去,只有等通知。

几天过去了,解峰没露面,这样雷明和赵启亮心头那根绷紧的弦就慢慢有点松弛了,不是吗,内蒙这个点本来就是以防万一的,不是重点,再说蹲了这么几天,鬼孙子连个影都不见!

雷明叹了口气,说:"解峰这孙子说不定跑到哪儿眯着去了,说不定这时正喝着小酒就着小菜,过着美滋滋的日子呢!"

赵启亮说:"雷子,解峰这小子是惊弓之鸟,他能有心思喝得下酒?说不定这小子比咱们还惨呢!"

·中篇故事·

就在他俩小声地说着话时,一个黑影已经接近了那个小房子,两个人谁也没注意。黑影渐渐接近,就在离那小房子只有几步时,赵启亮不经意地往那边瞟了一眼,这一眼把赵启亮吓了一脑门子的汗,他小声喊道:"不好,有情况!"雷明也吓得心惊肉跳的,不知怎的,手脚一慌,"哗啦",把坑边一块不大不小的石头弄得滚了下来,两个人一下子紧张起来,全都趴在凹地的边上往小房子那边看。这时,那个黑影好像是听到了什么动静,转身走掉了。由于天色太黑,他们没有看清楚黑影的面孔。

赵启亮唉声叹气地说:"太可惜了,要真的是解峰潜回来,我们就失去了一次机会,也许再也没有下次了,这后果可真不堪设想。"

这时,雷明也意识到情况的不妙,他说:"老赵,凭你的经验,如果这人是解峰,他还会不会回来?"

"这个不太好说,一般来讲逃犯是绝对不会回家的,除非迫不得已;再说,如果这黑影真的是解峰,他没有进家门,转身走了,那就是发现了什么情况,如果是这样,那他绝对是不会再回来的,就怕有别的情况,这小子滑着呢!"

自从出了这事后,两个人再也没敢分散过注意力,就是说话时眼睛也没离开过小房子,可是他们万万没想到的是,一个更要命的问题出现了……

2、在餐风宿露的日子里

雷明和赵启亮蹲坑蹲得火烧火燎,就在这个节骨眼上,赵启亮的身体却有点抗不住了,时有高烧,有时候还出现打摆子。雷明知道,赵启亮近年来身体一直不太好,再说,自从到这里蹲坑后,吃的睡的没法说了,又是没日没夜地趴在坑里餐风宿露,太累了。

按照事先的约定,没有重要的事不能往回打电话,同时为了节省经费,不到万不得已中途不能换人,可是雷明看到赵启亮这个样子,心里就不是个滋味……

其实,雷明早就零零星星地听说赵启亮和他妻子叶艳的事了。在结婚的头几年里,叶艳倒还支持赵启亮没日没夜地干这项丝毫没有生活规律的工作,那时,他每天还能吃上口热乎乎的饭菜,可到了后来,孩子大了,生活也就忙乱起来,赵启亮根本就没时间照顾孩子和家,起初叶艳只是埋怨几句,可时间长了,她就开始和赵启亮不停地吵架。赵启亮也自知理亏,不管多累,多晚,回家后就把所有的家务做完,他这样做,求的是妻子的谅解,也就在这个时候,叶艳下岗了,心情不好,被旁人一教唆,就学会了打麻将,每天早早地出门,直到深更

68 至上的成就必有困难相随。 ——奥维德

半夜才回来，有时一打就是通宵。赵启亮一天累到晚，回家给孩子做完饭就累得不想吃了，躺到床上就睡着，第二天一早还得给孩子做饭，送孩子上学，自己哪顾得上吃早饭？就这样，身体越来越差了……

雷明想到这儿，再也忍受不了，那天夜里，他从凹地爬出来后直奔旗里，给监狱打电话，可是那边电话的人说："解峰还没有抓回来，你们要克服困难，继续监视。"还没等雷明说出赵启亮病了的事，对方就挂了电话。雷明放下电话，身子一下子凉了半截，他沮丧地又潜回了凹地。

几天来，赵启亮的身体好像越来越不好，脸色白得吓人，雷明说："老赵，这样吧，我在这里守着，我这儿还有三天的吃喝，你就到旗里拿点药，顺便做个检查，三天后你再回来。""兄弟，那可不行，你一个人盯着太累了，再说，这段时间你也没休息好。"

"老赵，我年轻，身体好，当了这些年的兵，抗洪那阵子我一个星期没合一眼也不是挺过来了吗？这三天两天的小菜一碟。"

这时，赵启亮眼前一黑，又是一阵晕，他想，真的要是倒下了，不仅拖累了雷明，还耽误了任务，他无奈地点了点头，说："好吧，我去检查一下，拿些药，没事就回来。"

这天夜里，赵启亮下山了，到了旗里，他先给家里打了个电话，电话的那边传来妻子沙哑的声音，赵启亮猜想她一定又是通宵达旦地打了麻将刚回来，不觉伤感地说："艳子，你和孩子还好吗？"叶艳迟疑了片刻，说："你还想着我们娘儿俩呀？"赵启亮说："这不是工作忙吗？这次回来后我一定好好地陪陪你们……"赵启亮有些哽咽，可是叶艳却没领情，生冷地说："我不指望你这个伟大的人民警察来陪我们娘儿俩，也不想和你废话！"赵启亮张嘴还想说什么，那边已经挂了电话，他

·中篇故事·

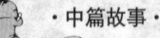

的眼泪流了出来,举着电话呆了好久。

赵启亮在旗里的这两天,雷明没看到那个黑影再在小房子的附近出现过。这天半夜两点,他真的有点坚持不住了,可是,解峰没抓住,没准这小子就会杀回来,虽然这种可能性很小,他还是不敢大意,直到天亮,雷明才稍稍放松下来,睡了几分钟。

雷明在凹地守到了第三天的夜里,赵启亮还是没来,吃的和喝的早就没了,真可谓弹尽粮绝,他想,是老赵出事了?按常理是不大可能的,他当狱侦科长七八年了,能出什么事?难道是他病在什么地方了?雷明正这样胡思乱想着,突然听到细碎的草叶声,他激灵一下提起了精神,这时才看清是赵启亮拎着一包东西蹑手蹑脚地走了过来,雷明乐坏了,说:"你孙子干什么去了?差点没饿死我!"他说着就上前一把抓起吃的东西,狼吞虎咽地吞了起来。

赵启亮不好意思地说:"兄弟,受苦了……"雷明边吃边支吾着说:"没事,没事。"

赵启亮又满不在乎地说:"妈的,屁事儿没有,只是一般的发烧,我这老破车也没几年拉头了,本来就破,再这么一折腾难免有点小毛病。"这时,雷明被窝窝头咽住了,他伸了伸脖子问:"医生怎么说?"

"就是他妈的缺酒了!"赵启亮压低嗓音"嘿嘿"地笑着说,听他这么说,雷明也乐了,不过,他一会儿又说:"老赵,看你脸色不好,你下山找个地儿眯两天,好好养养,别客气,咱哥们儿谁跟谁呀,我再呆几天。"

赵启亮连连摇头:"现在是关键时刻,我们谁也不能下山了,千万别出什么意外。"

就这样,两个人又守了两天,谁知这时却出现了一个致命的问题……

3、出现了一个神秘的女人

这时,粮食和水都不够用了,雷明说:"老赵,我看解峰这孙子是不会再来了,不如我们两个轮换着监视,等到夜深的时候,我摸到旗里找个小饭店找点东西吃。要不这样撑下去,我俩非得渴死、饿死,我倒好说,没家没业,没儿没崽的,你可就不同了,你还有嫂子、孩子。"

赵启亮想了想,说:"我看行,解峰这孙子看来是不会露面了,即使露面,也不会马上就来的。"

于是,雷明在夜很深的时候偷偷下了山,他不敢明目张胆地去小饭店找吃的,他要找个僻静的地方,而且还要别人不知道。好在冬天天黑得早,路上的行人也早早地回家睡觉了,可很晚了,他还没找到一个安全的地方买吃的,但是他又不能不找,因为地坑里的赵启亮已经一天一宿没吃东西了,雷明也是,饿得实在不行,眼睛都有点发花了，所以他必须找！

一直到晚上十点半的时候，雷明才找到一个很不起眼的小饭店，小饭店没有什么标志，如果不细看，还真的以为是个平常的百姓住家，雷明想，这里是最安全的了。他轻轻地敲着已经上了栏板的小饭店，他不敢弄出太大的动静，敲了十多分钟，里面才响起了一个男人的声音："谁呀？这么晚了还来敲门，真是烦死了！"

那男人并没马上开门，又急着问门外："干什么？"雷明小声地说："饿了，请你给做点东西吃。"

那男人一听做东西就烦了，说："做不了，要吃明天早上来吧，又不是死了人买棺材，深更半夜的敲什么门？"

雷明一听这个气呀，心想，你这小子，这要是在平时我非打烂你的舌头不可！可是这个时候他只好忍气吞声，又连连说着软话，那男人本来已经往屋里走了，听雷明说了不少的好话，便又折了回来，气哼哼地把门打开。

开门的是个长得黑里巴几的矮个子男人，他一看雷明是个陌生人，又是个彪形壮汉，一愣，再想关门，雷明却已经敏捷地闪进了院子，因为他怕外面有人看见，他知道在这种时候应该尽量避免接触更多的人。

雷明走进了小饭店，站定后朝四处看了看，并没有发现什么可疑的地方，便说："老板，你给做一大碗汤，再做些……"还没等雷明说完，老板就生硬地说："做不了，只有几个剩馒头，不愿意吃就走人。"

雷明想到此时此刻拖着病躯正在地坑里吃苦的赵启亮，心头酸酸的，说："老板，求求你，我这做买卖的也不易，起早贪黑的，好几天没正经吃点东西了，整天凉水就面包，真有点吃不消了，你就给做点热的吧！"

老板看了雷明一眼，说："说不行就不行，今天你就是说出天花来我也不做！"雷明还要说什么，老板挥一下手说："你这人怎么这样？给你开了门还得寸进尺的！"雷明见老板真的不给做，只好要了几个又冷又硬的馒头。

就在老板进厨房拿馒头时，雷明透过店堂的小窗子不经意地一瞟，看到厨房也有一个小窗子，而就在这时，雷明突然发现那小窗子的后面隐隐约约有一双眼睛在盯着他，透过窗户的空格子，可以看见那个人是长头发，是个女人。雷明顿时惊出了一身冷汗，他想，这么晚了，就是老板的妻子也该睡了，就是不睡也没有必要躲在厨房里鬼鬼祟祟地盯着他看。看来这个女人和老板一定是有什么事，或许正在商议着什么，他这个陌生人的突然到来，使她不安起来，于是才躲在暗处。

· 中篇故事 ·

职业的敏感，使雷明突然冒出了一个念头：她会不会是解峰的家属，或是有什么关系的人？她来和老板商议关于解峰的什么事？如果是这样，那解峰一定是潜回来了！

雷明正这么想着，老板拎了一袋馒头走了出来，雷明想拖延时间，探明这个女人到底是谁，于是他一下蹲到地上，手捂着肚子"哎哟""哎哟"地叫了起来，老板见了，不冷不热地问道："怎么了？"雷明说："大哥，胃病犯了，你能不能给倒点热水，最好能找几片药，我实在是挺不住了。"

老板一脸的不高兴："你这个人真是麻烦，只有热水，没有药。"老板显然也是防着雷明，不能让雷明单独呆着，所以他不愿意回到后院去找药。雷明喝了一口热水，说："大哥真是好人，嫂子也贤惠。"老板不悦地说道："贤惠？谁来给我贤惠？"雷明奇怪地问："怎么？大哥还没娶老婆吗？"老板说："娶了，她嫌这里太苦了，跟一个做买卖的跑了，所以我讨厌你们这些外地来做买卖的人。"

雷明装作不在意的样子，随口说道："我还以为厨房里的那个女人是你的老婆呢！"

老板一听，怪样地笑了笑，说："什么老婆，那是个……"说到这里，老板一下打住了，他已经意识到话说多了，于是立刻板起脸来，让雷明马上离开。雷明被老板连推带搡地赶出了门，他拎着一袋冷冰冰、硬邦邦的馒头，一路上苦苦地想着老板说的话："什么老婆，那是个……"老板下面想说的是什么呢？"那是个邻居"、"那是个朋友"、"那是个相好的"……雷明揣度着，但总觉得老板想说的不是这些意思……

雷明从小店出来，他怕有人跟踪，就没有直接上山，而是绕了几个圈，见没人跟着，这才小心地往山上摸去。他想尽快赶到赵启亮那

72 磨难将唤醒你豪迈的心。——泰戈尔

里，可是刚走到半山腰的时候，忽然听到不远处有人挪动脚步的声音，而且那声音是从赵启亮那边传过来的，雷明意识到不好，立刻以最快的速度往赵启亮那边赶，可是没等他到那地坑，就听见"啊"地传来一声惊叫……

4、阴云笼罩着两个人的哨位

一声惊叫过后，一片死寂，雷明脑门渗出了密密的一层汗。他蹲在那里一动不敢动，揪着心听着动静，可是过了一分钟、两分钟……十分钟过去还是没动静，于是他不得不伏在地上，蛇一样地蠕动着，匍匐着往前爬。他怕弄出声音来，短短的几十米，愣是爬了四十多分钟！可是当他爬到凹地一看，差点没晕过去：啥都没有，平安无事，这声音竟是赵启亮莫名其妙发出来的，这一下雷明就有点猴急了："老赵，你刚才叫什么？你知不知道后果？"

赵启亮的脸"刷"地一下红了，他喃喃地说："妈的，睡着了，做了个梦，梦见你嫂子用刀来砍我……"

雷明听赵启亮这么说，后悔自己太冲动，不问青红皂白就责怪，心里不由一阵内疚，他拎着那袋馒头走到赵启亮的面前，说："老赵，你将就着吃点吧，实在是弄不到好东西！"

赵启亮笑了："有东西填肚子，这已经很不错了。"赵启亮说着，拿起有点变了味的馒头啃了一口，艰难地吞咽着，他感到嗓子火烧火燎的痛，眼泪都憋了出来。他背过身把眼泪擦了去，带着笑说："看来还是老了，这要是在前几年，就是块石头也能把它吞下去！"

雷明说："这都是监狱给我们的磨难，生活没规律，铁人也得废了，有些人还对我们警察说三道四的，要是让他们干上三天一准都跑光了！"听雷明这么一说，赵启亮想起了家，尽管妻子那个样，可是自己还能有口热水喝；他也想到了孩子，不知道现在孩子怎么样了，自从妻子叶艳下岗迷上麻将，她连饭都很少做，孩子也是冷吃冷喝的。

就在这时，两个人几乎是在同时发现了一个黑影，也许就是前几天的那个，可又不太像，这个人没有像那天的黑影畏畏缩缩的，而是明目张胆地走进了小房子。雷明说："像是解峰！"赵启亮说："看体形挺像，也许是鱼上钩了，我们快点冲下去！"说着，他们从山上连滚带爬地下来，可是快到小房子时，那个黑影却从小房子里冲了出来，速度之快让他们猝不及防，他俩愣了一下就追了下去。

这里的路他们本来就不熟悉，而且路面又不平，这儿一个坑，那儿一个包的，这让五十多岁的赵启亮有点吃不住劲，再加上这几天发烧，身体虚得厉害，可是他不能眼见着逃犯逃掉呀！雷明虽然跑得快，可是太年轻

·中篇故事·

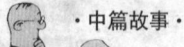

了,这种事遇见得少,没有经验,他怕雷明吃了解峰的亏,所以紧追不放。追了几百米后,赵启亮就觉得眼前一花,一阵眩晕,一下掉进了路边的泄水沟里。他顿时感到腿上一阵钻心的疼痛,意识到不好,有可能是腿摔断了,他试着站了一下,可是没能站起来,却一屁股坐到了地上。

这时赵启亮并没有考虑自己,而是担心正在追解峰的雷明吃亏,他猛然想到:解峰为什么总是跑大路?按理,这里是他的家,他应该熟悉,走小路不是更容易逃脱吗?莫非……想到这里,他猛地朝前面雷明追赶的方向喊了起来:"雷子,快点回来……"

一会儿,雷明气喘吁吁地跑了回来,他看到赵启亮坐在路边一个棚子里,龇牙咧嘴的,显得十分痛苦,就问:"怎么了,老赵?"赵启亮说:"可能是腿折了,你先别管我,你快点回去,那人可能不是解峰,我们有可能上当了。"雷明听了愣了一下,二话没说,拔腿就往回跑。就在雷明马上要赶到山上时,突然,"嗖——"小房子附近又有一个黑影以极快的速度逃窜了,雷明正要去追,却见赵启亮拄着一根木棍一拐一拐地走了过来,于是就迎了过去,说:"老赵,我去追……"

赵启亮说:"算了,别追了,看来这个人才是解峰,他早有准备,根本追不上;再说,这段时间太短,他还来不及做什么,看来他的目的还没达到,只要守住这儿就行。"雷明这时一下想了起来,刚才先看见的进小房子的人,特别像那个饭店的老板,莫非他是用调虎离山之计,把赵启亮和雷明引开,然后,解峰趁虚而入,看来这里一定有什么解峰急需得到的东西……

74 每一灾祸都是一种激励和价值的暗示。——爱默生

经这一折腾，赵启亮的腿是一点也不能动了，腿肿得老粗，轻轻碰一下，都会感到钻心的痛，可是在这个节骨眼上，雷明又不能送他下山。他们只好就这样干挺着，雷明心痛呀，可是一点办法也没有……

这已经是蹲坑的第19天了，赵启亮的腿开始没知觉了，而且创伤面已经大面积地化脓，而用来联络的手机早被前几天的一场雨水浸透而无法使用，雷明又不能走出地坑，因为一旦有情况，比方说解峰要是杀了回来，赵启亮无法行动，面对解峰，那后果是无法想象的，所以雷明此时只有干着急的份。

这时粮食和水也不多了，两人尽量减少食量，他们不知道什么时候才能撤回去，也无法和当地公安部门联系，因为事先约定，如果有什么情况该由雷明他们打电话，可现在雷明的手机浸水后坏了，他们打不出去，别人也打不进来。

这些天，雷明除了白天能休息一下，晚上就没时间打瞌睡了，因为赵启亮伴着化脓、感染开始发高烧了，时而还出现昏迷的状况；更要命的是在前天，雷明发现有一个人总在夜里出现，而且总是在黑暗的地方一闪而过，看不清面孔，是旗里的小偷，还是解峰，无法断定，这使他不得不更加小心。

就在这天的夜里，雷明太疲劳了，到了下半夜，他一下就睡着了，也许是一个小时，也许是几分钟，他醒来时直拍自己的脑袋，埋怨自个儿怎么睡着了。他察看了小房子的四周，没什么动静，可他还是担心，万一解峰就在他睡觉的时候过来后又走了，那可就坏事了！

一旁的赵启亮没有表情地躺着，好像是太疲劳的样子，在熟睡着。雷明把自己的皮大衣裹在赵启亮的身上，希望能多给他一点温暖，能坚持到最后一刻。

一连又过了几天，赵启亮那条腿的皮肤开始变暗了，他心里明白，这是骨头开始坏死了，他也意识到如此下去会是一个什么结果，可他没有放弃监视。雷明看着赵启亮那渗着脓水和血水的腿哭了，他抹着泪，把赵启亮身上的大衣又裹了裹，抬头看看月亮，今晚的月亮很圆，长出了许多毛边，静静地、忧郁地亮着。

就在雷明希望早日结束监视的时候，他怎么也没想到又出现了意外之变……

5、阴差阳错的撤点命令

雷明守着赵启亮又监视了几天，可是仍然没有撤点的通知，而且，即使有撤点的通知，手机坏了，监狱那边也无法打通电话。雷明多少次想自个儿撤了，不守了，背着老赵下山、回去，可是铁的纪律和一个警察的责任

·中篇故事·

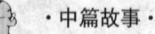

感不容他做出这样不理智的决定。

可是,雷明和赵启亮怎么也不会想到,其实就在他们守到第20天的时候,因为超过了抓捕时间,监狱按照规定,报请省厅撤点,省厅同意了,同时向全国下了通缉令,这样,雷明和赵启亮他们的任务其实也算完成了。

当天,省厅和局里下令,让这次撤点回来的人员提前休假疗养,当时所有的人都拖着疲惫的身体回家休息了,到下午时只剩下监狱长、小车司机和门卫几个人。直到这时,监狱长才发现内蒙的点还没撤下来,他急忙打雷明的手机,可是无法联系上,这时,省厅来电话,让监狱长去汇报这次的工作,他忙着走,就把这个任务交给了行政科,让他们通知当地的分局让雷明和赵启亮撤点,可是,谁也没想到,行政科的老张当时打了电话到内蒙当地分局,可偏巧没人接,那天正是星期六,他就想等星期一再打,没想到这事也赶得巧,老张回家休息的第二天,女儿让车给撞了,一忙活把这事给忘得一干二净,世上的事就怕这样,几个巧"赶"在一块儿,这事就砸了!

其实,内蒙当地的公安局也惦记着这个事,当时为了减小赵启亮和雷明暴露的可能,当地警方把他俩安排完就撤了回去,临走前他们约定,一旦需要帮助、支援,雷明就打电话联系,可是过了这么多天也没见雷明他们打电话来,便以为一切顺利;当地公安局也曾经打电话给雷明他们,可是打不通,估计雷明他们怕暴露目标,关机了,哪想到雷明的手机已经坏了! 直到二十天过后,内蒙的警方想想还是不放心,就打电话到监狱询问情况,那天接电话的恰好是个值班的,他说:"我们早撤点了,我们没有通知你们吗?"内蒙那边的人说:"我们一点也不知道,那你们的两个兄弟也撤回去了吗?"值班的干警说:"那当然了,我想他们此刻正在温泉里享受呢!谢谢你们的关心,欢迎有空来做客。"内蒙那边一听也就放心了。

两天后,监狱长汇报工作回来,发现雷明和赵启亮还没回来,这才想起那天的事,一路追查下去,才知道没有通知他们撤点,监狱长心里直嘀咕:你们这两个家伙脑子进水啦?打个电话来问一下也行呀!可是他哪里知道,不是雷明和赵启亮的脑子进水,而是手机进水了,没办法联系;而且,赵启亮的腿已经烂得发出了臭味,雷明根本就下不了山,此时他们已经断粮断水三四天了,他们不得不用身边的草根和雨水来充饥,幸运的是那天赵启亮逮着了一只来寻食的土鼠……

待监狱长确定雷明和赵启亮没撤下来后,他没有立刻打电话到内蒙,他怕声张出去影响不好,这毕竟是一个很严重的事故呀,于是监狱长亲自带队,即刻起程,急如星火地往内蒙赶。当他们风尘仆仆地到达那个凹地时,已经是两天后的下午了,也就是雷明和赵启亮守候地坑的第28天。监狱长带人冲上山去,奔到地坑时,他们惊呆了:两具身躯,一具横在长满杂草的地坑里,一动不动,身上盖着厚厚的大衣,这是赵启亮;一具趴在坑边,整个身子也是一动不动,但他的两只眼睛还炯炯有神地死死盯着那个小房子,这是雷明……

雷明看到监狱长他们时哭了,半天才嚷出一句:"我操你们妈!"说完,他一下就晕了过去。雷明骂这句话时他是明白的,监狱长亲自带队赶到内蒙来,这是出了事故,没别的,肯定是忘记了撤点,以前也发生过这样的事,不然监狱长是不会亲自赶来的。雷明过了一会儿就清醒了过来,他哭着对监狱长说:"你们为什么不早一天来,早一天来老赵的腿就少烂去一点肉,你们……"赵启亮最后几天一直就昏厥着,监狱长他们哪里知道这地坑里的情形哪!

监狱长他们架着雷明,抬着赵启亮,直奔旗里的医院。到了医院,他们怎么也没想到事情的结果会这么严重,医生说:"他的腿骨已经坏死,已经变黑,血循环已经不通了,只有截肢,要是早个三天五天的或许……"雷明哭喊着说:"不行,绝对不能截肢,他还有老婆孩子要照顾呢!你们想想办法,我求求你们了!"雷明说着就跪下了,其他干警也都哭了。这时监狱长说:"对,绝对不能截肢,不管花多少钱,都要保住他的腿。"

当天,赵启亮就被送到了呼和浩特,在那里诊治的结果是相同的,而且主治医师还说:"到哪里都得截肢,而且要快,不然病人的命都保不住,再说,你们也真是的,怎么到这个时候才送来,本来不算个什么事,小小的骨折竟然还要把腿截掉,这是我当

·中篇故事·

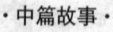

医生几十年头一回看到的!"

赵启亮的那条腿,那条为监狱的安宁不知道站了多少天的岗、为抓捕逃犯不知道跑了多少路的腿,几个小时候后扔在了这里——远离家乡的内蒙医院里!

那天晚上的月亮长毛了,月光惨淡惨淡的,朦朦胧胧的,丝丝缕缕的,就好像是滴落的泪水,洒落在赵启亮的脸上……

雷明悲伤地跪在赵启亮的身旁,肩一耸一耸的,哭着说:"启亮大哥,你活得太苦了,我的好大哥……"可是躺着病床上还没醒来的赵启亮却一无所知,甚至还不知道自己已经从山上撤了下来。站在病床旁的监狱长一脸愧色,他怎么也没想到,耽搁了撤点时间会发生这么大的事,他深深地感到了内疚,所以,雷明在骂他时他没做声。

雷明一直陪着赵启亮,直到他出院,可是他们没有完成任务后的快乐,只有心头淌着的泪水……

6、今晚的月亮哭了

雷明在撤回队里后,经过调养,身体已经复原,只是精神不如以前,赵启亮的事给他的刺激太大了,可令雷明想不到的是,监狱长竟然拒绝为赵启亮向省厅请功,雷明去问他,监狱长说:"赵启亮的事是意外,如果报到省厅,省厅也不会批,只能算是事故,反而不利监狱的名誉,而且会端掉当年的安全奖金,还会通报全省批评。"雷明一听,当时就把监狱长的茶杯摔了,说:"你不就是想保住自己的位子吗?我告诉你,今天我要不把老赵的事弄明白,我就是你孙子!"雷明从监狱出来就奔了省厅。

事情捅破了天,省厅厅长亲自来处理这件事,他对监狱长说:"问题要一分为二地看,赵启亮同志的精神值得我们学习,请功为什么不可以?我看报请个一等功也不为过,在当时这么个情况下,有谁会拿一条腿来和这种名誉交换?我看恐怕没人肯,你肯吗?"省厅厅长问监狱长,监狱长低头不敢吱声。

然而,事情并不那么简单,按照有关规定,解峰没抓到,赵启亮还是没能得到功臣的称号,雷明不甘心,还奔波在省厅和市里之间。这时,赵启亮的妻子叶艳也知道雷明在操心这事,她找到雷明说:"雷明,这件事你一定要帮你的赵哥,他这个人太老实,你看,到现在我们住的房子,哪个不比这强,我下岗了,他也不给我找个工作,你看你们单位的家属,最不济事的也到你们监狱的食堂工作了,你看他,我一提他就急,说不要给他丢人现眼。现在可好,弄成这个样子,将来我还不照顾他一辈子?可现在连个功都弄不来……"说完叶艳就哭个不停。

雷明红着眼,抹了抹泪水,说:"嫂子,这事你就别操心了,回家照顾赵哥吧!"叶艳听了,红肿着眼说:"启亮能有你这么一个兄弟,他也没什么可遗憾了。"

一晃过去了一个多月,赵启亮的问题仍然搁着,雷明还是不停地找领导,不停地催问,可是仍然没有出现转机。

也就在这个时候,解峰在丹东被抓捕归案了,警察在审讯时,他摆出了一副死猪不怕开水烫的架势,连续十多天一句话也不说,他知道,这次他是死定了,没人能救他。

直到案子移交到检察院,根据所获的罪证宣判解峰死刑时,他才说出了一切:

解峰在内蒙赤峰的那个命案,原先没有暴露,他把杀人的血衣和工具埋在老家后院的一棵树下,这事没旁人知道,他只是在一次喝醉了酒后和一个叫小刚子的哥们说过。一年后,为了别的一个小案子,解峰又入了狱。有一天,解峰的姐夫来探监,他告诉解峰,小刚子犯事了。解峰知道小刚子没刚性,抗不住,三审二审就会把他解峰杀人的事当作立功的资本招出来,所以他想毁掉那血衣和工具,这样,到时候即使抓住他也口说无凭。解峰不想让家里人和亲友办这事,一是不放心,二是怕连累了他们,没办法,他只得越狱。

讲到这儿,解峰的口气变得沉沉的了,他说:"你们部署得太严密了,你们那么多的点都撤了,为什么在内蒙的点没有撤?我甚至男扮女装,和一个开饭店的亲戚联手做这事,还是没搞到机会。按常理来讲,那个点并不是重点,而且最早应该撤的就是那个点,如果你们给我一次机会,那结果就完全不同了……可惜呀,我每次靠近小屋时都发现你们的点没有撤,将近一个月呀,我没有一次如愿,直到现在我才知道这世界上还有这样的硬汉子……"解峰说完,无可奈何地叹了口气。

当晚,监狱侦缉科五个人开车直奔内蒙解峰的老家。到了那里,他们从解峰所说的那棵树下找到了杀人的血衣和作案的工具,直到这时这些人才冒出一身冷汗:如果蹲坑的赵启亮和雷明稍有疏忽,解峰取到了这些证据后把它们毁掉,那么,我们这一张法网可就捅了个大口子了!

案情终于明了,为赵启亮请功的事也解决了。没多久,市局派人到监狱来宣布:赵启亮荣获二等功,雷明获三等功。

那天,正是八月十五,许多兄弟见赵启亮的事有了着落,都想去看看他。那天他们值完班天已经黑了,大伙儿买了月饼和水果来到了赵启亮的家,雷明敲开门,他们看到赵启亮的

·中篇故事·

女儿赵玲两手全是面,左手托着一块面,她见是雷明,眼泪汪汪的样子,说:"雷叔,你们来了,我正给我爸做月饼……"

雷明问:"怎么不买几个?"

赵玲"哇"的一下哭了,说:"雷叔,我妈和我爸离婚了,她把我和爸爸扔下了,走时把家里的钱全拿走了,而且我爸每天还要吃药,他的那条腿总是发炎。今天过节,我家拿不出一个月饼,我就自己做,雷叔,你看看我做得像不像……"赵玲把手中那块面举到雷明的面前,雷明一下把赵玲搂在怀里,哭了。这时,赵玲倒像是个大人一样说了起来:"雷叔不哭,我爸说,再苦再难也能过去……"

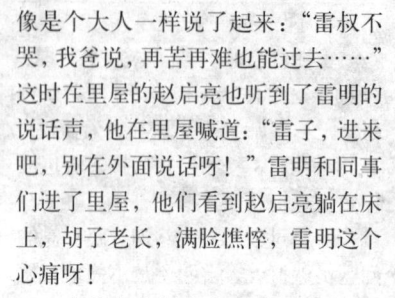

这时在里屋的赵启亮也听到了雷明的说话声,他在里屋喊道:"雷子,进来吧,别在外面说话呀!"雷明和同事们进了里屋,他们看到赵启亮躺在床上,胡子老长,满脸憔悴,雷明这个心痛呀!

大伙儿在赵启亮家呆了一会儿,有人说:"咱们走吧,让老赵好好休息。"其实是他们实在不忍心再看老赵现在的处境,雷明听了后说:"你们先走吧,我再陪陪老赵。"

那些人走后,雷明问:"赵哥,嫂子那边就没有一点希望了吗?"赵启亮叹了口气说:"她早就想走了,走就走吧,只是苦了孩子。她这一走,我再没了一条腿,这家也不好过呀!"老赵说着流下了泪水。

雷明坐到赵启亮的身边,搂着他的肩膀,望着窗外的月亮说:"还有你这个兄弟呢!一切都会好起来的,没有过不去的坎……"

那天晚上的月亮并不十分的明亮,月亮上还蒙着黯淡的云雾,它隐去了往日那明亮的光泽,像是在悲切地哭泣着……

(本篇月月评短信代码:0119)(题图、插图:王申生)

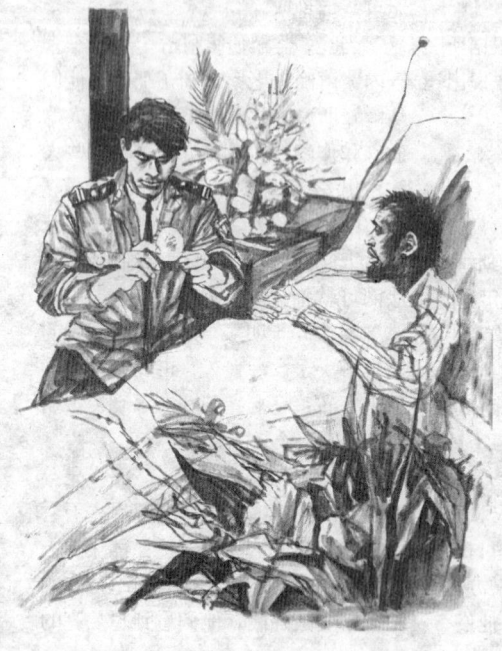

[故事会爱好者丛书]
当代传奇故事

《故事会》编辑部编
32开　5.00元

《当代传奇故事》给人以悲喜、惊恐、神秘等强烈而多变的阅读快感。每则故事无不以"奇"作为情节的核心,让人欲罢不能。作为"故事会爱好者丛书"中的一种,本集子相当具有代表性,故事的特点,《故事会》的风格,从此书可窥一斑。

[故事会爱好者丛书]
发财故事

《故事会》编辑部编
32开　5.00元

发财,自古以来人皆向往,因此发财故事也就在民间绵延不绝。本集36则发财故事分六大类:因财起祸、生财之道、天落横财、发财恶梦、飘忽财运、钱难通神等,故事生动,通俗可读。

[故事会爱好者丛书]
旅途故事

《故事会》编辑部编
32开　5.00元

46则旅途故事,让人在应接不暇的情节、人物中体验生活、体验社会、体验人生,从而拥抱生活、拥抱明天。作品充分运用了故事艺术的诸种表现手法:悬念、对比、误会、包袱……情节跌宕起伏,引人入胜。

[故事会爱好者丛书]
喝酒故事

《故事会》编辑部编
32开　5.00元

酒这东西,自古以来人们就对它褒贬不一,毁誉参半。本集古今中外64则喝酒故事,或喜或悲,或辛或酸,或啼笑皆非,按内容分为"因酒生事、借酒陈言、醉酒出丑、酒水糊涂、酗酒丧身、荒唐赛酒"等六类。

邮购电话:021-64716466;汇款地址:上海市南绍兴路74号上海文艺出版社邮购部(免邮费);邮编:200020。

·情节聚焦·

□丁 健 改编

走进"死穴"

杰克受公司总裁的派遣，奉命从加拿大来到土耳其，为他们的公司招聘工程师。为了省时省钱，他就在下榻的旅馆内设立了一个临时面试点。招聘广告一经发布，第二天一大早，旅馆客厅前就像医院的候诊室一般，排起了一条长龙，那些应聘的足有二百多人，还有那些乘机做早点生意的，好不热闹，杰克看了这番情景，心里不觉得意起来。

没得意几分钟，杰克觉得有点不妙：我是来招聘工程师的，这么多的人会全是工程师吗？说不定里面有木匠，有厨师，还有理发的，在他们看来，哪里有工程师，哪里就要盖房做家具，就需要木匠，就需要厨师给他们做饭，当然还需要理发匠，这些话听上去似乎有道理，但总裁要我只招聘工程师呀！

想到这些，杰克只好对着队伍大声声明："不是工程师的不要在这里等了！"

可是这"长龙"无动于衷，每个人都像钉在木板上的钉子一样呆在原

·层峦叠嶂　峰回路转·

地,没有一人离去。

不知不觉已到了中午时分,杰克又累又饿,几乎到了筋疲力尽的地步,更要命的是整个上午他都没有挪窝,他迫不及待地需要去卫生间方便一下,谁知,这种平时看起来是举手之劳的小事,此时却成了难以解决的重大问题:门道里被那些应聘者挤得水泄不通,有的在交谈,有的在打牌,还有的在闭目养神,要想挤出去,实在是太艰难了!

可杰克也实在是憋不住了,否则就得尿裤子,没办法,他壮壮胆子就往外挤,刚一挪脚步,立刻受到了群起而攻之的待遇,每一个人都对他声嘶力竭地嚷着:"我在水利部工作过5年!""我在公路部门干过3年!""我在德国、法国干了8年工程师……"可这些话杰克一句都没听进去,他只是一个劲地对自己说:"坚持住,不可尿裤子!"

就在杰克即将走到厕所时,突然,身旁一个人一把抓住了他的手:"来吧,老兄,跟我走!我给你排忧解难!"说着,他用力把杰克推进了一扇门内,杰克被这一突如其来的举动弄得一时摸不着头脑,但他还是打心眼里感激这位陌生人的慷慨帮助,也就在这时,"喀嚓",那人从外面把门锁上了。

啊!这里面很暗,这难道是土耳其风格的厕所?杰克很快察觉这里已经有人了,他连忙说了声"对不起",转身想离开,可那人竟然一把抓住了他:"等一下,先生!我在此恭候您多时了……我是个工程师,想在您这儿申请一份去加拿大的工作,但我简直就无法和您联系上,我的时间很紧张,明天就要结婚,不能再耽搁了!我估摸着你要在某个时候来这里方便,所以就等候在这里,在门外的那个是我叔叔。先生,如果你现在不赐我一个面试的机会,我叔叔是不会开门的!"

"天哪!想不到这厕所会是一个'死穴'呀!"杰克心里叫苦不迭,没办法,一场别开生面的面试就在这里开始了……

(本篇月月评短信代码:0120)

（题图:俞晓夫）

《故事会》2003年第11期"我最喜欢的作品"及阅读奖名单

本期读者"我最喜欢的作品"有:《烤芋高人》、《金屋藏娇》、《威胁》、《半份菜的午餐》、《经营大策划》(读者评出的作品将作为年终评奖的依据)。

读者阅读奖:一等奖:文速飞(四川成都武侯区)(奖金500元)。二等奖:白银峰(内蒙科技大学)、张瑞洁(北京朝阳区)、张然(河北保定)、王进(辽宁大连)(奖金各300元)。三等奖:汪建军、雷振、刘竞、凌昕琪、周靖、胡斌、赵也君、由晓兰、席学super、张晓爽、徐君、王祥元、韩昌龙、吴德才、刘高潮、吴为为、刘玉章、黄盛诗、李兵、王国军(奖金各100元)。鼓励奖200名(名单略)。

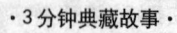

幸福可以拉长

婚后不久,妻子的一篇论文获了奖,先生非常高兴,亲自下厨烧了好几个拿手菜为她庆贺。过了一段时间,那种喜悦之情在妻子的心中渐渐变淡了,一天,当妻子下班刚踏进家门时,桌上摆满了妻子平时特别爱吃的菜,妻子忙问丈夫今天有什么喜事,丈夫微笑着说:"今天是你的论文获奖一月纪念日!"妻子一听笑得差点趴下:"你这是怎么啦?那么一丁点的事你就没完没了,一月、二月、三月、半年、一年……难道就这样一直搞下去?"

先生却一本正经地说:"这有什么不好?这叫'拉长幸福',这样既可以让你时时有一种被幸福包围的感觉,又可以激励你继续努力。"

幸福是需要经营的……

(推荐者:吴模定)

一杯牛奶

有个穷学生,家境困顿,课余时就挨家挨户去推销一些产品。有一次,他极度饥饿而身边只剩下一枚一角钱的硬币,为此他不得不向一户人家要一杯水。那家的主人是一个年轻美丽的女子,她感觉这小伙子是饿坏了,就给了他一杯牛奶,他说了感谢的话,那女子说:"你什么都不用谢,我母亲总是对我说,永远不要为所做的善事收取报酬。"

数年后,这女子患了重病,当地的医生都束手无策,家人就将她送到了一座大城市里,请专家来诊治。

她的病终于痊愈了,在那女子出院前,医院送来了一叠医疗费用的账单,她惊讶地看到上面有这样一行字:"多年前已用一杯牛奶全部付清。"签名的正是数年前她给过一杯牛奶的那个穷学生,现在他已是这个城市最有名望的医生。

(推荐者:王李平)

爱是一个伟大的导师,它教会我们怎样做人。——莫里哀

· 3分钟典藏故事·

一次考试

有一名政府官员参加一次考试,各种题答完之后,他被最后一道大题难住了,这题目是:"简述唐代防治水土流失的措施。"此题30分,成败在此一举。

这个政府官员绞尽脑汁也想不出唐朝有什么防治水土流失的办法,最后一声叹息,写道:"不知道。"

发榜后,在所有参加考试的公务员中,这道题只有他得了满分。满分的答案就是"不知道",而别的考生,妙笔生花列举了唐代防治水土流失各种举措的全为零分。

据说这次考试是由联合国有关组织参与出题的,考察的就是政府公务员的诚实。听说后来这个公务员升迁很快,也不知和这次考试是否有关。

(推荐者:李雪涛)

扑去身上的雪花

一位年轻的妈妈正在地里干活,突然乌云密布,北风大作,不一会儿,鹅毛大雪就纷纷扬扬地飘落下来。

年轻的妈妈急急忙忙往家里赶,她在雪地里走了半个多小时才回到家,未进家门,就听见孩子在屋里哭,她急忙进屋,走到炕前,孩子立刻向她怀里扑来,就在这一瞬间,年轻的妈妈挡住了孩子的手,她没有把孩子抱在怀里,而是拿起了炕上的扫帚……

她拿扫帚不是要干别的,而是要扫掉自己身上厚厚的雪花,她怕孩子从她的身上感觉到寒冷,哪怕只是一点点。

在爱孩子之前,先检查一下自己身上是不是带着雪花。一个女人只有成了母亲,爱才会这样深刻和细腻……

(推荐者:岳胜利)

(本栏题图:箭 中)

本栏目欢迎读者推荐这类精美的小故事,来稿一经采用即付推荐费。电子邮件请发:yaotongzhi@163.com。

[故事会爱好者丛书]

口才故事

《故事会》自复刊以来,总发行量达8亿余册,是中国发行量最大的期刊之一。《故事会爱好者丛书》系从上万则作品中挑选而成,可称是各类故事书中的精品。

本书汇集了一百零三则故事,并按内容分为"巧言、善辩、明志、逗趣、讽嘲、劝告、传情、鸣冤"等八类。它集中表现了中华民族千百年来帝王贤臣、文人名士等的智慧与说话的才能。

本书由《故事会》编辑部编辑,上海文艺出版社出版发行。书价:5元,含邮费。邮购电话:021-64716466;汇款地址:上海市市南绍兴路74号上海文艺出版社邮购部;邮编:200020。

故事情画　　**老歌新唱:明天我要嫁给你**

秒针分针滴答在心中,
我的目光闪烁闪烁好空洞。
我的心跳扑通地阵阵悸动,
我问自己要你爱你有多浓?
明天我要嫁给你啦!
要不是你问我,要不是你劝我
要不是适当的时候你让我心动
可是我就在这时候害怕惶恐!

(图、文/庞彦)

幽默本身的秘密源泉是欢乐,而不是悲伤。——马克·吐温

·幽默世界·

本地的蚊子

□ 王双成

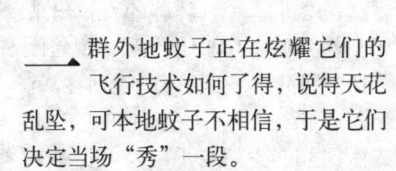

一群外地蚊子正在炫耀它们的飞行技术如何了得，说得天花乱坠，可本地蚊子不相信，于是它们决定当场"秀"一段。

一只外地的老年公蚊子自以为久经沙场、本领高强，它首先上场，只见它飞快地飞到河边，对着一只青蛙"嗡嗡嗡"地飞了几圈，刹那间，那青蛙的舌头立刻被打上了一个活结，老公蚊子骄傲地说："告诉你们，在我们国家，谁要是没有这种本事，谁就会马上完蛋！"

接着上场的是一只外地的花斑蚊子，看它身体颜色，还真猜不出它到底来自何方，只见它冷笑着说："哼，这么点雕虫小技也值得夸耀？"说着，它对着河边的青蛙飞了过去，它不是朝着一只青蛙兜圈子，而是在两只青蛙之间飞来飞去，一眨眼，两只青蛙的舌头连在了一起，打了一个死结！那花斑蚊子得意洋洋地说："在我们那地方，只有这样才能生存！"

本地蚊子听了不屑地说："真是开玩笑！在我们这里，没见过这么烂的技术！"

一些外地蚊子听了全都不服气："你以为你是谁？谁不知道你在吹牛皮！"

"是驴子是马，拉出来遛遛！"

本地的蚊子听了没有说什么，它对着一群青蛙飞了过去，以极快的速度在青蛙中间穿梭般地飞了几圈，然后又飞了回来，它对那群外地蚊子说："你们看看！"

蚊子们看了，全都吓瘫了：一群青蛙的舌头全紧紧地串在一起，连成了一个中国结！

（本篇月月评短信代码：0121）

·幽默世界·

只说一句话

□ 赵立军

一天上午,县城最热闹的集贸市场的招贴栏内贴出这么一张广告:

为增加本所的社会知名度,本所拟在县电视台播送一则形象广告,现特寻找一位代言人,代言人只要愿意在荧屏上说一句话,即可得1万元人民币的报酬。代言人无学历、身高、容貌、普通话方面的特别要求,凡面容无缺陷的年轻女性均可报名……

下面署的是一家皮肤病防治所的名字。

只说一句话,就得1万元,报名的要求又这么低,天下有这样的好事?

有个女的叫晓丽,三十不到,下岗后还没找到工作,手头拮据得很,看到这张广告,马上叫了一辆"叭叭车",直往那家防治所跑。

到了那里,晓丽一看,我的妈呀,这么多人在排队等着报名?没办法,只好等。

一会儿,一位胖胖的女孩出来了,晓丽问:"小妹,他们要求说句什么话?"那胖女孩脸一红,没回答,就匆匆走了。接着,一个瘦瘦的、看上去蛮漂亮的少妇走了出来,晓丽又问:"说句什么话呀?"那少妇也是闭着嘴不回答。后来,又出来一个头发短短的妹子,晓丽问她,她也是闭口不言。

晓丽心想:他们肯定给了落选的人保密费,要不然这些人怎么会咬紧牙关不吐露半个字呢?

又过了一会儿,轮到晓丽了,她信心十足地走了进去。主持面试的人让晓丽坐下,说:"我们做广告最讲究的是现身说法,所以要求形象代言人对观众说一句能产生强烈视觉冲击力一天，记者张三在街上碰到了中学时的朋友赵八，张三就随口问他在哪里发财，赵八神采飞扬地说："在外语学院做助教。"

张三听了大吃一惊：这菜鸟连ABC都念不准，怎么会到外语学院当教师呢？他百思不得其解，又不好当面细问，只好作罢。

张三极富好奇心，于是便悄悄地跟在赵八的身后来到了外语学院，想实地看看这赵八是如何教外语的。说来也巧，一会儿上课铃响了，而且这赵八正好有课，再一看，张三傻了：教室里坐的全是金发碧眼的洋人！

赵八开始授课了，只听见他琅琅有声地念道："见、见、见鬼的见；鬼、鬼、见鬼的鬼……"

下面坐着的洋人都口齿不清地跟着念，相比之下，赵八的发音倒是字正腔圆，完美得很！

张三起初只是注意赵八的发音，再一看，赵八是拿着教鞭、指着黑板上的字教的，这一看，张三笑得裤带都要崩断了：赵八嘴巴里教的是"见鬼"，可黑板上写的是"惭愧"……

菜鸟教"外文"
□ 匡花坛　匡天下

（本篇月月评短信代码：0123）

的话……"晓丽迫不及待地问："一句什么话？"

"你可能不愿意说，因为你必须亮相，亮相懂不懂？就是说电视里会有你，你的家人、亲戚、朋友以及全县的所有人都会看到你……"

晓丽一笑，说："这没什么呀，这样我倒成明星了！请告诉我，我该说的是哪一句话。"

"那好，你听好了，你说的是这样一句话：'我的性病，就是这一家医院治好的！'"

晓丽一听，拔腿就跑……

（本篇月月评短信代码：0122）

·幽默世界·

交换身体

□ 俞乐鸣　供稿

有个男人觉得自己活得很辛苦，于是他就向上帝祷告："主啊，我每天很辛苦，可我老婆一点也不知道体谅我，我希望她能知道我过的是什么日子，所以请让我们交换身体。"

上帝是慈悲为怀的，他以无尽的智慧和力量，满足了这个男人的愿望。这一天早晨，这男人一起床就发现自己果然成了女人，女人是不能睡懒觉的，他要马上起床，做早点，叫醒孩子们，替他们穿衣，帮他们喂饭，载他们上学，回家路上还要到银行存钱，到菜市场买菜，然后回家后把菜放在一边，先得记账，清理了猫的食盆后再替狗洗澡……

这时已经是下午一点钟了，他赶快把棉被折好，接着洗衣服、吸地板、整理厨房，然后冲到学校接小孩，回家给孩子准备点心和牛奶，让孩子乖乖地做功课，自己一边烫衣服一边看电视。下午四点半，他开始削马铃薯、洗菜，准备做色拉、烤肉饼，晚餐后他又要清扫厨房、洗碗，把收好的衣服摺好，哄小孩睡觉……晚上九点，他已经累坏了，冲上床就想睡觉，可他的"丈夫"还不罢休……

第二天他一起床，就迫不及待地跪在床上向上帝祷告："我亲爱的主啊，我不知道以前在想些什么，现在我才知道大错特错了，求求您，让我和老婆各自把身体换回来吧！"

上帝回答说："孩子，我知道你已经得到了教训，而且我也非常乐意把你们换回来……"

那男人这才放下心来，松了一口气。

上帝接着说："但是，你还要等九个月……"

"什么，再等九个月？这是为什么？"

上帝告诉他："因为昨天晚上你怀孕了！"

（本篇月月评短信代码：0124）

家庭暴力

□ 李雪涛

老张的爱人华姐在县妇联上班,她的工作就是接待上访的、告状的,天天和那些不幸的女人们打交道。那天中午老张下班早,他就去妇联找华姐,想和她一块回家。

老张走进办公室,华姐在打电话,她说正在向领导汇报工作,让老张稍等一会儿。

华姐拿着话筒说:"……邹部长,那个李文秀一进我的办公室就哭,说是和爱人李金结婚十多年了,没过上一天安稳日子,李金脾气暴躁,打骂是家常便饭。昨天晚上,李金让李文秀倒洗脚水,你说这个李金是不是人?嫌水热了,把一盆水扣在李文秀头上,还扇了两个大嘴巴。李文秀实在没办法了,才偷着跑到妇联求援来了……"

老张在一旁摇头叹息:"可怜的女人,又是一个家庭暴力的受害者!"

华姐打完电话,正想和老张说什么,突然,一个瘦小的中年男子慌慌张张地闯了进来,嘴上大叫:"华同志,不好了,不好了……"

华姐惊讶地问道:"你怎么又来了,出什么事了?"

那男子脸色惨白,捂着胸口,浑身发抖地说:"华同志,我老婆李金知道我来妇联告状,找上门来啦!你说可咋办呀?"

(本篇月月评短信代码:0125)

·幽默世界·

局长报销

□ 邓耀华

刘局长是从一个小科员熬到现在这份上的,上任的第一天就对妻子说:"别看我这个局长官不算大,权力大得很呢,不信我可以打个赌,你需要啥东西,尽管买了到我这里报销,报得了,你今后就把我当大老爷侍候着;报不了,我反过来把你当王母娘娘侍候着,怎么样?"

妻子很高兴:"好啊,一言为定!"

第二天,妻子上街买了一套300元的套装,回家后把发票给了刘局长,刘局长接过来一看,撇了撇嘴,说:"才300元,简直是小儿科!"他说完就抽出笔来龙飞凤舞地批了四个字:"同意报销",然后签上了自己的大名。过了一天,妻子把发票交给了刘局长的小车司机,司机把发票拿到财务科,全数报销,没有二话,妻子拿到钱后自然十分高兴。

过了几天,妻子又买了一对800元的金耳环,刘局长签字"同意报销";又过了几天,妻子买了一条2000元的金项链,局长又签字"同意报销"……只一年多的时间,妻子想要的都要了,该有的都有了,她很满足了,于是就想跟丈夫开个小小的玩笑。

这天晚上,刘局长喝得醉醺醺地回到了家,妻子先给他沏了一杯茶,然后拿出了一张条子,刘局长看都不看,拿起笔来就签字:"同意报销",妻子接过条子"哈哈"大笑:"你看你,这也能报销?"

刘局长拿过纸条一看,原来这是自己以前写的一份个人履历,他恼火了,破口大骂:"妈的,这是老子的命根子,你也要报销?"

世上的事就是这么巧,没过几天,刘局长因贪污受贿被检察院查办了,他哭丧着脸对前来探监的妻子说:"你看,这下真把老子给报销了!"

(本篇月月评短信代码:0126)

白忙一场

□ 高 妹

动物园里召开征兵动员大会,要求凡是年龄合格、没有残疾的动物都要踊跃当兵。征兵的第一关是体检,每个动物都必须参加。

兔子不愿当兵,它在去体检的路上边走边想:如果自己变成残疾就不用去当兵了,于是,它忍着万般疼痛,把自己两只长长的耳朵折断了。果然,兔子到了体检站就被淘汰了,它不用去当兵了。

猴子见兔子如愿以偿,心里十分羡慕,因为它也不想去当兵,于是它也学兔子的样,把自己长长的尾巴折断了,结果猴子也被淘汰了。

大黑熊看到兔子和猴子兴高采烈的样子,忍不住掉下了伤心的眼泪,它说:"你们要帮帮我,我不愿意当兵呀!"

兔子和猴子犯难了:黑熊没有长长的耳朵,也没有长长的尾巴,怎么办呢?它们想呀想,最后还是猴子机灵,它说:"我们把你的门牙打断,这样你就不用去当兵了。"于是,猴子和兔子就动手砸大黑熊的门牙,用了九牛二虎之力,鲜血滴了一地,总算完成了任务,大黑熊感激不尽。

第二天,兔子和猴子去拜访大黑熊,想知道结果怎样,不料大黑熊一见它们就捂着嘴哭了起来,兔子和猴子忙说:"别哭别哭,到底怎么回事?你要去当兵了?"

大黑熊连连摇头:"没……没轮到当兵……"

"这不是挺好吗?你别为丢了门牙难过,要想得到,总要付出……"

大黑熊一听,哭得更伤心了:"昨天去体检,刚一进门,医生就说:'你太胖了,不符合要求!'"

(本篇月月评短信代码:0127)

(本栏题图:李 加)

· 小白信箱 ·

亲爱的读者朋友：你们好！

我是小白，从这一期开始，就由我来主持"小白信箱"，以后我们的联系就更方便了，你们可以写信、打电话、发伊妹儿，把你们的问题、意见、建议告诉我，我将会为你们提供更好的服务。来信请寄《故事会》编辑部"小白信箱"，也可以发e-mail给我：xiaobaixinxiang@126.com，谢谢！

恭祝大家新年大吉！

小 白

改刊后的《故事会》有哪些新亮点？

河北邯郸读者林一荣：《故事会》2004年改成半月刊，我想知道改版后的《故事会》有哪些新亮点？

小白：改版后的《故事会》将继续保持故事文学口头性、可读性、可传性的特点，并突出三个"精"：故事更精短、插图更精美、版面更精致。新版去除了原先刊物中的黑白广告，三分之一的彩版使刊物更加生动活泼。上半月红版《故事会》新增"点击网络故事"和"情节ABC"两个栏目，下半月绿版将同样精彩，您可别忘了订阅或购买喔！

有奖阅读是真的吗？

安徽宿州读者王锐：我看到12期上你们编辑部的一个预告，说是你们将设62万元大奖奖励读者，这类评奖活动是真的吗？作为读者，我很担心受骗上当。

小白：2004年《故事会》将要举办的读者有奖阅读活动共有三项，奖金也由原定的62万元增加到80万元，详细情况您可看这一期上的相关广告。小白我会给您在新的一年里带来好运气的，说不定您就是一位获得大奖的幸运读者呢！至于这类评奖活动是真是假，我想起了一位名人说的话："对朋友，不需要多解释；对怀有敌意的人，解释再多也没用。"我们把《故事会》的每一位读者都当作是最真诚的朋友，所以也不想多做解释，但读者可以从下面这封来信中找到答案。

我是贵刊举办的2003年"有奖订阅"活动中获一等奖的云南大理读者何立义的儿子。我父亲已收到了税后奖金1832元，他要我代表全家向你们表示表心的感谢！

由于时下假中奖真欺骗的事不少，又加上我们地址写错，导致贵刊第一次的汇款被退回。我父亲以为又受骗，一气之下打电话向你们大倒苦水，还把30138的读者俱乐部会员卡退给了你们，真不好意思！请原谅一个忠实而又固执的老读者的偏激行为！

云南大理医学院　何录江

能告诉我怎样投稿吗？

四川攀枝花读者周翔：一直想给《故事会》投稿，但不知采用哪种投稿方式好，能告诉我吗？

小白：最普通的投稿方式是邮寄，但由于我刊的来稿量很大，每月有数万件，因而邮寄的稿件在处理时间上会慢些，一般在两个月内。最便捷的投稿方式是发送电子邮件，您可以将稿件发送到责任编辑的电子邮箱。本期责任编辑的电子邮箱是：yaotongzhi@163.com。

小白信箱

故事会

二〇〇四年第一期
下半月刊·绿版

5位受中学生欢迎的著名作家为中学生度身定做"青春读本"

带本好书上学去

　　曹文轩、秦文君、张之路、黄蓓佳、沈石溪是深受读者欢迎的著名作家，应《故事会》杂志社之约，他们最近为中学生度身定做、精心打造五部精彩绝伦的长篇小说。曹文轩是诗化小说的代表人，他的新作《细米》将把《山羊不吃草》、《草房子》的诗意浪漫进行到底；沈石溪最擅长的是动物小说，他的《红奶羊》频频受到抄袭，几年来社会上竟流行数十种版本，这次他在《鸟奴》中讲述的是发生在鹩哥与蛇雕之间的奇异故事；黄蓓佳的《漂来的狗儿》，讲述的是一个大胆心细、聪明美丽的"坏"女孩的故事。秦文君在新作中将再现"贾里贾梅"的魅力，而张之路则展示"第三军团"的神威……买本好书给自己，相信你的新学期将更加丰富多采；而买本好书赠别人，则无异于送人玫瑰，手上留香。

　　本刊先期推出曹文轩、沈石溪、黄蓓佳三位大家的长篇小说。《细米》（曹文轩著）定价：18元；《鸟奴》（沈石溪著）定价：15元；《漂来的狗儿》（黄蓓佳著）定价：16元。

　　欢迎邮购，免收邮费。汇款请寄：上海市市南绍兴路74号上海文艺出版社邮购部； 邮编：200020。电话：021-64716466。

* * * * * * * * * * * * * * * * * * * *

[故事会爱好者丛书]
16岁故事

　　《故事会》自复刊以来，总发行量达8亿余册，是中国发行量最大的期刊之一。《故事会爱好者丛书》系从上万则作品中挑选而成，可称是这类故事书中的精品。

　　《16岁故事》汇编了36则故事，编织成一只只动人的歌谣，一个个扑朔迷离的美梦，一首首催人泪下的诗篇。

　　本书由《故事会》编辑部编辑，上海文艺出版社出版发行。书价：5元，含邮费。 邮购电话：021-64716466；汇款地址：上海市市南绍兴路74号上海文艺出版社邮购部； 邮编：200020。

栏目	篇名	作者	页码
	笑话15则	李华等	4
悬念故事			
	家花和野花	式森	9
	一块钱的古董	宗伦	12
	给美女洗澡	曲凡杰	14
我的故事	座位问题	谢元清	17
中国新传说			
	10只礼品兔	苏景义	19
	抢劫没有发生	李金华	24
	撞死一头象	张眉	26
	10年的心债	刘鹰	29
	吃喝有讲究	吴为	31
	为争一口气	钱岩	34
外国文学故事鉴赏			
	蛛丝马迹	陈秋生	37
3分钟典藏故事			41
民间故事金库			
	商人不爱钱	于永军	44
	请小媳妇就座	钢凝	47
东方夜谈			
	看不见的男人	王东生	49
情感故事	漫漫风雪路	黑子	53
传闻逸事	米粉杀人	夏汎	56
哲理故事	痛苦的命运	王中云	60
情节聚焦	救命钥匙	肖公法	63
中篇故事	步步紧逼	耿忠民	65
16岁故事	检查视力	洪振坚	82
幽默世界			
	《婚礼录像》等5则	刘六良等	84
海外故事			
	20年前的收据	黎庶	91
本刊信息传真			15、30、40、52、59、90
"80万元读者大奖"活动信息			
"掌上灵通杯"优秀作品月月评"等			28、62、80

故事会

2004年1月
下半月刊·绿版

主编 何承伟
副主编 吴伦

社务委员会
何承伟 吴伦 姚自豪
夏一鸣 冯杰 张凯

本期责任编辑 马峡
美术编辑 李宝强

发稿编辑:
夏一鸣 蔓石
鲍放 梁宁宁
潇白 姚自豪

主管:上海市新闻出版局
主办:上海文艺出版总社
(上海市绍兴路74号)
邮政编码:200020
电话:021-64375030

出版发行:《故事会》出版发行部
(上海市建国西路384弄11号甲)
邮政编码:200031
电话:021-64313938

广告总代理:上海文艺广告传播中心
上海市绍兴路74号(邮编:200020)
广告总监:张淮
广告业务:021-34010383
广告投诉:021-64333738
广告经营许可证
沪工商广字3101034000029号
国外发行:中国图书贸易总公司
印刷:河南瑞光印务公司
发行:洛阳市报刊发行局

本刊封面、内文彩页采用晨鸣纸业铜版纸
封面图片由Corbis/达志影像提供

本刊各栏目欢迎来稿。来稿寄上海市绍兴路74号《故事会》杂志社,邮编:200020,请在信封上注明"××栏目"收;本期责任编辑E-mail地址:maxiajob@sina.com

·笑话·

(本栏插图：李 加)

专业顾问

有个财务顾问拿到新印的名片，一看气坏了，抓起电话就向印名片的部门抗议："怎么搞的？我的头衔是'专业顾问'，不是'专业顾门'，少了一个'口'，立即更正！"

第二天，他收到了更正的名片，上面的职务头衔赫然印着"专业顾门口"的字样。

（李 华）

职业习惯

服装设计师彼得坐轮船时不慎落水，他水性不是很好，落水后大呼"救命"。船上的人赶忙找救生圈，只听彼得又在水中喊道："不要大的救生圈，我的腰围是65厘米！"

（付秀玲）

口 罩

非典期间，妻子要烟鬼丈夫戴口罩出门，说这样做，可以让他少抽点烟。谁知丈夫却说："不用啦，我有更好的方法。""什么方法？"丈夫说："在外面我就不停吸烟，烟头有高温消毒，烟尾又有过滤嘴，岂不比口罩强多啦？"妻子听了非常生气，捏起拳头就要揍他。丈夫连忙说："别打我，大不了我只用嘴吸，用鼻子出气好了。"

（轩 轩）

回家很早

同事小李向小王诉苦。

小李：我工作很忙，经常有各种应酬，尽管我每天很早就回家了，老婆还是抱怨不断。

小王：你通常什么时候回家？

小李：早上6点。

（王 峻）

幽默是一种润滑剂、镇痛剂。——林肯

粗心的中尉

中尉要求手下的士兵进城要衣冠整齐，并说只有通过检查才能进城。

新兵弗莱德第一个来请示中尉，中尉一抬头就说："头发太长了，理完发再来见我。"弗莱德来到理发室一看，里面挤满了人，轮到他要等很长时间，就灵机一动，马上回营房把皮鞋擦得锃亮，然后又去见中尉。

"报告中尉，请检查，我的皮鞋擦亮了吗？""嗯，比刚才亮多了，"中尉足足看了五秒钟才说，"你现在可以进城了，不过，要记住：下次进城要先擦好皮鞋，然后再来见我。"

（张 尧）

这里没水

县城司机小张来到大城市，第一次开车上立交桥，绕了一圈又从上来的地方下去了。交警发现后，将他拦了下来，严肃地对他说："司机同志，你怎么可以逆向行驶呀？罚款50元！"小张老老实实交了罚款。没想到，过了一会，小张又故伎重演把车开了回来，交警大为恼火，骂道："你脑子有问题吧？"小张辩解道："你们城里人脑子才有问题呢！这里又没水，你们修桥干什么呀？"

（尧 宛）

威 胁

儿子想买一个价值五百多块钱的玩具，妈妈嫌贵没有答应。儿子急了，就威胁妈妈说："你要是不给我买，当着这么多人的面，我就大声地叫你'奶奶'！"

（王逢卫）

为什么

小魏打电话给女同学小美，小美妈妈接了电话。

小魏：喂，请问小美在家吗？

小美妈妈：小美不在，请问你贵姓？

小魏：我姓魏。

小美妈妈：魏什么？

小魏：我……我也不知道为什么……我爸爸姓魏，我就跟着姓魏。

（李 华）

笑话·

学牙科

皮尔是一所医科大学的在校生。这天,他对父亲说:"爸爸,我想学心脏外科。"

"为什么?"

"现在时髦啊!"

"皮尔,"老于世故的父亲说,"你知道人有多少个心脏吗?"

"我知道,一个。"

"那么,人有多少颗牙齿呢?"

"爸爸,有32颗。"

"所以啊,孩子,我建议你,还是学牙科吧!"

(阎树声)

偷信用卡的贼

这天,警察抓到一个偷钱包的小偷,并很快找到了失主。

警察:先生,我们刚刚逮到一个小偷,从他身上搜出好几张您夫人的信用卡。

失主:告诉那个小偷,他可以保留那些信用卡。

警察:为什么?难道你不想要回信用卡吗?

失主:是的。小偷不知道信用卡的密码,他是取不出钱的,可是信用卡一旦落到我夫人手里,里面的钱不出两天就会花个精光。

(李荷卿)

愤怒的强盗

一个小老板半夜里被一个强盗从床上拎了起来。强盗手持利刃,恶狠狠地威胁道:"把钱都拿出来!"

小老板连忙说:"可我一分钱也没有啊!"

强盗大怒道:"你不是个老板吗,怎么会没有钱?"

小老板委屈地说:"实在没有办法,昨天晚上您的同行已经把钱全拿走了。"

强盗气愤地吼道:"那你为什么不把门锁好!"

(胡俊华)

· 笑口常开 轻松一刻 ·

侦探的儿子

杰克和汤姆是很要好的同学,他们恰好在同一天过生日。杰克的父亲是一名侦探,他送给儿子的生日礼物是一把崭新的手枪。汤姆的父亲是一位珠宝商,他送给儿子一块美丽的金表。第二天,两个男孩在学校碰面了,他们都很喜欢对方的礼物,于是就做了交换。

晚上,杰克回到家里,他的父亲看到手表,就问道:"这块表是从哪里来的?"杰克解释说是他用手枪和同学交换的。父亲听后大发雷霆,喊道:"什么?你这个愚蠢的小子!如果有一天,你结婚了,回到家发现你的妻子在和另一个男人睡觉,那时候,你没了手枪,只能眼睁睁地看着这块手表说:'你们这样多长时间了?'"

(李荷卿)

买衣服

有一天,老公提前下班回家,看见老婆还躺在床上,就问:"你怎么还不起床呢?"老婆回答:"我没有衣服穿。""怎么可能呢?昨天不是刚买了新衣服吗?"老公一边说一边打开衣橱,"你看,买了一堆衣服嘛,鞋子在这儿,帽子在那儿,袜子在这儿……哎哟,天哪,你连男售货员也买回来了!"

(吴丛林)

婚前婚后

办公室里的几个小青年问一个已婚少妇:"婚前婚后你爱人对你的感情有什么不同?"少妇笑了笑,答道:"就像他的工作一样。和他谈恋爱的时候,他在一家热处理公司工作;结婚时,他在一家保温瓶厂工作;等有了孩子,他就转到一家冷冻仓库工作去了。"

(吴丛林)

真不简单

星期天,有个机关干事在公园里散步,猛地看见局长带着孙子迎面走过来。情急之下,他赶紧上前,蹲下身来对小孩说:"你看,你看,这么小的年纪就当上局长的孙子了,真不简单!"

(杨东杰)

[故事会爱好者丛书]
外国悬念故事

《故事会》编辑部编
32开　5.00元

该书汇集的是《故事会》"外国文学故事鉴赏"专栏中的35则精品,其中包括美、英、法、意、俄、日等国的当代有影响的作家的作品,尤以美、日居多,按内容分为"机智过人、如此情爱、自食其果、历尽惊险、光怪陆离、荒唐滑稽"等六类。

[故事会爱好者丛书]
历险故事

《故事会》编辑部编
32开　5.00元

36则历险故事场面刺激,气氛紧张,情节惊心动魄,人物性格特殊,叙述过程常常给人以身临其境的感觉。作品通过对主人公聪明才智的展示和坚韧不拔精神的刻划,形象地展现了历险故事特有的魅力。

[故事会爱好者丛书]
荒诞故事

《故事会》编辑部编
32开　5.00元

50余则故事用啼笑皆非的荒诞手法来鞭挞生活中的假恶丑,用荒诞不经的人物形象来呼唤人间的真善美,在荒诞的外衣下,包藏着极为深刻的社会内容,长久以来一直活跃在人们中间,口耳相传,历久不衰。

[故事会爱好者丛书]
诙谐故事

《故事会》编辑部编
32开　5.00元

本书汇集外国诙谐故事精品100则,按内容分为"莫名其妙、洋相百出、针锋相对、随机应变、难言之隐、弄巧成拙、井底之蛙、强词夺理"等八大类,每大类前均有短小幽默引言,从不同角度折射社会面貌。

邮购电话:021-64716466;汇款地址:上海市市南绍兴路74号上海文艺出版社邮购部(免邮费);邮编:200020。

·悬念故事·

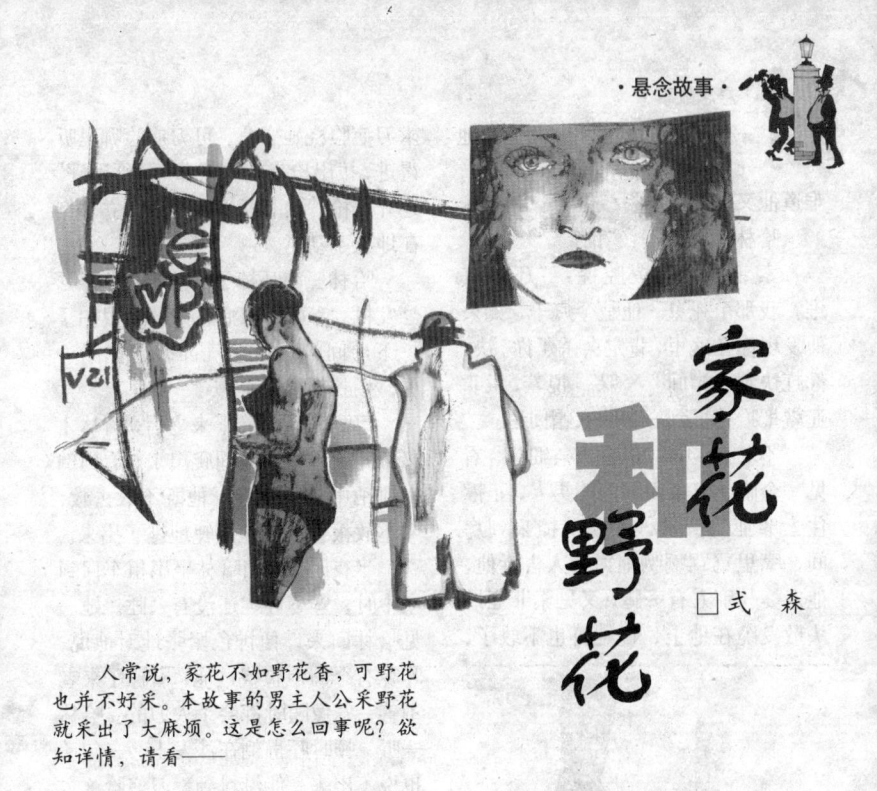

家花和野花

□式 森

人常说，家花不如野花香，可野花也并不好采。本故事的男主人公采野花就采出了大麻烦。这是怎么回事呢？欲知详情，请看——

哈林开了一家公司，自任总经理，平时自恃财大气粗，觉得没有什么事情是他办不成的。结婚才一年，他就嫌自己的结发妻子不够年轻漂亮，与她离了婚，接着闪电般地与一个叫芬妮的年轻演员结了婚。

刚结婚时，两人倒还亲亲热热，谁知没过多久，芬妮突然像变了个人似的，对哈林不冷不热，甚至拒绝与他过夫妻生活。哈林怀疑芬妮有了外遇，气愤之极，心想：你算老几，竟敢背叛我，就凭我有那么多钱，什么样的女人弄不到手？

这天夜里，哈林来到他经常光顾的一家酒吧。接待他的是一个新来的女服务员，名叫索菲亚，今年20岁，是个衣着暴露、身材丰满的性感女郎。哈林这个情场老手，凭着屡试不爽的"金钱外交"，很快与索菲亚打得火热。

当他得知索菲亚的丈夫正在服刑时，心中大喜。从那以后，一有机会，他就去索菲亚家，和她鬼混。

一天夜里，他俩正在亲热，突然传来一阵剧烈的敲门声，一个吼声如雷的男人叫索菲亚赶快开门。索菲亚

故事会 2004年1月号绿版 **9**

·悬念故事·

一听,顿时脸都白了,惊慌地说:"天哪,他,他怎么回来了,难道他又越狱了?"

哈林一怔,问:"谁?"

索菲亚带着哭腔说:"还能有谁?我那个死鬼。他是个疯子,如果他发现你在这里,肯定会杀了你。快,你赶快到衣帽间躲一躲。"说着,索菲亚就把哈林推到一旁的衣帽间里。

不一会,哈林透过一条细缝,看见一个脸上有条长刀疤的男人,正揪住索菲亚的头发,跌跌撞撞来到房间,嘴里骂骂咧咧地说有人告诉他,他老婆与别人有一腿,又见索菲亚披头散发跪在地上,说她再也不敢了,求刀疤脸饶她一命。可刀疤脸哪里听得进,拔出枪来就朝索菲亚"砰砰砰"连开三枪。索菲亚惨叫一声,立即倒在地上不动了。

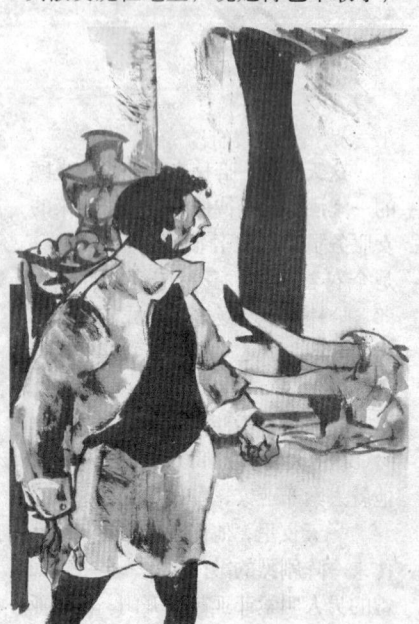

哈林三魂吓掉了二魂半,身子瑟瑟发抖。幸好,刀疤脸只是用眼扫了一下房间,然后怒气冲冲地把门一甩,扬长而去。

等到一切平静下来之后,哈林才哆哆嗦嗦地从衣帽间爬出来。看到倒在血泊中的索菲亚,他既不敢去救,又不敢报警,失魂落魄地逃了出来。

半夜时分,当哈林坐出租车回到家中时,老婆芬妮还没有入睡。她一见哈林回来,便神色紧张地对他说,昨晚有个刀疤脸找过他,看样子来者不善,好像随时都会杀人似的。哈林一听,顿时吓得倒在沙发上,一句话也说不出来。他没料到,刀疤脸这么快就找上门来了。他想了又想,觉得眼下只有三十六计,走为上。

于是他告诉芬妮,那个人跟他有仇,他这两天还是要出去避避风头。在他离家的这段时间,公司的一切事务都交由芬妮打理。说完,哈林提着一个皮箱从后门溜了出去。

芬妮目送着哈林消失在黑暗之中。等确信哈林走远了,她回到卧室拎起电话,激动地说:"亲爱的,他走了,临走前他还给我留下了一份授权书,也就是说,从现在起,我随时都有权将他的公司转让出去。小宝贝

10 诚实的婚姻,是纯洁的恋爱的目标。——维加

老母鸡变鸭 (文：王贵明；图：枫 叶)

1. 一天深夜，警官迈克执行完公务，回到家中。

2. 迈克摸黑脱了衣服刚要上床，正在和情人幽会的妻子假称头疼，让他去买药。

3. 迈克一进药店，药店老板就瞪大眼睛问："迈克，你怎么换工作了？"

4. 迈克回答说："没有啊！"老板问："那你怎么穿着工商局的制服？"

儿，我等不及了，你赶紧过来吧！我现在就想与你一起分享我们的成功！"

大约半小时后，一个人推门进来了，此人竟是被刀疤脸枪杀的索菲亚！芬妮和索菲亚一见面，便情不自禁地又亲又吻，拥抱在一起。芬妮说："宝贝，你干得很漂亮，哈林完全被你的演技给蒙骗住了。"

"不，应该说是你导演得好。如果没有你提供的那些道具，以及那位临时请来充当我丈夫的男演员，那这出戏无论如何也无法演得如此逼真！"

芬妮若有所思地点头道："是啊，我这辈子几乎没有演过一部像模像样的戏，但这一次是例外。可怜的哈林，他当初娶我，还以为我是真心爱他的。可像我这样的人，又怎么会爱上一个男人呢？"

索菲亚说："我也一样。"

芬妮兴奋地说："下一步，我会把这里所有值钱的东西变卖掉，然后，我们俩一起远走高飞，选择一个允许同性恋结婚的地方住下来。"

说到这儿，两个女人情不自禁地再次拥抱在一起……

(本篇月月评短信代码：0201，详情请见P62) （**题图、插图**：箭 中）

· 悬念故事 ·

一块钱的古董

□ 宗 伦

人们都说，古董是无价之宝，可是你听说过一块钱的古董吗？欲知详情，请看——

卡尔前不久失业了，至今还没有一家公司答应收留他。眼看这日子就没法过下去了，他做梦都在想着怎么使自己富起来。

这天，他实在无聊，便站在窗台前向外眺望。他东望西看，目光不由落在了隔壁老教授家。老教授平时连窗帘也不拉，满屋子的古家具、古瓷器都清清楚楚地陈列在他眼前。看着看着，他忽然灵机一动：干吗不弄个古董来，听说这东西能卖很多钱哩。

打定主意后，卡尔便动手做准备了。经过一段时间的观察，卡尔发现这个老教授出门一把锁，进门一盏灯，而且早上九点外出，晚上五点回家，作息时间分秒不差，到他家偷东西，从时间上讲，绰绰有余。他还知道，老教授养着一条狼狗，不过这没关系，那狗是他的老朋友了，他常在篱笆外逗它，还喂过它骨头呢。

为防万一，卡尔特意到地下室取来一杆老枪。这杆老枪，是他曾祖父留下来的。他想把枪藏在大衣下面，可这枪实在太大了。横放，太宽；竖放，太长；斜放，更加不伦不类。想来想去，他最后抚摸着老枪，自言自语道："老伙计，委屈你啦。"说着，拿来锯子将枪托锯掉了半截。站到镜子前，在整齐的外表的掩盖下，简直看不出任何破绽。这真是个绝妙之举！想到这里，卡尔得意极了。

这一天，和预料的一样，老教授

道德是永存的，而财富每天在更换主人。——普鲁塔克

· 意料之外 情理之中 ·

果然准时离家而去。人一走，卡尔立即翻过篱笆，轻轻跳进老教授的院子里。狼狗听到动静，狂叫着扑过来，卡尔忙扔过去一根大骨头，那狗果然乖巧了，看来真是天遂人愿啊！卡尔立刻抡起老枪用力砸碎窗玻璃，然后敏捷地爬进屋里。

哇！卡尔环顾四周，只见地上琳琅满目地堆了许多瓷器、古家具，墙上还挂满了字画，看得他眼花缭乱。想到这些将成为他的囊中之物，卡尔兴奋极了。到底哪样东西最值钱呢？卡尔翻到一个瓷器，古色古香的，看来一定值不少钱。手还没有摸热，他一抬头，又发现墙上有一幅看起来很陈旧的字画。不是说古董越古越好吗？这幅字画一定更加值钱。就这样，卡尔看看这个，摸摸那个，折腾了好一阵，竟不知道该拿哪样才好。

就在这时，前门忽然打开了，卡尔抬眼一看，不禁愣住了，老教授回来了！原来他在路上发现一份重要的文件忘记带了，所以就赶回来取。

教授一进屋就看到了卡尔，惊问道："你来这里干什么？"

眼看这次行动就要成功了，没想到教授这时候回来，卡尔一点准备也没有，好半天才反应过来，胆战心惊地拔出老枪对准教授，颤抖着声音叫道："告诉我，这里的古董哪样最值钱，否则我就开枪啦！"

一见这架势，教授全明白了。沉默了片刻，教授微微一笑："小伙子，你是想要古董啊。你知道吗，它们的价值是不能用金钱来衡量的。真正的古董我怎么会放在家里呢？告诉你，你看到的所有东西都是赝品。"卡尔睁大了眼睛，惊愕地说："我不相信。你必须告诉我最值钱的古董是哪一个，否则我真的开枪了！"说着，卡尔下意识地把枪又举高了一点。教授突然眼睛一亮，没有搭腔，反而走近卡尔，眼球在他的枪上定格了。"你的枪托怎么少了一截？"教授问。卡尔疑惑不解地说："少啰嗦，我自己截掉的，怎么样？再过来我马上打死你。""打死我？"教授忍不住大笑起来，"小伙子，这支枪是打不死人的。不过，它是一件真正的古董，应该收进博物馆才对。"

"你说这枪是古董？""是的，信不信由你。我研究古董已有几十年了，是不是古董我一眼就能看出来。"

"那它值多少钱？""至少10万美元。它才是这房子里最值钱的东西。"

"啊，上帝保佑，我终于有钱了！"卡尔忘乎所以地欢呼着。

"可是年轻人，你高兴得太早了。这把枪现在最多只值1美元。"

"为什么？"

"因为枪托已经被你锯掉一截了。"教授平静地说。

(本篇月月评短信代码：0202)

(题图：箭 中)

·悬念故事·

给美女洗澡

□ 曲凡杰

给美女洗澡，天下真有这么好的工作吗？欲知详情，请看——

刘三毛是个健壮的小伙子，进城打工后，每月有了几百元的收入，就生出了花心。他听说车站附近有不少"拉客女"，就去撞了一回"桃花运"，谁知道还没有碰到"桃花"的皮儿，就被几个壮汉揍了一顿，还给敲去了200块钱。

刘三毛再也不敢动"真格"了，只能退而求其次，来点精神享受。下了工后，他就一个人在马路上转悠，两只眼直勾勾地盯着书报亭上的美女封面，觉得不过瘾，又去看竖在商店上面的美女广告牌，看得直流哈拉子。

这天，刘三毛对着一个身着泳装的广告美女又流了一阵哈拉子之后，就把视线往下挪。这一挪，他竟看见广告牌的支架上贴着一块巴掌大的招聘广告，上面写着：急招男性清洗工若干名，学历不限；工作内容，是给美女洗澡。天下真有这等好事？刘三毛盯着"给美女洗澡"几个字，看得眼睛发直。他当即按照广告上的地址，找到了那家公司。

刘三毛问接待他的小胡子："广告上所说的工作，可是真的？"

小胡子点点头："那正是本公司的业务。"

刘三毛又问："那些美女让……摸？"

小胡子反问道："不摸怎么洗？"

刘三毛低着头看看身上的旧工装，有些自惭形秽地问："像我这样的人，能不能干这工作？"

小胡子把刘三毛打量了一番，

14 "将来"属于那些工作勤勉的人。——孟德斯鸠

· 意料之外 情理之中 ·

说:"可以,有力气就行!"

一句话提醒了刘三毛,他曾经听人说过,这城里的一些富婆,厌倦了洗浴房、桑拿屋里那些小白脸的服务,转而喜欢身强力壮的打工仔伺候。只是干这一行的名声不太好听,与"鸡"对等,被称作"鸭"。可他再一想,鸭就鸭吧,又挣钱又能满足花心,何乐而不为?想到这里,刘三毛忙说:"我有的是力气。"

小胡子递过一张纸:"那就签个协议吧。"

刘三毛细看协议,工作内容没变,还是给美女洗澡,只是工资太低,还不及搬家公司的一半。但他想,低就低吧,这只是公司开出的工资,如果服务周到,那些美女富婆,还能不给些小费?更何况,每天泡在美女堆里,即使不发生故事,也总比看广告牌强吧。想到此,他就毫不犹豫地交了押金,在协议上签了字。

第二天,刘三毛准时上班。小胡子给了他一架梯子、一个水桶、一块抹布,然后把他领到马路上,指着一块广告牌说:"你今天的任务,就是给这个美女洗澡,她可是当今最红的歌星啊!"

刘三毛一看傻了眼:我的娘,这就是给美女洗澡哇!

(本篇月月评短信代码:0203)

(题图:魏忠善)

欢迎投稿

人类天生就有讲故事的才能,在讲述自己的故事时往往下意识地把"悬念"当作一种必不可少的要素,为此,本刊特推出"悬念故事"栏目,以强化作品的"悬念"色彩,满足人们与生俱来的"悬念"愿望。来稿要求:1.要有新奇性,不能让读者观其头而凭经验就能知其尾。2.要有暗示性,不可故弄玄虚,让读者摸不着头脑。3.要有诱导性,步步为营,充分调动读者的兴趣。4.本栏目题材不限,字数以3000字以内为宜。

此外,您手中还有什么其他得意之作?新的,奇的,巧的,趣的,险的,智的……欢迎投稿。本刊辟有二十多个原创性栏目,如笑话、中国新传说、中篇故事、我的故事、幽默世界等,可谓丰富多彩,必有一栏适合您。

读到或听到什么趣事可以和大家一起分享吗?3分钟典藏故事、情节聚焦、外国文学故事鉴赏、快乐辞典等,是本刊的推荐性栏目,一旦采用,均可获得相应的"推荐费"。

来稿必须注明投稿人的真实姓名、地址及一般联系方式(如电话、手机等)。来稿若没有采用,恕不奉还。

投稿地址:上海绍兴路74号《故事会》杂志社,邮编:200020;请在信封上注明"××栏目"收。本期责任编辑E-mail地址:maxiajob@sina.com

[故事会爱好者丛书]
我的故事

《故事会》编辑部编
32开　5.00元

1995年《故事会》开辟"我的故事"栏目，日益受到读者认可和欢迎，如今成为保留栏目。它的特点是"真情流露"，作品多是作者的亲历或见闻，并以第一人称叙述故事。本书汇集了该栏目的41则作品，读来备感自然亲切。

[故事会爱好者丛书]
外国幽默故事

《故事会》编辑部编
32开　5.00元

此书选取了《故事会》"幽默世界"中的近百则外国幽默故事，并按内容分为"奇闻趣事、巧言妙计、戏谑嘲笑、鞭挞讽刺、荒诞不经、意味深长"等六类。

[故事会爱好者丛书]
武侠故事

《故事会》编辑部编
32开　5.00元

39则武侠故事，充分表现了扶弱抑强、除暴安良、布善施德、匡扶正义等内容，情节设计跌宕起伏，人物形象栩栩如生，每一则故事都是一首武林豪杰的正气歌！

[故事会爱好者丛书]
男子汉故事

《故事会》编辑部编
32开　5.00元

本书共收10则中篇故事，都是写青年男子的事，故事性强，情景交融，富有文学色彩，不仅显示了男性的健壮、刚强美，更突出他们面对权势、金钱、爱情以及生与死所表现的气质、智慧和英勇。

邮购电话：021-64716466；汇款地址：上海市市南绍兴路74号上海文艺出版社邮购部（免邮费）；邮编：200020。

我的故事

座位问题

□ 谢元清

我在镇政府对面开了一家小食店卖早点,当小科员的表哥劝我说:"镇里头领导多,跟他们做生意可难啦!"我不以为然,说:"你们这些拿笔杆的,就爱文绉绉的,我公买公卖,认钱不认人,有什么难不难的。"买串鞭炮一放,我的小店就开张了。

我卖的是八宝粥,选上优质的大米,配上上等的绿豆、花生、红枣等八样东西一煮,香喷喷的,货真价实,果然引来不少顾客,生意很红火。

这一天,我正哼着小调忙活计,邱副镇长走进店来,唤道:"来一碗八宝粥。"

我一看是领导,忙放下手头上的活,打一碗八宝粥,端到门后的一张小方桌上,热情地招呼道:"领导,您请用。"

谁知,邱副镇长不高兴地白了我一眼,嘴里"喷"了一声,将那碗粥端到正堂中央的大桌子上,面对着大街坐下,这才津津有味地吃了起来。

我一看就后悔了:当领导的,当然要坐正堂的桌子,一边吃,一边可以观赏街景,哪能叫人家坐门后的角落头呢?

第二天,邱副镇长又来吃早点了。我这回学乖了,打来一碗八宝粥,端端正正地摆到正堂,招呼道:"领导,您慢用!"哪知,邱副镇长又不高兴了,嘴里不满意地"喷"了一声,将那碗粥端到门后那张小方桌上吃了起来。

我这就闹不明白了:这位领导到底是要坐门后呢,还是要坐正堂?

一天,我碰到表哥,就向他打听,这位怪领导到底怎么回事。

表哥听了之后大笑起来,说:"你真是木瓜脑袋!你这店开在镇政府对

我的故事

面,镇政府规定八点钟上班。如果八点之前来吃早点,当然爱坐正堂宽敞的桌子;八点之后来,就迟到了,怕被镇长、书记瞧见,因此要躲在门后看不见的地方才吃。邱副镇长晚上爱搓麻将,早上经常起不来,你想,他迟到了,哪还敢在正堂上吃呢?"

我这才恍然大悟,回到家马上买了一架电子钟,挂在墙壁上,从此以后,我就看钟端粥:邱副镇长八点钟之前来,就把粥端到正堂,八点钟之后,就把粥端到门后,果然再也没有挨过他的白眼了。

就这样,顺顺当当过了半年。有一天,太阳已老高了,邱副镇长才睡眼惺忪地来到小店,声音沙哑地嚷道:"来一碗八宝粥。"

我看了一下挂钟,已经快九点了,赶忙打一碗八宝粥,恭恭敬敬地端到门后的小方桌上,小声说:"领导,您请。"

哪知,他这回又不满意了,眉头一皱,将碗端到正堂中央坐下,又开两腿大大咧咧地吃了起来,搞得我丈二和尚摸不着头脑。

第二天,邱副镇长来得更迟了,我心想上班时间再迟,今天也是迟到无疑了,就又打了一碗八宝粥端到门后的小桌上,招呼领导用餐。不料,邱副镇长更不满意了,站在店门口,猛地吸了几口烟,板着脸问道:"你这小鬼,怎么老叫我坐门后!"吓得我愣了好几秒钟,才把粥端到正堂的大桌子上。

这下我又糊涂了:是领导的手表停了,还是上班时间推迟了?我想来想去也找不到原因,于是只得又去向表哥请教。

表哥听了哈哈大笑,说:"你这个脑袋真是不开窍,人家已经副转正,当镇长了!他现在是一镇之长,迟到不迟到,还有谁管得了呀?"

我一听全明白了。从此,不论邱镇长何时来吃早点,我都将粥端到正堂,果然邱镇长再没吭过一次气。

过了两个月,有一天,我在街上遇到表哥,表哥说:"现在邱镇长的座位又该改变了。"

我嘿嘿一笑,说:"我知道。"

表哥惊奇地问:"你知道什么?"

我笑了笑,说:"邱镇长上个星期去嫖娼,被公安部门逮着了,昨天纪检委作出开除其党籍、建议罢免镇长职务的处理决定。出了这档事,哪还有脸面坐正堂的位子呀!所以,从明天起,无论他早来迟到,都应该让他坐门后角落头的小桌,对吧?"

表哥满意地拍了拍我的肩膀,说:"好呀,这回你是真的明白了!"

(本篇月月评短信代码:0204)

(题图:李 加)

(本栏目欢迎读者踊跃来稿,电子邮件请发 maxiajob@sina.com)

人在世事中往往身不由己。——沃伦

· 中国新传说 ·

1只礼品兔

□ 苏景义

拣菜叶的老汉

刘老汉今年65岁了,是个退休职工,每月领取退休金,生活倒也过得去。但最近他心里烦,烦什么?他的三个儿子家里生活都碰到了困难。

这天,他蹬上家里的那辆破三轮车到市里转悠,心想自己身子板还硬朗,看能不能找个门路帮儿子们一把。可大半天过去了,还是一无所获。

当他转到一家菜市场时,突然眼前一亮:只见地上散乱着不少菜叶,有老叶、烂叶,还有一些好好的嫩叶,于是就情不自禁停下车,弯腰捡了起来。有个菜农问他捡菜干什么,他脸有些热,忙掩饰说:"喂兔,家里养着些兔呢。"

说完,刘老汉就将半三轮车菜叶运回家,又挑了一遍,洗净,捆成捆,给三个儿子家各送去了一捆。三个儿媳也不问菜的来历,就将菜炒了,盛到碗里,小孙子小孙女们狼吞虎咽,都说菜香,吃完还说:"爷爷,你以后每天送一捆菜来吧。"

刘老汉回家后叭嗒叭嗒落了一阵泪,咬咬牙对自己说:为了儿孙们的成长,就是豁出这张老脸,也要去捡菜叶!

·中国新传说·

第二天,他捡了整整一三轮车菜叶。时间一长,儿子们也猜出这菜的来历了,可谁都不敢把话点破,倒是在菜市场,逢到有人问他捡菜干啥时,他总是说喂兔。几次三番的,菜市场里不少人认为他家里肯定喂有不少兔。

送礼风波

转眼一年快过去了,临近过年时,却出了事儿。事情是从工商所引起的。这个蔬菜市场归一家工商所管理。到年底了,所长决定给局领导们准备些年货礼品,于是,就将任务分配给了负责管理几个市场的下属。下属们纷纷行动,年礼很快就集中到了所里。

所长看着这些年礼,半真半假地说:"听说新来的局长特别喜欢吃兔肉,要是有几只活兔那就好了。"

听到这里,菜市场的蔡主管脑子一亮,想起每天来捡菜叶的刘老汉来,于是,便向所长一拍胸口说:"兔的问题就交给我吧,两天内保证弄到,而且是活的。10只咋样?"所长大喜过望,拍着蔡主管的肩膀连连说:"好、好、好。"

回到菜市场,蔡主管找来正在捡菜叶的刘老汉,说:"老刘啊,你天天捡菜叶喂兔,按说应该收你些管理费的。看你也不容易,这管理费就免了,算我们支持你这个养兔专业户。但年底了,是不是弄几只兔来让领导们看看,这样,他们就会知道,咱菜市场不光卖菜,还支持着饲养业哩。"

刘老汉一愣,知道这是问他要兔来了,只好含混地说:"中,我……弄几只来吧。"

蔡主管笑了,说:"好,那就一言为定了,明天你送10只兔来!"

"10只?要这么多?"刘老汉心里有些慌乱。蔡主管转转眼珠说:"10只兔还能算多?前些天我去南方参观,人家那菜市场里,凡捡菜叶喂兔的,一天收3块。你算算,一天3块,一个月30天90块,一年12个月1080块哩。我这里一年才要你10只兔,你说多不多?"

刘老汉一时没话了,蔡主管忙

20 有了拍马的人,自然就有爱拍马的人。——莎士比亚说:"好啦,好啦,不就是10只兔嘛,相信你拿得出来。可有一样,咱要的这兔是礼品兔,要不肥不瘦、皮毛光亮、活蹦乱跳的,你可要好好挑选一下。"说完,不等刘老汉回话,就一拍屁股走了。

回家路上,刘老汉直发愁,别说10只兔,就是三四只,上哪里弄去啊?去乡下买,一只兔得十几元,10只就是一二百元呀,可眼下过年的钱还没着落呢。刘老汉心一急,出了一身汗,冷风一吹,当夜就发高烧起不来床了。

第二天,蔡主管坐在办公室里等着刘老汉来送兔,但等来等去,等到天黑也没见刘老汉来。第三天又等了整整一天,还是兔影儿、人影儿都不见。

这天夜里,所长打来电话,催问礼品兔的事,说是不能等了,明天晚上无论如何得把年礼给局领导家送去。

蔡主管大骂刘老汉不守信用,把他给耍了。骂过后,急忙弄了辆车冒着风雪到乡下买兔。他开着车跑了一天,直到天黑才把兔买好送到所里。

所长见了他,黑着脸说:"弄几只兔就这么难,不想弄当初就别吹这个牛么!兔儿到现在才送来,其他所早将年礼给领导们送过去了,就数咱们所送得迟!"这顿劈头盖脸的训话让蔡主管恨不能从地缝里钻进去。

· 大千世界 众生百相 ·

蔡主管的报复

从所里出来,蔡主管恨不能立刻找到刘老汉,把他一口给吃了!但奇怪的是,刘老汉愣是一连几天没露面。

这天,蔡主管正在菜市场四处转悠,一抬头却见刘老汉拎着四五只又瘦又小的兔子过来了。

一见面,刘老汉就道歉说这几天病了,起不来床,耽误了送兔。蔡主管一见他,脸都气紫了,指着他的鼻子吼道:"刘老头啊刘老头,你真不是东西。你一天一车,一年从我这里拉走多少不花钱的兔饲料呀?我这里啥费用也不收你的,让你送几只兔,你答应得好好的,却不兑现。好,好,你不仁就别怪我不义。这里的菜叶,以后不许你捡了!"

刘老汉低头哈腰地递上兔子,哀求道:"是我不对,都怨我了。我改日加倍偿还行不?"

蔡主管冷冷地说:"不行,晚了。弟兄们不希罕了!"说着,他拎起兔子,远远地扔出了门外。刘老汉只好捡起那几只兔,可怜巴巴地离去了。

旁观的人望着刘老汉的背影,摇着头议论道:"唉,这老头也是,不就几只兔吗?就是几只羊,他们想吃还不得让他们吃?这下麻烦惹大了吧,得罪了他们,会和你拉倒?"

果然第二天,刘老汉正在捡菜叶,恰好被蔡主管撞见。蔡主管说:

故事会 2004年1月号绿版 **21**

· 中国新传说 ·

"不是通知不让捡了吗?你怎么又来捡了!"说着,推上他的破三轮车就走,又从办公室拿来条铁链子,"哗啦"一声,就把车锁在了铁栏杆上,算是没收了。任刘老汉怎么央求,蔡主管就是不松口。

刘老汉无奈,只好两手空空地回去了。家人和邻居们见刘老汉菜没捡来车也没了,人没精打采的,就围住他问发生了啥事。刘老汉把前因后果说了,他的大儿子一听,顿时火冒三丈:"拾点地上的菜叶还犯啥法?走,找他个混蛋去!"说着,回家拿了个铁锤就走。人们"呼啦"一声,一下子跟上去七八个。刘老汉怕他们打人出事儿,就拦住路不让走。大儿子说:"我们不会怎么着,我拿铁锤不是要打人。"

很快,他们就闯进菜市场,找到了三轮车。刘老汉的大儿子二话没说,两锤就把锁敲烂了。蔡主管闻声走出屋门说:"干什么、干什么?你们干什么?"

"干什么?来推我爹的车子!"

其他人都围着蔡主管质问道:"你们是土匪还是强盗?人家老汉捡点地上的菜叶,你们张口就让人家送10只兔,兔送得晚了,你们就锁人家的车子?"

蔡主管说:"哪个市场也得有个规矩,不能谁想怎么着就怎么着。"

吵嚷中,蔡主管见对方人多势众,怕自己吃亏,就拿出手机给所长拨电话,说菜市场里正有人聚众闹事,让他赶快带人过来。

所长来时,刘老汉的儿子和一大帮人已经走了。蔡主管让所长看那被砸坏的铁链和锁,添油加醋地汇报了事情的经过。

所长一听,也很生气,说:"你现在就悄悄地跟上去,看他们在哪里住,只要弄清了地址,一两天内,我们去查他的兔场,只要找出一点毛病,就将所有的兔给他一窝端,看他们厉害还是咱们厉害!"

检查"兔舍"

两天后,刘老汉的门前一阵马达

22 以恨还恨,恨永远存在;以爱还恨,恨自然消失。——释迦牟尼

·大千世界 众生百相·

轰鸣声,接着便有两辆车停了下来,从车里走出来一群穿制服的人。刘老汉和邻居们闻声赶了出来,一见那装束,便说声"不好",心里估量着是找事儿的来了。

刘老汉忙赔着笑脸和蔡主管打招呼。蔡主管板着脸,摆出一副公事公办的样子,说:"有人举报,说你刘老汉的养兔场是黑养兔场,既没营业执照,还经常弄些垃圾喂兔,使兔肉的质量……为保护消费者的利益,我们今天特来查实。"说着,就要进刘老汉的院子。

刘老汉忙把大门拦住,说:"再有几天就过年了,你们过了年再来查,行不行?这大过年的,弄得鸡飞狗跳墙的,不好。"

蔡主管把手一挥,说:"那不行,过了年你把兔场一转移,我们不就失职了吗?今天必须检查!"

刘老汉还在那里点头哈腰地央求,这时随行的有人火了,高声喊道:"再不让我们进去检查,就是妨碍公务了!"刘老汉还要拦,他的大儿子喊道:"爸,别求他们,就让他们进来查!"

刘老汉只得让开。这些人恶狠狠地冲进院子一看,院很小,屋也不大,转了一圈,哪有兔的影子?不仅没兔,连兔舍、兔粪都看不见,根本不像养过兔的样子。

这时,所长急了,嚷道:"刘老头,你耍我们是不?你的兔舍呢,你的兔呢?再耍花招,我们要加倍处罚了!"

刘老汉忍无可忍,指指房子,激动地说:"这不是兔舍?"又指指院中的妇女、小孩儿,说:"这不是兔子吗?"

所长疑惑不解地说:"刘老头,你装什么疯卖什么傻?他们明明是人!"

"他们是人不假,可他们吃了兔的菜叶,不是和兔一样吗?我一家三口人下岗了,没钱买菜,就去菜市场拾些菜叶,说是喂兔,其实全是人吃了。你们不是爱吃兔吗?那……那请吧!"

院中的小孩、妇女嘤嘤地哭了起来。这时,从门外跳进来一个黑脸汉,拉着一个正在哭的小女孩,哑着喉咙对这些人喊道:"你们要吃兔,为啥还不张嘴?让大伙看看你们的嘴有多大,牙齿有多尖多利。"

看到这情景,人们气愤地议论道:"哎哟,真不得了呀,到靠捡烂菜叶生活的下岗职工家找兔吃,亏他们做得出!"

所长、蔡主管他们一大群人立刻僵在了那里,自我解嘲地说:"我们真没想到会是这样啊!"说着,一个个满面羞愧地溜了出去……

(本篇月月评短信代码:0205)

(题图、插图:黄 勇)

·中国新传说·

抢劫没有发生

□ 李金华

王五是个跑出租的，人家对他的评价是：只认钱不认人。但前不久发生的一桩事，却使王五彻底改变了认识。

那是春节前的一个夜晚，天空飘着雨夹雪，阴冷阴冷的。王五在车站附近刚卸下一个客人，就有一高一矮两个年轻人朝他走来。矮个子说，他们要去郊县一家企业，如果王五肯跑一趟的话，他们可以多加点钱。王五一见这么晚了还有钱可赚，两个人又都斯斯文文的，就答应了。

车很快就开出了市区，过了城乡结合部，路上连个路灯也没有，四周漆黑一片。万一遇到打劫的怎么办？王五心里直敲边鼓，嘴里嘟嘟哝哝地对那两个人说："唉，这鬼地方，咋开呀！除了表上打的数，你们得再给我加20块。"他见没人回应，便扫了一眼反光镜，看见两人半闭着眼睛，头枕在座位上，也就不再吱声了。

就在这时，前面路上突然"霍"地跳出一个黑脸大汉，手里拎着根木棒冲这边跑了过来。王五吓了一跳，心说不好，说曹操曹操到！他急打方向盘，想从那人旁边绕过去，谁知那人像有准备似的，早占领好了位置，将木棒一横拦住了去路。

王五心里着实害怕，但又一想，车上还有两个人呢，三对一，他黑脸大汉敢怎么着？想到此，他一踩刹车把车停了下来。

车上两人不知发生了啥事，忙问王五："怎么啦，怎么啦？"不等王五

24 至于钱，只要够花就行，多了则无法享受。——骚塞

解释，那黑脸大汉先开了口，说他给人劫了，摩托车、手机、现金全被歹徒抢走了，求王五把他拉到县里。原来是这么一回事！三人原本悬着的心一下子落了地。矮个子不耐烦地挥挥手，说："不拉，不拉。"王五也马上跟腔："钱都没有，谁拉你呀。"说完，发动车子就要走人。

黑脸大汉急了，一把抓住车门，说："我身上没钱，不见得家里没钱啊。这样吧，把我拉到家，给你100元！"王五脱口便说："200！"黑脸大汉想了一会儿，最后一咬牙，说："200就200！"车上的矮个子男人不乐意了，对王五说："你到底是拉他，还是拉我们？"王五赔着笑脸，说："他遇着难了，就算两位积点阴德了。"这时，一直不吭气的高个子开口了："不行！"

黑脸大汉转过来又去求车上的两个乘客，说他们的车钱也由他出。可高个子、矮个子说什么也不答应。王五赶忙调解道："兄弟，看在钱的分上，就拉上他吧。"可两人就是不松口。王五有些纳闷，一个顺水人情，对大家都有利，为什么不做呢？

黑脸大汉见软的不行，把脸一沉，猛地拉开车门，一屁股坐到前面座位上，发命令似的对王五说："开车！"他右手紧握着木棒，两眼圆睁，那架势，好像不听他的，他这棒子就要砸下来了。王五看这黑脸大汉身高一米八，脸上凶神恶煞，手里还有"凶器"，不禁有些毛骨悚然，俗话说，"好汉不吃眼前亏"，上路吧。一路上，他的心一直吊着，时不时用余光瞟瞟黑脸大汉，只要他一有动作，自己就马上跳车逃命。

车行到离县城不远的地方，后面两个青年要王五停车。两人下了车，头也不回就往黑地里走去。王五急了，朝他们喊道："哎，你们干吗去？钱还没给呢。"矮个子用下巴指了指黑脸大汉，阴森森地说："向他要吧！"王五说："那你们也不能白坐啊！"哪知他话音刚落，高个子突然从腰间掏出一把榔头，狠命朝车窗砸去，只听"啪"的一声，玻璃稀里哗啦全碎了。他恶狠狠地对王五说："回去给他磕头吧，今天你这条命是白捡的，还想要钱？"

王五一听，全明白了，原来他们才是真正打劫的，好险啊！他赶紧一踩油门，跑得比兔子还快……到了县城，王五发现自己身上的内衣都能挤出水来。他把黑脸大汉送到家，说什么也不肯收车钱。他红着脸说："那劫匪说得没错，要不是大哥你，我命都没了，还要啥钱？"

从此，王五逢人就讲：帮助别人就是帮助自己，这句老话啊，一点儿也不假！

(本篇月月评短信代码：0206)

（题图：严克勤）

·中国新传说·

□ 张眉

撞死一头象

土地局的王局长有个小舅子，叫申二，长得一脸精明，在局里给姐夫开"桑塔纳"。

最近，局后勤科副科长病逝了。让谁去接班呢？王局长当然第一个就想到了自己的小舅子。虽说用人不避亲，但毕竟不好意思直接拍板，事情就搁了下来。

这也叫巧了，上级来了通知，要求派年轻干部到农村去搞"三讲"。这可是个锻炼接班人的好机会！于是，在全局动员大会上，王局长不失时机地发了言："依我看，申二同志年轻有为，干脆让他带车下乡去搞'三讲'，我骑自行车上下班。"同志们见王局长如此高风亮节，顿时掌声一片。

申二下派到了石坊村，开始了与村民同吃同住的生活。这石坊村虽说地处市郊，但属丘陵地带，水瘦山寒，甚是贫苦，一日三餐皆是玉米糊糊和那缺盐少油的粗菜，搞得这位平日里娇生惯养的小舅子苦不堪言。

一个月后，休假日到了。申二迫不及待地窜回了城，家也顾不上回，便急匆匆钻进了饭店，叫了一桌菜，狼吞虎咽起来。酒足饭饱后一结账，乖乖，两百八十元！

申二摇摇晃晃进了家门，顾不上和老婆亲热，抓起电话就往王局长家打。申二醉醺醺地说："姐夫呀，我刚

26 使用才是真正的占有。——拉·封丹

才吃掉了二百八，咋办？花兜里的银子好比剜自己的肉呀！"王局长对小舅子的苦衷非常理解。他略一思索，说："你自己写个白条让我批吧，就说是拉村民进城看病时，路上撞死了一头羊。"

第二个月末，申二心中有了底，又早早回城，喊来老婆孩子，钻进海鲜城大吃了一顿，酒足饭饱返回家，写了张白条：因送村民进城急诊，撞死一头牛，赔偿九百元正。

第三个月末，申二胆子更大了，他又早早窜回了城。由于心中更踏实了，他掏出手机，哇哇一通乱叫，唤来几个狐群狗党，钻进了一家豪华酒店。几人大吃大喝后，又去洗桑拿，让小姐们狠狠宰了一笔。

这次，当王局长接过白条时，不由两眼发了直。白条上竟然写道：因送村民进城急救，撞死一头象，赔偿三千元正。半晌，王局长才缩回舌头，接着，声色俱厉地骂起来："你这个狗东西，精明得过头了！石坊村有大象吗，谁家养的？大马路上有大象吗，谁个放的？你知道不，大象是保护动物呀，你编造这种瞎话，是把自己往大牢里送呢！"

申二一听，浑身如筛糠一般，说："昨天喝憎了，胡乱写的……要不就改成三头牛或者一群羊吧，总得凑够三千元的数。"王局长又好气又好笑地狠拍了下桌子说："你开的是桑塔纳，不是坦克！"申二没了主意，哆哆嗦嗦地问："这，这咋办？"王局长叹了口气说："只得给你擦屁股啦。"说完话，掏出笔让申二在白条上面添了一行字。

"三讲"任务终于结束了。申二喜气洋洋地返回了机关，他仿佛看到副科长的职位正在向他招手。

可是，偏偏不巧，在这紧要关头，市电视台的"镜头聚焦"栏目组接到一个匿名电话，揭发申二巧立名目，骗取公款大吃大喝。有了新闻线索，两名记者连忙扛着摄像机，兴冲冲地赶到了土地局。

王局长闻讯后，胸有成竹地走进了接待室。他笑吟吟地问："记者同志，有何贵干呀？"记者也笑吟吟地指着那辆桑塔纳说："听说这辆车出了几次车祸，竟然还撞死了一头大象！领导同志，能介绍一下情况吗？"

王局长一脸惊诧地说："这简直是天方夜谭，太不可思议了！"记者不依不饶地紧紧相逼："那么您有报销凭据吗？"王局长脸上露出一丝不易察觉的微笑，说道："请跟我上去看看吧。"说着，领记者登上了楼，直奔财务科。

前两张单据没啥新鲜，不过是撞死一羊一牛而已。最后一张单据很怪异，白纸黑字上写道：因抢救村民心情急切，途中撞死一头像是驴又像是

"80万元读者大奖"活动之 1
2004年《故事会》"开门红"读者有奖阅读

"开门红"读者有奖阅读活动,具体规则如下:

1. 编辑部将在2004年1月号上半月(红版)、下半月(绿版)、2月号上半月(红版)、下半月(绿版)每期刊登一枚幸运标记,读者凡集齐这4枚幸运标记(复印无效),剪下后即可一起寄回本刊参加抽奖。

2. 本次活动共设奖金14万元,其中:一等奖50名,各获摩托罗拉手机一部(或奖金1000元);二等奖100名,各获奖金600元;三等奖200名,各获价值100元的书籍;阅读奖1000名,各获《故事会》丛书2本。

另两项活动见P62、P80。

马的动物,赔偿人民币三千元正。两记者哑然失笑,这究竟是啥动物呢?

望着哗哗直转的摄像机,王局长掏出手帕擦擦额头,自责道:"看来,当初我签字时,犯了官僚主义错误了。我现在就调查这件事情!"说着,按下免提键,接通了石坊村村委会的电话。电话那端传过来村委会主任牛五的声音。

牛五笑语爽朗:"噢,是王局长呀。噢,你问的是车祸那码事吗?唉,撞死的是头骡子呀。申二车开得太猛了,所以才出的事。不过话说回来,他是为了抢救病人,情有可原嘛。申二同志在俺村工作特别积极,先后抢救了三位病人,俺村里人都念叨他呢!"

王局长又擦擦额头,望了一下屋里人,目光最后落在申二脸上,语重心长地叹道:"你呀你呀,太缺乏畜牧业知识了,连个骡子都辨认不出来!"屋里顿时响起一片哄笑声。两记者相视一下,无可奈何地说:"好吧,我们告辞了。"

事过一月后,王局长把申二叫到办公室,关门闭窗后,一脸严肃地说:"明天是周末,你去石坊村给牛主任送份厚礼去,不要过河拆桥。你这次提了干,全靠他老人家帮的忙。记住,礼要厚重点,他是我姨夫!"申二频频点头,又问:"报销条上写个啥名堂?"

王局长沉吟了片刻,得意地哈哈大笑:"反正记者也走了,就写撞死一头大象,杂技团跑出来的大象!"

(本篇月月评短信代码:0207)

(题图:王申生)

·中国新传说·

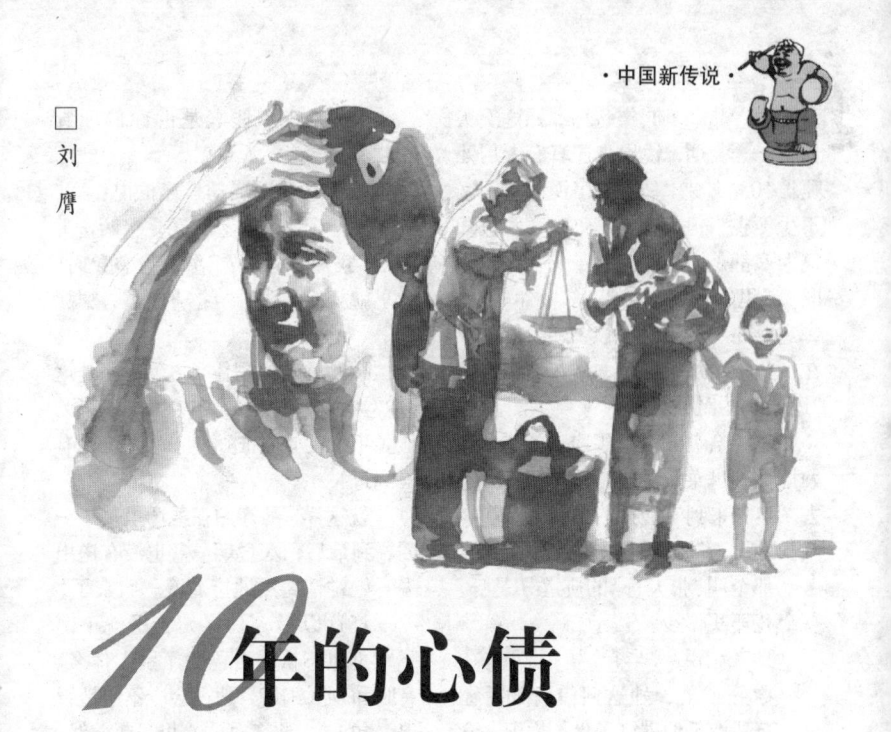

□ 刘膺

10年的心债

西山镇上有个马翠花,年纪轻轻就死了男人,一个人整日里忙前忙后,还拖着个儿子小宝,日子过得相当艰难。

渐渐地,马寡妇的性格发生了变化,贪小便宜的心理与日俱增。她家离集市不远,天天上那里买菜,自然就和菜贩们混熟了。可她买菜时,常常买了二毛钱的葱,临走时趁人家不备,又多拿两根;称半斤菠菜,总要利索地多捡几棵……时间长了,菜贩们都知道她这个毛病,但看在她是寡妇的面上,也不和她计较。

日子一天天过去,儿子小宝终于长大成人了,进了一家效益不错的镇办企业,马寡妇的苦日子总算熬出了头。

上班的头一个月,小宝就把领到的工资如数交给了母亲。马寡妇见儿子还有孝心,心里的高兴全都放在了脸上。她抽出三十块钱,递给儿子说:"小宝,去买八盒好烟回来。"儿子满脸疑惑地问道:"妈,咱家没人抽烟,买烟干啥?"马寡妇说:"去吧,妈有用。"儿子点点头,没有再问什么,转身出去了。

其实,马寡妇这次买烟,说出来还真有大用处哩!10多年来,马寡妇虽说占了人家不少便宜,但一直内疚得很,她也知道人家都是小本生意,赚头很小,所以,心里一直有个念头:等条件好了,一定要还上这笔良心债、感情债!现在,儿子参加工作了,马寡妇觉得是"还债"的时候了……

不一会儿,烟就买回来了。马寡妇把烟装进菜篮子里,径直朝集市走去。她先来到卖菠菜的摊头上,客客气气地说:"张大哥,卖菠菜哩?"

那个叫"张大哥"的应道:"是呀,今个儿要买多少?"

马寡妇说:"半斤。"

称好了菜,她这回没有伸手添菜,而是把手伸进篮子里,掏出一盒烟来,递了过去:"张大哥,以往买菠菜,我没少占您的便宜,现在我儿子拿工资了,我请您抽盒烟。"

张大哥慌了,忙摆手说:"大妹子,别,别,你别这样。"

马寡妇说:"我心里一直内疚得很呀!"

"内疚个啥?"

"以前我不该老是占你们便宜啊。"

张大哥受了感动,连忙说:"其实,大妹子,你并不欠我,实话告诉你吧,我知道你要弄'添头',称菜时,我早就把'添头'给扣下来了,嘿嘿——"

啊?马寡妇愣住了,怎么会是这样?当初生活担子太重,自己本以为捡了不少便宜,谁知便宜从来就没有捡到过!

就这样,马寡妇在菜场里转了一圈,到最后,八盒烟一盒也没有送出去。她神情黯然地挎着篮子回家了。

打这以后,马寡妇心里就平衡了,再也不认为自己欠了别人什么。有时和别人闲聊,她还会冷不丁地冒出一句:"那些卖菜的心里只想着钱,那些年我们孤儿寡母过得好艰难哇,我买菜他们还要扣我的秤!"

不久,这话就传到了菜贩们那里,这下轮到他们心里不平衡了:天地良心,这么多年,他们谁都没有扣过马寡妇一钱秤!

(本篇月月评短信代码:0208)

(题图:王申生)

《范大宇故事集》出版

继吴伦、吴文昶、崔陟、黄宣林、夏元寿、何初树、肖士太后,《故事会》又编辑了第八本"中国故事家创作丛书":《皇城根儿下说故事——范大宇故事集》。本书定价20元,免收邮资。邮购地址:上海市市南绍兴路74号上海文艺出版社邮购部,邮政编码:200020。

施惠者不图报,受惠者不忘恩。——中根东里

吃喝有讲究

□ 吴 为

星期天上午，局长侯大武和几个同事从省城一路驱车往回赶。中午时分，他们来到了德阳市，随行的几个人都喊肚子饿了，侯大武得意地对他们说："今天的中饭不用咱们自己掏钱，我这里有个同学，叫金子昂，是这里的税务局局长，这次正好路过，我得好好放他的血！"大家一听高兴得不得了："那我们今天中午又可以吃白食了。"

侯大武翻出通讯录，打通了金子昂的手机，说人已到了他的地面上，想找他喝几杯叙叙旧情。不料金子昂回话说，他现在正在北京出差。众人闻言，脸色都变了。正在沮丧之际，电话那头又传来了声音："兄弟，我在不在没关系的。现在你把车开到市里最有档次的银元酒店，对总台说是金局的朋友就行了，付钱埋单的事自然有别人来管。不好意思啊，下次一定亲自奉陪。"侯大武见金子昂这么仗义，连说"多谢了"，然后就直奔银元酒店。

一刻钟后，车子停在了银元酒店门前。侯大武刚下车，就有领班过来问："你们是市税务局金局长的朋友吗？"见侯大武点头，领班忙点头哈腰地说："金局已经打来电话，我马上

·中国新传说·

给你们安排最好的雅间。"说完，把他们引到二楼东头的君王包厢。

坐了一会儿，侯大武见服务员老不问他们点什么菜，就对她说："我们还要赶路，请你拿菜单来，让我们把菜点了。"服务员一笑，说："金局长早就给我们老板说过了，只要是他的朋友到这里来吃饭，都按最高标准安排。所以你的菜就不用亲自点了。"侯大武一听，激动得不得了，他真想不到金子昂会有这么大的气派，而且对自己这个边远山区的朋友也没有低看。

半个小时后，开始上菜了。侯大武问手下喝什么酒水，手下说："侯局长喝什么，我们就喝什么。"侯大武今天成心想为金子昂撑撑面子，于是就对服务员说："来瓶五粮液吧。"可服务员又是一笑，说："君王包厢从来不上国产酒，连茅台酒都摆不上桌面。客人进了这里，都是喝洋酒。"不一会，就有人送来了两瓶包装精美的法国名酒。侯大武惊得舌头都卷了，好半天才问出一句话："那、那、那这一桌饭菜连酒水得花多少钱？"服务员说："我也不知道具体得多少，但我知道，君王包厢的最低消费标准是六千元一餐。"这个价钱一报出，几个手下筷子都掉在桌子上了。很快，菜上齐了，摆在他们面前的是天上飞的，水里游的，树上爬的，洞里钻的，都是名贵珍稀菜。几个手下都不敢动筷子，侯大武心里也没底，硬撑着说："吃，大家吃，我朋友今天这么抬举我，大家就不必客气了，吃饱喝足！"

大概吃了半个小时，总经理进来了，虽然他的长相对不起观众，可十个手指头都戴满了金戒指，也够唬人的。他先给自己斟了一杯酒，激动地说："我刚接到金局长的电话，特意从外面赶回来看看各位贵客。金局长不在没关系，他的朋友就是我的朋友，来，咱们为友谊干杯！"就这样，总经理非常客气地一连敬了他们三杯酒。之后，他拍着侯大武的肩膀说："我还得去别处转转，开个酒店，谁都不能得罪。兄弟失陪了，几位请慢用吧。"侯大武连声称谢，亲自送他到门口。

一个小时后，侯大武的手

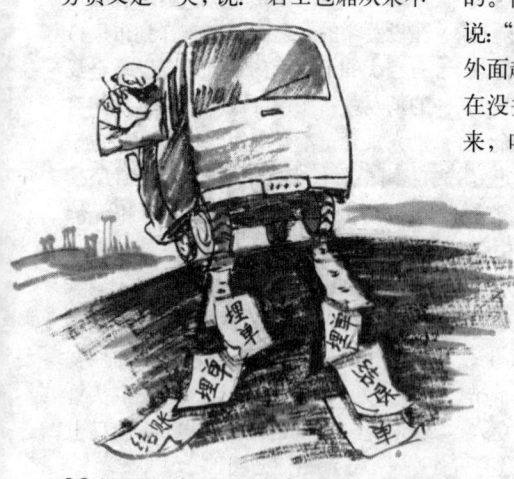

·大千世界 众生百相·

机响了,是金子昂打来的。"大武啊,酒菜怎么样,还合口味吧?老板来敬酒了吗?如果他不来,你尽管告诉我,下次整死他!"侯大武忙说:"看你说的,你面子大着呢,老板专门从外面赶回来敬了酒。""那就好。这回真是太不凑巧了,下次再路过,一定亲自陪你好好喝一喝,玩一玩。你们吃好了,就只管上路,单不用签了。不好意思啊,再见。"通完电话后,侯大武觉得用餐单上名字也不签一个,有点不妥,于是就要手下去总台签上他的名字。可手下很快回来了,说总台服务员明确提出用不着签字,在市里,还没有谁有这么大的胆量,敢冒充金局长的朋友混饭吃,更没有哪个敢算计金局长。侯大武一听,说:"那好,我们上路吧。"

下楼时,坐在客厅里的总经理特意迎上来,送了一条价值三百元的芙蓉王烟给侯大武,说:"这是我个人的一点心意,你们路上用。"侯大武不好意思接,总经理把脸一沉,说:"你不接,那就不够朋友了。我早说了,金局长的朋友就是我的朋友,既然咱们都已经是朋友了,还这么见外,何必呢?"侯大武激动不已,连说几声"多谢了",才叫手下把烟接了。他们上车后,总经理还不停地招手,目送车子远去。

车内的气氛异常活跃,几个手下不停地夸金局长重感情,讲义气,出手大方。在侯大武听来,他们夸他的朋友,其实就是夸他侯大武有面子,因此非常得意,吹嘘说像这样讲交情的朋友他有好多个,不过分散在全国各地,难得见上一面,听得手下人羡慕不已。

正当侯大武讲得口水四溅时,手机响了,他一看是堂弟的手机号码,忙打开接听。堂弟是向他诉苦来的,他气愤地说:"哥,我原以为德阳市的投资环境好,就把厂迁到这里,可哪想到几个关键部门的头头都是吸血鬼,专门吸外来投资人的血!尤其是税务局那个姓金的局长,一点人味都没有!今年才过去几个月,我已经三次为他那些乱七八糟的酒肉朋友埋单了。我想事情总得有个止境吧,就把气强忍下去了,一直没说。可是,刚才不知从哪里来了一伙王八蛋,到银元酒店海吃海喝了一顿,金局长又来电话要我去埋单。我一看账单,呵,你想都想不到,竟然六千三百元!我实在是忍无可忍了,只好打电话给你诉苦。你交际广,在德阳市如果有当官的朋友,麻烦你打个招呼,让他请税务局关照一下,不然我好不容易建起的厂子马上就要给整垮了!"

这时,车子一阵颠簸,侯大武只觉得胃里如翻江倒海一般,"哇"地一下全吐了……

(本篇月月评短信代码:0209)

(题图、插图:严克勤)

为争一口气

□ 钱岩

刘全和马义是邻居，但关系不太好，为长在两家地界上的那棵老杨树，他们已经吵了二三十年了。大家都劝他们："不就一棵树吗？又不值什么钱，犯得着伤和气吗？"

可刘全、马义不这么看。他们都说，这绝对不是一棵树的问题，事关名声，现在谁都不能让，让了，以前的所作所为不就成了无赖之举吗？

这天，刘全带着锯子来锯树，马义不同意，双方吵着吵着就动起手来。结果马义吃了亏，身上挂了彩不说，树还给刘全锯倒扛走了。马义气得饭都吃不下，老伴就好言劝他，说那棵老杨树都给虫蛀了，做什么都不中，顶多只能当柴烧，靠这发不了财。马义哪里听得进去，发誓一定要报复，让短命的刘全吃个哑巴亏！

晚上，马义在床上翻了一夜，也没想出一个报复刘全的好办法。睡不着，起来得早，可门闩一拉开，却把他吓了一跳：昨天他和刘全吵啊打啊争的老杨树，竟然躺在自家门口！

这是咋回事？马义百思不得其解，便把老伴叫过来看，老伴见了很高兴："这肯定是哪个好心人打抱不平，从刘全家偷出来送给我们的。这下你心里平衡了，快把树扛进屋吧。"

"慢，"马义一伸手拦住了，"你头脑怎么这么简单，这刘全早上起来要是发现树被人偷了，第一个怀疑的就是我了，我可不能被人当作小偷。"于是马义趁天还没大亮，就把树又推回刘全的院子里去了。

其实马义不知道，把老杨树送到他家门口的，正是刘全本人。原来，昨天，刘全在县财政局工作的女儿打来电话，说："爸，你知道不，我们局长

· 大千世界 众生百相 ·

就是马义的一个远房侄子。得罪马义当然不要紧,但得罪了局长,我就没好日子过了。"

女儿这么一说,刘全为难了。真要是为了一棵树,耽误了女儿前程,那女儿不恨死自己啦?罢了罢了,为了女儿,刘全答应把树还给马义。当然,他不会当面还树,这也太没面子了,于是就趁着夜黑,偷偷把树扛到马义家门口。谁知马义不知内情,怕中了刘全的圈套,不但不敢收下树,反而又把它送回刘全的院里了。

刘全早晨起来看到树,心里实在是气得慌:短命的马义,得寸进尺了?要不是为了女儿,别说你远房侄子当局长,就是你自己当局长,我也不买你的账!于是,刘全当着众人的面,又把老杨树扛到地界上,放下,一句话也不说,阴着个脸回去了。大伙闹不清了,昨天刘全还为这树拼死拼活地争,今天咋又不要了呢?

后来人们才知道,原来刘全家一笼鸡昨晚被人药了。响鼓不用重锤敲,大家立即明白了,肯定是马义!可谁都没想到,这鸡都是他刘全自己掐死的,目的就是让马义背上黑锅!刘全见阴谋得逞,高兴得进门就唱戏,出门笑嘻嘻。死几只鸡有什么,用盐腌了,可以当下酒菜嘛!

马义见村上人都怀疑刘全家的鸡是他药的,肺都气炸了。人争一口气,谁在乎那棵烂树!刘全这个小把戏,瞒得了别人,可瞒不了他马义。马义恨得牙痒痒的,暗下决心:一定要以牙还牙!

第二天,马义就去请屠户宋小手来家杀猪,宋小手感到很诧异:"马义,你想吃肉上我这儿来买呀,你那猪不够出栏,杀早了太可惜了!"马义叹道:"唉,我知道猪正长着呢,可猪腿让人家打断了,活命都难,还指望它长肉?"很快,村里人都知道马义家的猪让人打断腿了。谁这么缺德,下这样的毒手?不用问,大家都心知肚明,不是刘全还能是谁?刘全这是在报复马义呢,因为几天前,马义药了他家一笼鸡。

就这样,你来我往,各不相让,到头来,刘全、马义都有苦说不出。

事情过去几天后,马义虽然出了口恶气,让刘全跟他一样不清不白,但心理负担却越发重了。他明白,凭刘全的犟脾气,是绝不会善罢甘休的,一定会再报复的。过两天他要是把自家的耕牛砍了,然后嫁祸于自己,那怎么办?也学刘全把自家的牛砍了?不行啊,刘全家有实力,可他马义不行,一双儿女,一个还没成家在外打工,一个还在读书,正要大把大把花钱哩。唉,这怎么办?突然,马义想到,刘全如果砍牛的话,肯定会选择在夜里砍,要是能当场抓住他,那他刘全白砍了自家牛不说,闹腾开来,名声肯定比大粪还要臭。对,就

·中国新传说·

这么办!

于是,马义夜里几乎不睡觉了,偷偷猫在自家院子里,听隔壁刘全家牛棚里的动静。可是几天下来,刘全家的牛一点事儿也没有。这天,马义听说刘全要进城看儿子,心想这可以睡个安稳觉了。可是夜里,马义突然被外面的声响惊动了,他悄悄地爬起来,不看便罢,一看不由得倒吸了一口凉气:只见一个黑影正从刘全家牛棚里牵出牛来,不用猜,这黑影一定是刘全!马义气极了,短命的刘全,白天假装进城看儿子,夜里却悄悄溜回来,把牛偷出去卖了杀了,然后再栽赃给我马义。嘿嘿,刘全啊刘全,看我今天怎么戳穿你的鬼把戏!

马义匆忙穿上衣服,悄悄跟了上去。跟着跟着,他发现有些不对劲,那人身材、走路姿势不像是刘全,于是紧追几步仔细一瞧,原来是小偷!

这下马义犯难了。按理讲,小偷偷了刘全家的牛,他马义应该高兴才对,可现在他实在高兴不起来。你想,刘全家的牛被人偷了,大伙肯定又会怀疑是他马义干的,那样他跳进黄河也洗不清了,所以不能放走小偷!

这时,小偷也发现后面有人来了,忙加快了步伐。眼看小偷就要跑出村子了,马义急了,扑上去用力揪住他不放,接着,扯着嗓子喊起来:"不好啦,有人偷牛啦,快来抓贼啊!"小偷吓坏了,想跑,可怎么也挣脱不了,于是挥起拳头,就朝马义头上砸去。马义脸被打肿了,牙也被打落了两颗,但就是不松手……

马义奋不顾身斗小偷的故事,很快就传开了。这年,县里评见义勇为英雄奖,大伙没商量就把马义推荐上去了。马义没想到自己就这样当上了英雄,心里很惭愧。有记者问他:面对人高马大的小偷,你能勇敢地冲上去,当时心里是怎么想的?

马义红着脸嘿嘿地笑:当时怎么想的?那可不能告诉你!

(本篇月月评短信代码:0210)

(题图、插图:王申生)

36 荣誉是虚假的货币。——蒙田

·外国文学故事鉴赏·

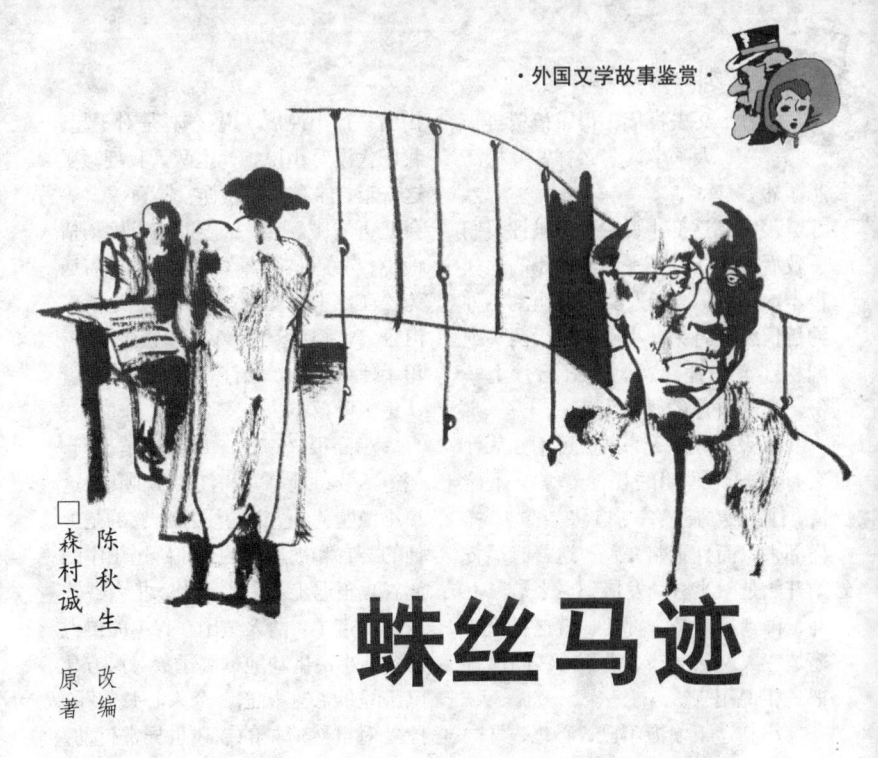

蛛丝马迹

□ 森村诚一 原著
□ 陈秋生 改编

森村诚一，日本著名作家，1933年1月生。1967年以《大都会》登上文坛，1969年发表《高层的死角》，获江户川乱步奖。其主要作品有《人性的证明》《野性的证明》《青春的证明》等一百多部。本故事根据他的小说《幻灭》改编而成。

小 高省吾和松江俊吉是同人杂志《潮流》的创办人，两人平时关系不错，又都喜欢写小说，但相比之下，松江写出来的小说要技高一筹，只不过从不在外面发表。

这天，松江拿出刚写好的一部长篇小说给小高看。小高只用了半天的工夫，就把它一口气读完了，心里又是羡慕又是妒忌，心想自己如有这样一部小说就好了。就在这时，他的眼光落在一张报纸的标题上，上面写着某杂志社将举办一次文学大赛，特向社会广泛征稿。小高看了灵机一动，就拿着报纸怂恿松江应征，松江一听连连摆手，瞪着个近视眼说："不行，不行，我只在《潮流》上胡乱写写，投到外面我一点也没有兴趣！"

小高建议道："那么就以我的名

·外国文学故事鉴赏·

义去投稿,得了稿费再一人一半,怎么样?"松江想了想答应了。

没料到这部小说参选后被评委们一致看好,获得了一等奖,小高还获得本次大赛的"新人奖"。从此,各种约稿信纷至沓来。小高便三天两头跑到松江家求他写稿,写好后抄上一份,署上自己的姓名发表。

本来是太平无事的,可不知从什么时候起,聪明的松江竟学会了赌博,什么赛马、赛车、麻将、纸牌,样样都来,而且十赌九输。这样,稿费刚开始是对半分,发展到后来是三七开,再到后来是全都要,就这样松江还是三天两头要钱,说不给钱的话就把真相说出来。

小高这下懊悔不已,心想,再这样下去的话,自己不被逼死,也要被逼疯啊,于是他心里动了杀机。

经过仔细勘察,他选定鲛浦作为下手的地点。这是个秀丽多姿的半岛尖端,有高达几十米的断崖可以观海,有"自杀胜地"的称号。等万事俱备,小高便主动给松江打电话,说自己住在鲛浦的旅馆里,让他带稿子来这儿取钱。

松江果真上钩,两人在断崖上会面了。寂静的深夜,海面上漂起点点渔火,波涛撞击着脚下的岩石,夜里看去也泛起片片白光。

松江接过小高的钱后,从口袋里掏出一篇小说稿,说:"真是对不起,我好久没写小说了,这两天我赶写了这一篇,你看看怎么样?""不急,等会儿再看吧,"小高接过小说稿动情地说,"这儿的风景真美啊!"说着话为松江点上一支烟,两人悠然地眺望海景。过了一会儿,小高趁松江不备,用手使劲一推,松江"哎呀"一声就从崖上坠落下去……

小高很兴奋,一回到旅馆房间,便迫不及待地打开松江的小说稿。这篇小说题为《湮灭的溪谷》,写的是追捕的警官和被追捕的逃犯跑进山中的溪谷,正遇上暴风雨,大水把入谷的木桥冲走了,两人被困在谷中的传奇经历。小说生动地刻画了敌对双方身陷绝境的心理状态,令人心弦震颤,此外对自然情景的描述也异常生动。回东京后,小高便将小说抄了一遍,投寄给一家著名的杂志社。小说发表后在社会上引起很大反响,被评论界认为是小高新的代表作。

却说松江的尸体,是事发第二天早晨被发现的。由于不远处找到了一些钓具,当地警方以钓鱼失足而亡,草率地下了结论。小高心中暗喜,他已神不知鬼不觉地除掉了心腹之患。

三年过去了,小高刻意模仿死者的风格和笔调创作小说,虽不及松江写得精彩,但总体水平还过得去,小高渐渐地成了一个有影响的名作家。

一次,一家著名杂志社特聘他担

欲望从没有休止的时候。——罗·伯顿

任本届短篇小说创作新人奖的评委。在应征的几百个短篇小说中,小高对一个叫家永的作品评价极高。他努力说服了其他评委,最后家永获得了本次大赛的"新人奖"。

过了几天,当选人按照惯例前来拜会小高。一见面小高大吃一惊,没料到家永居然还是个警官。家永寒暄了几句,便起身告辞,临走忽然想起了什么,问道:"对了,老师,有件小事想请问您:您三年前的大作《湮灭的溪谷》,里面讲到的'仙醉溪谷',老师是亲自去过的吧?"

"是啊,我去过,那怎么样呢?"小高听了一愣。

"不,没什么,我不过是偶然想起而已,"家永从容地含笑道,"听说老师从前是《潮流》杂志社的,是吗?"

"那又怎么样呢?"小高皱皱眉,他不想别人提及《潮流》,那是他的一块心病。

"唔,那儿的编辑中有我一个朋友,叫松江俊吉,极有才气,写作的风格有点像老师您的初期作品。可惜呀,三年前他在鲛浦坠崖死了!不知老师认不认识这个人?"

小高心里一颤,含糊地说:"噢,好像是有这个人,不过我不太熟。"他把刚点燃的烟掐在烟缸里,做出送客的姿势。家永仿佛没有看到,还在絮絮叨叨的,说着说着索性坐下了。

"在表现手法上,老师您同松江的确很相似。比方说,松江形容隐身于暗处的女人,就爱说,'好像夜空的远星,明明在眼前闪亮,细看就无影无踪了'。而老师您的初期作品,特别是得奖的那部长篇小说,也有类似的描写……"

"你……你究竟要说什么?"听他这么一讲,小高差点儿失控了。

家永的面容还是那么坦然。"请别生气,我在画刊上瞻仰过老师的风采,似乎老师的眼力特别好,有些杂

· 外国文学故事鉴赏 ·

志的专栏文章还特意介绍过,"说到这,他突然话锋一转,"这样的话,老师对远星的形容就有矛盾了。那种现象,只能出现在近视人的眼里,在视力正常的人看来,星星是不会消失的。"

小高暗吃了一惊,他想起松江的确是个严重的近视眼。他想以"这是文学描写,岂能就事论事"的理由来反驳,可话还没出口,家永又开口了:"松江是三年前的夏天死的。在他死之前,准确地说,就是7月9日到他身亡的12日这四天中,老师见过他吗?"

"怎么会见过呢?"小高矢口否认,"我迁居东京后,就再也没有见过他了。"

"是吗?那可就奇怪了!"家永的眼中闪出一道光芒,"告诉您吧,那年出事前,我同他一起到'仙醉溪谷'去钓鳟鱼,我打算通过他了解赌博集团的情况。可我俩刚支起帐篷,暴风雨就袭来了,冲垮了小木桥,我俩只好冒险涉水,那是7月9日的事。刚出谷,崩塌的泥石就堵塞了溪谷,再也进不去了,好险哇!就像老师作品的标题那样,成了'湮灭的溪谷'。可是,老师作品里那种细致的描写,未亲临现场的人是绝对写不出的,也不是用想象就能填补的。当时在现场的,只有我和松江,老师又断言那阶段没见过松江,那么这只能证明:《湮灭的溪谷》不是您的作品,而是出自松江之手。"

小高感到眼前一阵发黑。家永憨厚的表情消失了,代之以警官特有的冷冰冰的面孔。

"实际上,我是最近读到《湮灭的溪谷》才产生疑问的。之后,我把老师的初期作品同松江发表在《潮流》上的作品作了对照分析,结果断定完全是同一个人的作品。在松江知情的情况下,老师窃取了他的作品,这一劣行,就为松江的死埋下了伏笔。现在,请您不要认为我是前来拜会您的当选人,我是作为一名警官而来的。"

小高已经听不到家永最后的话了,绝望的阴影遮住了他的视野……

（本篇月月评短信代码：0211）

（题图、插图：箭　中）

（本栏目欢迎读者踊跃来稿,电子邮件请发 maxiajob@sina.com）

欢迎邮购2003年《故事会》合订本

2003年《故事会》合订本已经编辑完成,为方便广大读者购买、收藏,上海文艺出版总社邮购部即日起为此书开辟"邮购直通快车"。

2003年《故事会》合订本分上、下两册,共计30元。需邮购者请将款汇至上海市市南绍兴路74号上海文艺出版社邮购部（邮编：200020）,免收邮资。汇款单上请注明"购2003年《故事会》合订本"。联系电话：021-64716466。

40　良心比天才更难得。——巴尔扎克

少走弯路

夏天的一个双休日,新来的赵博士到单位后面的一个小池塘钓鱼,恰好同事小王、小李也在旁边钓鱼,按道理他应该上前打打招呼,可是赵博士不,他认为自己是博士,是单位学历最高的人,跟这两个中专生话不投机,没啥好聊的!

一晃就是两个小时过去了。只见小王放下钓竿,伸伸懒腰,"蹭蹭蹭"从水面上健步如飞直奔对面的厕所间。赵博士侧眼一瞧,惊得眼镜差点儿掉下来了:水上漂?不会吧?但想到自己是个博士,便忍住了没去问。过了一阵,小李也站起来,走了几步,"蹭蹭蹭"也踏过了水面。这下子,赵博士差点晕倒:难道他们都是江湖高手?

后来,赵博士也内急了,可他怎么也拉不下面子问两个中专生是怎么"飞"到对面去的。他把心一横:我就不信中专生能过的水面,我堂堂博士生不能过!于是,他闭上眼睛,用力朝水里一跨,只听"咚"的一声,赵博士一头栽到了水里。

小王、小李不明就里,连忙赶过来,一个抄左手,一个拎右手把他拉了上来,问是怎么一回事。赵博士好半天才红着脸问:"我想上厕所,你们是怎么走过去的呢?"

小王、小李听了,相视一笑:"这池塘里有座木桥,这两天下雨涨水正好被淹在水下。我们都知道这木桥的位置,所以可以踩着过去。我说你这个朋友呀,怎么不问一声呢?"

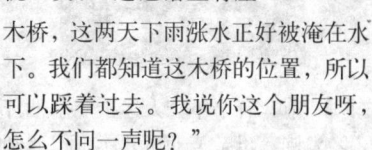

学历只能代表过去,只有学习才能代表将来。尊重有经验的人吧,他们可以让你少走弯路。

(推荐者:张洪宝)

母爱如佛

从前，有个年轻人迷上了求仙拜佛，母亲苦劝了几次，但他却不理不睬。

一天，这个年轻人瞒着母亲偷偷离开了家，一路上跋山涉水，在一座大山里终于找到了一位得道高僧。

他求高僧帮他找到佛，高僧听后对他说："这个不难。你吃过饭就立即下山，顺原路回家。记住，如果遇到一位赤脚为你开门的人，年轻人啊，这个人就是你要求的佛！你要悉心侍奉，到最后必成正果。"

年轻人大喜，拜别高僧而去。

第一天，他投宿在一户农家，男主人出来开门，他仔细看了看，这个男主人没有赤脚。

第二天，他来到一个富有的商人之家，也没有人为他赤脚开门。

第三天，第四天……眼看就要到家了，可是年轻人却始终没有遇到高僧所说的"赤脚人"。

午夜时分，他拖着疲惫之极的身躯回到家，费力地叩动了门环，只听屋内传来母亲苍老的声音："谁呀？""我，你儿子。"他沮丧地答道。

"真是你吗，我的儿子？"很快地，门打开了，一脸憔悴的母亲一口一声唤着他的名字，把他拉进屋，就着灯光，流着泪仔细地端详他。

这时，他一低头，蓦地发现母亲竟是赤着脚站在冰凉的地上！

刹那间，他灵光一闪，想起高僧的话，突然之间什么都明白了。年轻人泪流满面，"扑通"一声跪倒在母亲面前。

是的，母亲就是那个可以毫不犹豫赤脚为你开门的人。在你无助无奈的时候，她的微笑会如佛光一样为你映出一片光明，使你对人生充满希望。

(推荐者：吴书林)

· 沧海拾贝 人生百味 ·

最聪明的人

很多年前,有一位老人被认为是当时最聪明的人,据说天下没有问题能难得住他。

一个年轻人不服气,就想愚弄老人一下。这天,他抓来一只小鸟问老人:"老人家,我手里有一只小鸟,你说它是活的,还是死的?"

这个年轻人非常得意,因为他知道,如果老人说鸟是死的,他就放开手让鸟飞走;如果老人说是活的,他就捏死小鸟。总之,无论老人怎么回答,都将是错的。

老人只是静静地站在那里,眼睛直视着他,好半响,才平静地说:"孩子,这要看你的了。"

在你手里,成功和幸福可能会毁于一旦,也可能由想象变为现实。究竟会是哪种结果,还是老人说的对——"要看你的了。"

(推荐者:车前子)

打开你观念的抽屉

报社的一位年轻记者去采访日本著名的企业家松下幸之助。

年轻人很珍惜这次采访机会,做了认真的准备,因此,他与松下先生谈得很愉快。采访结束后,松下先生亲切地问年轻人:"小伙子,你一个月的薪水是多少?"

"薪水很少,一个月才一万日元。"年轻人不好意思地回答。

松下先生微笑着对年轻人说:"很好!虽然你现在的薪水只有一万日元,其实,你知道吗?你的薪水远远不止这一万日元。"

年轻人听后,感到非常奇怪。看到年轻人一脸的疑惑,松下先生接着说:"小伙子,你要知道,你今天能争取到采访我的机会,明天也就同样能争取到采访其他名人的机会,这就证明你在采访方面有一定的潜力。如果你能多多积累这方面的才能和经验,这就像你在银行存钱一样,钱存进了银行是会生利息的,而你的才能也会在社会的银行里生利息,将来能连本带利地还给你。"

松下先生的一番话,打开了年轻人观念的抽屉,使他茅塞顿开。

许多年后,已经做了报社社长的年轻人,回忆起与松下先生的谈话时,深有感慨:对于年轻人来说,注重才能的积累远比注重目前薪水的多少更重要,因为它是每个人最厚重的生存资本。

(推荐者:罗 芹)
(本栏目题图:黄全昌)

(本栏目欢迎读者踊跃来稿,电子邮件请发 maxiajob@sina.com)

·民间故事金库·

商人不爱钱

□ 于永军

明崇祯年间,登州府有一个商人,名叫金诚多,原本只是个豆腐坊的小作坊主,可他凭着一双慧眼,一副好脑子,从小做大,经过几年苦心经营,一跃成为登州府第一商!

话说早秋的一天,金诚多带着儿子金不二外出收账,骑马经过一片地头,只见地里的高粱玉米长得高大粗壮。金不二感叹道:"爹,今年必是一个大丰收年,我长这么大,都没见过这么高的玉米和高粱!"金诚多听了不禁思忖道:今年的高粱玉米为何长得这般高大?他下了马,随手折断一根高粱秆,只见断缝处爬满了白色的小蠕虫!他皱皱眉头,又到其他地里找来一些高粱秆折了,里面也尽是小蠕虫。他暗暗惊道:原来是遭了虫灾!于是,他吩咐儿子,回去后要多多买进玉米高粱。果然,一场秋雨袭来,田里高大粗壮的高粱玉米秆几乎全倒伏枯萎了,还没到秋收,粮价已经上涨。

这时,金诚多刚好有事要出一趟远门。临走前,他将儿子召到跟前,再三告诫道:"今年这里粮食歉收已成定局,到时候粮价会一涨再涨,但粮食是养人活命的,无论如何不能虚抬粮价,有二十分之一的赚头,也就好了。千万不要财迷心窍,免得误了大事。千万!千万!"金不二连声应道:"爹,您只管放心,孩儿一定按您的意思办!"

44 鸟翼上系上了黄金,这鸟便永不能在天上翱翔了。——泰戈尔于是金诚多选了个良辰吉日,带上一个伙计出了门,不料,离家刚刚一个月,就听到李自成起兵的消息。一时间,各地刀兵四起,金诚多不敢再往南走,就匆匆返了回来,刚一踏进登州地界,不由大吃一惊:离开登州才两个多月,城里竟然到处都是饥民!

原来,这段日子,登州不但受了虫灾,还遭遇了百年来最严重的蝗祸,成千上万只蝗虫铺天盖地,所到之处,寸草不留。金诚多暗想,多亏自己早有远见,备得一些粮食,倒可解一解登州的燃眉之急,只是不知儿子是不是按自己的意思放粮了。他一边走,一边打听。当他得知登州的粮价已贵如黄金时,心中大急,命令伙计马不停蹄,直向家中奔去。

刚进家门,就见金不二红光满面地跑进来,笑嘻嘻地说:"爹,您可回来了,我听人说外面乱得很,正为您担心呢!""担心?"金诚多冷笑一声,"为我担心,难道还有空出去喝酒?为什么不卖粮?"金不二眉飞色舞地说:"爹真是料事如神,今年的粮食不但减了产,还遭了蝗祸,整个登州府只有咱们家粮食多,现在可是一粒粮食一粒金啊!孩儿这次出去喝酒,正是和几家粮商商量,再拖它几日放粮,狠狠地赚上它一笔!"

金诚多摇了摇头,严肃地问道:"衙门里的人可曾找过你?"金不二道:"登州府的尹知府已经找过我两次了,说要以咱们进粮价两倍的价格买进这批粮食,但孩儿想,商人以牟利为本,他开价实在是太低了,也就没有同意。"

金诚多一听大惊失色,霍地站了起来,指着儿子骂道:"你这孽子,险些坏了大事!"说罢,当即吩咐备马,要去见尹知府。还没出门,就见一个仆人慌慌张张跑了进来,叫道:"老爷,尹知府又来了,这次还带了好多好多的兵!"金诚多一听,反而冷静了下来,急忙出门迎接。

远远见到尹知府下了轿,金诚多连忙跪倒:"草民叩见大人!"尹知府不冷不热地说:"哦?金老员外回来了,快快请起。"金诚多站起来,作揖道:"草民刚刚回来,正想去拜见大人。""金员外要见本官,不知有何吩咐?""不敢!"金诚多道,"草民要见大人,是想把小店所贮的粮食悉数捐出,供大人赈济灾民!""哦?"尹知府沉吟了片刻,"只是本官一时半会恐怕拿不出那么多银两。""大人!"金诚多大声道,"草民自愿捐出,分文不收!"

"好!"尹知府哈哈大笑,"还是金老员外有远见,本官无以回报,就把刚刚写好的这副帖子送给大官人吧。"说着,从怀里掏出一纸信封,交到金诚多手中,传令道:"立即张贴公告,金老员外愿捐粮赈灾!"

· 民间故事金库 ·

几天工夫,粮食就发放完了,金不二却病倒了。他始终不明白,爹为什么要把粮食白白送出去,那可都是钱啊,商人不赚钱算什么商人呢?

这天夜里,金诚多悄悄来到金不二的房间,叹道:"要是我晚回来几天,你我的脑袋现在恐怕就要搬家了!""此话怎讲?"金不二惊得一骨碌坐了起来。金诚多道:"我一回登州,见粮价珍贵如金,就知道你没有卖粮,想那饥民都是贫苦之人,你就是低价卖粮,他们恐怕也买不起,何况你还和一些奸商串通,一再哄抬价格?我一路上就听不少饥民在密谋,说横竖是个死,不如夜里扮成强盗,杀了粮商,然后抢粮,你想我如何不急?"金不二出了一身冷汗,颤声道:"既然如此,我们何不自己开仓放粮,却白白送给尹知府,让他赚得好名声?"金诚多道:"乱世必用重典,你囤积居奇,那尹知府找你两次,也算给足了面子,你却不识好歹,自以为奇货可居,要不是我当机立断,呵呵,你看看,尹知府送给我的帖子!"

金不二接过一看,只见宣纸上是一个斗大的"杀"字,墨迹斑斑,力透纸背,杀机横溢!他吓得汗如雨下,病一下子好了,叫道:"难道这尹知府也要……""哈哈哈……"金诚多笑道,"事不过三,那天尹知府上门前已下决心,如果我等仍不识好歹,他就要动手杀人!区区一点粮食,换得我们全家性命,你说这买卖值不值?你要记住了,君子谋财,取之有道,商人尽管以牟利为目的,但也不能坏了良心!"

后来果然登州没有放粮的粮商,或被灾民哄抢,或被官府诛杀。再以后李自成进北京,清兵入关,天下乱成一锅粥,许多店铺都关了门,而金诚多的生意却依然兴隆,因为登州的百姓都还记得他当年开仓放粮、赈济灾民的美德。

(本篇月月评短信代码:0212)

(题图、插图:黄全昌)

(本栏目欢迎读者踊跃来稿,电子邮件请发 maxiajob@sina.com)

最可怜的人是把他的梦想变成金银的人。 ——纪伯伦

· 民间故事金库 ·

请小媳妇就座

□ 钢 凝

通州城里有位张天师，算卦特别灵验。这天，张天师在村西头摆摊卜卦，周围围了一大圈子人。人们正看得来劲时，忽然从人群外边挤进来一个油亮的光头。这光头用脚踢了一下卦摊，粗声粗气地说："算卦的，少东家让你去一趟。收拾收拾，跟我走！"围观的人一听，这人口气挺大，再一看，是本村首富柴家的光头打手贵福，便都知趣地走开了。

张天师用眼斜睨了一下光头，心里很是气愤，但嘴上不敢怠慢，脸上也迅速堆出了笑，一连说了几个"好"字，就收拾好卦具，随着光头走了。

拐过三个弯儿，才到了柴家门口。张天师抬头一看，嗬，好气派的一片宅院！只见绿砖青瓦，方石铺地，叫不上名儿的黄花、蓝花、红花，旺旺地开在路两旁，甚是娇美鲜艳。

张天师登上台阶，走进堂屋，看见八仙桌旁，坐着一位二十四五岁的小伙子，剑眉虎目，鼻直口方，唇红齿白，细高条的身材，皮肤白得像大姑娘一样。小伙子身穿一件素白色的洋布袍，手中拿一把四季通用的逍遥折扇，更显得风流雅致、仪表堂堂。张天师猜测这个小伙子肯定就是刚才光头说的少东家柴少爷了。他向前疾走了几步，冲着柴少爷拱了拱手，便坐在侧面的凳子上。

"先生，卦历几年了？"柴少爷问。

"不多不多！从十二岁出师以来，一直到现在。承蒙同行瞧得起，送我一个外号'俏神仙'。"这张天师口气也不小，其实，他只背过几本算命书，从未拜过师，更谈不上出师了。

"噢，"柴少爷听了，并没捧他，

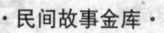

而是不冷不热地说:"先生,我叫你来,就是要看看你的卦算得准不准。实话跟你讲,前几次我曾请过几位出名的算卦先生,不过,他们都是些江湖骗子,信口胡扯,被我识破,让我叫下人打出了村子。先生你不是'俏神仙'吗?那好,我身边正好有五个太太,请先生给她们几个排排名次,谁是老大,谁是老小,不知先生可应否?"柴少爷呷了一口茶,继续说道:"如果先生掐算得准,钱么,好商量。不过——"说到这里,柴少爷顿了一下,"如果先生是属八哥的——嘴皮子上响亮,那么对不起,只好棍棒侍候了。"

张天师听罢,心里不由得抖了一下,这卦本来就是唬人的,哪能当真?但他是见过世面的,脸上不露声色,站起身,拱了拱手,说道:"少东家,你这是说哪里去了,钱不钱的咱好商量,既然我是干这一行的,算不准的话,我愿当着你们面,砸了卦具!回过头来说,如果我掐算对了,请少东家不要隐瞒,准就是准,不准就是不准,照实话说!"

"好,爽气!"少东家一拍桌子,叫道:"请太太们出来。"

不多一会儿,门外就飘进五个如花似玉的小媳妇。她们每人都穿一身雪白雪白的白花边旗袍,手中捏着一块红绡帕,年龄、身材也都差不多。

张天师显得很镇定,对这五个小媳妇说:"让诸位少奶奶站着哪像话,坐下再算,坐,请坐。"说着张天师顺手搬起靠墙的一条长凳,放在这五个小媳妇面前。

五个人唧唧喳喳地嬉闹了一阵,才一个挨着一个坐下了。张天师指着第一个落座的媳妇对少东家说:"如果我没说错的话,这位便是你的原配夫人。"接着,他就挨着个儿从大到小排了一遍名次,把那柴少爷和光头惊得眼都直了!待他们醒过神来,张天师早就按周天卦理把这五个小媳妇的命写在纸上,捧上来了。

柴少爷一边听他口若悬河地讲,一边竖起大拇指,直称:"准,真准!"张天师终于长出了一口气……

张天师真有那么神吗?根本不是。大家都知道,大户人家一般规矩都比较大,干什么都不能乱了章法。张天师就是抓住这一点蒙混过去的。他让五个小媳妇坐在长凳上,为的就是要看看她们中究竟谁先坐下,谁后坐下,并由此来判断谁大谁小。尽管五个小媳妇并不是按照这个顺序准确落座的,但从她们的相互推让中,张天师已看出门道,并且记在了心里。

事后,柴少爷摆了满满一桌酒席款待张天师,还给了他五十块大洋的卦钱。从那以后,张天师"俏神仙"的名号可就叫得更响了。

(本篇月月评短信代码:0213)

(题图:李 加)

·东方夜谈·

□ 王东生

看不见的男人

这天一大早,仁爱医院送进来一个被车撞得血葫芦样的男人。伤者需要马上抢救,可是一检查,这人血压极高,搞不好就会死在手术台上。在场医生怔怔地望着伤者,谁都不想担这风险。

可是总不能让他躺在手术台上等死吧!这时,一个叫依娜的女医生站出来说:"那就我来做这个手术吧。"由于这个叫李全的男人伤得实在太重,结果真没能抢救过来,依娜还因此没能评上职称。

有一天晚上,依娜下班回家,刚踏进房门,就见一个男人微笑着走到她面前。依娜颤抖着声音问:"你是谁?你怎么进来的?"

男人说:"我是穿墙进来的,我就是那个曾经被你抢救过的李全呀,你认不出来了?"

依娜一听,吓得脸都白了:"你……你不是死在手术台上了吗?"

李全说:"我是死了,可一想到这世上还有你这样的好人,就不想死了。"

"那你来找我有什么事吗?"

李全红着脸说:"我……我要和你好!"

依娜已三十出头,人长得非常漂

·东方夜谈·

亮,可就是一直没找到合适的男友,虽然听李全说他生前也是独身,但自己怎么能和这样一个男人好呢?于是,她对李全说:"治病救人是医生的天职,你没必要用这种方式来谢我。"但李全全然不听,热烈地张开双臂就要上来拥抱她。依娜用手一推,却推了个空,李全早不见了踪影。

依娜以为李全被拒绝走了,没想到第二天下班回家,桌上已经摆上了香喷喷的饭菜,一连三天,天天都是这样。依娜猜测这一定是李全干的。不知怎么,她这回不仅不害怕,心里反而觉得有一种家的温暖。就在这时候,李全又突然出现在她面前。

依娜有些依顺地微笑着说:"谢谢你。"

"不要谢,"李全微微摇着头说,"我是要让你知道,两个人的世界比一个人的世界美好。不信你试试。"李全边说边送上吻来,依娜不由自主地接受了,她甚至觉得李全的胸膛是那么宽阔,那么温暖。

就这样,李全天天来陪伴依娜,依娜的脸上天天都洋溢着幸福的笑容。时过不久,依娜发现自己怀孕了。李全得知后欣喜万分:"我们有孩子啦!三个人的世界比两个人的世界更美好哇。"说着,他紧紧拥着依娜,直吻得她要背过气去。

依娜怀孕的事很快就在医院里传开了,人们说什么的都有,难听的闲言碎语灌了依娜一耳朵。回家后,依娜忍不住对李全一顿哭诉。李全大怒:"这些人实在太可恶,看我怎么收拾他们!"依娜连忙拉住他说:"你可别胡来,你又不是我们医院领导。"

第二天依娜刚上班,赵院长就找她谈话了。赵院长盯着她微微隆起的肚子,怒斥道:"真不像话,怎么成了这个样子?你让我这个当院长的脸往哪儿搁?"转而,他的声音又缓和下来:"唉,其实我也不忍心说你,事情到了这一步也不好办啊!这样吧……"赵院长边说边走近依娜,突然抱住她就要吻,"宝贝,你就依了我吧!依了我,什么事儿都好解决。"

原来这赵院长是个色鬼,见依娜漂亮,曾多次想轻薄她,都被拒绝了,如今他见依娜没结婚就怀孕,心说:别的男人可以跟你这样,我为什么不行?何况我还是你的领导哩!可他的嘴巴还没凑近,突然"啪"的一声,脸上就挨了一记重重的耳光。

"你敢打我?"赵院长哇哇叫了起来,可话音没落,"啪"又一个耳光落在脸上。这时他才发现,原来是他自己在打自己的耳光。他想停下手,却怎么也停不下来,两只手左右开弓,直打得脸颊通红,嘴巴流血。

依娜趁机逃了出去。她知道,这准是李全使的法,可她一点也兴奋不起来。她想,李全能使法一次、两次,

爱情之路坎坷崎岖,远远超过乱石间的小径。 ——哈代

难道能护着自己一辈子?

日子过得很快,转眼依娜把孩子生下来了,是个白白胖胖的男孩。李全早为孩子起好了名字,叫义福。依娜有了义福,天天品尝着做母亲的滋味,心情好多了。

可这种快乐的日子并没持续多久。到了义福上学时,烦恼更多了。这天,义福放学回家,进门就哭着问依娜:"人家都有爸爸,我为什么没有?回家路上,同学们都骂我是野种。"依娜无言以对,只有在心中哀叹。晚上,依娜对李全说起这事儿,李全气得捏紧了拳头,但他只瞧了依娜一眼,什么话都没说。

依娜舍不得义福再受委屈,第二天便去学校接他回家。还没走到校门口,就见义福在校门外,正被一个男同学拦着,旁边还站着一个身影熟悉的女人,仔细一看,那女人竟是赵院长的妻子郭占梅。不用问,那男同学准是她的儿子了。

这时,就听郭占梅指着义福大声教儿子说:"骂他,老处女的儿子!"她儿子张口就骂:"老处女的儿子!"郭占梅又说:"骂他,破烂货的杂种!"她儿子就又骂:"破烂货的杂种!"还把一口唾沫吐在义福脸上。可怜的小义福边流泪边躲着走,可郭占梅母子俩仍不依不饶地跟着骂。

忽然一阵无形风扑来,只见郭占梅母子俩"咯噔"一下突然闭了口,接着,郭占梅叉开双腿,命儿子从自己胯下钻过去,儿子就听话地钻过去了;接着儿子也叉开双腿,让母亲从自己胯下过去,郭占梅也听话地钻过去了。母子俩相互钻来钻去,爬在地上就像两条狗,嘴巴里还不住地求饶:"我们再也不敢了,放了我们吧!"引得周围的人哈哈大笑。

依娜知道这又是李全使的法,可她怎么也笑不出来。她过去拉起义福,转身就走。没走出十步远,只听身后传来"啊"的一声惨叫,回头一看,只见郭占梅丢下儿子,冲出人群飞跑,被迎面急驰而来的一辆汽车撞飞,当场死了。那汽车司机见闯了祸,

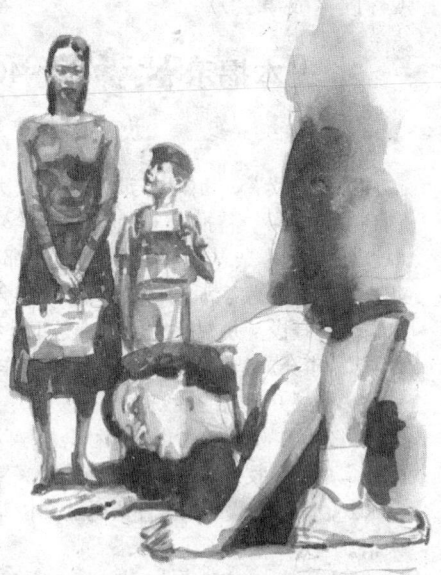

·东方夜谈·

也慌了手脚,误踩了油门,汽车猛地向路边的灯柱撞去,只听"砰"的一声巨响,车头撞歪了,司机撞死了!

眨眼间出了两条人命,依娜惊呆了,整整一个星期,她不说一句话。而且打这以后,依娜脸上始终布满了忧郁,再也没了往日的笑容。

这天依娜下班回家,李全再也忍不住了,问她:"你到底怎么了?"没想到依娜回答他的是:"我决定跟赵院长结婚了。"

"跟赵院长结婚?"李全连连摇头,"这绝不可能。"

依娜固执地说:"赵院长到现在还在追我,我就是要跟赵院长结婚!"

李全张大了嘴,半天才回过神来:"你怎么能……"

没想到一向温柔的依娜朝着他大声吼道:"为什么不能?就因为他愿意娶我,我不能总守着一个别人看不见的男人过日子吧?我不想再让义福受任何委屈!"

听到这里,李全心里"咯噔"了一声,他知道,依娜再不属于他了。李全深深地叹了口气,一个人上街买来两斤棉花,堆放在墙角,然后一头撞了上去。这一回,李全真的死了!

(本篇月月评短信代码:0214)

(题图、插图:王申生)

《解读〈故事会〉》

一本揭示 故事会 40年发展历程的传记

欢迎邮购 欢迎评说

亲爱的读者,为体现与时俱进、求实创新的办刊思想,本刊在《故事会》创刊40年之际,特推出《解读〈故事会〉:一本中国期刊的神话》一书。关于《故事会》这本杂志,你可能有过这样那样的疑问:为什么《故事会》能几十年长盛不衰?高考满分作文与读《故事会》有什么关系?为什么卖《故事会》杂志就能赚钱?办《故事会》的人是不是特别有智慧?为什么著名作家陈忠实说"《故事会》是一大奇迹,写小说的作家可以得到启示"……看完这本书,相信你会揭开所有的谜底。

《解读〈故事会〉》由上海社会科学院出版社出版,定价34元。欢迎读者邮购,邮费免收。汇款请寄上海市绍兴路74号《故事会》杂志社收,邮编:200020。同时也欢迎读者评头论足,本刊将在有关"信箱"中选发部分读者的来信。

·情感故事·

漫漫风雪路

□ 黑子

快过年了。往年这个时候，祁康华家里可热闹啦，老部下、老邻居、老同学等等，拜年的人像走马灯似的，不是他来，就是你去。可今年，他从副县长的位子上退下来后，家里是一盏灯照两个人：一个是自己，一个是老伴，那些老关系户像从人间蒸发了一样，再也不见了踪影。

这天早饭后，老祁泡上一杯茶，坐在沙发上看电视，看着看着，心里打了个激灵，他想起一个人来了。谁？老祁乡下儿时的伙伴，小名叫石头。

早些年，石头几乎每年都来给老祁拜年，带的都是家乡的土特产。可他每次来，家里都是高朋满座。也许是石头觉得自己插不上话，所以往往坐一会儿，也就告辞了。这样，老祁每次前后只能和他说上两句话，更别提留他在家吃饭了。

最近两年，石头就没有来给他拜过年了。老祁想到这里，心里就觉得很愧疚。石头家的情况他是知道的，夫妻俩老实巴交，有两个儿子也是土里刨食的本分人。老祁突然意识到，当初石头一趟趟给他家送土特产，可能是有事求自己，比如给儿子在城里找点事干等等。虽然人家没有开口，但自己也应该想到这一层啊。唉，都怪自己当时太粗心了！

忽然，他有了主意：去给石头拜年！主意一定，老祁马上穿好大衣，

故事会 2004年1月号绿版 **53**

· 情感故事 ·

戴上皮帽,围上围巾,另外又揣上800块钱,出门去了。

这天特别冷,路上刮着大风,天空中还飘着雪花。老祁顶着鹅毛大雪,一步一步艰难地往车站走去。一边走着,老祁心里还在想:今天如果石头能原谅他,就是豁出这张老脸,也要为石头的儿子在城里找份活干。

车站不太远,一会儿工夫也就到了。就在这时,老祁一抬头,发现车站外有个熟悉的身影,一身老棉袄,头戴一顶旧棉帽,背上一个鼓鼓的布袋,头上身上都堆满了雪花。是石头,没错,是石头!

老祁高声叫着石头的名字,奔了过去。石头闻声扭过头来,也发现了老祁。

老祁问:"石头,这大冷天的,你去哪儿呀?"

石头亲热地呼着老祁的小名:"毛毛,我正要去你家哩,没啥好东西,给你捎点家乡土特产。"

"我也是去给你拜年哩,石头。"

"给我拜啥年?走,走,回家去!"

老祁点点头,伸手拍拍石头身上的雪花,心里一怔:这雪咋这么厚呀?于是便问:"石头,你是……咋来的?"

石头嘿嘿一笑:"今天起了个大早,顺着公路走过来的,省俩车钱。"

天哪,背一袋东西冒着漫天风雪走了40多里路,石头啊,石头!老祁正要说啥,石头拍了拍他的肩膀说:"40多里路不碍事的,我有力气,一抬脚就到了,往年到你家,我也都是走路的,习惯了。"

什么?想起当初自己对石头的冷落,老祁内疚得几乎要掉下泪来,连忙拦了辆车。石头说:"胯长一截路,花那冤枉钱干啥?走回去。"老祁不依,硬是把石头按进车里。

到了老祁家,老祁和老伴对石头表现出前所未有的热情,泡最好的茶,送最好的烟,似乎要给石头一点补偿。吸了两口烟,石头像是想起了什么,不由自主地问了一句:"毛毛,不当县长了,还习惯吧?"老祁一听,心里"咯噔"了一下:怎么,石头也知道这事?看着石头真诚的目光,老祁的眼圈红了。

就这样,两人坐在沙发上,从儿时的事聊起,越聊越投机。石头忽然说:"毛毛,每年我都想找个机会和你好好说说话,可你家总是有那么多人,没个机会。今儿个,我心里总算有着落了。"老祁终于忍不住流下泪来……

中午,老祁第一次留石头在家吃饭,老伴拿出了最好的饭菜,最香的酒。随着一杯杯酒下肚,老祁心里真像打翻了五味瓶。自己在位时,冷落了人家石头,退了,没人搭理自己了,只有石头一样来给自己拜年,陪自己

·快乐辞典·

读者推荐: 值得关注的流行语

◇见问题闭眼,见困难斜眼,见表扬瞪眼,见钞票红眼,见礼物花眼,见上级眯眼,见同事白眼,见下级翻眼,见选举傻眼。
◇睡昨天的觉,上今天的班,花明天的钱。
◇穷日子难过的是肚皮,好日子难过的则是心情。
◇婚姻刚开始是"相敬如宾",继而是"相敬如冰",最后是"相敬如兵"。
◇章子不如筷子,筷子不如面子,面子不如票子,票子不如辫子。
◇穷人和富人一样,一生都在忙,只不过富人是"活着忙",而穷人是"忙着活"。
◇完全相反的个性,结婚时叫"互补",离婚时叫"个性不合"。
◇少年的时候想逃家,青年的时候想成家,中年的时候想离家,老年的时候想回家。
◇男人认为女人的可爱最重要,女人认为男人的可靠最重要。
◇钓鱼者和呆子只有一线之差。
◇一个人未结婚前,行动绝对自由,是"动物";结婚以后,行动受到限制,是"植物";等到生儿育女,行动更不自由,就成了"矿物"。

(本栏目欢迎来稿,电子邮件请发:maxiajob@sina.com)

说话,这人呀——

午饭后又聊了一阵,石头就起身告辞了。临走时,老祁摸出800块钱塞给石头,诚心诚意地说:"石头,你家的情况我知道,这点钱是我的一点心意,拿着吧!"

石头立刻把钱推了回来,说:"毛毛,乡下日子是苦点,可也过得去。这钱你还是留着吧。"任老祁咋劝,石头死活不肯收。

老祁觉得自己实在该为石头做点什么,就对石头说:"石头,两个孩子在家也苦,我给你想个办法,在城里给孩子找份活干。我刚退,这张老脸现在还管用,以后就难说了。"

没想到石头连连摆手,说:"毛毛,不必了,不必了。孩子在家习惯了。"

老祁一愣,当初的所有猜测都错了!石头并不求什么,他的心里只有一份珍贵的感情。

石头走了,老祁和老伴一直把他送到车站。车开动时,老祁跟着边跑边喊:"石头,明年春节,我上你家喝酒,喝你自酿的'苞谷烧'!"石头笑着挥挥手说:"毛毛,管够!"

看着汽车渐渐远去,老祁的泪水"哗"地淌了一脸……

(本篇月月评短信代码:0215)

(题图:杨宏富)

·传闻逸事·

米粉杀人

□ 夏 沨

1885年2月25日,法国侵略军攻占广西镇南关,中法战争进行到紧要关头……

法国军队占领镇南关后,老将冯子材亲自率领清军赶赴前线,和广西提督苏元春一道,在关前筑起一道长墙,准备和法军决一死战。

这天,冯子材正和苏元春议事,突然有人来报,说法军在某个凌晨将进攻长墙。当时,法军使的是长枪大炮,而清军使用的是大刀长矛,孰强孰弱,不言自明。两人心里都清楚,要战胜敌人,就必须和敌人短兵相接打近战,发挥大刀长矛的优势。

可怎样才能接近敌人呢?两人一时都拿不出好主意来。

忽然,苏元春想起一件事来:一次,义军攻打广西永安州,州官凭借州城拼命抵抗,在一个雨夜,义军挑选了三百名敢死队员,光着身体爬进城去,进城后他们是摸着穿衣服的就砍,很快就打开局面,一举攻下了州城。

苏元春知道这里刚下过雨,一定会起大雾,就把当年义军用过的妙计说了。冯子材一听,拍手称好。两人一合计,决定选出五百名敢死队员,打赤膊,在敌人的必经之路埋伏下来,等敌人靠近时,来个突然袭击,大军再打开墙门前后夹攻,使敌人的洋枪洋炮失去优势。

敢死队由一名军官带着，傍晚时向埋伏地点出发。走到半路，军官看时间还早，怕被敌人的探子发现，就让队伍进到路边的一个村子休息。不料，队伍进村不久，就见一个老妇人扯着一个敢死队员来向军官告状，说这位弟兄吃了她的米粉不给钱，要军官为她做主。

军官见是违反军纪的大事，不敢擅自处理，就把两人直接带到冯子材那里去。冯子材听军官说了情况，就问老妇人："阿婆，我的弟兄吃了你多少米粉不给钱呀？"

老妇人马上回答说："回大人的话，他就吃了我的一碗米粉。"

冯子材转过脸又问那个敢死队员："你是不是吃了这位阿婆的米粉不给钱？"

敢死队员大声喊道："大人，我没吃她的米粉，我冤枉呀！"

冯子材听敢死队员的口音，不是他从钦州带来的清军弟兄，这才知道在选敢死队员时，因这位弟兄武功极好，又是本地人，熟悉埋伏的地形，特地补选进来的。当下，冯子材板起脸来问道："你虽然不是清军弟兄，但进了敢死队就是我的部下，你知不知道我们立下的军纪呀？"

那敢死队员说："大人，我知道你带兵很严，可我没吃她的米粉，大人你要为我做主呀！"

冯子材又问老妇人："阿婆，我的弟兄吃没吃你的米粉，我一定会查明的，可按我清军的军纪，贪图钱财诬陷好人，这也要反坐的呀。"

就在这时，只听那敢死队员又大声喊道："大人，你别相信这老婆子的话，她是个疯子！"

冯子材听了敢死队员的话，心里吃了一惊，正要问个究竟，只听老妇人指着敢死队员破口大骂："你这个死兵烂勇，吃了我的米粉不给钱，还骂我是疯子，我跟你拼了！"

说着，老妇人一头向敢死队员撞去。冯子材急忙伸手一把拉住她，说："阿婆，有话慢慢说，这案子还没查明，你要是撞死了，我怎么向这里的父老乡亲交代呀？"

老妇人看说话的人穿着官服，帽上插着花翎，一定是那位叫冯子材的了，就对着他大骂起来："好呀，你这个冯子材，人家都说你纪严明，原来你也是个大土匪头，今天我这条老命就不要啦！"

老妇人一边说着话，一边挣脱手，又向冯子材撞去。冯子材一听老妇人直呼他的名字，又要和他拼命，有点不高兴了："阿婆，我冯子材一向治军严明，你骂我是大土匪头，有何证据？"

老妇人盯着冯子材说："我问你，你的弟兄吃了我的米粉不给钱，这和土匪有什么两样？你不治他的罪，反

·传闻逸事·

要包庇他,你不是大土匪头又是什么?"

冯子材被骂得发起怒来,一拍桌子喊道:"来人,把这位弟兄给我砍了,马上开膛破肚,看他的肚里到底有没有米粉!"

执法的亲兵应声上前,拔出刀就要动手。这时,那个敢死队员自料难逃一死,就对着冯子材说:"大人,我不会丢你的脸的,不用大人下令,我自己来。"说着,敢死队员"扑通"一声向老妇人跪下,磕了三个响头,然后爬起来,拔出刀往脖子上一抹,身子摇晃了几下倒在地上。冯子材见他已死,立刻命令亲兵动手剖开他的腹部,割开胃一看,里面只有未消化完的米饭和青菜,竟然没有一点米粉!

全场一片寂静!冯子材长叹一声说:"可惜了我的一位好弟兄!"然后对老妇人说:"阿婆,我的弟兄肚里没有米粉,你还有什么话说?"

老妇人看了一眼敢死队员的尸体,眼里滚出了泪水,她把眼泪一抹,对冯子材说:"此人已除,我死也瞑目了,冯大人,你仔细搜身吧。"

说时迟,那时快,老妇人捡起地上的血刀,也抹了脖子,倒在那个敢死队员身边。冯子材见事情蹊跷,马上吩咐亲兵搜那位敢死队员的衣服。

上衣口袋里搜过了,没有;裤子口袋里搜过了,也没有。

冯子材蹲下身来,亲自在敢死队员的衣服里仔细捏了一遍,最后在衣角的缝里找到一张小纸条,上面写着:清军今天半夜用赤膊装死计在关前埋伏。

冯子材看过字条,不由倒吸了口凉气,这才知道那敢死队员是个内奸。他想,要是这张纸条被送到敌人手里,埋伏的五百敢死队员就会全军覆没,后果不堪设想。

这到底是怎么回事呢?原来,那个敢死队员是老妇人的独子。老妇人的丈夫以前参加过义军,在一次抗击法国侵略军的战斗中牺牲了,临死前留下遗书要她教育好儿子。丈夫没有留下财产,她家里很穷,当法军打到

58 原则的最大敌人是情面。——普列姆昌德

·情节聚焦·

救命钥匙

□ 肖公法 供稿

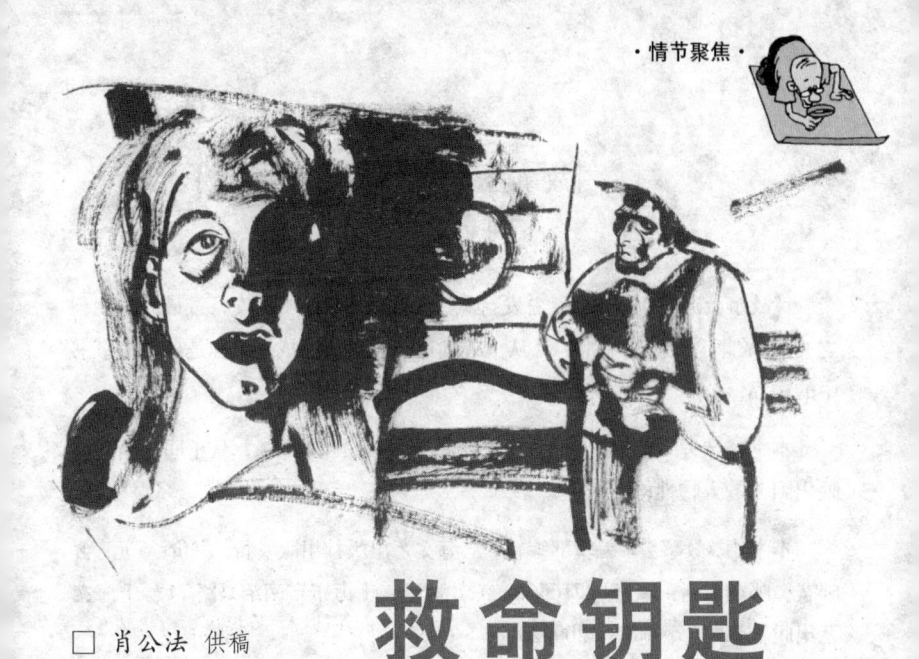

科切拉镇有个年轻女教师叫惠伦。这天放学后,惠伦有事最后一个离开学校,她见大门关闭了,就从后门口还未扣紧的边门侧着身子挤了出去,然后走向停在校楼后边的汽车。这时,天黑沉沉的,她感到背后冷风嗖嗖,周围怪影闪烁。那些怪影像幽灵似的从不远处飘来。她忽然想到这学校周围环境极差,天一黑,常常会有地痞流氓在附近转悠、作案。这么一想,她不由得打了个寒战。

就在这时,惠伦忽然听到身后传来低低的说话声。她朝后溜了一眼,只见七八个人尾随而来,而且他们还在放肆地说着下流的话。

惠伦吓出一身冷汗,一边加快了脚步,一边伸手去摸手提包里的那串汽车钥匙。她知道汽车钥匙和办公室的钥匙串在一起,可是,手在手提包里狂乱地摸了个遍,也没有摸到那救命的钥匙!

这时,一个家伙大叫着:"嘿!伙计们,快追,抓住那个小妞儿!"这家伙话音刚落,那些流氓就像一群恶狼向惠伦扑来。

"上帝,救救我吧!"惠伦默默地祈祷着。突然她的指尖触到了一把单个钥匙。她也顾不上想这是不是自己

[故事会爱好者丛书]
阿P故事

《故事会》自复刊以来,总发行量达8亿余册,是中国发行量最大的期刊之一。《故事会爱好者丛书》系从上万则作品中挑选而成,可称是各类故事书中的精品。

本书精选近十年来发表《故事会》上的阿P故事48篇,从不同的角度反映出阿P的人物性格。

本书由《故事会》编辑部编辑,上海文艺出版社出版发行。书价:5元,含邮费。邮购电话:021-64716466;汇款地址:上海市市南绍兴路74号上海文艺出版社邮购部;邮编:200020。

的汽车钥匙,把它掏出来紧紧捏在手里。她一阵狂奔穿过草地,找到自己的汽车,迅速地把钥匙插了进去。嗨!神了,车门打开了!惠伦钻进去,一闪身反锁上了门。就在这时,那帮小流氓也赶了过来,把车包围了起来。他们用脚踢车门,用拳头砸车顶,可面对这样一个铁家伙,他们一时似乎也没有什么撬开的办法。

惠伦缓过气来,哆哆嗦嗦地发动了汽车,汽车尾部吐出一股浓浓的黑烟,呜的一声,冲出包围,飞驰而去。

回到公寓,惠伦听到电话铃在响,抓过来一听,是父亲打来的。惠伦为了不让父亲担心,就没有对他说刚才的遭遇,而是平静地诉说了自己在学校加班的事。

父亲听了,呵呵笑道:"噢,对了,有件事我忘了告诉你。我给你配了一把备用的汽车钥匙,放在你的手提包里了,没准什么时候能用得上。"惠伦一听,想到那把救命的钥匙,眼泪不由得夺眶而出。

第二天,清洁工在学校的后门口,发现了惠伦挤出边门时不慎落在地上的那串钥匙。

(本篇月月评短信代码:0218)

(题图:箭 中)

父子之情在于心,而不在于血肉关系。 ——席勒

·中篇故事·

步步紧逼

□ 耿忠民

为了金钱侍奉上帝的人，为了更多的钱也会给魔鬼卖力……

1. 难言之隐

在本市一提到李冬凌，那可是个响当当的人物，他是赫赫有名的散花广告公司的董事长，代理着全国几十家杂志的广告业务，资产上千万，员工数百人。按理说他应该是过着阳光灿烂的日子，可针偏没有两头尖。这十几年他一直被一种深深的隐痛折磨着，而折磨他的不是来自竞争激烈的生意场，而是出在独生女儿李婉婷的身上。

李婉婷人长得跟"景儿"似的，人见人夸，就是为人冷漠，被称作"冷美人"。她平时沉默寡言，倘若受一点儿刺激，就会歇斯底里般又哭又闹，寻死觅活。婉婷今年已经二十有七，依然待字闺中。

李冬凌最清楚原本聪明活泼的女儿为什么会成了这个样子，祸根出在十二年前。

婉婷十五岁时，一个电闪雷鸣的晚上，她上完夜自习回家，没想到在

·中篇故事·

一条黑胡同里，被一名凶恶的歹徒强暴了。这种强烈的刺激几乎把姑娘的精神彻底击垮了。自信自强的她无法忍受这奇耻大辱，对生活、人生也失去了希望。她曾几次割腕自杀，幸好都被家人发现了。她的母亲也因此事气出了病，早早离开了人世。

这天是星期六，李冬凌照例不去公司，呆在家里陪女儿。说是陪，其实就是在家傻呆着，因为婉婷自从出事以来，几乎从不出自己的房间，关着门独自画画，与父亲也很少说话。李冬凌看在眼里，痛在心里，尽量强颜欢笑，处处赔着小心。这天，李冬凌悄悄走进婉婷房间，坐下来柔声细语地说："婷婷，爸爸跟你商量一件事，好吧？"

婉婷没有吱声，继续画她的画。李冬凌见女儿没赶自己走，知道她的心情还算不错，于是便继续说道："爸爸已是快六十的人了，近来又感到身体不舒服。你也老大不小了，爸爸给你物色好一个人，万一爸爸有个三长两短，好歹你也有个照应的，爸爸走也放心了。"李冬凌说到这儿，声音哽咽了，眼圈也红了。婉婷停住手中的画笔，愣在那儿依然没有说话。

这时，门铃响了。李冬凌冲女儿笑了笑，就去开门。

进来的是一个身材瘦高、眼小面黑、神色拘谨的年轻人。李冬凌招呼年轻人在客厅里坐下，将婉婷叫了出来，介绍说："这是杨波，咱们公司策划部经理。"李冬凌特意把"咱们"两个字说得很重，然后说："这是我女儿婉婷。"

杨波矜持地对婉婷欠欠身，笑了笑。婉婷瞅了杨波一眼，没有吱声。

李冬凌乐呵呵地让两人坐下，说："杨波这孩子不错，为人忠厚，踏实能干，还是个大学生。你们年轻人先聊着，我去打个电话。"说完，意味深长地看了两人一眼，便上楼了。

婉婷和杨波干坐着，谁也没开口说话。就这样僵持了五六分钟，杨波先打破了尴尬的气氛，他站起身给婉婷倒了一杯水。婉婷则出于礼貌，不冷不热地让了句："抽烟吧。"

杨波连忙回答说："谢谢，我不会。"

"看来董事长对你印象不错。"婉婷淡淡地说。

"哪里哪里，是董事长高看我。"杨波受宠若惊地回答。

婉婷不屑地瞟了他一眼说："你用不着给谁低三下四的。我知道爸爸让你来的意思。咱们也不必兜圈子，人你见了，你是不是愿意娶我？"

杨波没料到婉婷会这么直截了当，一时慌得手足无措，愣了愣才声音带颤地说："愿意，愿意！"

"那好吧，你去跟我爸爸说，就说我答应了。"婉婷说完，起身回到自己的房间，关上门，倒在床上，眼泪止不住地往下流。婉婷痛苦地想，这可能是世上最简短、最无味的恋爱了。她之所以一口答应，是心疼头发花白、日见消瘦的父亲，她不想让父亲再为自己操心了……

婉婷和杨波的婚礼举办得隆重而奢华。李冬凌满面春风，请来了很多老朋友。他最好的朋友，公司的法律顾问霍律师主持了婚礼。

婚礼很快就结束了。由于婉婷几乎没有同学和朋友，杨波家在农村，本市也没太多的关系，因此，婚礼场面虽热闹，晚上却连个闹洞房的人也没有。偌大的新房里只有艳丽矜持的新娘和踌躇满志的新郎，显得特别空旷冷清。

婉婷卸去婚装，洗漱完毕，满腹心事地坐在床上。杨波兴奋地走过来一把搂住婉婷，想吻她。婉婷推开杨波，淡淡地问："你是不是很高兴？"杨波憨笑着说："洞房花烛夜，你说我该不该高兴？"

"你是该高兴。不过，我想先给你说一件扫兴的事儿。"婉婷说完，将脸扭向了窗外。

杨波怔了一下，笑着又上前搂住婉婷的腰，央求说："我的大小姐，今天咱不说扫兴的事儿，行不行？"

这次，婉婷没有推开杨波。她摇了摇头，说："不，今晚我必须告诉你。我——不是处女，我被坏人强暴过。"

听到这句话，杨波像挨了一鞭子，猛地一怔，搂着婉婷细腰的双手僵硬了，身子在微微颤抖。婉婷似乎察觉到了杨波这些细小的变化，她下巴一扬，带着嘲笑的口吻问："现在还和以前一样高兴吗？"

杨波一时不知该如何接口，只觉得浑身发冷。他沉默了好大一会儿才问："那人抓住了吗？"

婉婷苦笑了一声，摇了摇头。

屋里静得仿佛能听到心跳声。突然，杨波像一头发情的公牛，猛地将

·中篇故事·

婉婷抱起摁在床上，拼命撕扯婉婷的衣裙。婉婷想大喊大叫，又怕惊扰了父亲，只得咬牙含泪，忍受着杨波发泄般的狂风暴雨……

李冬凌当然不知道昨晚小两口的事，第二天一早，便喜滋滋地安排婉婷随杨波"过过门"，一起看望杨波的母亲。婉婷虽然怨恨杨波，但又不能不给老爸面子，只好半依半就地答应了下来。

杨波的家在离市区百里外的一座小山村里。他们的轿车一进村，全村顿时轰动了，他们一下子被村里的男男女女、老老少少给围住了。杨波下车给乡亲们分糖致意，一副兴高采烈、志得意满的神情。杨波的母亲是个典型的农村妇女，纯朴实在。她一见婉婷，喜得连嘴都合不上，激动得又是宰鸡，又是打荷包蛋，忙得脚不沾地儿。

午饭后，杨波出去找小时候的朋友聊天去了。婉婷在屋里陪杨波的母亲说话。杨母像欣赏艺术品似的，看着婉婷清秀的脸，越看越喜欢。她拉着婉婷的手，舍不得放下，嘴里不停地说："好闺女，好闺女！咱小波真是有福分啊！"

婉婷从包里拿出一万块钱，递给杨母，说是孝敬她老人家的。杨母接过钱，激动得不知该说什么好："你看这……新媳妇进门该婆婆给你点啥才

对，可咱是穷人家，小波父亲又死得早，没啥拿得出手的东西呀。噢，对了，"杨母说着跑进里屋，一会儿，捧着一个小红布包出来，小心地塞到婉婷手里，说，"这是老一辈传下来的一对玉坠儿。小波戴着一个，这一个你也别嫌贱，权当是个见面礼儿，就收下吧！"婉婷不好拒绝老人的一片心意，笑着收下，也没打开看，就装进了包里。

下午四点钟，杨波说公司有事，就和婉婷回城了。

2. 同床异梦

婉婷和杨波回到家没两天，李冬凌就突然发病了。两个人手忙脚乱地将他送到医院，一查，竟是肝癌晚期了。婉婷日夜守在父亲的病床前，哭得像个泪人。杨波忙完公司忙医院，还要照顾婉婷，累得整个人瘦了一圈儿。经过十几天的全力抢救，李冬凌还是走到了生命的尽头。

弥留之际，李冬凌让所有的人离开病房，只留下婉婷。婉婷知道这是父亲临终前要向她交代后事了。

李冬凌少气无力地抓住婉婷的手，老眼含泪，无神地望着女儿，断断续续地说："孩子，看来爸爸不能再陪你了。今后你要学会自己照顾自己。杨波是个好孩子，我观察他好几年了。公司的事不用你操心。万一将来有什么事儿，你就去找你霍叔叔。

68　平等往往是爱的最终有力的纽带。——莱辛

他是我最好的朋友,一定会帮你,另外……"李冬凌说着,努力想对婉婷笑笑,可笑容只在脸上露了一半,手就松开了。婉婷再也忍不住了,凄然哭喊着:"爸爸……"

李冬凌走了。办完了丧事,霍律师把婉婷叫到一边儿,交给她一个锁着铜锁的小银盒子,神情严肃地说:"婷婷,这是你父亲临终前让我替你保管的东西。我想还是由你保管的好。记住,你爸爸让你不要打开看,如果需要打开的话,我会告诉你的。"说完,霍律师轻轻拍了拍婉婷柔弱的肩,笑了笑说:"我倒希望你永远不要打开。"

婉婷郑重地捧着那只神秘的小银盒子,虽然她心里很想知道里面是什么东西,但她还是听话地点了点头。

晚上,婉婷躺在床上久久不能入睡,想起去世的父亲,又忍不住默默流泪。此刻她感到自己像只小鸟,瘦小柔弱,孤独无助,她多么盼望有个真诚相助的人啊!

杨波似乎也没有睡着。他翻了个身,将手搭在婉婷的身上,问:"那天,爸爸单独跟你说了点啥?""没说什么。爸爸还夸了你了。"婉婷将杨波的手从自己身上推开。自从新婚之夜杨波强暴式地折腾了她之后,婉婷看到杨波就有一种生理上的厌恶。

杨波坐起来说:"今天,霍律师好像给了你一样东西?"

· 社会长廊 生活广角 ·

"一个银盒子。"
"里面是啥?"
"不知道。"

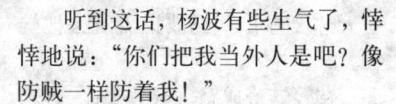

听到这话,杨波有些生气了,悻悻地说:"你们把我当外人是吧?像防贼一样防着我!"

婉婷一听,大声说:"谁把你当外人了?谁把你当贼了?我是不知道嘛。"说着,婉婷起来拿出那个银盒子扔到杨波面前,"想看你就打开看。"

杨波拿起盒子,看了看,想了想,尔后放下,说了句:"算了,睡吧。"

接下来,杨波在霍律师的协助下,开始接管公司的所有业务。他能力强,工作认真勤奋,待人谦恭友善。公司的业务、人事,没有因李董事长的去世而受到丝毫影响。

婉婷像往常一样呆在家里,闷了就画画。日子过得像白开水,一点滋味儿都没有。

这天晚上,杨波打电话说在外面陪客人,不回来吃饭。婉婷简单吃了点东西,早早上床睡了。

半夜,杨波醉醺醺地回来了,见婉婷侧卧在床上,借着酒劲儿,挨着婉婷躺下,然后翻身凑上去……

婉婷从梦中惊醒了,一见杨波喷着酒气的嘴,感到有一种说不出的恶心。她一把推开杨波说:"你干吗?"

杨波被婉婷一推,满腔春潮顿时一落千丈,不满地说:"我是你老公,你说我能干吗?"

·中篇故事·

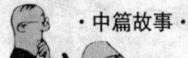

婉婷冷冷地说:"我身子不舒服。"

"你是我老婆,你有义务陪我,我今天非要你!"杨波说着就去搂婉婷。

婉婷恼羞成怒,抬手"啪"地扇了杨波一巴掌,说:"杨波,你敢动我,我就去告你!"

杨波被打得一下子愣住了,他手捂着火辣辣的脸,怒气冲冲地吼道:"你告去吧,就说我强奸你了!"

"强奸"二字像匕首一样刺到了婉婷的痛处,她的脸"刷"变得煞白,双手颤抖,嘴唇青紫,只听她"呀"地一声尖叫,光着双脚就跌跌撞撞奔了出去。

杨波怒气未消,没去拦她,一屁股坐到床上。当他猛地听到厨房传来"乒乒乓乓"的声音时,才跑了过去。他走进厨房,只见婉婷蜷曲在地上,头发零乱地披在脸上,左手腕上一个血口子正往外喷着血,闪着寒光的水果刀扔在一边儿。

杨波大惊失色,没想到会闹到这一步。他不敢犹豫,抱起婉婷就往离家不远的一家医院飞奔而去。

幸好抢救及时,婉婷只是多流了点血,没什么生命危险。杨波给霍律师打了个电话,霍律师慌忙跑来医院看望婉婷。他安慰了一番婉婷后,就把杨波叫了出来。

霍律师严肃地问:"怎么会弄成这个样子?"

杨波低着头将事情经过大概说了一遍。

霍律师听完,叹了口气说:"本来你们两口子的事我不该管,可你今后也得注意点儿。你知道她精神很脆弱,她父亲又刚去世,你让着她点儿。要是闹出个好歹来,我看你怎么交代!"

杨波连连点头说:"霍叔叔放心,以后再也不会出这样的事了。"

霍律师没再说什么就走了。

婉婷伤好出院后,对杨波更加冷漠了。杨波再也不去惹婉婷了,他早出晚归,几乎把所有精力都放在了公

70 若要人爱,就得爱人。——奥索尼乌斯

司的业务上。

这天，婉婷闲着没事，一时兴起，就整理起自己的东西来。整着，理着，不经意间看见了杨波母亲送给她的那个小红布包。婉婷好奇地打开红布包，当她看到出现在眼前的玉坠儿时，顿时惊得双眼发直：这玉坠儿好像在哪里见过！她简直不敢相信自己的眼睛，急忙从放首饰的匣子里又找出了一个玉坠儿，两个玉坠儿放在一起，明显是一对儿。婉婷一声惨叫，一屁股瘫坐在地上。

十二年前的那天晚上，婉婷遭到歹徒凌辱的时候，虽没看清歹徒的长相，但却从歹徒的脖子上拽下了这只玉坠儿，一直放在身边……

婉婷昏昏沉沉地瘫坐在地上很久很久，才慢慢爬起来。躺在床上，她的脑子里在翻江倒海。天哪！老天爷真会捉弄人，强奸自己的罪犯竟成了自己名正言顺的合法丈夫！婉婷恨得牙根发疼，要是杨波这时在场，她真会扑上去咬他几口。过了好一会儿，婉婷才慢慢冷静下来。她想给霍律师打电话，把情况告诉他，但电话拿起来，最终还是没有打。一种强烈的复仇欲望使婉婷变得清醒坚强起来。她决心用自己的方式来惩治杨波。

3. 神秘旅游

不久，春天来了。婉婷望着窗外最先透出的浓浓绿意——那些在微风中摇曳的柳枝，一个主意涌上心头。这天晚上，杨波一回家，婉婷突然对他说："我想出去散散心。"

杨波看了一眼婉婷手里拿着的当天的晚报。晚报上刊载了一则广告，内容是：独特的创意！神秘的旅游！给你一份惊喜，一份好心情。小寨沟三日游，豪华大巴，金牌导游。落款是：百花旅行社。

杨波看完广告，在房间里踱着步，想了好大一会儿才笑着说："好啊，你应该多出去走走。可惜这几天公司业务忙，我不能陪你一起去。"

婉婷冷冷地说："你看我有让你去的意思吗？"

杨波尴尬地点了点头，说："那好。我替你订票去。"

几天后的一个早上，杨波将婉婷送到旅行社指定的集合地点，嘱咐了几句就走了。没一会儿，参加旅游团的人就陆续到齐了。婉婷来得早，挑了个中间靠窗的座位坐了下来。不料她刚坐下，一个满脸赘肉，挺着个腐败肚的大胖子就爬了上来，一屁股坐到了婉婷身边。婉婷心里有种说不出的厌恶。她正要向导游要求换一下座位，车子已经开动了，只见导游清了清嗓子，举着话筒开始说话。

导游是个年轻漂亮的姑娘，她笑着说："各位，早上好！欢迎参加百花旅行社组织的神秘之旅——小寨沟三

·中篇故事·

日游。我叫花仙子,这次由我为大家导游,服务不周,请多包涵。我们这次旅游的主题是'过家家',不用解释大家都明白。我手里有一个盒子,里面装有十二生肖的小饰物。现在请在座的十二位女士先摸。"说着,花仙子挨个儿请女士们各摸了一个。

婉婷摸到了一只可爱的小羊。

"现在我再请男士们来摸,"花仙子又拿出一个盒子,"这里面仍是十二生肖的小饰物,哪位男士摸的和哪位女士摸的一样,两人将组成一对。"

花仙子说到这儿,故意停顿了一会儿。车上立刻躁动起来,女同胞们尖叫着,而男士们则哈哈大笑。每个人都忍不住偷偷打量起周围的异性,生怕哪个讨厌鬼摸到了和自己一样的属相。

坐在婉婷身边的大胖子不停地斜看着婉婷,洋洋得意,一笑露出满嘴的黑牙。婉婷厌恶地将脸扭向了车窗。透过车窗玻璃的反照,婉婷看到了后排的一位男士。她发现一上车那个男士就开始留意自己了。婉婷装作漫不经心的样子瞟了那人几眼。此人三十岁不到,衣着光鲜,人长得虽称不上英俊,但有气度,很洒脱。婉婷心里一颤,想到自己的报复计划,不由脸就先红了。

这时,花仙子走到胖子身边,将盒子递到他的面前。胖子使劲搓了搓手,伸进盒子里捣鼓了半天,终于摸出了一个。他握在手里,一副想看又不敢看的样子。婉婷的心一下子提到了嗓子眼儿。她默默祈祷:千万别是羊!千万别跟我一样!胖子终于慢慢展开了手掌,掌心里是只小老鼠。看到胖子一脸的沮丧,婉婷忍不住"咯咯"笑出了声。

这时就听花仙子说:"各位,现在请将你们的小饰物挂到自己的脖子上,相互看一看,是一对儿的请坐到一起。"车内一阵忙乱,有笑的,有叫的,有得意的,也有沮丧的。婉婷一眼就看到了那个男士脖子上挂的也是一只羊。两个人几乎不约而同地相视一笑。胖子不情愿地和那个男人换了座位,坐到了一个浓妆艳抹的少妇身边。

"各位坐好,我把游戏规则讲一下——"没等花仙子说完,就听胖子身边的少妇嚷道:"导游,我抗议!我要求换人。"花仙子笑着说:"大姐,天意如此,再说这只是一个游戏,又不是让你们真成一对儿。"胖子一听,忙献殷勤地说:"是呀大姐,这是天意。"

少妇瞪了胖子一眼:"谁是你大姐,我很老吗?连句话都说不囫囵。喊!"她的话又引起了一阵哄笑。

"好了,好了,"花仙子示意大家安静下来,"本次活动,我们共组成了十二对儿陌生的伴侣。在今后的三天活动里,你们将共同面对我们安排的

72 爱便是希望别人幸福,使别人幸福。 ——费尔巴哈

·社会长廊 生活广角·

种种考验。最后我们将评出一对儿最佳搭档。他们此次的费用全部由我们旅行社承担。希望在座的各位进入角色，忘掉所有的烦恼，在湖光山色中找回童真，度过愉快的三天。现在离我们到山里还有一段时间，你们可以互相认识一下。"

花仙子话音刚落，胖子就兴奋地说道："好好，太有意思了！"旁边的少妇白了他一眼，一撇嘴说："好什么，说不定半路我就退出。"一句话，逗得车上的人又是一阵哄笑。笑声过后，旅客们渐渐进入了角色，开始唧唧喳喳相互攀谈起来。

通过交谈，婉婷了解到那个男士叫巴秋雨，今年二十九岁，是一家个体餐馆的小老板，未婚。为了使巴秋雨没有太大的心理压力，婉婷谎称自己也是未婚。

旅游团来到了远离闹市的大山深处。面对绿水青山，呼吸着大自然清新的空气，婉婷的心情也随之放开了。加上巴秋雨谈吐幽默，多才多艺，对自己照顾得细致入微，婉婷就像换了个人似的。两天下来，两个人都感觉越来越投缘。最后一天是旅游团安排的野营考验，要求分对儿行动，涉水上山，日落前爬到最险、最高的山峰——老爷顶上宿营，观赏第二天的日出。

婉婷和巴秋雨说笑着一路领先。傍晚时分，他们这一对儿首先登上了老爷顶。巴秋雨选了一块景色优美的地方搭起了两个旅行帐篷。吃过晚餐，两个人在山顶的草地上散步聊天。

通过这几天的接触，婉婷对巴秋雨的印象越来越好了。这时，婉婷停下脚步，看着月色中的巴秋雨，率直地说："秋雨，我想问你，我要是有些事情欺骗了你，你会不会怪我？"

巴秋雨静静地望着婉婷，脸上始

故事会 2004年1月号绿版 73

·中篇故事·

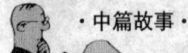

终挂着微笑,说:"你无论对我怎样,我都不会怪你的。"

婉婷顿了顿,接着说:"其实,我不是未婚,我有丈夫,只是……"

巴秋雨神秘地一笑,说:"你不用说了,我早知道了。"

"什么?"婉婷吃惊不小,问:"你从哪知道的?"

巴秋雨说:"看你那么真诚,我也不忍心瞒你。其实,我也在骗你。我这次旅游是杨波一手安排的。我和他是中学同学,是他求我来想办法勾引你的。"

这一切太出乎婉婷的意料了,她疑惑地问:"杨波这么做是为什么?"

巴秋雨说:"他想跟你离婚。我了解杨波,他是一个精于算计的人。"巴秋雨长叹了一声,接着愤愤地说:"有这么好的妻子,他却不知道珍惜。我看他是疯了。"

婉婷依然不明白,问道:"他为什么想跟我离婚?"

巴秋雨回答道:"这不是明摆着吗?为了你的钱。你们离了婚,一半财产都是他的。这家伙太看重财产了,他得了你的钱,还让你落个骂名。"

婉婷彻底明白了:杨波找巴秋雨来勾引自己,就是想使自己成为有过错的一方,把离婚的责任推到自己头上,他则成了受害的正人君子。想到此,婉婷气得一句话也说不出来。

这时,巴秋雨深情地看着婉婷,说:"对不起,婉婷,我这样做也是违心的,没办法,我欠他很多钱,他说事成之后我们的账一笔勾销。我没想到你是这么好的一个人。"

婉婷说:"这不怪你。我要谢谢你的坦诚。"

巴秋雨激动地问:"我们还会'过家家'吗?"

婉婷凝视着巴秋雨,含情脉脉地点了点头。

巴秋雨情不自禁地伸手将婉婷紧紧搂在了怀里。

就在此时,只听远处有人喊:"嗨!'过家家'过成真的了?"婉婷一听,赶忙从巴秋雨的怀里挣脱出来,抬头看去,原来是车上的那个胖子和少妇走了过来。

4. 精心设局

婉婷回到家的时候,天已黑了。杨波没在家,婉婷坐在空荡荡的客厅里,心烦意乱。她原本想用自己的方式一点一点地折磨杨波,最后把他投进监狱,没想到杨波却先下手了。婉婷一时不知该如何应对。她拨通了霍律师的电话,将事情的全部经过都告诉了霍律师。

没想到霍律师听后,语气居然异常平静。他说:"婉婷,你千万要冷静。杨波是不是那个罪犯,光凭一个玉坠

74 和谐就是纯粹的爱情,因为爱情就是协调。——维加

儿还不能完全证明。再说，杨波不会和你离婚的，我跟他谈过，他其实是很爱你的。对了，杨波出差了，他让我告诉你一声，过几天才能回来。你也应该好好和他谈谈，夫妻嘛，不要误解太深……"

霍律师后面的话，婉婷几乎一句也没听进去。她挂了电话，突然像掉进一个万丈冰窟，身心都凉透了。婉婷没料到杨波这么厉害，就连父亲生前最好的朋友霍律师也被他收买了。婉婷感到自己像漂泊在大海里的一叶小舟，孤立无援。此时此刻，她想：要是父亲还活着多好呀！有父亲的护佑，她什么都不怕了。这时，婉婷脑子里突然灵光一闪，她想到了父亲留给她的那只银盒子。

婉婷立刻从卧室自己的专用柜里找出了银盒子。她小心翼翼地打开盒子，盒子里放着一张父亲亲笔书写的遗书。遗书上明确写道，如果杨波将来和婉婷离婚，他的所有遗产全部由婉婷继承。看完遗书，婉婷止不住潸然泪下，父亲为自己想得太周到了！想到此，婉婷的心似乎安定了许多，她咬着牙，自言自语道："姓杨的，你的报应到了！"

婉婷明白了这银盒子的分量，她重新把它放到一个秘密处，然后默默地走到落地窗前。窗外起风了，远处传来滚滚雷声，预示着一场大雨就要来临。突然一道闪电撕破了夜空，婉婷心里一惊。自从十多年前经历了那事以后，她就特别害怕这样的天气。这时，婉婷想到了巴秋雨。她刚想给他打电话，自己的手机却响了。她拿起手机，听到手机里传来巴秋雨那极富男性磁力的声音。婉婷一阵欣喜，不安的心似乎又得到了一丝慰藉。

巴秋雨问："婉婷，你在哪儿？我，我好想你。"

"我一个人在家里。我害怕，我好害怕。"

"我马上来陪你好吗？"

"好！"

当巴秋雨赶到婉婷的别墅时，阴沉的天空开始下雨了。两个人一见面便紧紧地拥抱在了一起。巴秋雨关切地问："婉婷，发生什么事了？"

婉婷双目含情地盯着巴秋雨看了一会，突然问："秋雨，我要是跟杨波离婚，你会要我吗？"

巴秋雨忙不迭地说："我要，要，我当然要！当我看你第一眼的时候就爱上你了。"他说着这话时，眼放异光，望着灯光下娇媚丰腴的婉婷，内心涌起一种无法抑制的冲动。他突然上前，一把抱起婉婷就往卧室里走。婉婷意识到巴秋雨想要做什么，但她不想眼下名不正言不顺就做这种事情。于是，她极力挣扎起来，又羞又怕地看着巴秋雨。

婉婷这种羞里含情、娇中带嗔的

·中篇故事·

神态，刺激得巴秋雨浑身燥热，他再也忍耐不住了，把婉婷摁在床上，双手乱抓，喘着粗气说："快想死我了，你就给我吧！"就在他说这话时，一道闪电划过，眨眼间，婉婷眼前出现了十二年前那刻骨铭心的一幕。那古怪的声音，那句话，那动作，她到死都不会忘记。她尖叫一声，踹开了巴秋雨，惊恐慌乱地打开了卧室里的灯。

巴秋雨懵了，两眼直愣愣地望着婉婷，不知道她怎么了。他无论如何也想不到眼前的婉婷就是十二年前被他强暴的那个小姑娘。这时，婉婷拿出那个玉坠儿，两眼喷火，瞪着巴秋雨喊道："强奸犯，还记得这东西吗？"

巴秋雨看到玉坠儿，一惊之下，脱口而出："你是那个小女孩儿？"

巴秋雨的这句话更加证实了婉婷的感觉。婉婷万万没想到强暴她的罪犯竟会是巴秋雨！她发疯似的惊叫着，怒骂着，抓起花瓶和台灯拼命地砸向巴秋雨。

巴秋雨一个猝不及防，头和脸被砸得血流如注。事情到了这一步，巴秋雨顿起杀机。他猛扑过来，双手死死地卡住了婉婷的脖子。婉婷拼命地挣扎，危急中，她摸到梳妆台上的一盒珍珠粉，猛地洒到巴秋雨的脸上。巴秋雨脸上粉乎乎的一片，弄得他又是咳嗽又是流泪。

婉婷趁机挣脱了他的魔爪，跌跌撞撞冲出卧室。当她打开大门正要冲出去的时候，猛地和一个人撞在了一起。婉婷抬头一看，竟是杨波。

这时，巴秋雨也追了出来。杨波似乎已明白是怎么回事了，上前一脚踢向巴秋雨的裆里。巴秋雨惨叫一声，晕倒在地。杨波急忙找来绳子把他捆了个结实，然后用手机报了警。警察很快赶来将巴秋雨带走了。

不一会儿，霍律师也过来了。这时，婉婷还没有完全从紧张惊恐中回过神来，全身仍在发抖。杨波紧紧地搂着婉婷的肩膀安慰着她。

婚姻生活中最重要的事就是忍耐。——契诃夫

霍律师微笑着对婉婷说:"婉婷,一切都过去了,你不要害怕。伤害你的罪犯已经落网,你要振作起来,好好生活。杨波是个好孩子,他很爱你。这一切都是他精心设计的。"

接下来,杨波就一五一十给婉婷讲了他布下的局。

新婚那天,当他听说婉婷被人强暴的事以后,非常恼怒,暗暗发誓要抓住那个坏蛋。母亲给婉婷玉坠儿,杨波是知道的。当他无意中在婉婷的首饰匣里发现了另外一个玉坠儿时,一开始他还搞不懂它为何会在婉婷的手上。

这个玉坠儿是他高中毕业时送给巴秋雨的。读高中时,他们虽志向不同,却是非常要好的朋友。高中毕业分手时,巴秋雨送给杨波一台呼机。杨波家里穷,拿不出像样的东西送给巴秋雨,最后杨波就把脖子上的玉坠儿摘下送给他。杨波想,婉婷根本就不认识巴秋雨,这玉坠儿怎么会到她手里?于是杨波联想到,这个玉坠儿会不会跟他强暴婉婷有关?杨波知道巴秋雨在同学中有"小色狼"之称,经常一个人跑到小录像厅看黄片。

于是,杨波找到巴秋雨。当杨波向巴秋雨要玉坠儿时,巴秋雨谎称丢了,但机警的杨波从巴秋雨那不自然的神色中,认定强暴婉婷的就是他。为了替婉婷报仇,也为了解除婉婷对自己的误解,杨波找到霍律师,两人经过一番商量,才精心设下了这个局。为了婉婷的安全,霍律师还特意安排了一个人暗中保护婉婷,他就是那个令婉婷讨厌的大胖子。

婉婷听完这一切,没有吱声,神情木然,好像是在寻思着什么。

5. 梦醒时分

霍律师坐了一会儿,见外面的雨停了,就起身告辞而去。

霍律师走后,杨波显得非常兴奋。他笑着对婉婷说:"婉婷,今天高兴,咱们应该喝一杯。"

婉婷坐着没有动,莫名其妙地一直盯着杨波。杨波亲昵地抚了抚婉婷的肩说:"没事了,一切都会好起来的。你等着,我上楼拿酒。"杨波拿来酒,斟了两杯,递给婉婷一杯。婉婷接过酒杯,盯着杯中玫瑰色的红酒,神色黯然地说:"其实,你心里一点也不高兴,对吧?"

杨波一愣,不解地问:"你这话什么意思?"

"你最终的目的没有达到。你精心设计的这个局,还有一个最重要的环节没有讲。我知道你从来就没爱过我,你可以骗过霍律师,但你骗不了我。"婉婷说完,痛苦地笑了笑,一扬脖子,将那杯酒喝了下去。

杨波一头雾水的样子问:"你在胡说什么,我哪个环节没有讲?"

· 中篇故事 ·

"你非常了解巴秋雨是个什么样的人。如果我一旦发现他是强暴我的罪犯,你知道会发生什么样的情况。巴秋雨会让我活着出去叫警察来抓他吗?其实你一直守在门口听着,见我跑出来了,你才不得不帮我。你这一箭双雕的局,设计得够毒的!"

杨波听完这话,看着婉婷愣了半天。突然,他哈哈狂笑起来。

婉婷冷冷地问:"你笑什么?"

"我笑我真是小看你了。我只知道你是一个养尊处优、任性古怪、受过刺激的傻女人,没想到你这么聪明。可惜你聪明过头了!"杨波说着,走到组合音响旁边,关掉录音机,把磁带拉出来扯断,揉成一团,接着说:"你想得到证据,现在证据没有了。"

这时,婉婷终于看清了杨波真实的嘴脸,证实了自己的猜测。她气恼、愤怒,痛苦到了极点。但她仍平静地问杨波:"你为什么要这样对我?"

杨波赤裸裸地脱口而出:"钱,为了钱,婉婷小姐。"

"难道钱对你就那么重要吗?"

"嘿嘿,"杨波冷冷一笑,"你没有过过穷日子,当然不知道钱的重要。可你知道吗?我小时候吃的菜连个油星都没有。我拼命读书,就是为了挣钱。我一个大学生,为什么在你那个不识几个大字的父亲面前夹着尾巴做人?我为什么要娶你这样被人强奸过,没人要的女人?还不都是钱闹的吗!可你父亲临死对我都不放心,难道这是我的错吗?"说到这儿,杨波像条疯狗一样,猛扑上前,将婉婷推倒在沙发上。

婉婷的手臂碰翻了一旁的小茶几,茶几上的电话也摔到了地上。婉婷盯着歇斯底里的杨波,毫不畏惧,恨恨地说:"杨波,你不要以为你这样刺激我,我就会自杀,我再也不会干那种傻事了!你不要猖狂!别得意得太早,你不是想要钱吗?哼,你一个子儿也别想得到!你不是想知道银盒子里面是什么吗?我可以告诉你。"

杨波瞪着血红的眼睛,狞笑着对婉婷说:"用不着你告诉我,霍律师已经跟我说了。我知道那个书呆子的意思是想让我待你好,爱你,可你爱过我吗?你不要怪我心狠手辣,其实是你父亲害了你。他太自私了,要不是他留下那封遗书,也许我只会和你离婚,分到一半财产,而不会杀你。可现在我只能杀了你,别无选择。这都是你们逼的!你死了,我就是惟一合法的财产继承人。我有钱了!我可以大展宏图,可以扬眉吐气了!"

婉婷见杨波为了钱,居然丧心病狂地要杀自己,这时她才真正感到了恐惧。她慌乱地拿起桌上的手机就要报警,杨波上前一把夺过手机说:"你还想报警?今晚你是死定了,谁也救不了你。告诉你吧,我在你的酒里下

爱情在有限和无限之间搭起了一座桥。——泰戈尔

了一点点药,你很快就会睡过去。然后……"说着,他比划着做了个割腕自杀的动作。

婉婷果然感到眼睛开始发花,头也眩晕起来。她想站起来,却腿一软,摔倒在地。婉婷躺在地上努力控制着自己的思维,大声对杨波说:"杨波,杀了我,你能逃脱法律的制裁吗?"

杨波发出一阵奸笑:"谁能证明你是我杀的?在别人眼里,我是一个模范丈夫,而你是一个精神不正常的女人。你有自杀的习惯和历史,周围的邻居、医院的医生,还有你父亲最好的朋友霍律师,谁不知道你有这种毛病?今晚你受了刺激,病又犯了,是你自己用刀割断了手腕上的血管,而我睡着了,什么也不知道,谁能怀疑到我头上?哈哈,哈哈,这是我一生中最完美的一个策划!"

"你——你——"婉婷挣扎着说出最后两个字,眼睛开始模糊了,她看到杨波正狞笑着,拿着水果刀向她慢慢走来……

第二天早上,霍律师匆匆来到医院。推开病房的门,见里面没人,他急忙出来四处寻找,最后在医院的后花园里,看到了婉婷。

只见婉婷静静地、亭亭玉立地站在一丛怒放的月季花前。明媚的朝阳照耀着她那一袭白衣和乌黑的披肩长发,像一个美丽的天使。

婉婷没有死。她倒下时,那部摔在地上的固定电话救了她。当时,婉婷发现那部电话机的听筒和话机已经分开了,她趁杨波得意忘形的时候,按下了重拨键。婉婷清楚,这部电话的最后一次通话是她跟霍律师的。她想,只要霍律师在家,他一定会听到她和杨波的对话……

这时,婉婷见霍律师走过来了,恬静地冲他微微一笑,然后,抬头望了望蔚蓝的天空,说:"雨过天晴了。"

霍律师说:"是啊,今天是个好天气。"

婉婷说:"霍叔叔,谢谢你及时赶到救了我!"

霍律师笑着说:"不用谢,聪明的孩子,只要你没事,我就算对得起你

· 中篇故事 ·

父亲了。"

婉婷忽然一本正经地说:"霍叔叔,我想求你一件事情。"

"你说吧,婉婷,只要我能做到。"

婉婷语气坚定地说:"我要开始新的生活了,我想工作。"

听到婉婷这句话,霍律师由衷地高兴起来,他兴奋地笑道:"好!李小姐,不,李董事长,我终于等到你这句话了!我马上就去给你安排。"

说完,两个人忍不住都开心地笑了起来。

(本篇月月评短信代码:0219)

(题图、插图:杨宏富)

(本栏目欢迎读者踊跃来稿,电子邮件请发 maxiajob@sina.com)

情节 ABC

张博士的智商(结尾部分)

(1月号上半月刊中说到:张博士一口气不停地说着,差点没憋死……)

孟总向秦教授咨询:"秦教授,怎么样?"

秦教授用铅笔敲击着桌子,冷笑一声,道:"弱智是肯定的了,另外还有比较明显的偏执狂、焦躁症和精神分裂倾向……"

张博士的肺都气炸了!他腾地跳起来,一个箭步蹿到桌子前,瞪着血红的眼睛逼视着三个人,嘴里吐着白沫,咬牙切齿地说道:"我可以认栽,但是,你们必须告诉我正确答案,马小伟比他哥小三岁,他为什么管他哥叫小弟?"

宋小姐吓呆了,她颤巍巍地说道:"正……正确答案是:马小伟哥哥的名字就叫马小弟。"

张博士一翻白眼,顿时昏厥了,据说再也没醒过来……

所以,正确的答案是:C.冷笑一声

"80万元读者大奖"活动之 3: 猜情节,赢奖品

开动脑筋,猜想正确的情节!我们将在每月上半月的刊物上刊登供竞猜的故事和选择项,在下半月的刊物上刊登这个故事的结尾,并从竞猜正确的读者中抽取优胜奖 20 名,赠送价值 100 元的纪念品;从参加竞猜的全部读者中抽取参与奖 500 名,赠送价值 10 元的纪念品。所有参与读者将另获赠精彩梦网信息服务。

参加全年情节 ABC 活动,并猜对全部情节的 3 名读者更将获得特等奖彩信手机一部!得奖读者在评选结果揭晓后将得到短信通知。本活动第一季度收发短信免费,第二季度起每条短信收取 0.10 元。

另两项活动见 P28、P62。

爱神能征服一切,我们还是向爱神屈服吧。——维吉尔

[故事会爱好者丛书]
警匪故事

《故事会》编辑部编
32开　5.00元

本书汇集五则中篇故事精品，描写公安人员深入虎穴，与潜伏的敌特土匪斗志斗勇，最后使之落入天罗地网。故事情节曲折复杂，悬念性特别强，敌我之间关系扑朔迷离，错综复杂，人物命运特别牵动人心。

[故事会爱好者丛书]
红色间谍故事

《故事会》编辑部编
32开　5.00元

7则中篇故事，描写一群置生死于度外，出生入死在敌巢魔窟中，机智勇敢地与敌特匪首周旋，进行地下斗争的革命者。故事情节曲折，人物形象鲜明，具有震撼人心的艺术魅力。

[故事会爱好者丛书]
"捣蛋鬼"故事

《故事会》编辑部编
32开　5.00元

本书收入的"捣蛋鬼"，是一批头上长角的油子、懦夫、贪者、莽夫、偷儿、怪徒，他们大多性格怪异，但在激变的环境中却展现出了人们意想不到的美丽人生。书中也描写了另一类罪错者，故事往往以轻喜剧的风格来处理人物之间的矛盾冲突，让你饱览社会生活的丰富多采。

[故事会爱好者丛书]
怕老婆故事

《故事会》编辑部编
32开　5.00元

怕老婆现象古今中外均不同程度存在，汇集出书这是第一本。作者均取材于实际生活，有古代代表性作品，更多的是描写当代人的这类夫妻关系。他们怕老婆的行为，离奇古怪；怕老婆的动机，五花八门。

邮购电话：021-64716466；汇款地址：上海市市南绍兴路74号上海文艺出版社邮购部（免邮费）；邮编：200020。

·16岁故事·

□ 洪振坚

检查视力

琳达太太的儿子安迪今年16岁，好吃懒做，不学无术，游手好闲。琳达太太想了很多办法教育他，可都不奏效。正在万分苦恼为难之际，一个朋友提议道："干脆送他去当兵吧，据说这样最能锻炼人。"于是，琳达太太就决定送儿子到军营里磨炼几年，学习生存本领。

听说要去当兵，安迪死活不答应。他想，这差事又苦又累，打起仗来还有生命危险，那多不合算啊！见安迪千方百计耍赖不肯去，琳达太太实在没办法，只得发出话来：不参军就不能享有财产继承权！安迪这才无奈地答应去参加征兵体检。

这天，安迪偷偷溜到专门负责征兵体检的医院试探地问："大夫，像我这样体质差、不能吃、不能喝的人，参军合格吗？"

大夫拍拍安迪的肩膀说："小伙子，不用担心，你完全合格。你知道吗，现在前线给养困难，正需要像你这样的人。"

安迪听了差点背过气去。过了许久，他才万分懊恼地约了几位朋友商量对策。安迪的一个铁哥儿们汤姆闻之哈哈大笑，说："你这小子太不灵活了，这有什么难的？你想啊，当兵首先视力要好，你装成个高度近视的样子，不就成了？"

安迪茅塞顿开，一下子高兴起来。等到征兵办公室发来体检通知书

82　美丽和贞洁总是在吵架。——奥维德

时,他一阵窃喜,夺过通知书就直奔医院。

眼科医生开始给他做第一个体检项目——检查视力。进门时,安迪故意把眼睛眯起来,步子放得很慢,好像一不当心就要摔倒似的。来到医生面前,安迪特意说:"大夫,我的视力不太好,要紧吗?"

医生安慰他说:"没关系的,我先帮你测试一下。"

医生指着几个很大的字母问:"看得清这些字母吗?"

安迪大声说:"看不清。"

"走近点,现在怎么样?"

"还是看不清。"

"再走近点,怎么样?"

"还是不行。"

就这样,医生问一句话,安迪就走近一点,最后竟然走到测试屏幕前了。

医生一看这副情形,心中早已明白了一二,便说:"再向前走,贴上去看,能看清吗?"

"好像清楚了,"安迪想差不多了,见好就收吧,于是便问道,"大夫,您说我这样的视力,当兵能行吗?"

医生笑而不答,拿来一把尺子,在安迪面前比划了一会儿。安迪不明就里,好奇地问道:"医生,您在做什么?我的视力这么差,不能当兵了,对吗?"医生摇摇头,得意地说道:"我刚才量过了,你的眼睛距离测试字母只有50厘米。我看你这么着急地想知道结果,一定很想当兵。这样吧,为了不让你失望,我就在视力这栏填上'适合白刃战',你就能和敌人面对面地搏杀了,那多刺激啊。"

"天哪!"安迪两眼一黑,晕倒在医生的怀里。

(本篇月月评短信代码:0220)

(题图:箭中)

(本栏目欢迎读者踊跃来稿,电子邮件请发 maxiajob@sina.com)

故事情画 老歌新唱:有多少爱可以重来

有多少爱可以重来,
有多少人值得等待。
当爱情已经桑田沧海,
是否还有勇气去爱!

(图·文/庞彦)

· 幽默世界 ·

婚礼录像

□ 刘六良

小丽在城里找对象结了婚。结婚那天,爷爷、奶奶有事没去,就一直惦念着,后来听说婚礼录像制成了光盘,就叮嘱小丽回家时别忘了带光盘,他们很想看看孙女的婚礼。

这天小丽要回娘家了,猛地想起老人们的叮嘱,就让爱人小吴把光盘找出来,然后坐车回去了。

见孙女回家了,爷爷、奶奶都高兴地迎上前来。小丽拿出那张光盘递过去,笑着问:"知道怎么看吗?"

奶奶把嘴一撇,说:"知道,知道,咱家这机子买了也快一年了,咱们天天用这玩意儿看戏。"老人们高高兴兴地拿着光盘去屋里看婚礼录像了。

小丽就和妈妈在院子里说着贴心话。不一会儿,院门开了,进来的是爱人小吴,小丽就问:"你不是说今天有事没空吗?怎么还是追来了?"

小吴慌慌张张地把小丽拉到一旁,连嘘带喘地说:"坏了坏了,错了错了!"小丽奇怪地问道:"什么坏了错了?慢慢说!"小吴急得汗都流下来了:"那张光盘拿错了!我给你的不是咱们的婚礼录像。""那是什么?"小吴凑到小丽耳边小声说:"是我从成人商店买的那张'毛片'!"

"我的妈呀!"小丽惊得差点跳起来。这张光盘里都是一些男欢女爱的激情镜头,仅供他们夫妻夜里"欣赏",这下如何是好?

"唉,都怪我放混了,今天你走了我才发现,这不赶紧追来了?你快把两张光盘换换,我把'毛片'拿回去吧!"小吴拿出一张光盘说。

小丽接过光盘,忐忑不安地往屋里走,心想该怎样对爷爷奶奶说呢?她感到很为难,步子越迈越沉重,刚走到门口,门"吱呀"一声开了。

只见爷爷手里拿着张光盘,有些难为情地对小丽说:"小丽,你给俺的是下集,这些你们进了洞房后的事咱们就不要看了,咱们就看上集……"

(本篇月月评短信代码:0221)

· 幽默世界 ·

惊人之举

□ 吴港

糨糊厂的李老抠，今年办了件绝顶"聪明"的事儿。

春节前夕，李老抠家里搞了一次大扫除，李老抠和他老婆两人，把大屋、小屋、厨房、厕所，仔仔细细清扫了一遍，然后再收拾衣橱碗柜。等全都收拾干净之后，老婆最后找出家里的那只小药箱，准备清理。

李老抠也不闲着，凑过去跟着忙乎。他拿起一只药瓶看了看，又摇了几下，忽然把它紧紧攥在手心里。一开始，他老婆还没怎么在意，等她把药箱拾掇完放回原处后，却看见老抠正在一件一件脱衣服，脱得只剩下裤衩、背心了。老婆以为，老抠刚才干活儿出了一身汗，要冲个澡，没料到，他又开始穿运动裤了。这完全是三伏天的打扮呀！老婆不解地问："你这是要干啥？"老抠说："我必须去一趟公园！"老婆接着问："去公园干啥？""你别问了，告诉你你也帮不上忙。"说罢，李老抠推开门，就往外走。老婆一把没抓住，他已经冲进漫天大雪中，一眨眼工夫，就没影了。老婆又急又气，一时不知该怎么办才好。

大约过了半个小时，李老抠连咳带喘地跑回家来。这时他已经冻得浑身青紫，连话也说不清了。老婆赶快抱来棉被给他围上，说道："大过年的，你发什么神经？这么瞎胡闹，肯定要感冒的。"

"感冒？要的就是这个效果，"李老抠哆哆嗦嗦拧开手里的药瓶，倒出两颗药，一口吞进嘴里，然后指着瓶上的纸标签说，"多亏我眼尖心细，看到了这上面的有效期。今天如果再不吃，明天，这瓶里的几颗感冒胶囊呀，就全都失效了！"

说到这里，一阵冷气袭来，"阿——欠——"李老抠打了个又响又亮的大喷嚏！

（本篇月月评短信代码：0222）

·幽默世界·

竞选主任

□ 金 华

任家沟这段时间比过年还热闹，村民委员会换届选举工作已到了冲刺阶段。

候选人任三杰见李大春和赵兴旺为了把村委会的大印夺到手，使出浑身解数讨好村民，不由得暗暗着急，这么一急，他倒想起一个人来。谁？王诸葛。别看王诸葛啥都不是，可村里就数他说话有分量。任三杰连夜找到他，想让他帮自己多拉几张选票。王诸葛一听，连连摇头："我哪有那么大本事？你得让大家心服口服地选你。"任三杰一把拽住王诸葛说："他俩不就是给老少爷们发了两条毛巾三块香皂吗？等我当上村委会主任，大家要啥我发啥！"

王诸葛抽了半支烟，慢悠悠地说："今天我刚从老娘舅家回来，人家那村，候选人都较着劲给村民送录音机、电风扇哩。""你是说我也每家弄个录音机？"王诸葛想了想，半真半假地说："依我看录音机都有点过时了，至少得给大家伙弄台电风扇，大伙一高兴，还能不选你？"

晚上，任三杰彻夜未眠。他想，王诸葛这主意真不错，离选举还有两天时间，就是赔上血本儿也得确保获胜，当上村主任了，还怕捞不回来？

鸡叫头遍，任三杰就起床了。他揣上钱到县百货公司时，人家才开门。到柜台前，任三杰眼睛一眨，想出了一个主意。

回到村里，他来到村头第一家，掏出一张卡片递过去，悄悄地说："这是一台'美的'电风扇票，我当上村委会主任，老少爷们去领，当不上的话，这票也就作废了。你就看着办吧！"接着，他就来到王诸葛家，可王诸葛出去了。不过，听他家人说，李

用金钱维持的忠实，必将因金钱而背叛。——塞内加

·滑稽诙谐 针砭时弊·

大春把他叫去帮着给人们发高压锅了。任三杰心里"咯噔"一下,心想,坏了!正要出门,王诸葛拎着个高压锅回来了,连正眼都不瞧任三杰,就说:"三杰,你看看人家李大春这事办得多讲究!跟你说吧,刚才我遇见赵兴旺,他准备给每家发两袋化肥哩。"

任三杰汗都下来了,他忙不迭地给百货公司打电话,又挨门通知大家,谁想去领电风扇现在就可以去了。

全村老少喜气洋洋地往家领高压锅、电风扇,地里该上的化肥也不用去买了。

选举这天,结果出来时,三个人全傻了,票数统统不过半,还得再选。

任三杰找到王诸葛,王诸葛略带遗憾地说:"全怪我,不该给你省两个钱误了大事。据我所知,你们三个花的钱不相上下,老百姓也分不出个高低来,当然是选谁的都有。"任三杰问下一步该咋办,王诸葛想了想,就说:"反正还得进行第二轮选举,你不如趁早下手,狠狠地放回血,他们两家的经济条件哪能跟你比呀?舍不得孩子套不了狼。你花钱铺路,后面我给你游说。"两人商量了半夜,认为给每家发辆自行车比较合适。

任三杰把家里的全部积蓄拿出来,马不停蹄地来到县百货公司,谈好价,开完票,叫了一辆卡车停到仓库门口准备装货。这时,一辆满载VCD机的小货车从他面前驶过,任三杰看见李大春就坐在驾驶室里……

大家伙领完VCD机和自行车,迟迟不见赵兴旺有动静,任三杰心里高兴,路上遇见王诸葛,说:"好,咱打趴一个竞争对手了。"话音未落,赵兴旺正好骑车从村头过来,看见任三杰就下来跟他商量:"老兄,别再争了,你现在退出竞选,以前的花费我全给你报销。"任三杰不屑一顾地说:"嘁!跟我来这儿充大头蒜,有本事就拼到底。"赵兴旺不紧不慢地从衣兜里掏出一打卡片,抽出一张递给王诸葛,说:"去领吧,每家一台双缸洗衣机。"

第二轮投票结果出来了,三个人中仍然没有人票数过半。这下,全村人的情绪更加高涨了,见了他们直呼"村主任",问他们下次准备发什么。

任三杰不再让王诸葛出主意了,而是直接找到在信用社当主任的小舅子贷了一万元款,准备第三轮选举!

一个月后,选举结果出来了,任三杰、赵兴旺、李大春全部落选,王诸葛却被人们推上了村委会主任的宝座。

坐在破旧不堪的村委会办公室里,王诸葛打开抽屉,拿出那枚鲜红的公章,摇摇头说:"唉,老少爷们儿真是不明事理,接着选他们呗,再弄个三轮五轮,全村提前奔小康了!"

(本篇月月评短信代码:0223)

·幽默世界·

办公室里的手机

□ 付秀玲 供稿

办公室里几个同事在聊天，办公桌上有个手机响了，小刘顺手拿了起来。

"喂？"

"亲爱的，是我。你在公司吗？"

"对！"

"我在商场购物呢，我看见一只非常漂亮的钻戒。过两天就是我们结婚一周年的纪念日了，我可以把它买下吗？"

"多少钱呢？"

"不贵的，才九千多。"

"好吧，假如你喜欢就买吧。"

"谢谢老公！对了，刚才我经过一个专卖店，看到有新款的靴子。我已经和售货员讲定了，她愿意打八折给我！"

"那她要什么价？"

"只要3000元。"

"才3000块你也要告诉我？买下来就是了。"

"太棒了！在我们挂机之前，还有些事……"

"什么事？"

"我查了一下你的银行账户，还有两万多，你不是就要发年终奖了吗？我想今天就把它们都花了，可以吗？我想再给妈咪买两件羊绒衫，你不会心疼吧？因为我的银行账户上已经没有钱了……"

"好吧，把它们都买下吧。"

"没问题了，亲爱的……谢谢！我过会儿来看你。"

"再见……"

小刘合上手机的翻盖，然后举起手机问在场的人："喂，这手机是谁的？"

（本篇月月评短信代码：0224）

88　并非每个人都能成为朋友，但任何人都可能成为敌人。——佚名

生意难做

□ 段海斌

有个女的叫王小娜，做梦都想嫁个大老板。没想到，愿望很快就实现了。一次，她在歌厅认识了一个做皮革生意的金老板，没多久，两个人就黏糊到一块儿了。

这天，王小娜挽着金老板正在逛街，走着走着，忽听她"哎哟"一声，金老板吃了一惊，忙问："怎么啦？"她指指自己的脚说："鞋跟掉了！"

其实她心里高兴着呢，扭着腰说："这鞋扔了吧，我早就想买双'达芙妮'了。"金老板不同意，他拎起鞋看了看，说："修修吧，还是个八成新的嘛！"王小娜暗暗骂道：好你个姓金的，刚追我时，要啥买啥，现在得了便宜就开始抠门了。不过，话到嘴边又咽回去了。她想，为这小事闹翻了，不值得！修就修吧，好在前面就有个修鞋摊。王小娜抬脚正要过去，却被金老板一把拽住："站着别动，我先去看看，好修不好修。"一会儿，金老板就来了，扶着王小娜走了过去。

修鞋的是个胖女人，她一边招呼王小娜坐下，一边拿出工具开始修鞋。金老板站在一旁，对胖女人说："手脚轻一点，这可是个名牌鞋啊！"胖女人点点头，说："放心，没问题！"可刚修了没几下，金老板又忍不住埋怨道："怎么修的？毛手毛脚的！是不是新手啊？"胖女人脸一红，说鞋摊是她老公的，他人刚走开，不过自己看了十几年了，虽说没学过，但看也看会了。

胖女人边说边干，手忙脚乱地修着鞋，金老板看得直摇头，话也多了，一会儿说这里不该用胶，一会儿说那边得缝针……说得胖女人汗都下来了。最后，胖女人把鞋往金老板手里一撂，一百个不高兴地说："有本事你自己来修嘛！"

"修就修！"金老板也憋上了劲儿，他一屁股坐在马扎上，挽起袖子，

·幽默世界·

干了起来。

还别说,金老板真有两下子,乒乒乓乓,一会儿居然真的把鞋给修好了。就在这时,突然有人横穿过来,夺下鞋,"啪"地掼在地上,咆哮着说:"好你个姓金的!"

金老板抬头一看,原来是胖女人的老公回来了,忙站起身解释道:"误会了,误会了。""什么误会不误会的?姓金的,不在你的地盘上呆着,跑到这儿跟我抢什么生意?"

王小娜一听,吃惊地看着金老板:"啥?原来你是个修鞋的?你不是说是做皮革生意的吗?"金老板低着个头,尴尬地说:"我修皮鞋,不是跟做皮革生意差不多……"

"去你的大头鬼吧!"王小娜气急败坏地脱下另一只鞋就朝金老板扔去,扔完扭头就走。

金老板接过鞋,正要起身去追,王小娜一回头,怒目圆睁,点着金老板的鼻子警告道:"你别惹我,小心我告你性骚扰!"

金老板一脸的委屈,吞吞吐吐地说:"我,我只是想问,这只鞋是打前掌,还是钉……后跟?"

(本篇月月评短信代码:0225)

(本栏题图:李 加)

经典图书《话说中国》出版了

世界品牌期刊在编好刊物的同时,几乎每年都推出能代表自己文化追求的品牌图书,以回报长期关心、支持刊物的读者。他们能做到,《故事会》为什么不能?

历经6年,这本大型故事体的历史百科全书《话说中国》终于和读者见面了,这不仅是《故事会》的骄傲,也是《故事会》读者的骄傲!世界大刊美国《读者文摘》抢在其他同行之前,买下海外版权。该书的魅力究竟何在?

第一册:《创世在东方》(全彩300面,定价:68元);第二册:《诗经里的世界》(全彩229面,定价:59元)
开本均为大16开

故事文本的感性冲击和知识短文的理性概括互相弥补;文字和图片互相交融,图书、杂志、网络等全新的编辑手法超常而融洽地汇集一体,使这本大书既可以从头看起,又可以从任何一页读起。在中国,目前还没有这样一部既有价值和品位,又充满现代编辑手法、适合大众阅读的历史百科全书。

每一个中国人都为中国拥有5000年的文明而感到骄傲,我们深信,读过历史的人和没有读过历史的人是不一样的。可喜的是这本书创造了一个让中国大众尤其是青年学生轻松愉快地走进历史文化大门的机会。

《故事会》读者只要来信提出购书的要求,并写明您的姓名、年龄、职业与地址,前2000名幸运读者将收到一本精美的《话说中国》简介及优惠购书券。来信请寄:上海绍兴路74号上海文艺出版社读者俱乐部收,邮编:200020。

为了认识人,就必须从他们的行为中去认识他们。——卢梭

·海外故事·

20年前的收据

□黎 庶

十九世纪初，法国南部一个小镇上，有个钟表匠，名叫杰夫，他聪明好学，18岁那年，就开始独立经营一家钟表修理店了。他还有一个非常漂亮的女朋友，叫珍妮，他们情投意合，已经到了谈婚论嫁时候。但杰夫还没有足够的钱给珍妮买戒指，他只好努力工作，尽量多赚一点钱。

那时候手表还是一件奢侈品，只有社会名流和有钱人才有资格佩戴，因此，修理钟表的人都很细心，杰夫也一样。为了防止弄错顾客的手表，杰夫别出心裁地设计了一种收据，上面写明手表的牌子和特征，以及送来修理的日期。收据一式两份：一份交给顾客，作为取表时的凭证；另一份则放在一只精致的纸盒里，上面压着要修理的手表。

一天，一位妇人来钟表店取修理好的表。她拿出收据，在打开手表盒的一瞬间，她尖叫起来："哎呀，这不是我的表！我的表明明是新买的，怎么变成了旧表呢？"

杰夫从妇人手中接过手表，翻来覆去，仔细看了好一会儿，接着又对照自己写的收据，看了半天。妇人急了，追问道："先生，一定是您弄错了吧？我的表确实是新的。"杰夫动了一下嘴唇，想说什么，可话到嘴边却咽了下去。他沉思了片刻，仿佛下了

·海外故事·

很大的决心似的咬了咬牙，小声说道："夫人，实在对不起，是我一时粗心，搞错了。您看怎么办？""怎么办？你知道吗？这是我借了二千法郎买来的，你得赔我二千法郎！"妇人一脸怒气地说。

要知道，二千法郎在当时可不是一个小数目，像杰夫这样的人工作三个月，还不一定能挣到这么多钱。可没想到，杰夫居然爽快地说："好吧，我赔！请您三天后来拿钱。"三天后，杰夫果然赔给了她二千法郎。

那个周末，杰夫兴奋地去找珍妮，可找遍了小镇，也没有珍妮的踪影。几个月过去了，她像断了线的风筝，杳无音信……

20年后的一天，像往常一样，杰夫在店里检查工作，突然，一个年迈的老妇人走进店里，来到杰夫面前，拿出一张收据，问道："小伙子，还记得这个吗？"杰夫接过收据一看，上面还有自己的字迹：该表遗失，已赔。他惊愕地抬眼仔细端详了一下来人，终于认出来眼前这个老妇人就是20年前要他赔表的那个妇人。杰夫疑惑地问："怎么啦？出什么事了吗？"

老妇人叹了一口气，有些激动地说道："当年那只旧表其实就是我的，你并没有看走眼，"她缓和了一下语气，接着说，"我相信，当时你心里也完全清楚是怎么回事。"

杰夫脸微微发红，支支吾吾地问："您……您说这些到底是什么意思？"老妇人笑了笑，说："好吧，还是让我告诉你事情的原委吧！"

原来，20年前，老妇人的丈夫突然生病去世了，她和惟一的一个女儿相依为命，生活得非常艰难。巴黎一位亲戚很同情她们的遭遇，便邀请她们迁往巴黎。就在万事俱备的当口，她的女儿说，不想到巴黎去，因为她正在和杰夫谈恋爱，而且还决定嫁给他。老妇人颇感为难，女儿以前从来没有对她提起过恋爱的事情，她本人对杰夫也一无所知。想到女儿将留在小镇上和一个不知根底的男人生活一辈子，老妇人心里非常担忧，于是决定考验一下这个小钟表匠，看看他人品怎样。为了能在短时间内判断出他的为人，老妇人想出了一个好办法，即把丈夫的遗物——一只名贵的手表，送到杰夫的店中修理。"其实，我那只旧手表至少值一万法郎，你是这方面行家，一定也清楚的。可是，很遗憾，你没有能通过这次考验……"

听完老妇人的解释，杰夫惊呆了。"原来您就是珍妮的妈妈！"此刻，杰夫后悔莫及，他当时很想早些给珍妮买结婚戒指，就没能经受住1万法郎的诱惑。可他怎么也没有想到，就是当年贪图小利的一念之差，却葬送了一段纯真的爱情……

（本篇月月评短信代码：0226）

（**题图**：箭　中）

贫穷能掩盖高贵的品质，但不能完全埋没它。——塞万提斯

·中国笑典·

油葫芦

有家风雨家具店，老板叫胡和，外号"老酒鬼"。老酒鬼酒喝得凶，为人比喝酒更狠。二锅头才65度，他最起码108度，而且还刻薄、小气。

风雨家具店有三间门面，起先他雇了两个伙计帮忙。但没过三天，老酒鬼就反悔了，他想：雇了伙计，不论多少，总归要发工资，不如收个徒弟合算。根据祖上留下的规矩，学徒学三年，帮三年，满师出门还有谢师钱。家具店又没有多少技术传授，等于是找个人替他白干六年，这样的便宜事不做白不做哩！所以他辞了伙计，贴出告示，招收徒弟。

老酒鬼收徒弟一不要文凭，二不要水平，考试时只拿出几个酒瓶。他问第一个来拜师的青年人："你愿意当我的徒弟吗？""愿意。""愿意就好，我给你看样东西。"说着，从身后拿出一瓶白酒，又问："这是什么？"

那青年仔细看了看，说："是白酒，山西汾酒。"老酒鬼见这青年既懂酒，还晓得产地，心想也是个酒鬼，不要！

过了几天，又一个青年人来拜师。老酒鬼问："你愿意学做家具生意吗？"那青年人说："是的，我愿意拜你为师。""好，我给你看样东西。"说着，又从身后拿出一瓶黄酒，问："你认识这东西吗？"那青年看了看说："认识，这是绍兴花雕，五年陈的。"老酒鬼想，又是个酒鬼，不能要！

老酒鬼自己喜欢喝酒，为啥见拜师的人认识酒就不要呢？原来他有自己的小算盘哩！他招徒弟目的是要徒弟给他打工，如果是个会喝酒的，一喝酒准误事，店里的生意叫谁去做

呢？再者，他怕徒弟偷喝他的酒，所以来拜师的只要认识酒，他一概不要。

人们都说，按照老酒鬼的考法，考得上的无非是白痴、戇大。这事传来传去，结果传到一个叫"油葫芦"的人的耳朵里。这油葫芦平时嬉皮笑脸，好吃懒做，听到这个消息，他眼珠子骨碌碌一转，就兴冲冲地来到风雨家具店，对老酒鬼说："师傅，我拜师来了。"

老酒鬼一看，人好像蛮老实的，便说："好的，好的。"说完，就从酒柜里拿出一瓶"五粮液"，问："你看看，这是什么东西？"油葫芦看了看，摇头说："不知道。"老酒鬼想，有些苗头！又回手拿出一瓶绍兴加饭酒问："你再看看，这是什么东西？"油葫芦接过来看看，还是说："不知道。"

嘿，有门！老酒鬼把瓶盖打开，把酒瓶举到油葫芦面前，说："你闻闻，这是什么东西？"油葫芦用鼻子一闻，眉头一皱，往后一退。

老酒鬼踏上一步，问："再闻闻，到底是什么东西？"油葫芦认真地闻了闻，突然做出一副要呕吐的样子，说："师傅，你为啥把马尿装到瓶子里呢？"

老酒鬼一听，高兴得一拍大腿，说："好，好！我可招到好徒弟了！"

就这样，油葫芦成了老酒鬼的徒弟。开头几天，老酒鬼叫他干啥，他就干啥，而且干得认认真真，嘴巴里还师傅长师傅短的，逗得老酒鬼像跌进了迷魂汤里，分不清东西南北。

有一天，老酒鬼打牌赢了钱，就买了一只老母鸡、一块火腿肉、几瓶好酒回来，打算好好吃一顿。谁知刚睡好中午觉，几个老搭子打电话来，说三缺一，叫他快去。老酒鬼想，这几天手气正旺，何不趁机多赢一些？于是，就对油葫芦说："徒弟，我打牌去了，明天早上回来，店里

你要照看好。"

油葫芦说："请师傅放心。"

老酒鬼想想还是不放心，指着挂在墙上的火腿吩咐道："这是块火腿肉，价钱很贵，你要看好，别让猫偷去。"

油葫芦恭敬地回答："好的。"

老酒鬼接着说："还有后院的那只老母鸡，千万别让隔壁那只大黄狗叼去。"

"我知道了。"

老酒鬼又一指酒柜里的几瓶好酒，说："这柜里的两瓶东西要特别注意，那是毒药，一瓶是红砒霜，一瓶是绿砒霜，吃了要死人的，千万不能动！"油葫芦说："师傅放心，我不会自杀的。"

老酒鬼觉得这下可万无一失了，就高高兴兴地走了。可老酒鬼一走，这油葫芦就来劲了。他赶紧关了店门，到后院把老母鸡宰了，把火腿肉斩碎后，塞在老母鸡的肚子里，放在电饭煲里煮。没多少工夫，火腿烂了，鸡也熟了，他又从酒柜里拿出一瓶"小糊涂仙"和一瓶"酒鬼"，连吃带喝，扫了个精光。收拾好碗筷，油葫芦把鸡骨头一扔，空酒瓶往地上一放，就大模大样躺在老酒鬼床上呼呼大睡起来。

天亮了，老酒鬼钞票输得精光，带着一肚皮闷气回来了，一进门就感到酒香扑鼻，走到里面，见酒瓶歪倒在一边，油葫芦正睡在他的床上。再到后院一看，老母鸡没了，店堂里的火腿也不见了，不觉火冒三丈，回到房里，朝油葫芦脸上扇了两记耳光，吼道："睡，睡你个大头鬼，快给我起来！"

油葫芦睁眼一看是老酒鬼，赶紧从床上滚下来跪在地上，哭着说："师傅呀，你走之后，我在店堂里做买卖，忽然听见后院有鸡叫声，急忙跑出去一看，隔壁的大黄狗把鸡叼去了，我拼命追，但没有追上，又怕挂在店堂里的火腿被猫偷去，急忙回来一看，这火腿也没有了。我很难过，师傅交给我的事情都没有办好，还有什么脸面活在世上？我想起你放在柜子里的两瓶毒药，就拿来喝了一瓶，但没事，又把另一瓶喝了，才感到头昏昏沉沉，所以就躺到你的床上等死。师傅呀，你说我把两瓶毒药都喝了，为啥到现在还没死呀？"

老酒鬼心里像被针扎了一样痛，气得直跺脚，喊道："不死，不死，是药力不够！"

油葫芦听了，急忙爬到酒柜前，拿起两瓶"五粮液"说："药力不够，我把这两瓶也喝了！"

老酒鬼冲上去夺过酒瓶，咆哮道："你不死，我可被你气死啦！"

（故事大王张道余根据传统相声讲述）

（本篇月月评短信代码：0227）

（题图、插图：魏忠善）

原创漫画系列《BRAVO东东》问世

《故事会》与《我为歌狂》携手进军原创漫画新领域

东东是谁？东东是一个普通的初中生，有一点调皮捣蛋，脑子里充满各种奇思怪想，常常有点稀里糊涂，渴望做一个大男人，向往朦胧甜蜜的爱情……他还有一个搞笑的妈妈，一个严肃的爸爸，一帮性格各异、趣味横生的同学！也许东东就在你的身边，也许东东就是你自己，也许东东的许多故事许多想法都曾经发生在你的身上，也许东东会成为中国的樱桃小丸子！

一套反应e世代中学生生活的漫画丛书《BRAVO东东》已由上海文艺出版社正式出版发行。该套书由曾经轰动一时的《我为歌狂》原班人马倾力打造，风格轻松活泼，风趣幽默，视觉效果和故事性俱佳，作为"故事会漫画丛书"向市场推出。现特向本刊读者提供邮购服务：《BRAVO东东》(1-5)每册定价6.00元，5册共30元，另加10%邮费。汇款地址：上海市市南绍兴路74号上海文艺出版社邮购部，邮编：200020，电话：021-64716466。

[故事会金栏目·中篇系列]
私人侦探第一案
《故事会》编辑部编
定价：10.00

本书系《故事会》金栏目"中篇故事"精选，共收9则作品，都是与歹徒、罪犯作斗争的故事。公安人员追捕逃犯，历尽艰险，血洒战场；遥控杀妻，扑塑迷离；村霸设置黑洞，为非作歹；小偷擒获白色恶魔，仗义可嘉；偷盗贪官财物，枪杀情敌后代……作品内容曲折惊险，具有震撼人心的艺术魅力。

[故事会金栏目·中篇系列]
妻子要跳交谊舞
《故事会》编辑部编
定价：10.00

本书系《故事会》金栏目"中篇故事"精选，共收9则作品，皆系情爱故事。虽属情爱，却非都是甜甜蜜蜜，卿卿我我，而是充满了喜怒哀乐，恩怨情仇。看这些年轻的男女主人公，既有历经悲欢离合终成眷属，也有历经磨难依然遗恨终生；既有由爱变恨，愤而断情，也有化恨为爱，喜结良缘……

邮购电话：021-64716466；汇款地址：上海市市南绍兴路74号上海文艺出版社邮购部（免邮费）；邮编：200020。

故事会

二〇〇四年第二期
上半月刊·红版

[故事会爱好者丛书]
悲剧故事

《故事会》编辑部编
32开　5.00元

本书所收10则故事是从《故事会》刊登的数千同类作品中精选出来的,主人公的遭遇构成了凄怆感人的故事情节,主人公的命运牵动人心,主人公悲惨的结局更令人心颤。

[故事会爱好者丛书]
喜剧故事

《故事会》编辑部编
32开　5.00元

从《故事会》"幽默世界"栏目中精心挑选成集,按内容分为:谐趣篇、巧计篇、戏谑篇、讽刺篇、荒诞篇、沉思篇。本书的特点是:(1)现代感强。作品均反映当代生活的各类题材;(2)短小精悍。作品长不过千余字,短只有三四百字,但言简意赅,内容丰富。

[故事会爱好者丛书]
恩仇故事

《故事会》编辑部编
32开　5.00元

构成恩仇的因素是多方面的:由爱变恨,由恨成仇;以怨报德,恩将仇报;忘恩负义,寻仇报复;亲人之间,恩怨仇杀……本书这9则中篇恩仇故事矛盾冲突尖锐复杂,有很强的可读性。

[故事会爱好者丛书]
怨女故事

《故事会》编辑部编
32开　5.00元

这是一本关于悲怨女人的故事书,54则作品分为"大祸从天降、魂系狼窝口、扭曲的灵魂、水火当有情、红颜怨恨天、情谊伴君行、三女抗争记、情歌绝唱对、亡灵的哭泣、山村血泪情"等10个篇章。

邮购电话:021-64716466;汇款地址:上海市市南绍兴路74号上海文艺出版社邮购部(免邮费)邮编:200020。

312 2004 2月
SEMIMONTHLY 上半月刊
STORIES

栏目	标题	作者	页码
	笑话15则	陈春森等	4
	我的故事 销售高手	彭晓风	8
东方夜谈			
	超时空网恋	花 剑	11
	请多关照	叶敬之	55
	人眼看狗低	张开山	84
	漫画故事 特技		15
百姓话题			
	短信息，爱你又恨你	蒋英姿等	17
中国新传说			
	特别的启事	杨 格	24
	老王的新房子	民 子	27
	租树坑	张东兴	30
	想抱就抱	徐 洋	32
	空钱包里有什么	林贤安	35
	智取卧铺	程应峰	43
	海外故事 鱼竿	建 霖	37
情感故事			
	妈妈抱着我	芦宏伟	40
	无法寄出的月饼	廖 钧	44
	外国文学故事鉴赏 专业水平	李 唐	46
	点击网络故事 洗澡	张国新	50
民间故事金库			
	碰到的财富	叶 子	52
	情节ABC 借碗头	邵 健	58
谈古说今			
	一块铜板断终身	张国华	60
	快乐辞典		64
中篇故事			
	绿茵场上的阴影	李滋民	65
	3分钟典藏故事		82
	情节聚焦 女人想要什么	王 远	87
幽默世界			
	《人情债》等5则	叶 飘等	89
	小白信箱		86
	本刊信息传真	15、23、26、39、54、64、88	
	"80万元读者大奖"活动信息		
	"'掌上灵通杯'优秀作品月月评"等	34、51、59	

故事会
2004年2月
上半月刊·红版

主　编：何承伟
副主编：吴　伦
　社务委员会
何承伟　吴　伦　姚自豪
夏一鸣　冯　杰　张　凯
本期责任编辑：蔓　石
美术编辑：李宝强
　发稿编辑：
　　夏一鸣　姚自豪
　　鲍　放　梁宁宁
　　潇　白　马　峡
主管：上海市新闻出版局
主办：上海文艺出版总社
（上海市绍兴路74号）
邮政编码：200020
电话：021-64375030
出版发行：《故事会》出版发行部
（上海市建国西路384弄11号甲）
邮政编码：200031
电话：021-64313938
广告总代理：上海文艺广告传播中心
上海市绍兴路74号（邮编：200020）
广告总监：张　淮
广告业务：021-34010383
广告投诉：021-64333738
广告经营许可证
沪工商广字3101034000029号
国外发行：中国图书贸易总公司
印刷：河南瑞光印务公司
发行：洛阳市报刊发行局
本刊封面、内文彩页采用晨鸣纸业铜版纸
封面图片由Corbis/达志影像提供

本刊各栏目欢迎来稿。来稿寄上海市绍兴路74号《故事会》杂志社，邮编：200020，请在信封上注明"××栏目"收；本期责任编辑E-mail地址：gushihui_sh@163.com

· 笑话 ·

想睡觉了

年轻的妈妈一边哄孩子睡觉，一边给他唱着摇篮曲。她唱了3个小时之后，孩子还是没有睡着，妈妈只能坚持唱下去。

最后，孩子抬起头说道："妈妈，您唱的歌当然是很好的，可我现在想睡觉了。"

（陈春森）

反 击

安妮·兰德斯是美国《太阳时报》的专栏女作家。在一次大使馆的招待会上，一位相当体面的参议员向她走来，开玩笑说："你就是作家安妮·兰德斯吧，给我说个笑话吧！"

安妮小姐毫不迟疑地答道："那好，你是政治家，给我说个谎吧！"

（李 晋）

（本栏插图：李 加）

包装不好

太太结婚多年没有孩子，她天天祷告，希望生个儿子。祷告果然灵验，太太终于生了个儿子，但长得很难看。太太对丈夫说："我一直希望儿子的头发是黑色的，皮肤是纯洁如玉的，可现在……"

丈夫笑笑，说："哎，你真是，上帝送了这么好的礼物给我们，你还嫌包装不好。"

（李云贵）

团 结

财政局每年都是县里的先进单位，还曾受过省里表彰。王局长在大会小会上总自豪地说："这是因为我们有一个团结的班子。"

后来，这个财政局的领导班子因为集体犯罪受到法办。当记者在监狱里采访已成阶下囚的王局长，问他导致这一结局的原因是什么，王局长沉痛地答道："主要是因为我们这个班子太团结了。"

（杨东杰）

· 笑口常开 轻松一刻 ·

同悲共喜

商人叮嘱老婆，如果他做生意赔了本，就把屋子弄得灯火通明，如果赚了钱，则点一支蜡烛就行了。

"为什么这样呢？"老婆不解地问。

"我赔了本，自然希望其他人陪我生气，"商人解释道，"让他们生气的唯一方法就是让他们看到我家灯火通明，发了大财的样子。"

"那你赚了钱呢？"

"如果我赚了钱，那我当然要他们高兴，只点一支蜡烛，他们会认为我快要穷死了，一定会乐得跳起来！"

（杨东杰）

都是行家

第二次世界大战结束后，两个退伍的通讯兵决定去一家公司求职。录用前要经过一场严格的考试。于是他们约定，互相通报重要答案，方法是用铅笔"滴滴答答"地在桌子上敲出电报密码。考试开始了，他们用这方法才敲了没几道题，就听见监考官也敲起桌子来了。他们仔细一听，监考官敲的是：咱们原来是一支部队的，你俩玩的这套把戏该收场了。

（杜维军）

留在晚上

丈夫每天清晨刮胡子时，对太太说："亲爱的，每当我清晨刮胡子时，就像年轻了十几岁似的，感到精力非常充沛。"

太太听得烦透了，终于反唇相讥："那你为什么不把胡子留在晚上睡觉时再刮呢？" （温泉）

想去哪儿

约翰平时很怕老婆。一次老婆回娘家，约翰想出去转转，便找出那件很少穿的名贵西服，对镜打扮好了。最后他把手伸进口袋，摸到了一张纸条，他好奇地把纸条掏出来，只见上面写着：打扮得这么整齐，想去哪儿快活啊？ （珍珑）

·笑话·

何必冒风险

有位男子驾车带着女友兜风。为了表现勇敢精神与驾车技术，他将车速加大到每小时八十公里。一不小心，汽车撞到转角处的一棵大树上，车身被撞得四分五裂。幸运的是，车上两个人都没有受伤。那位男子赶紧搂住女友，安慰她不要害怕。

女友异常亲热地倒在他的怀里，用惋惜的语气说："你何必冒这么大的风险呢？其实，只要你假装汽油用完，车开不动了，我也会让你亲我的。"

(李东辉)

小司机的故事

小钟是个出租车司机，一天上路后，发现前面有辆老桑塔纳，后窗上贴着一张纸，上书："车老，人新，请多留情。"下面还有一行小字，怎么也看不清楚了。

小钟想看看下面写的是什么，就把身子往前凑了凑，可还是看不清楚。他好奇心特大，越是看不清楚的东西就越想看，于是把车往前开了开，可还是不清楚，又往前开了开，只听"哐当"一声，追尾了！

好家伙，这下也看清了纸上写的是什么，差点把小钟鼻子气歪了："看，撞上了吧！"

(陈 烨)

更生气

富翁格朗在外面旅行，忽然发了一封电报给妻子："我在外面，听说有一个年轻男子每天夜里到我们家来。我要马上回家查明这件事！"

妻子一看，生怕自己的风流事暴露，吓得手足无措。忽然，她有了主意，对身边的女仆说："老爷回来以后，你就说每天夜里来的那个男人是找你的！"

女仆一听，连忙摇头道："那可不行，太太。老爷知道有男人找我的话，会更生气的！"

(沈秀明)

谁若游戏人生，他就一世无成；谁不能主宰自己，就永远是一个奴隶。——歌德

· 笑口常开 轻松一刻 ·

健忘症

病人：大夫，我得了健忘症。

大夫：有多长时间了？

病人：到现在已经有11年零2个月了。

大夫：去医院看过吗？

病人：91年4月去县医院，92年5月去省医院，95年2月去天津医院，97年9月去上海医院……

大夫：你住在哪儿？

病人：我一共搬过6次家，要我告诉您每次住哪里吗？

大夫：不用了，你只要告诉我现在住哪里就行了。

病人：现在……现在……我忘了。

（晓　梅）

变成小点

小威利对飞机入了迷，只要他听到有飞机飞过，总要跑出去观看，直到飞机在远方变成一个小点为止。

终于，他妈妈答应带他乘飞机旅行。第一次乘飞机，他十分激动，两眼圆睁，大约起飞10分钟后，他急切地问母亲："妈妈，我们什么时候变成一个小点？"

（郑　磊）

别跟我说话

一个男人坐在酒吧里，一脸忧愁的表情。侍者问他："怎么了？和妻子吵架了？"

男人说："我们打架了，她告诉我一个月都不跟我说话。"

侍者安慰他说："不说话也好，还清静一点呢。"

男人摇摇头说："你不知道，今天一个月就到期了！"

（李荷卿）

懒　鬼

琼是个好姑娘，就是懒得收拾家。一天，她觉得家里实在太脏，过意不去，就打扫了一下。

晚上，丈夫回来，突然沮丧地嚷了起来："桌子上的灰尘哪儿去了？我在上面记了一个电话号码呢！"

（严　炜）

·我的故事·

销售高手

□彭晓风

那天一大早,表弟搬了十箱果汁饮料来找我。我一问,才知道他开的小店今年生意冷清,见势头不妙,就把店里的东西处理了,准备改行干别的。最后还剩下十箱果汁饮料没人要,他就搬到我家,说:"表哥,我租的房子到期了,还剩下这点东西没卖完,你帮我处理了吧。这饮料是两块一罐进的,市场价卖两块五,十箱共二百四十罐,我也不赚你的钱,就拿它抵你借给我的四百块钱,你看怎么样?"

我听他这么说,心想,钱你都借四五年了,也没听你说要还的话,既然你说用饮料抵,那就抵吧。饮料搬完后,我问他:"这么多你让我怎么处理?"表弟说:"这还不容易,你要不想卖就把它按原价处理给别的小卖铺,我是急着回老家,要不然也不来麻烦你。"

表弟走后,我就按他说的办法找了一家小卖铺,问老板要不要果汁饮料,按原价处理给他。老板看了我一眼,问:"有进货单吗?"我说:"没有,是亲戚处理给我的。"老板斜了我一眼,说:"没进货单,谁知你那是真货还是假货?再说我也不敢卖来历不明的东西,工商局查怎么办?这样吧,要是真货,我给你一块五怎么样?"我没答应,打电话问表弟有进货单没有,

8　以最简单的方法,获取最大的效果。——但丁

表弟说:"哎呀,进货单早丢了。"没办法,我只好再问别的小卖铺,结果越问价越低,有的干脆只给我一块钱一罐,我一气之下回来了,心想卖一块还不如自己留着喝呢。

回到家,见到那一大堆饮料我又犯愁了,二百多罐什么时候才能喝完?再说我喝惯了茶,也不喜欢喝饮料。老婆问处理出去没有,我苦笑着说:"没有,那些小卖铺老板都以为是别人送礼送的,价压得太低了。"老婆笑起来,说:"谁会给你送礼?我看他们也是没长眼。既然价太低了,那我们就自己卖!"我说:"你说得轻巧,你到哪儿去卖?扛到大街上?"老婆一本正经地说:"大街上不能卖,单位总行吧?明天咱们一人带一箱到单位去,只求不亏本,还怕卖不出去?"

这时儿子乐乐放学回家,见屋里堆了那么多饮料,就问是不是自己家的。我说:"当然是了,要账要来的,你不是喜欢喝饮料吗,这回你可以喝个够了。"乐乐麻利地打开一箱,拿出一罐,说:"哇噻,我们班里的同学都喜欢喝这种新出的饮料,味道好极了。爸、妈,你们也来一罐。"说完,咕咚咕咚喝了下去。我也打开一罐喝了一口,可总觉得那味儿不怎么样。

第二天我和老婆一人带着一箱饮料去单位。到单位后我打了一张启事,贴在办公室门上,上面写:"老彭有新出果汁饮料待售,两块四一罐,

· 敞开心扉 诉说真情 ·

欲购从速。"不久果然有同事来问,我没说是亲戚处理给我的,只说为帮亲戚凑钱才卖的。听我这么说,就有同事买了一罐,后来又有几个和我关系好的同事买了几罐,这之后一上午再也没人买了。

中午我在单位吃完饭后想,是不是价钱定高了?算了,也别挣这几个钱了,就按原价卖吧。想到这里,我就把价格改成了两块。原以为这一改会刺激同事们的购买欲望,谁知他们看后都用异样的眼光打量我,别说买,就连我的办公室也不来了。

快下班的时候我去厕所,听见几个同事在外面说话。第一个说:"哎,你们说老彭今天怎么了,真像他说的那样是帮亲戚凑钱?"第二个说:"你信他说那鬼话?他心眼多着呢,那是怕我们白喝他的!"另一个说:"即使是帮亲戚凑钱也不应该赚我们的,跟我们也玩广告那一套,没意思。"第一个又说:"我在想老彭这饮料是怎么来的,不会是客户送的吧?"第二个又说:"就算不是客户送的,我看这饮料来路也不正,要不下午怎么又变两块了?听说他老家是农村的,不会是他亲戚造的假饮料让他来卖的吧?"听了他们的议论,我恨不得扇自己两巴掌,一出厕所就把那张纸撕了。

晚上,老婆也把饮料带回来了,而且一罐没卖出去,不用说,也是一肚子气。听了我的遭遇后,她说:"谁

·我的故事·

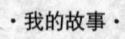

让你想挣那点钱?我压根就没打算挣钱,一到医院就跟各科室的医生护士打招呼,说让他们帮我处理饮料,两块钱一罐。谁知不一会儿医院外小卖部的老板就找到我,说我抢他的生意,还把我拉到院长那里去评理,说我不好好当医生,卖饮料赚钱,让我挨了院长一顿批。批就批吧,谁知那老板背过脸又让我把饮料低价处理给他,我当时就恼了,说我不卖送人总行吧,这回我看你还怎么告!你猜怎么着,我就是送人也没人要!我很纳闷,后来我查看一个老病号时,他悄悄对我说:'你送人东西也不长点心眼,听说你们正在评职称,现在谁敢要你的东西?'你说这是哪跟哪儿啊?"

就在我和老婆互相抱怨的时候,乐乐回来了。他对我说:"爸爸,咱家这些饮料一时也喝不完,我帮你处理吧?"我没好气地说:"你妈和我为处理这些东西惹得一肚子气,你才上四年级,怎么处理?别瞎掺和。"乐乐说:"你别管我怎么处理,我帮你卖掉不就得了?"我将信将疑,心想反正都是你喝,爱怎么办就怎么办吧。

让我和老婆没想到的是,乐乐只用一个多星期就把二百多罐饮料都卖光了。当乐乐把卖饮料的钱交给我时,我几乎不敢相信自己的眼睛,问他卖多少钱一罐,乐乐说:"两块一罐。"我问:"你是怎么卖的?"乐乐神秘一笑,说:"我们班今年为希望工程捐的款距预期数目还差一百多块,班主任不想再增加大家的负担,一时不知该怎么办,我就给她出了个主意,说我爸要账要来二百多罐果汁饮料,市场价卖两块五,反正同学们每天都喝饮料,如果帮我处理,我只收两块,把这差价五毛捐给希望工程。班主任觉得这办法好,就把我的想法跟同学们说了,同学们都知道这果汁批发价是两块,我不赚钱,所以一致同意。结果不到十天就全解决了,整一个三全其美!"

我简直不相信自己的耳朵,这是一个十岁孩子想的办法?正在我惊愕的当儿,乐乐又说:"爸爸,你也别吃惊,这办法我是向人家矿泉水广告学的,没什么新意。"我干笑一下说:"你老爸我做广告的都没想出来,还说没什么新意?不过,你不会是想帮我卖饮料这么简单吧?要知道那饮料不卖基本都是你喝,你会从自己嘴里夺饮料?"

乐乐嘿嘿一笑,说:"我当然也有小算盘了,我们以前的班长转学走了,我是新班长的候选人之一,这么做不是想给我当选增加点砝码嘛。"我急忙问:"那结果呢?"乐乐得意地说:"那还用说?全票当选!"

这回我真的呆了。

(本篇月月评短信代码:0301,详见P34)　　(题图:黄全昌)

超时空网恋

□ 花 剑

秦关今年22岁,在一家IT公司上班,酷爱上网。那是个夜深人静的晚上,已经凌晨3点钟了,他还坐在电脑前机械地敲击着键盘,一阵阵睡意正向他袭来。

突然,秦关发现自己这台电脑有点不对劲,这家伙就好像有人在前面拉它似的,运行速度越来越快,根本不理会秦关的命令,飞快地穿过一个又一个网站,屏幕上各种杂乱的符号、数字在秦关眼前一闪而过,不再受他的控制。最后,居然变成了一片漆黑。

就在秦关目瞪口呆的时候,显示屏上出现了一行字:"秦关,你好吗?我终于找到你了!"

咦,怎么会有自己的名字?肯定是哪个爱开玩笑的家伙在捣鬼。秦关疑惑着,也在屏幕上打出一行字:"喂,你搞什么花样?你是谁?怎么会认识我?"

屏幕上立即出现回答:"我叫小雪,是我让你的电脑来到2014年和我对话的。"

"2014年?"秦关愣住了,"什么2014年?你不是说你是未来世界的人吧?少给我开这样无聊的玩笑!"

"真的,现在你的电脑已经到了10年以后,不信的话你可以看一下你的电脑显示的时间。"

秦关低头看了看电脑右下角的时钟,果然是2014年1月8日03时03分!不会吧?难道她是电脑黑客,篡改了我的电脑时间?

想到这里,秦关气愤地说:"无

聊！我要走了！"

"请不要走！和我聊两句吧。"

"你到底要干什么？"秦关的心里又好奇，又有一点紧张。

电脑上又出现了一行字："我想请你去见一个女孩，她叫欧阳雪，就是我。"

秦关问："我又不会穿越时空，怎么见你？"

"不是见2014年的我，而是见2004年的我，在你的世界。那时我刚刚过了19岁生日。"

秦关没好气地说："你要我见你做什么，我认识你吗？"

"你不认识我，可是，19岁的我认识你。不仅认识你，那时候，我，我……"

"你怎么说话吞吞吐吐起来了？"秦关不耐烦地问。

"那时的我非常喜欢你，应该是暗恋你，可是你甚至不知道有我这样一个人的存在。十年后的我，至今无法忘记那一段想你的日子，所以我要你去爱我，关心我，体贴我，从我19岁的时候开始，可以吗？"

"为什么你不直接去爱2014年的我呢，要从那么远的时间回来，绕一个大圈子？"

"这个以后你会知道的。秦关，实在没办法，因为时空的原因，你我只有三次在网上相遇的机会，是每天凌晨的3点到3点半。这次的时间马上要到了，天亮以后你就去看一看我好吗？上午十点钟我会在大学城培训中心上计算机课。再见。"说完，这个奇怪的网站在屏幕上消失了。

第二天吃早饭的时候，秦关还在想这件事，一个十年后的女孩找到他，要求他去爱现在的她，真是科幻小说里才有的事。秦关想着，随手拿起刚送来的报纸，突然，他看见了报纸上的彩票开奖公告。有了！那个小雪说她是未来的人，那么她肯定能查得到下期的彩票中奖号码。对我们来说，那些号码是神秘不可测的，可在她的时间里，那只是些过期的资料而已。我可以叫她给我查呀，不止下期，还有下下期，再下下期……如果她说的是事实，那我不就发大财了，如果她查不到，那我就检验出事情的真伪来了。

哈哈！想到这里，秦关觉得自己真是聪明。

那天，秦关将时间都用在收集各地的彩票信息上了，到晚上，才发现忘了要去和"19岁的小雪"见面的事。到凌晨3点，秦关打开电脑，果然，小雪在那里。一见他进来后就问："怎么样，看到我了吗？"

"嗨！我今天太忙了，明天吧。"秦关满不在乎地回答，"你知道彩票吗？你能查得到以前中奖彩票的号码吗？"

·夸张离奇 事出有因·

小雪的口气好像有点冷淡:"你要那些干什么?"

秦关急不可待地说:"你不是说你是未来世界的人吗,你总要拿出点令人信服的证据吧。再说了,谁不想中彩票大奖呀?"

小雪沉默了一会儿,说:"这样吧,明天你还到那儿去找我,我呢,去试试能不能找到你要的东西,好吗?"

秦关高兴地说:"行啊,我等你的好消息!"

第二天,本来秦关想去见那个小雪的,可是他突然灵机一动,国外的彩票中奖金额高多了,自己怎么没想到呢。

于是,整整一天,他又忙着在网上收集外国的各式彩票的投注电话,没有去见小雪。

凌晨还是那个时候,小雪来了。秦关连忙问:"小雪,找到那些中奖号码了吗?你快给我,我还要告诉你一些外国的彩票名字,你记下来赶紧查了告诉我,有几期马上就要开奖了。"

小雪没回答,只是问:"你见到我了吗?"

秦关随口敷衍说:"啊,我见到了。你真漂亮。我等你下课后还和你说了话呢。"

小雪听了他的话,好像挺兴奋,问:"那后来呢?"

"后来我们就去逛街了呀。对了,还和你去了舞厅蹦迪。"

电脑那头忽然没有了声息。

· 东方夜谈 ·

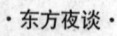

"小雪,你怎么不说话了?"

"你在撒谎!我从小就有小儿麻痹症,坐着轮椅,怎么能和你逛街跳舞?你根本没去见我!你在骗我!"

秦关不明白小雪为什么这样激动,他说:"见个面又不是什么大事,小雪,我是这样想的——等我们有了钱,我们的爱情才有经济基础呀。"

"钱对你真的那么重要吗?为了钱,你甚至都不愿意去见一下爱你的女孩吗?那时的她是那么孤独,没有一个朋友……对不起,秦关,你不是我要爱的人,再见!"

"小雪,喂!喂!喂!"看见那个网页正在消失,秦关着急地大叫。可是无论他怎么敲打键盘,那个网站还是没有出现。

第二天,秦关是在焦急和惋惜中度过的。他仍然不断想找到那个网页,但一直连接不上。直到凌晨3点,它才出现在他的屏幕上。琳达太想在,屏幕上只有她留下的一封信。

秦关:

你好!

或许我们真的是有缘无分吧。当我还是少女的时候,是那样的孤独和自卑,但我却那么的喜欢你,你一直没有注意到。

十年后的今天,你向我求婚,我真的好高兴。我借助最先进的网络科技穿越了时空来见你,希望你能提前认识我,给我体贴、帮助,帮助我度过那段没有朋友、没有笑声、更没有爱情的岁月。

可是,我再一次失望了。你只在意金钱,你的眼睛还是无法落在我身上。其实十年后的我,腿疾早已治好,而且开发出"超越时空软件",个人资产已超过50亿。哈哈!你的500万大奖要中一千次才有这么多。但是,钱多有什么用呢?我们无法用金钱改变的东西太多了,包括我们痛苦的记忆,不是吗?再见!秦关,请记住,十年后不要再向一个叫欧阳雪的人求婚,她不想你被她拒绝两次。毕竟,你是她曾经深爱过的人。

小雪

秦关抱着电脑大喊:"不!不!"可是没有用,那网页又渐渐消失了。

挣扎中,秦关从梦中醒来,发现自己趴在电脑前,电脑早就死机了。原来,刚才的一切,只是他做的一个梦。

他伸了个懒腰,窗外,天快亮了。在梦里他曾经离幸福那么近,近得好像伸手就可以抓住它似的。也许,它真的发生过,至少,还挂在他脸上的眼泪是真的。

你说呢,朋友?

(本篇月月评短信代码:0302)

(题图、插图:杨宏富)

特技 (文：穆剑峰；图：枫叶)

·漫画故事·

1. 一天，娇娇对乔乔说：「我会一种特技，可以把头和四肢180度转向。」

2. 乔乔很吃惊，连连摇头道：「我不信。」娇娇说：「你等着。」

3. 不一会儿，娇娇从卫生间里走出来，她的头和手脚果然转到后面去了。乔乔吓得目瞪口呆。

4. 「这算什么？」娇娇说，「我只是把衣服和裤子反穿过来啦。」

经典图书《话说中国》出版了

世界品牌期刊在编好刊物的同时，几乎每年都推出能代表自己文化追求的品牌图书，以回报长期关心、支持刊物的读者。他们能做到，《故事会》为什么不能？

历经6年，这本大型故事体的历史百科全书《话说中国》终于和读者见面了，这不仅是《故事会》的骄傲，也是《故事会》读者的骄傲！世界大刊美国《读者文摘》抢在其他同行之前，买下海外版版权。该书的魅力究竟何在？

故事文本的感性冲击和知识短文的理性概括互相弥补；文字和图片互相交融，图书、杂志、网络等全新的编辑手法超常而融洽地汇集一体，使这本大书既可以从头看起，又可以

第一册：《创世在东方》(全彩300面，定价：68元)；第二册：《诗经里的世界》(全彩229面，定价：59元)
开本均为大16开

从任何一页读起。在中国，目前还没有这样一部既有价值和品位，又充满现代编辑手法、适合大众阅读的历史百科全书。

每一个中国人都为中国拥有5000年的文明史而感到骄傲，我们深信，读过历史的人和没有读过历史的人是不一样的。可喜的是这本书创造了一个让中国大众尤其是青年学生轻松愉快地走进历史文化大门的机会。

《故事会》读者只要来信提出购书的要求，并写明您的姓名、年龄、职业与地址，前2000名幸运读者将收到一本精美的《话说中国》简介及优惠购书券。来信请寄：上海市绍兴路74号上海文艺出版社读者俱乐部收，邮编：200020。

[故事会爱好者丛书]
美德故事

《故事会》编辑部编
32开　5.00元

本书汇集的是《故事会》相关故事之精品,所选45则作品分类为:"见义勇为"、"扶危济困"、"真诚待人"、"洁身自律"、"亲情似金"、"夫妇同心"、"师生谊重"、"知过悔改"等,生动形象地讴歌了中华民族传统美德。

[故事会爱好者丛书]
生意经故事

《故事会》编辑部编
32开　5.00元

故事形象地描述了生意人思维方式和经商才能。他们或巧做广告而振兴企业,或施展其经营绝招而"妙笔生金",或审时度势掌握顾客心理而销售产品,或运用《孙子兵法》中的战术而出奇制胜。

[故事会爱好者丛书]
芝麻官故事

《故事会》编辑部编
32开　5.00元

芝麻官故事旨在全方位地展示这一特定社会角色的思想境界和人格境界。他们或两袖清风,为民请命;或贪赃枉法,假公济私;或昏庸糊涂,装腔作势;或廉洁奉公,兢兢业业。由于他们同老百姓的距离最为接近,因此他们的故事就更具现实意义。

[故事会爱好者丛书]
打赌故事

《故事会》编辑部编
32开　5.00元

古今中外73则打赌吹牛故事,按内容分为"逗趣、斗智、惹祸、戏丑"等四大类,多为表现人们的诙谐与机智,有的立意鲜明,寓有讽刺味,而较多的则是娱乐与逗笑。

邮购电话:021-64716466;汇款地址:上海市市南绍兴路74号上海文艺出版社邮购部(免邮费);邮编:200020。

说大事、小事,普通人的身边事
讲闲话、实话,老百姓的心里话

百姓话题

短信息
爱你又恨你

  现在有了手机,短消息铺天盖地,短消息的故事不胜枚举:一个丈夫在澳门赌场一夜之间输了50万元,绝望之下准备自尽,就在这时,妻子一条情切切、意绵绵的短消息救了他的命;一个儿子,连续偷盗,被警方网上追捕,父亲一共发了40条短消息,最终使他迷途知返,向警方自首;一个良知未泯的三陪女,在一个寂寞的夜晚向电台的一位女主持人倾诉郁闷之情,主持人自此和她联系不断,最后这三陪女走出了生活的阴影,两人成了情同手足的姐妹……不过,有的短消息,传送的可不是福音,而是灾祸:一个在外出差的小伙子,在发短消息时摁错了一个字,搞错了日期,结果把一笔几十万的生意给砸了;一对夫妇,相亲相爱了几十年,一天,妻子无意中看到了丈夫手机上的一条短消息,这才发现丈夫有了外遇,一气之下,竟从18楼上跳了下来,一个好端端的家就这么给毁了……
  短消息,爱你又恨你!

故事会 2004年2月号红版 **17**

百姓话题

第一个故事：

短信火辣辣，老婆吓坏啦

玲子的老公是个记者，姓王。这天吃晚饭的时候，王记者的手机"滴滴"响了几声，有人在发信息，于是王记者赶紧掏出手机看。

玲子问："谁发的，有事吗？"王记者若无其事地说："没事，一个无聊的家伙在开玩笑。"

玲子看到老公那漫不经心的样子，心头顿时疑惑起来：他会不会是故意装出这副轻松的样子给我看呢？虽说以前没发现老公有什么寻花问柳的事，但男人哪，难说；再说他又是当记者的，接触的人多，不怕一万，就怕万一。这么一想，玲子就起了疑心。

吃过晚饭，玲子趁老公进浴室洗澡，偷偷拿出他的手机翻看刚才发过来的信息，不看不知道，一看吓一跳，上面说的是："喜欢在你身上爬来爬去，喜欢躺在你的怀里被你拥抱的感觉，和你在一起度过的夜晚是我最幸福的时刻……"天哪，他们都发展到这个地步了！玲子只觉得浑身的血直冲脑门，呆呆地站在那儿，就像被雷劈中了一般，直到老公从浴室里走出来，她才惊慌失措地把手机放回原处。

王记者看了看玲子，问："做什么啊，鬼鬼祟祟的？"

玲子没理他，一扭头进了厨房，背对着老公，眼泪忍不住"啪啦啪啦"地掉了下来。

可她老公没看到她在落泪，只是随口说了声："晚上有事，我出去了。"

玲子听了心头一震：好哇，收到那样火辣辣的信息后就迫不及待地想去幽会了！她来不及多想，老公前脚刚出门，她后脚就跟了出去。

老公出门后就上了一辆公交车，玲子赶紧打了一辆的士跟上。十多分钟后，老公下了车，朝一家洗浴城走去。玲子见此情景，心"突突"跳了

18 醋海风波是凶险的，能断送一切。——塞万提斯

起来：丈夫刚在家里洗完澡，现在又进洗浴城，这还能有别的什么事呢？她知道最可怕的一幕马上就会出现在眼前了！玲子尽力控制住自己的情绪，等老公进去了十分钟，估计已经进入了状态，这才鼓足勇气闯了进去，要小姐帮着找人。小姐态度很好，把她带到了一个单间，敲开门，玲子进门一看，呆住了：一个胖胖的老男人正躺在椅上，一个小姐蹲在地上，地上放着一盆浸着中草药的水，那小姐正在给那人洗脚。一旁坐着王记者，手拿笔记本和钢笔，正在不停地记着，两人看到玲子，都感到有点惊奇。

"哦，对不起！"玲子急中生智，冲那位老男人抱歉地笑笑，又对老公说，"我出去倒垃圾时把钥匙忘家里了。"王记者一声不吭地把钥匙给了玲子，玲子转身出了门，心里懊恼极了，亏得自己能随机应变，要不多丢人啊！

王记者回家时已经十一点多了，玲子装作很随意地问他那个胖男人是什么人，王记者说是一位大老板，报社想采访他，可他是个忙人，平时很难见到，只好安排在他休闲的时候采访。

玲子听丈夫这么一说，还是满腹狐疑，她忽然想到自己傍晚时没有把那条短消息看完，说不定后面还有什么蛛丝马迹可以顺藤摸瓜。晚上，她等老公睡熟了，悄悄起身，从床头柜上拿过丈夫的手机，找到那条短消息，继续往下看，一看大吃一惊：那几句甜蜜蜜的情话后面是一个长长的破折号，再后面是两个字："沙发"，原来这是一条幽默谜语！

第二天早上，玲子红着脸给老公道歉，老公摆摆手，说："不要说了，我早知道了，你那点小阴谋能逃过谁的眼？咱家平时倒垃圾不是我承包的吗，你什么时候倒过？就算你真忘了钥匙，又怎么知道我在那家洗浴城？"

玲子张口结舌地望着丈夫，傻了眼：男人一旦上了心，真难斗！

第二个故事：

手机神通大，作弊也靠它

小九在读大二，别的科目成绩还好，就是英语一塌糊涂，每年都要补考。不过他最近找了个女朋友是英语学科的高才生，这次期末大考，他有望咸鱼翻身了。

怎么翻身？用手机呗。他女朋友在别的考场考，先考完以后用短消息把答案传给小九，神不知、鬼不觉，一切尽在掌握之中。其实这一招不算新鲜，小九的哥们早就在用了，问题是小九的手机型号老，短信接受时候的

百姓话题

响铃功能不能调成振动，这点很要命。

考试那天，小九班的考场被安排在东阶梯教室，一进考场，小九就乐了，原来这个教室的信号不好，其他的手机一进考场，资讯指数立刻成了零，只有他的手机，资讯指数仍然显示两格。小九胸有成竹地暗示周围几个着急的死党：稍安毋躁！

第一门考的就是英语，考试过了一个小时的时候，口袋里"嘀嘀"一响，小九立刻精神大振，救命的短信来了！

救命的短信是来了，可要命的是监考的老太太也听着动静过来了，只见小九不慌不忙、大大方方地从另一个口袋里摸出一只便携闹钟，摆在课桌上。监考老师过来问怎么回事，小九指指闹钟："老师，我的手表前两天丢了。"

就在老师转身的一瞬间，小九就把20个选择题抄完了。不到10分钟，手机再次"嘀嘀"作响，小九依然装作若无其事的样子，等老师走近，他才拿起闹钟，拧开后盖，卸下电池，看了看，很奇怪地说："怎么回事啊，老响，难道坏了？"老师没说什么，只是敲敲他的桌子，让他注意点。

两次短消息一收，卷面上的选择题还剩下三分之一的空白，小九估计再收一次就成，不过，这是最后的一次，也是风险最大的一次。

果然，这次手机响的时候，监考的老太太生气了，她怒冲冲地朝着小九奔了过来，小九没等她走近，已经抢先一步抓起闹钟使劲往桌子上磕："这什么破闹钟！响起来还没完没了！"等老太太过来，他直接把闹钟送过去："老师，您把闹钟拿走吧，要不太打扰考场安静了！"

老太太一看小九这诚恳的样子，脸色这才好看了些，她接过闹钟，小声说："还有四十多分钟呢，好好答题吧。"

这时小九的卷面已经呈现一片丰收的景象，他开始给周围的兄弟姐妹传小条，恰恰就在这时，要命的手机竟然又"嘀嘀"响了起来，监考的老

20 诚实和勤勉，应该成为你永久的伴侣。——富兰克林

太太和另一个监考老师都察觉到了这儿有情况，嘀咕了几句，表情都严肃起来。小九一看，冷汗立马就下来了，因为此时他的口袋里除了卫生纸，连个硬币也摸不出来，再没有东西好掩饰了，他急中生智，转头问周围的人说："你们也有人带闹钟了？"

周围的哥们都很配合，一个个的脸上都露出了无辜的样子："没有啊！"

小九也装做纳闷的样子："那是什么声音啊？"

老太太走过来一声断喝："不许说话！"小九趁机赶紧起身，说："老师，我交卷。"然后他就溜之大吉。

没过几分钟，小九的哥们都陆续出来了，考场外彼此击掌庆祝，一派革命成功的胜利景象，这时有人问小九：最后一个短消息到底是谁发的？小九一愣，说："嗨，我忘了看啦！"说着他忙掏出手机，大家都把脑袋凑了过来，只见绿荧荧的背景灯下是清清楚楚的七个黑字："答案发错了，别抄！"

第三个故事：

丈夫去抢劫，生死一瞬间

张锐是跑长途运输的，常年不在家里，以前他出门在外，妻子在家总是担心，这几年好了，兴起了手机，于是，夫妻俩有事儿没事儿的就发发短信，妻子既可以随时知道老公的行踪，短信费用也花不了几个钱。

这天，妻子发了条短信，说是儿子近来总喊胸口疼，吃了几种药都不见效，今天她不上班，要带儿子去医院检查。也就是这天，张锐从外地拉货回来，然后又要和一个货主谈一笔生意，他在路上想打个电话问问检查结果，可手机里的话费快没了，一查，只剩下一毛五分钱，刚够发一条短信，所以他连电话都不敢接了，不然接一个电话就要欠费停机，于是干脆把手机关了。

张锐谈完生意天已经黑了，刚走进家门，就听到妻子哭天喊地地叫了起来："咱这日子没法过了……打你的手机总是关机，你知道吗，大龙是先天性心脏病啊，这一阵子发得厉害，医生一定要他住院做大手术，一算，光费用就要七万多……"张锐一听顿时脸上变色，冷汗直淌。

眼下别无他法，只有治病，可七万多块钱的手术费去哪儿弄呢？张锐和妻子的几个亲戚都不富裕，朋友也很少，借不到几个钱，家里虽说这几年存了几万块钱，可去年车子出了事故，又一下子把钱都贴上了；要不就把货车卖了，可这辆五成新的货车又能卖几个钱呢？何况，一家人就靠这车过日子，卖了怎么生活？

百姓话题

张锐一夜没合眼，第二天一大早，医院打来了电话，催问他什么时候做手术，这一下，可把张锐逼到刀尖上了！他心乱如麻，心口堵得慌，于是就想出门走走，散散心。一路上他想道：自己是一家之主，一定要弄到这笔钱！他想着各种办法，想得脑子都发痛了，可还是无路可走。就这样，张锐一路走着就到了西郊，抬头一看，看到了几幢漂亮的别墅，他忽然想起，这里住着几户很有钱的大款，他眼睛一亮，冒出了一个大胆的念头……

张锐决定抢劫，这念头刚冒出，他禁不住浑身出了冷汗，这种事要是在以前，他想都不敢想，可现在，为了儿子，他一咬牙，决定这么干了！如果抢到的钱够儿子的手术费用固然好，如果抢不到这么多现金，就绑架一个大款！他知道这是坐牢的大罪，可儿子命在旦夕，不这样做，他就救不了儿子呀！

这儿不远处有一个小湖，张锐知道别墅里的大款们经常到小湖边散步。他找来一根钢管，插在后腰的皮带里，外面盖好衣服，然后缩身藏在湖边一块石头后面，眼睛盯着别墅，只等着猎物出现。

张锐从中午一直等到天黑，只看到几辆豪华轿车在小区里出出进进，却始终没见有人来湖边，他只好失望地离开了。这天晚上他没有回家，妻子只知道他到外面借钱去了，其实他是在火车站候车室的长凳上过的夜。

第二天一大早张锐又带着钢管去湖边守候，可等了大半天，还是不见有人出现，他正焦急着，忽然发现从远处慢吞吞地走来一个胖子，这家伙挺胸凸肚，一身西服，一看就是个有钱的老板。胖子正朝别墅走去，想必是回家的。张锐的心紧张地跳了起来：这个胖子就是下手的对象！

张锐装着没事儿似的向胖子走去，准备先一钢管打晕他，接着搜身，搜到大量现金就走人，搜不到就绑架他，向他家人要钱！张锐早已策划周详，可事到临头却又手脚直抖……

忽然，张锐想起了一件事：如果这次自己失手出事，撇下妻子、儿子，

天下有大勇者，猝然临之而不惊，无故加之而不怒。 ——苏轼

·街谈巷议 说长道短·

不知道他们会有多伤心。他心头一酸，想到这几年在外面跑运输，每当有什么话要跟妻子说时，常常发短信联系，这时手机里刚好还有一毛五分钱的话费，够发一条短信，就用这最后一条短信，向妻子简单交代一下吧！

张锐正想把最想说的几句话发给妻子，谁知刚打开已经关机三天的手机，立刻收到了一条短信，这短信是这么说的：

亲爱的老公不要再担心了！今天医院复诊，查出来儿子的病是误诊，不需要做手术。你在哪儿？为什么手机总不开？收到这消息快回家，我和儿子很想你！

天啊，真是喜从天降呀！张锐差点开心得欢呼起来，这时，那个胖子却已经走到了他的面前，很有礼貌地问张锐："先生，请问张总经理是哪家呢？"张锐做梦也没想到，这胖子其实不是什么大款，而是一个下岗的司机，因为张总经理要招一个开车的，经人介绍，他就来应聘了。张锐若是真把这胖子抢了或绑了，罪是犯了，可抢不到钱，官司也就白吃了！想到这里，张锐禁不住冒出了一身冷汗，他颤抖着手偷偷把那根钢管扔了。

这手机里最后剩下的一毛五分钱，还可以发送一条短信，张锐把短信发给了妻子，他说了些什么，你能猜得到吗？

"短信火辣辣，老婆吓坏啦"作者：蒋英姿(本篇月月评短信代码：0303)；"手机神通大，作弊也靠它"作者：玲慧(本篇月月评短信代码：0304)；"丈夫去抢劫，生死一瞬间"作者：芦宏伟(本篇月月评短信代码：0305)。

下期话题：春运中的票　　　(题图、插图：王申生)

欢迎邮购2003年《故事会》合订本

2003年《故事会》合订本已经编辑完成，为方便广大读者购买、收藏，上海文艺出版社邮购部即日起为此书开辟"邮购直通快车"。

2003年《故事会》合订本分上、下两册，共计30元（免收邮资）。需邮购者请将款汇至上海市市南绍兴路74号上海文艺出版社邮购部（邮编：200020），并请注明"购2003年《故事会》合订本"。联系电话：021-64716466。

·中国新传说·

□ 杨格

特别的启事

这天早上,电视台广告部的黄主任刚在办公桌前坐下,打门外进来了一位老汉。老汉六十多岁,衣着俭朴,进门就问:"请问播广告在这里办手续吗?"黄主任点点头,让老汉坐下,问他有什么业务要洽谈。老汉揉了揉通红的眼睛说:"我要在你们电视上播一个寻人启事。"

黄主任很意外,他对老汉说:"播这样的寻人启事可是要花一大笔钱的啊。"老汉说:"我知道要花钱,可这广告不登不行啊。"

黄主任问:"好啊,那你说说要找的人叫什么名字,家住什么地方,和你什么关系,有什么特征。"老汉说:"我不知道他的真实姓名,不知道他住在哪里,他和我也没什么关系,不过他的特征倒是很明显,那就是左腿还没痊愈,走路一瘸一拐的。"

黄主任听得一头雾水,他给老汉递过一杯热茶,说:"老人家,您不要着急,把事情的来龙去脉说清楚。"老汉喝了一口茶,说:"上个星期天一大早,我一个人出门,走到淮河路口时,突然听见身后有一声惨叫,我回头一看,只见一个小伙子被一辆出租车撞倒在地上。我赶紧跑过去,抱着小伙子问他怎么样,可他已经昏迷不醒了。我抬头看时,那辆出租车已经逃得无影无踪。我顾不得多想,拦了一辆车,把小伙子送到医院。医生诊断说小伙子脑淤血,左腿也被撞成

只有驱遣人以高尚的方式相爱的那种爱神才美丽,才值得颂扬。 ——柏拉图

· 大千世界 众生百相 ·

粉碎性骨折,必须立即手术,但要预交5000块押金。小伙子身上只有十几块钱,又联系不上他家里人,幸好我兜里正揣着5000块钱,就一狠心,缴了这5000块钱,又在手术单上签了字……"

听到这里,黄主任明白了,他打断老汉的话:"老人家,您别说了,下面的事我知道了。小伙子终于被抢救过来,他也知道是你救了他的命,但为了躲避这5000块钱医药费,他跟你报了假姓名,说了假地址,又趁你不注意的时候,偷偷跑了。现在,医院要你承担这笔医药费,所以,你要找到他。"

老汉吃惊地望着黄主任说:"咦,你是怎么知道的?"黄主任说:"这样的寻人启事我们播过好几回了。可老人家,我也实话实说,播过后的效果并不怎么理想啊。"老汉说:"不理想也得播,这可是人命关天的大事呢。"

黄主任说:"行,既然您主意已定,我们就播,您看启事这么写好不好?"由于撰写过好几次这样的启事,黄主任心里有底,不用动笔,出口成章道:"化名贾大明的小伙子,我好心好意救了你,还为你垫付了5000块钱的医药费,而你却欺骗了我,昧着良心偷偷地溜走。如果你看见这个启事,希望你能良心发现,主动和我联系,否则……"

没等黄主任往下说,老汉打断了他的话,摆着手说:"不不,我可不是要找那小伙子算账的。你想想,人家也是倒霉,这不是飞来的横祸吗?再说了,看那样子,我估计他是从农村来城里打工的,你没见,他的袜子底都烂满了洞,哎,可怜啊!"

老汉这么一说,可把黄主任弄糊涂了,他问老汉:"怎么?你不怪这个没良心的小子?"老汉叹了口气说:"乍一想也气他恨他,可再想想,小伙子也有天大的难处啊。跑到城里来打工,可钱没挣到,还要家里拿钱来治病,他的心不愿不甘啊。要说怪,头一个就要怪那个肇事司机,可这会儿谁能找到他呢?"

黄主任呆呆地望着老汉,问道:"既然你原谅了小伙子,不准备问他要钱,那还花钱打什么广告?"老汉说:"黄主任,是这么回事。小伙子手术后,头部淤血是治好了,可左腿摔断的骨头再也接不上了。医生在骨折的地方,安放了骨折金属螺丝。别看只是个螺丝钉,质量好的得好几千呢,可我再也拿不出钱来,医生只好选择了一种价格便宜的螺丝,螺在小伙子的左腿关节上。今天早上,我到医院看小伙子时,发现他已经走了。医生告诉我说,小伙子现在的病情基本上稳定了,没有什么大的危险,但有一个问题,他体内的那个螺丝钉使用超过三年就容易与周围组织相溶,

·中国新传说·

弄不好会有生命危险。所以，三年后，这个螺丝钉必须换掉，可他自己还不知道哩。"

黄主任恍然大悟，敬佩地望着老汉说："老人家，这下我弄清楚了，你打广告不是找小伙子要钱，而是告诉小伙子，三年后一定要换下那颗旧螺丝钉，是吗？"老汉连声说："不错不错，人命关天的大事，一定要让小伙子知道啊。"

黄主任不再说什么，拿起笔，刷刷刷写好了启事，读给老汉听。老汉满意地说："就这么说，就这么说，你可把我的心里要说的给说出来了。"说着，老汉掏出一叠大大小小的钞票来，准备缴款，黄主任把老汉的手推回口袋里，动情地说："老人家，这则特殊的广告，我们给您免费。"老人连声说使不得，黄主任按着他的手说："老人家，好事不能让你一个人做啊，你也得让我们做做雷锋啊。"老人这才作罢，高兴地起身告辞。

这时，黄主任突然想到了一个问题，他问："老人家，那天早上，你怎么会揣着那么多钱出门呢？"老汉笑笑，说："我老伴半年前去世了，骨灰盒还在火葬场，那天我是想去陵墓帮她买个放骨灰盒的位置，以后我去了也能和她做个伴……"黄主任感觉到眼窝酸涩，他把老汉送出老远。

这则特别的寻人启事在黄金时段播出后，在全市上下产生了巨大的反响，人们议论着，评说着，谴责着，赞叹着，平日里默默无闻的老汉一下成了新闻人物。

这天早上，老汉刚一开门，突见门前一个人直挺挺地站在那里，定睛一看，正是那个化名贾大明的小伙子。小伙子哽咽着说："大伯，我给您请罪来了。"老汉赶紧把小伙子拉到家里的沙发上坐下，关切地问长问短，两个人说得一把鼻涕一把泪的。

就在这时，又响起了敲门声，老汉走过去开了门，看见一个陌生的中年男子站在门前，老汉不知是怎么回事，疑惑地问："同志，你找谁啊？"只见那中年男人羞愧地低下头，半天才哽咽着说："大叔，我对不起您，我不是别人，就是那个逃避责任的肇事司机啊。"

(本篇月月评短信代码：0306)

(题图：张　恢)

《故事会》2003年第12期"我最喜欢的作品"及阅读奖名单

本期读者"我最喜欢的作品"有：《长眼睛的怪树》、《说出你的愿望》、《机智脱险》、《人在江湖》、《住在车棚里的朋友》。

读者阅读奖：一等奖：魏咏露（安徽合肥十中）（奖金500元）。二等奖：王彦了（四川成都）、董强（山西临汾）、胡婷（江西南昌）、张强（江苏赣榆）（奖金各300元）。三等奖：张静、沈黎彦、季贵玉、张裕君、郑潮珊、林悦鹏、李军、王米媚、苏思悦、张燕妮、陈少华、蒙炳佳、张仁宇、陈疆有、陈凌云、苏冬美、尹辉、崔鹏飞、沈莉、魏刚（奖金各100元）。鼓励奖200名（名单略）。

身体的美若不与聪明才智相结合，是某种动物的东西。——德谟克利特

· 中国新传说 ·

老王的新房子

□ 民 子

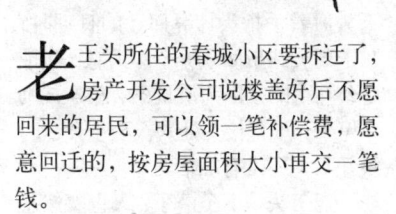

老王头所住的春城小区要拆迁了,房产开发公司说楼盖好后不愿回来的居民,可以领一笔补偿费,愿意回迁的,按房屋面积大小再交一笔钱。

老王头也想搬回来,可是请人一算,要一套80多平方米的房子,他还得再交2万多块钱。这下他傻了眼:每月只有300块退休工资,从哪儿凑这么多钱?

正愁得睡不好觉呢,几年没登过门的儿子突然回来了。

自打几年前老伴去世,老王头一直跟儿子同住,可儿媳妇嫌老人脏,鼻子不是鼻子脸不是脸的。老王头心里头憋屈,就搬了回来。儿子是个妻管严,自己没个准主意,只听老婆的,让他往东从不敢往西,儿媳妇不让他回家,他就真的一年多没敢在老王头的家露面。

今天儿子突然回来,不用说,肯定是听到拆迁的消息了。

果然,儿子进门没几分钟,就言归正传了:"爸,听说咱这儿要拆迁?"

老王头点点头,没吭声。

"那您老先到我那儿住着吧,等房子盖好了,我再把您送回来。"

老王头想了想,虽然父子之间感情淡漠,但这里一拆迁,自己还能到哪儿去?也只有先到他那儿去凑合一阵子了。反正自己有工资,不会白吃白喝。就这样老王头将家里杂七杂八的东西送的送卖的卖,几天后就去了儿子家。

故事会 2004年2月号红版 27

·中国新传说·

一到那儿，老王头心里就是一翻个，儿子没让他回到自己以前住的小屋，而是直接把他扶到了地下室。

儿媳妇倒挺会说话："爸，您看，咱家的房子这么小，只有两室一厅，我们占一间，您孙子大了，也占一间，客厅又常有人来，所以只能委屈您老在地下室住着了，这里冬暖夏凉，正适合老年人住，您不介意吧？"

老王头能介意吗？关键时候能给自己找个住处，也算她还有一点良心吧。

接下来的事就顺理成章了：他回迁所需的2万多块钱由儿子代交了，当然，这钱不是白交，老王头心里跟明镜似的：还不是想自己百年之后，得了城里的那所新房？

老王头腿脚不方便，以前在大杂院，出门街坊邻里都会扶一把，可这儿谁来帮忙，老王头整天面对着阴暗的地下室，只有儿子或小孙子一天下来给他送三次饭，然后捏着鼻子把便桶倒掉。

老王头巴望着这样的苦闷日子快到头，巴望着赶紧住上自己的楼房，在明亮的阳台上支一把藤椅，喝着茶，看外面的风景。所以只要见到儿子，他就催促去小区看看，看那儿的高楼都建成什么样了。

转眼间，大半年过去了，正当老王头掰着手指头计算回迁的日期时，儿子却突然带回来一个坏消息：房地产公司盖的楼因为质量不合格，被勒令停工，准备接受处罚。至于什么时候开工，还没有准信儿。

老王头一下子懵了，人也骤然苍老了许多，他已经七十了，还能活几年？这楼要是十年不动工，难道自己就眼巴巴地一直等到进了坟墓？

从此，老王头每次见到儿子，他的第一句话就是："开工了吗？"儿子的回答却总是令他失望。到后来，王老头也不问了，只是用询问的眼光望着儿子，可儿子每次都是摇摇头。

这样的日子一直过去了一年多，终于有一天，老王头病倒了，躺在床上不吃不喝，问话也不答，儿子慌了，要去街上请医生,妻子拦住他:"到外面请医生不花钱?去老头的单位!他们那个福利厂不是有保健医生吗?"

儿子一想也对,忙颠颠跑到老爷子的单位,把情况一说,单位马上派一个医生赶来了。

那医生在地下室跟老王头诊治,儿子跑楼上去倒开水,刚拿了水杯水壶下来,就见医生从地下室出来了,他阴沉着脸,对儿子说了一句:"你家老爷子是有心病啊!"说完叹了口气,摇摇头就走。

儿子的心别的就是一跳,忙赶过去追问:"大夫,我爸究竟有啥心病?"医生看了看他,说:"亏你还是他的儿子,啥心病你都不知道,我咋清楚?"

儿子听了直挠脑袋,猛然明白过来:肯定是为了房子的事!

下午,儿子果然带回来一个好消息:经过住户们的交涉,房屋开发公司决定认罚,而且承诺马上开工。

这个消息像一剂强心针,让老王头的精神头又慢慢恢复过来,当天晚上还喝了一碗稀粥。

这以后,儿子隔三岔五就带来好消息,不是楼房又起了几层几层,就是有的住户已经准备购置家具了,只是他们这一栋还没完工,不能搬回去。

开始,老王头挺高兴,还同儿子商量着搬回去以后添几件家具,买把新藤椅。可是几个月后,这招也不灵了,老王头的病情又加重了,这次,别说吃喝,连眼睛都不睁一下了。不管儿子在旁边说什么,他都不答腔。

儿子只好又叫来了医生,医生撩起眼皮看了看,说:"准备后事吧!"

第三天晚上老王头就死了,到死也没有住进属于他自己的新房子。

王老头死后,儿子一家都不愿意去地下室。直到福利厂的工会来了人,儿子陪他们去整理老王头的遗物。理着理着,忽然一个工会干部叫起来:枕头下怎么有公交车票?

儿子一惊,凑近一看,可不是!老王头的床头果真有几张公交车票!一看那车票,正是通向拆迁的春城小区的。儿子呆住了,这么说,老爷子早已经回过那个地方了,而且还不止一次!老天!他一个腿脚不灵便的老人,又卧床好几个月,是如何一步步挪到一里开外的汽车站的?又是什么时候回去的?

儿子顿时羞愧得无地自容,浑身燥热,因为他清楚得很,那个小区的房子早就如期完工了,但是,因为妻子不想让一个脏老头死在将来会属于自己的新房里,所以便编了个谎话,让他瞒着老王头,悄悄把那房子租了出去……

(本篇月月评短信代码:0307)

(**题图、插图**:魏忠善)

·中国新传说·

□ 张东兴

租树坑

有个人叫老关,在机关工作了一辈子,退休后回到故乡。他没啥兴趣爱好,在家呆久了,觉得闷得慌,就找到本家侄子,要替他到后山栽树。

到底是自家侄子,很爽快地答应了。老关兴致勃勃地扛着铁锹进了后山,一直到太阳正午才下来。侄子问栽了几棵,老关说:"一棵也没栽。"

"那您一上午在山上干啥来?"

老关说:"找树坑啊。"

原来他年年陪领导在摄像机镜头前栽树,都是往现成的树坑里扔两锹土。现在镜头没有了,连坑也找不着。

这事很快传了出去,正巧村里刚卖掉不少大树,留下许多树坑。于是村里人就和老关开玩笑:"听说您到处找树坑,俺那儿有俩。"

一个人这样说,两个人这样说,说来说去老关的脸上挂不住了。他一生气,心说龙是龙鳖是鳖,喇叭是铜锅是铁,我再怎么着,也得比你们高明一点儿。于是谁再问,他就说:"是啊,把你那俩坑租给我吧,为期一年,租金两块。"

村民们再穷,倒也不在乎这两块钱。可是大家想不透他租树坑干什么。栽树苗吗?一棵树苗还卖不到两块呢。养鱼这坑也太小了点儿,再说还漏水。于是大家都租给他,看他用来干什么。

老关租下坑，既不养鱼，也不种树，只是从山上割了些荆棘撂在坑旁，不让人畜靠近，别的什么都没干。他自己还是一天三晌端着茶杯坐在树下，唠嗑下棋。

一年过后，坑壁上截断的树根发出了一些枝条，抽出一些嫩叶，其他什么也没变。这些枝条连五毛钱都不值。眼看租期将完，村民们的好奇心越来越大，全方位盯着老关的一举一动。可是老关还是一天三晌端着茶杯坐在树下，唠嗑下棋，没什么异常举动。

终于从菜贩小坤那里传来了消息，老关开始行动！他要小坤每天从城里卖菜回来，先到他那儿领一块钱。

于是村民们就候在门外，等小坤出来打听老关都问了些什么。小坤说老关什么也没问，就看了看他，给他一块钱让他走人。

第二天如此，第三天如此，第四天还如此。第五天老关给了他一块钱，还多了一句话："明天你不用来了。"

然后老关让侄子拉开荆棘，把每个坑里的枝条全部割下，立刻拉到城里东风路74号门前吆喝，少三千不卖。

这玩意儿也能卖？还指定地点，规定价钱？有两个小伙子止不住好奇，跟着去了。

结果连去带来，也就两个小时，据那两个同去的小伙子说，东风路74号是市绿化管理处，他们到那儿吆喝没十分钟，里面的人就跑出来，三千块价也没还就全要了。

村民们一算，租这百来个树坑，连上给小坤的五块钱，也还不到二百五，乖乖，净赚了两千七！咱们一家人披星戴月累死累活干两年也就挣这些钱呢。

于是大家蜂拥找老关，问他葫芦里到底卖的什么药。老关笑笑说："每年四月份上级都要来检查绿化情况，可是大树新栽，就算活了，最早也得五月份才发芽。这些枝条呀，是专门卖给他们钉在树上迎接检查的。"

村民们听得一愣一愣的，还有这事？他们又问："可是你怎么知道上级哪天来？"

"春江水暖鸭先知，上级要来清洁工先知，他们一定会提前两天打扫卫生，净水洒街。咱们小坤每天进城卖菜，我只需看看小坤身上灰尘多少，就知道上级要不要来。"

村民们终于服了，老关就是高呀！

这下，老关成了红人，村里厂里争着聘他，最后让镇里给抢去了。抢去干什么？专门对付官僚呗。

(本篇月月评短信代码：0308)

(题图：张 恢)

中国新传说

想抱就抱

□ 徐 洋

光大文化公司有个职员叫何书祥，小伙子近一段时间面黄肌瘦，眼窝深陷，整天唉声叹气，人们以为他得了大病，劝他去医院查一下，他只是摇头说："我这是心病！"

跟他一个单位的同学小东看在眼里急在心上，就请何书祥去喝酒。待酒醉八成的时候，何书祥眼泪在眼眶里直转悠，他想说什么，可试了几下又没说出来。小东知道他心里有事儿，就说："怎么？你还信不过我？有什么大不了的事儿，杀头不过碗大个疤，男子汉大丈夫看你那熊样！"

何书祥额角上的青筋一暴一暴的，他喝了几口酒，说："不瞒你说老同学，我什么毛病也没有，我就是看上一个人。"小东一听哈哈一笑："天底下就数人多了，看上就追呀！你说说是谁吧？"

何书祥说："外联部主管吴晓娟。"

"嘿！"小东一听，跳了起来，"你可够毒的呀！人家是从加拿大回来的留学生，又是倾城倾国的大美人儿，会讲好几国外语，外国追求者还有一大堆，跟咱们这样的人隔着十万八千里呢，亏你也真敢想！"

何书祥说："我知道我这是剃头挑子一头热，有好几次我在公司门口等她，她从车里出来连看都没看我一

·大千世界 众生百相·

眼,我也没奢望和她谈婚论嫁,我只是有一个小愿望,要是能实现,我也就心满意足了!"

小东问:"什么愿望?说出来我听听。"

何书祥说:"我……我就是想抱她一下,亲她一口,我知道这念头很非分,可我也控制不了自己!"

小东抱住脑袋:"好我的祖宗,你能不能实际点儿?你想想,人家连看都不看你一眼,还能让你抱,让你……?不告你个性骚扰就抓你个调戏异性,我们这是法制社会你弄明白点儿!"

可不管小东怎么开导,何书祥就是不开窍,一杯一杯地喝闷酒。

小东看他难受,灵机一动:"咱们公司的策划部主任王总是北京大学的高才生,又是留过洋的博士,人家读的书多见识也广,满脑袋点子,我看我们去他那里咨询一下,说不准有什么好法子呢!"

何书祥此时苦恼异常,也只能依着小东了。

他们俩连夜赶往王总家,王总正在看电视,见他们这么晚了醉醺醺的上门来,以为出了什么大事,等到一听是因为那么件荒唐事,他先哈哈一笑,然后拍拍脑门儿说:"这不算个难事儿吧,我来帮你这个忙!"

何书祥二人一听这话,高兴得恨不得亲王总一口。王总起身在地上走了几个来回,又到案前翻了一下日历,对何书祥说:"这样吧,今天是10号,你13号晚上来我家吃饭,我把吴晓娟也请来,到时候让你既能拥抱她,又能亲到她,好不好?"

何书祥疑惑地问:"我……我得带多少钱?"王总摆摆手,说:"一个钱不要。"何书祥又问:"那,她不会把我告到法院吧?"王总说:"不会,绝对不会,你放心好了。"

能有这怪事儿?何书祥和小东都不相信,心里直犯嘀咕。可王总的口气很硬:"你们回去该干什么干什么,这事包在我身上,不过往后可得好好工作和生活,不能再有别的什么想法了。"

何书祥举起双手作了保证。

到了13号这一天,何书祥专门去美容院做了美容,还穿了一套笔管条直的西服,临出门他把家里值钱的东西都带在身上,他想,如果今晚人家报了案,我就直接进公安局了,估计一年半载是回不来的。他的同学小东也出于好奇,陪何书祥一起来到王总家。

王总家有一桌便饭在等着他们,不多时吴晓娟也带着一股春风来了。她到来之前,王总和何书祥说好:"待会儿吃完饭你和吴晓娟并排坐那儿看电视,等时机成熟了,我就拍你的肩膀,我只要一拍你,你就跳起来扑上

· 中国新传说 ·

去,抱她亲她都可以!"

何书祥心里打着小鼓,好像在梦中一样。晚饭之后,按照王总的布置,几个人坐成一排看起电视来,何书祥与吴晓娟并排坐着,他的心都快跳出来了。

看着看着,王总给何书祥使了个眼色,示意他做好准备。不多时,王总一掌拍到何书祥肩上,何书祥刚要转身,一边的吴晓娟动作却比他还快,跳起来紧紧抱住了何书祥,还在他脸上亲了一口!何书祥也美美地在吴晓娟脸上亲了一口,他的愿望实现了!与此同时,全屋的人都站了起来,叫着,跳着,相互拥抱,一片欢呼。

何书祥怎么也不敢相信这是真的,但这确实是真的!因为这是2001年7月13日,在这一天,中国北京申奥成功了!

(本篇月月评短信代码:0309)

(题图:张 恢)

"80万元读者大奖"活动之 1
"掌上灵通杯"《故事会》优秀作品月月评

《故事会》与上海掌上灵通咨询有限公司联合举办"掌上灵通杯"《故事会》优秀作品月月评活动,全年共设价值48万元的奖金和奖品。参加方式如下:

1. 请选出本期你最喜欢的一篇作品,将其篇尾的月月评短信代码(如0201,没有短信代码的作品不参加评选)发送到200056(中国移动)或900056(中国联通)。每次限选一篇,可多次投票。

2. 凡选中获奖作品前三名的读者均可参加抽奖。每期共设:一等奖3名,奖金各500元;二等奖10名,奖金各300元;三等奖20名,奖金各100元;阅读奖500名,各获价值15元的纪念品一份。所有参与读者将另获赠精彩梦网信息服务。

3. 另设读者参与奖:从参与上半年全部12期投票的读者中抽取20名幸运者,各获奖金2200元;从参与一年全部24期投票的读者中抽出20名幸运者,各获奖金5000元。

4. 2004年第一季度投票短信免费,第二季度起收发每条短信收取0.10元。

5. 本期活动截止期为:2月5日。得奖读者在评选结果揭晓后将得到短信通知。

另两项活动见P51、P59。

自由是做法律所许可的一切事情的权利。 ——孟德斯鸠

·中国新传说·

空钱包里有什么

□林贤安

王润东大学毕业后,留在大城市当上了一名报社记者。没多久,他就和一个师范学院来的实习生谈起了恋爱。这个实习生叫林盈,是个又漂亮、又现代的本地女孩子。

王润东怕林盈嫌自己是外地人,又没什么钱,所以平时对林盈百依百顺,约会时又吃西餐,又看电影,花起钱来眼也不眨,隔三岔五还要送些香水口红之类的小礼物。这样做的效果当然不错,林盈对王润东一天比一天亲密。

两个人的感情节节高涨,可王润东兜里的钱包却一天天瘪了下去。本来嘛,刚工作的大学生,工资就不高,付掉房租饭费,身边的钱就所剩无几了,哪里还经得起这样挥霍呢。他不好意思向农村的父母伸手要钱,再说,家里也根本拿不出钱来。

这个月还没过完,王润东的兜里只剩下可怜巴巴的一张十元纸币了,可社里后天才发工资呢。"哎!谁叫自己花钱眼也不眨一眨呢!但愿能熬过明天!"王润东只有暗暗祈祷。

第二天,社里派王润东和林盈一起采访一宗三轮车夫溺水身亡案件。

到中午吃饭的时候,林盈拉拉王润东的手,说:"我知道离这不远有家叫'云天楼'的酒店,店里的烤鸭味道很鲜美,我带你去好吗?"

"可……"王润东看着林盈央求的眼神,结巴了一阵,终究还是吐出

·中国新传说·

了两个字——"好吧。"他挺后悔当初林盈提出两人之间消费实行AA制时,怎么就打肿脸充胖子,没答应呢。

走了十多分钟,王润东远远地望见了"云天楼"三个金灿灿的大字。饭店看上去非常气派,气派得王润东双腿有点发软。别说钱包里的十元钱,就是一百元,进了这地方,还不是只有塞牙缝的分。想到这,他停了步,踌躇地说:"可能天气太热,我忽然没一点胃口了。你看我满头大汗呢。我们改天去吃烤鸭好吗?"

"没关系啦,云天楼里有空调,坐一会儿就舒服了。都近在眼前了,不进去太可惜了。"说完,林盈咯咯笑着,牵了王润东的手,穿过云天楼的实心雕花木门,上了二楼餐厅。餐厅里面富丽堂皇,装潢讲究得不得了,服务生又是倒茶,又是递面巾,王润东心慌得厉害,可已经骑虎难下,只得走一步算一步了。

林盈笑盈盈地叫来服务生,便开始点菜。除了烤鸭,还另外点了几味小菜,要了扎鲜果汁。

"你想喝点什么?"她问。

"随便吧。你替我做主好了,我先去趟洗手间。"王润东大步走向了洗手间,他不是内急,而是心急。一进门,他就掏出手机,想找人送点钱帮他应急。可是他猛地想起手机昨天就欠费停机了,这下连最后一线希望都泡汤了,等鸭子烤熟,他王润东也该下油锅开炸了。

"这回死定了!"他耷拉着脑袋回到了座位上。

没多少工夫,一桌丰盛的大餐便上了席。林盈立刻开吃,王润东哪里吃得下,只是装个样子。一个小时后,林盈吃得差不离了,用餐巾擦擦嘴唇,向侍应生招手,示意结账。

王润东习惯性地从裤兜里摸出了钱包。虽然开着空调,他额头上却汗珠密布,嘴角蠕动着:"林盈,我……我……"偏又一个字也接不下去。不过,这样的尴尬仅持续了几秒钟。因为他突然发现,钱包里分明多了两张百元面额的纸币。他惊讶不已,瞅了瞅对面一脸坏笑的林盈,终于有些个明白了,讪笑着清了账。

走出云天楼,林盈半依在王润东身上,柔声道:"你上午在拍照的时候,钱包掉出口袋,我捡起来看了看,才发现你手头拮据。所以,我偷偷放了两百元进去,故意叫你带我来云天楼,让你受一次教训。以后别为我乱花钱了,我们AA制分摊好吗?喜欢一个人,重要的不是钱,而是他的情!我懂你的心,这就够了……"

王润东紧紧拥住了她的肩,心里有许多话想说,可就是开不出口来……

(本篇月月评短信代码:0310)

(题图:张 恢)

36 让我们彼此相爱,但莫使爱成为束缚。 ——吉普林

·海外故事·

鱼竿

□ 建霖

克拉克先生酷爱钓鱼，每个星期天都会到离家很远的一个湖去过过瘾。

这个星期天，克拉克像往常一样来到了湖边，把他那根价格昂贵的钓竿甩上湖面，又打开一罐啤酒，悠悠然地钓起鱼来。

以往这个小湖泊很少有人来，可今天，对面却多了一个男孩，十五六岁的样子，只见他拿出一根普通钓竿，动作熟练地把钓线甩进湖中。男孩发现了克拉克，顽皮地朝他做了个鬼脸，好像是在向他挑战。克拉克也向对面攥了攥拳头，表示应战，他根本没把这小男孩放在眼里。

时间一分钟一分钟地过去了，克拉克忽然发现情况不对。今天这湖里的鱼好像故意跟他过不去，很长时间也没有咬钩的，好不容易钓上来一条，大小竟然连中指都不到，这可是他钓鱼史上从没有过的纪录！再看对面，却又是另一番景象，那孩子就像是施了魔法，不一会儿，一磅左右的鱼就钓上了七八条，更可气的是，他钓到巴掌大的小鱼竟然不要，冲着克拉克笑笑就又扔回湖中。

快到中午了，克拉克收获寥寥，那孩子大获全胜。克拉克收了竿，喘了几口粗气，然后朝着对面大叫道："小子，等吃完午饭我们再来……"

男孩笑了笑，打了一个OK的手势。克拉克拿出带来的三明治，吃了

· 海外故事 ·

起来，一回头，他发现对面那孩子不见了，可能回家去吃饭。克拉克忽地上心头，他来到对面那孩子钓鱼的地方，找来很多石块，拼命抛进湖水里，然后乐呵呵地跑回了自己的窝。很快，男孩回来了，比赛继续进行。克拉克的诡计果然生效了，那个男孩再没能钓上一条鱼，而克拉克频频抬竿，不一会鱼篓里就满了。克拉克高兴坏了，干脆卷起裤腿，走进冰冷的湖水，希望钓到更大的鱼。

克拉克正钓到兴头上，突然感到两条腿钻心地痛了起来，他知道这是因为长时间泡在冷水中的缘故。他想赶紧上岸，可是腿已经不听使唤了，就连身体好像也无法支撑，就要跌倒了。他赶紧抛开钓竿，用两只手保持着平衡，并大声呼救。对面的孩子奔了过来，不过，他并没有马上搭救克拉克，而是站在岸边笑着说："喂！你说，你刚才做了什么亏心事？"

克拉克还想嘴硬："我……我能做什么亏心事？我的技术就是……就是比你好！"

"那好吧！你在这里继续玩，我可要回家了！"说完，男孩扭头就走。

"等等……我，我刚才在你那边投了石头，我作弊了，快救救我……"

男孩这才走了过来："拿起你的鱼竿，把它伸过来！"

克拉克赶紧抓过了漂在身边的鱼竿，伸向了岸上。男孩向后退了两步，然后"刷"地甩出了自己的鱼竿，鱼线正好缠住了克拉克的鱼竿，就这样克拉克借着男孩的力量缓缓上了岸。

男孩扒下了克拉克的鞋子，然后抓住他的双脚使劲向上推着。

"啊……"克拉克大叫了一声，"谢谢你！孩子。好吧，你说你想要什么？我都会答应你！"

"真的？那我让你再跳到湖里去，好吗？"男孩抬头说道，看着克拉克傻愣在那里，就忍不住大笑起来。

克拉克也笑了，问："你这手是跟谁学的？""我爸爸。是他教我的！""哦！那我想他一定是个很了不起的人！""可他就要去坐牢了！"

克拉克吃惊地问："为什么？他犯了什么罪？"

男孩告诉克拉克，他的爸爸叫库克，在一家私人公司任职，他任劳任怨地干了很多年，可从来没有加过薪水。他的家庭负担很重，背了很多债务，然而老板对此漠不关心。最后，他爸爸被逼无奈，出卖了公司的一个商业秘密。这事被查了出来，老板要起诉他，如果是这样的话，那么他爸爸这辈子就算完了。

说到这里，男孩拿起两根缠绕在一起的鱼竿："其实我爸爸就像是刚才的您，他作弊了，可他的老板没有给他鱼竿！"

克拉克问："孩子！你在哪里

住?""离这里不远。您想到我家里坐坐吗?"

"不,不,我还有很重要的事要去办。"克拉克站起来,抓住男孩的肩膀,"我向你保证,你爸爸不会被开除,更不会被起诉,他会像以往一样的工作。"说完,克拉克收拾了一下,上车准备离开。当他的汽车开出去不远,那孩子在后面大叫:"您还不知道我爸爸在哪一家公司……"

克拉克把头探出车窗:"你就放心吧,我一定说到做到!"

克拉克肯定能做到,因为库克正是他的职员。

第二天早晨,克拉克当着全体同事的面赦免了库克,并许诺给所有人加薪,他赢得了从未有过的热烈掌声。然后,克拉克把库克叫进了自己的办公室。

"我真不敢相信,老天!我会加倍努力的,谢谢你老板!"库克诚恳地说。

"这没什么,我只不过给了你一根鱼竿而已。这都是你儿子的功劳,你回去代我谢谢他!"

库克耸了耸肩膀:"好的,我会转告给他的。不过,老板,我儿子他……他刚刚满月呀!"

"什么?"克拉克愣了一下,"你是说……你儿子……老天!"

克拉克从椅子上蹿了起来,狠狠拍了一下桌子,边穿外套边说:"库克,听着,你去告诉外面的所有人,叫他们停止一切工作,帮我到湖边去找另外一个库克,我答应了那孩子,我答应了那孩子的……"

(本篇月月评短信代码:0311)

(题图: 箭 中)

《故事会》金栏目·中篇系列丛书出版

为庆祝《故事会》创刊40周年,本刊隆重推出"《故事会》金栏目·中篇系列丛书"。本丛书一套共6册,每册共收中篇故事8则。其中有描写官场权力之争的《秘访曲家屯》,有反映男女情爱的《妻子要跳交谊舞》,有与歹徒、罪犯展开殊死搏斗的《私人侦探第一案》,有为财富而拼得头破血流的《"黑色"人物在行动》,有展示人的道德、原则、气质的《高原守护神》,还有传奇色彩极浓的《政府大院养老虎》。所有作品故事性极强,具有鲜明的口头文学特点。

本丛书每册10元,一套(6册)共计60元;欢迎邮购,免收邮资。邮购地址:上海市市南绍兴路74号上海文艺出版社邮购部;邮编:200020;电话:021-64716466。

· 情感故事 ·

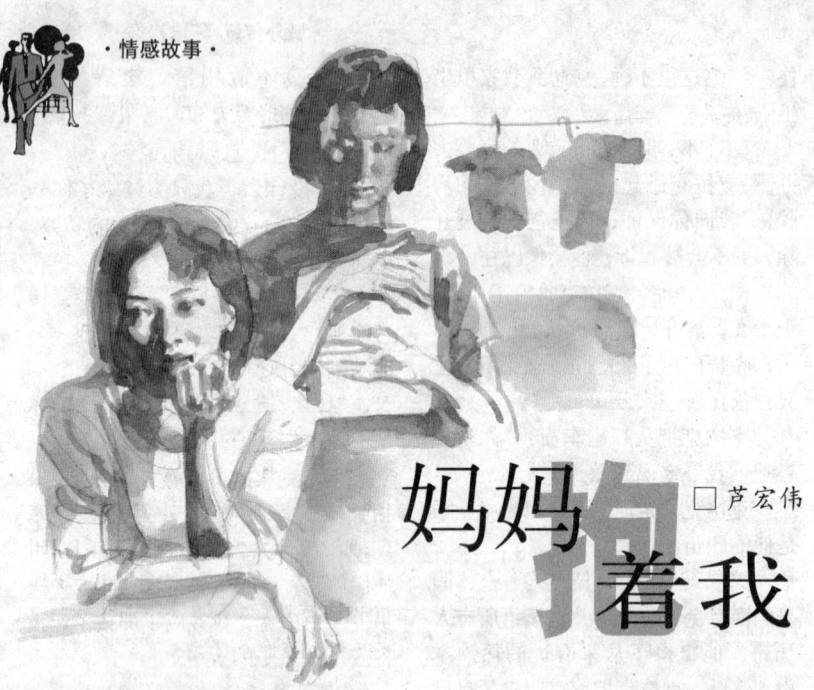

妈妈抱着我

□ 芦宏伟

我家住在美丽的海滨城市大连，独生爱女月珂去年考上广州一家艺术学院。她从小在家里娇生惯养，没出过远门，这次从中国东北跑到南方去读书，开始自己的独立生活，说实话，我和妻子还真有些放心不下。女儿哪里知道父母在担心她，春节的时候学校放假，竟然还不回家，跟几个同学去海南旅游了，说是家里冬天太冷。

转眼间，女儿已经大半年没见到父母了，我这个当爸爸的真是很牵挂女儿，多愁善感的妻子更是时常向我提到女儿。月珂也开始想妈妈了，打电话时总是撒娇地说"想妈妈"，当然为了使我这个当爸爸的心理平衡，她就带一句"也想爸爸"。我知道女儿跟她妈妈亲，自然也不会吃这个醋。

一天，家里收到女儿寄来的一个包裹，打开一看，竟是六件衬衣。妻子说，这是女儿没洗的衣服，寄到家里让妈妈帮她洗。我一听就火了，这孩子从小饭来张口，衣来伸手，在家里什么家务都不做，这也罢了，现在倒好，出去上学了，还不远千里地把衣服寄到家里来让妈妈洗。

可我妻子一句怨言也没有，亲手把女儿寄来的六件衬衣洗得干干净净，又一件件叠好，去邮局打包寄还给女儿。

春天不播种，夏天就不生长，秋天就不能收割，冬天就不能品尝。——海德过了一个多月,女儿又寄来了六件衬衣,说是穿脏了,要重新再洗。我这下有点哭笑不得了,孩子这么懒,以后可怎么办!妻子却还是乐呵呵的,特意凑一个不上班的星期天,一件件地用手搓洗,洗好后,再一件件挂起来晾干,然后系上扣子,叠得整整齐齐,去邮局给女儿寄去。

看着她们母女俩不嫌麻烦,我也懒得再说这件事,反正家里不在乎这俩钱,就让她们寄来寄去吧。

过段时间妻子出差了,要半个月才能回来,而家里又收到女儿寄来要洗的衬衣。如果等妻子回来,恐怕要耽误女儿穿了,怎么办?看来只有我这个大老爷们亲自出马了,咱也当一回好爸爸吧。

这种衬衣质地娇贵,不能用洗衣机,我只有轻轻揉。衬衣还有点掉色,要一件件分开来洗。结果,洗六件衬衣花了我大半天,累得腰酸背痛。

衬衣洗好晾干后,我草草叠在一起,想给女儿寄去,忽然记得妻子每次总是一件件系好扣子,折叠得规规矩矩的再打包,我这样弄得乱糟糟,说不定又要惹女儿不高兴,干脆好事做到底,就一件件系好扣子得了。六件衬衣呀,好几十个扣子呢,而且这种小女孩的衬衣扣子五花八门的,有些扣子还很小,我手指粗,扣起来特别麻烦。

我正扣得上火呢,姐姐和姐夫来我家串门。我见了救星,忙把系扣子的任务交给姐姐,自己跟姐夫下起了围棋。毕竟是女人心细,姐姐很快系好扣子,还帮我把衬衣叠整齐。第二天,我便去邮局把衣服寄给了女儿。

一个星期后的一个晚上,女儿打来电话,问起衬衣的事。我说上次的衬衣也是她妈妈洗的,心里还有一种做了好事不留名的得意,不过,说实话,我是有点不好意思。

"真的吗?"女儿在电话那头疑惑地问,"你让我妈妈接电话。"我只好说,妈妈不在家。

第二天晚上,女儿又打来电话找妈妈,我只得再编个谎话,说刚好妈妈又出门了。妻子在生物研究所工作,这次出差是去一个偏远的山区考察几种植物,条件很艰苦,还有一定危险性,我不想让女儿知道了担心。

女儿没再打电话,但很快用特快专递寄来三件衬衣,包裹的附言栏说有急用,让妈妈赶紧洗了寄过去。这回,我意识到了事态的严重性,如果任女儿这样发展下去,对她是溺爱,会害了她。我灵机一动,正好趁妻子不在家的时候教育一下女儿,当即用快件把衬衣寄了回去,还同时寄了一袋高档洗衣粉,包裹的附言栏写了三个字:自己洗!

寄出衬衣的第二天,妻子出差回来了。我说了给女儿寄衬衣的事,妻

· 情感故事 ·

子听了欲言又止,半天才幽幽地叹口气,说:"你哪里明白女儿的心思呀!"我有些不以为然,说:"月珂就是从小被你宠坏了……"

"你知道吗?"妻子告诉我说,"如果不是我亲手洗的衣服,月珂会知道的,因为我们母女间有个小秘密。以前她中学时就喜欢穿衬衣,我每次洗好衬衣叠起来的时候,总是把别的扣子都系上,唯独剩下右边袖口的扣子不系,我是让她写字时,可以卷起袖子,以免弄脏。现在我给她洗好衬衣,也是不系右边袖子扣的。"

哦,原来还有这些弯弯绕,女人家的心思真是细呀!

谁知没过几天,女儿忽然从学校回来了,面容很憔悴,吓了我跟妻子一跳,忙问她是不是发生了什么事情。女儿却一下扑到妈妈的怀里哭了起来,哭得我们莫名其妙。好一会儿,她才止住哭声,说:"妈妈,我知道上次的衣服不是你洗的,打电话来,你也总不在家。我以为你出了事,就特地坐飞机回来看你了!"

妻子的眼睛也是红红的,摸着女儿的头说:"傻孩子,妈妈能有什么事,前段时间妈妈出差了,刚回来不久。爸爸怕你担心,才没有告诉你。"我看着她们母女俩的样子,本来还生着女儿的气,这时一下冰消瓦解了。

女儿又扭过头对我说:"爸爸,你不会怪我寄衣服让妈妈洗吧?其实我并不是因为手懒,而是因为……"女儿说到这儿,又呜咽起来,"因为我好长时间没有见到妈妈,太想念妈妈了。如果身上穿着妈妈亲手给我洗的衣服,就会感觉妈妈在抱着我一样,感觉自己好幸福好幸福的!"

我不由鼻子一酸,脱口而出:"月珂,你下次还把衬衣寄回来吧,你妈妈会帮你洗的!"

说着,我们全家三口人紧紧抱在了一起。

(本篇月月评短信代码:0312)

(题图、插图:王申生)

·中国新传说·

智取卧铺

□ 程应峰

方正做推销员多年，练就了一身见机行事的好功夫。

这天，方正拎着两个沉甸甸的行李，好不容易挤上火车，不大一会，便觉得热汗涔涔，手臂酸麻。车厢里人满为患，热气腾腾，到终点站还有十多个小时，这份罪如何受得了？方正思谋着，得想个办法，见列车员席就在附近，他便靠了过去。

列车员正闲坐着没事，方正使出当推销员练就的本领，有一搭没一搭地同列车员搭上了话，国际国内，大事小事，侃得云里雾里，天花乱坠。列车员被他侃到兴头上，一改那副职业性的面孔，露出眉开眼笑、津津乐道的原形，无意间让方正知晓了列车长的名字。

方正对列车员说，我去方便一下，你帮我照看一下行李如何？列车员一口应承下来。

方正哪里是方便去了，他径直走向卧铺车厢，在车厢口，一个列车员叫住了他，问他干啥。方正说，我找列车长，然后漫不经心地说出了列车长的名字。

那列车员一听，以为他是列车长的熟人，忙说列车长正向部长汇报工作。

方正经列车员指点敲响了部长的休息间。"部长，您好！"推开房门，方正很自然地笑着说。休息间里只有两个人，一个穿制服，一个穿便装，方正一眼就看出谁是部长。部长对方正点了点头，示意他坐下。

部长、列车长都不认识方正。这一刹那，部长想，找列车长的吧？列车长想，他肯定是部长的下属。

不一会儿，列车长汇报完了，部长转向方正，和蔼地问："有什么事

·情感故事·

无法寄出的月饼

□ 廖 钧

国庆节前,市里召开宣判大会,要处决一批犯人。临刑的前一天,狱警老刘挨个去询问他们,明天早上想吃点什么?这是一种不成文的惯例,在即将告别人世之际,他们想吃什么,监狱将尽量满足他们。

每个人都提出了自己想要吃的东西,有的要海鲜,有的要山珍……除了一个流氓团伙老大想吃穿山甲,监狱不能考虑以外,别的都一一照办。

吗?"方正说:"我跟列车长说吧。"这下,列车长深信方正是部长的人了,便向部长告辞,陪着方正走了出来。

方正说自己的卧铺让给了一位朋友,问列车长能否弄一张票。列车长微微一笑,说,我去想办法吧!

不一会儿,卧铺票来了,方正补交了票款,道了谢,踏着轻快的步子向寄放行李的硬座车厢走去……

(本篇月月评短信代码:0313)

(题图:刘斌昆)

44 过去属于死神,未来属于你自己。——雪莱第二天早上8点钟，犯人们吃完了早餐，老刘带着文书挨个去询问他们：有没有什么话要留给亲人？前面五个都没有留下什么话，问到最后一个叫洪强的犯人时，他说："有。"

这个洪强是以故意杀人罪被判处死刑的。他所在的工厂老板拖欠工人工资有好几个月了，他和几个工友去找老板要钱。老板正在陪客人吃饭，他说："现在没钱！"十分不耐烦地挥手撵他们走。洪强问他："那你到底什么时候给？"老板说："什么时候有钱就什么时候给。"这话说了等于没说，洪强看看老板那副蛮不讲理的样子，又看看摆满一桌的名贵菜肴和酒水，真是气不打一处来，他上去一拍桌子，大声说道："你知不知道，我们连吃白饭咸菜的钱都没有了！你再不给钱，你今天这餐饭也别吃！"老板一听，霍地站了起来，用手指点着他的眉心说："好你个臭小子！你这话是什么意思？想造反吗？想杀人吗？"洪强被他激怒了，一把揪住了他，随手从桌上抄起一把餐刀来，刀尖直抵他的胸口："你以为我不敢吗？"老板拍着胸脯说："有种你就往这里捅！"事后据洪强交代，他当时只觉得脑袋嗡的一响，不知怎么的那把刀子就捅过去了……

文书拿起笔来要记录洪强的留言，洪强说："请你把纸和笔给我，我自己写。"文书把纸和笔给了他。老刘看到他拿笔的手在颤抖，字写得歪歪扭扭。写完了，他又拿出一盒包装精美的月饼来，这是他昨天要的早餐。他打开盒子，里面完整地摆着四块月饼，原来他一块也没有吃，他把写好的纸条放到月饼上面，盖上盒盖，从窗口递了出来："请你们把这盒月饼给我娘寄去。再过几天就是中秋了，我跟我娘说过，中秋节我要回去看她，给她带最好吃的月饼……"话还没有说完，两行泪水已从他的眼眶里冒了出来。

老刘接下了他的那盒月饼，感觉那月饼很沉，很沉，老刘对他说："你放心，我们会把月饼给你娘寄去的。"

随着警车呼啸，洪强去了另一个世界。但是老刘没有寄出那盒月饼，因为洪强娘已经不在人世了。洪强要求别把他杀人的事告诉他娘，但这是不可能的，法院按规定通知了他的家人，他娘知道这件事之后，当时就气晕了，送到医院就死了。为了减轻洪强离开人世前的痛苦，老刘一直没有把他娘的死讯告诉他。

老刘看惯了生离死别的悲剧，心肠硬了，从不落泪。但是那天，当警车鸣着凄厉的笛声驶离监狱的时候，他捧着那盒月饼，伤心落泪了……

月饼盒里，有洪强歪歪扭扭写着的一行字：娘，我很好……

(本篇月月评短信代码：0314)

(题图：王申生)

·外国文学故事鉴赏·

专业水平

□李唐 改编

银行家泰勒开着自己的私人飞机去赌城拉斯维加斯度假,飞机上还有两个人,一个是他的太太,另一个是他年轻貌美的女秘书海妮。

和很多有钱人一样,泰勒早就厌烦了自己的太太,悄悄和女秘书海妮打得火热,但是他不想和太太离婚,因为那样的话,就要赔一大笔钱。

不过太太真是个累赘,就拿这次去赌城度假来说吧,本来泰勒说好了只带海妮来,可是不知怎么被他太太知道了,吵着要一起来,这下可好,和海妮两个人共度周末的计划泡汤了。

泰勒正在想心事,突然,飞机发生了一阵剧烈的颠簸,后排的泰勒太太发出尖叫声。

泰勒一边查看仪表盘,一边恼怒地说:"见鬼!引擎熄火了,我们只能找个地方迫降。"

"迫降?"泰勒太太又尖叫起来,"这儿是山区,怎么迫降?那太可怕了,我们会受伤的!"

女秘书海妮在旁边冷冷地说:"泰勒太太,受伤总比跟飞机同归于

46 当你做成功一件事,千万不要等待着享受荣誉。——巴斯德

尽好!"

泰勒赞赏地对海妮点点头,吩咐海妮和太太系好安全带,然后看准下面一个山头上比较平坦的地面,让飞机俯冲下去。

一阵惊心动魄的震动和巨响以后,飞机终于停了下来。泰勒在心里默念着:谢天谢地,我还活着!他转了转脖子,感觉没有什么异样,这才小心翼翼地转过身来。

海妮没有受伤,但是泰勒太太痛苦地呻吟着,她的脚腕折断了。

泰勒和海妮一起把泰勒太太小心翼翼地抬下飞机,放到一处背风的地方,那儿的地面上积着很厚的松针,就像一张松软的大床,泰勒从飞机上取来一条毯子,盖在太太身上。海妮以前当过护士,她从机舱里找来一块布,飞快地替泰勒太太包扎好脚腕。泰勒太太咕哝了几句,不久就昏昏沉沉地睡着了。

泰勒和海妮一起往山顶走去,打算从那里看看下山的路。

快到山顶的时候,海妮轻轻靠在泰勒肩上,像是自言自语似的说:"我们……我们可以永远在一起,没有人会知道。"

"没有人会知道!"这句话从泰勒的耳朵钻进去,让他浑身一震,感觉心跳在加速。他站住身子,扭头问海妮:"你的意思是……"海妮笑了:"亲爱的,飞机迫降是很危险的,很多人会在飞机着陆的时候扭断脖子,如果我们做一下手脚,你太太就不会再来烦我们了。"泰勒的眼睛一亮,可是随即又摇了摇头,嘴里喃喃地说:"不能那样,不能那样……"

海妮的语气急促起来:"亲爱的,这是一个好机会!你除掉你的太太,然后我们可以幸福地生活在一起!如果你下不了手的话,我可以帮你动手,别忘了,我做过护士,我的专业水平可以让她毫无痛苦地死去……"

开始,泰勒还不答应,可是经不住海妮的反复劝说,他终于动心了。他们回到了他太太的身边,吃了点巧克力糖,就躺在山坡上过夜。这一晚,泰勒和海妮都有心事,几乎没有合眼,只有泰勒太太睡得像个死猪一样,还发出阵阵鼾声。

半夜,山上开始下雪。天亮的时候,整个山头都被白雪覆盖,温度也下降了很多。

泰勒对他太太说:"亲爱的,我这就下山,找人来救我们,海妮会在这里照顾你的。"说完,他朝海妮使了个眼色,一个人下山去了。

泰勒需要找一条下山的路,还要给海妮留下"行动"的时间。因为海妮告诉他,一具尸体在山上冻一夜,肯定是僵硬的,如果现在把泰勒太太干掉,她的尸体肯定是温暖的,非被警察看出破绽不可。所以海妮把泰勒

·外国文学故事鉴赏·

太太弄死以后,还必须把她的尸体在雪地里埋几个小时,那样才能让人相信。

所以,泰勒在山上慢悠悠地走着,在这样的大山里,要找到人烟,也不是一件容易的事。

果然,泰勒走了很久,连个人影也没有见到。渐渐的,泰勒也有点紧张起来,万一这是座荒山,方圆几百里都没有人的话,他们不是要活活困死在山上!

万幸的是,他翻过一座山头,突然听见远处有汽车的声音,泰勒顿时激动起来,朝声音的方向飞奔过去,绕过一片树林,一条盘山公路豁然出现在面前!

泰勒兴奋极了,他和海妮得救了。他情不自禁地跑到公路边,用力挥起手来。远处,一辆汽车朝他开来。正在这时,泰勒忽然想起,自己还要回去帮海妮伪装现场,现在可不能带着人上山!想到这儿,他连忙又缩回树林,躲了起来。

不一会儿,那辆车开到跟前,在路边停下了,上面下来两个人,东张西望,嘀咕着,显然他们在找刚才挥手拦车的人。

泰勒屏住呼吸,等他们重新上车开走以后,才顺原路回到了山上飞机着陆的地方。

一见到海妮,泰勒就迫不及待地问:"事情办好了吗?"

海妮微笑着说:"你放心,我可是专业水平,绝对看不出破绽,我只用

了一下,就扭断了她的脖子,现在她还埋在雪地里呢,我们去把她抬上飞机吧。"

泰勒和海妮把泰勒太太的尸体从雪地里挖出来,然后用一条毯子裹着,小心翼翼地抬上飞机,放到原来的座位上。

两个人刚把这些事做好,山路上就传来了说话的声音。

不久,一个警长带着两个警员来到了他们面前。警长告诉泰勒,刚才公路上被他拦下的那辆车的主人觉得事情很蹊跷,就报了警,他们才顺着山道找上来的。

"哦,哦,"泰勒竭力使自己镇定下来,一边把编好的词搬了出来,"飞机迫降的时候我的头撞到了机舱,刚才我一定是神志不清,不知道自己在干什么,我只记得自己迷了路,在山里乱转,然后,然后就回到这里来了。"

"这是常有的事儿,您放心,我们看一下现场吧。"

泰勒见自己的谎话瞒过了警长,十分得意,又领着警长来到飞机前,装出十分难过的样子说:"飞机迫降的时候发生了意外,我太太的脖子扭断了,当场就……真是太惨了!"

警长一点也没有怀疑,安慰了泰勒几句,让两个警员把泰勒、海妮送下了山,另外派人上山清理现场。

第二天一早,警长把泰勒请进了警察局。

泰勒一见到警长的神情,心里就别的一跳。果然,警长开门见山,冷冷地问道:"泰勒先生,到底是谁动手杀死了你太太,你还是海妮小姐?"

泰勒浑身一激灵,但还是强作镇定地问:"您说什么?我不懂您的意思。"

警长微微一笑:"泰勒先生,你们很聪明,但是任何人都难免犯错误,你们也是,你们犯了两个错误。"

"什么……错误?"泰勒喃喃地问。

"我们发现你太太的时候,她的衣服是湿的。你们忘了,她身上的雪花在室外摸起来是干的,可是一旦进了机舱这样温暖的地方,就会融化……"警长一边说,一边在观察泰勒的神情,"你们还犯了一个更致命的错误,海妮小姐以前做过护士吧?她给你太太的脚腕包扎得很有专业水平,可是,如果你的太太在飞机迫降的同时扭断了脖子和脚腕,你们还会给一个死人包扎脚腕吗?泰勒先生!"

泰勒只觉得脑袋里嗡的一下,头上的冷汗像小溪一样地淌了下来,嘴里恨恨地说:"专业水平!该死的专业水平……"

(本篇月月评短信代码:0315)

(**题图、插图**:箫 中)

点击网络故事

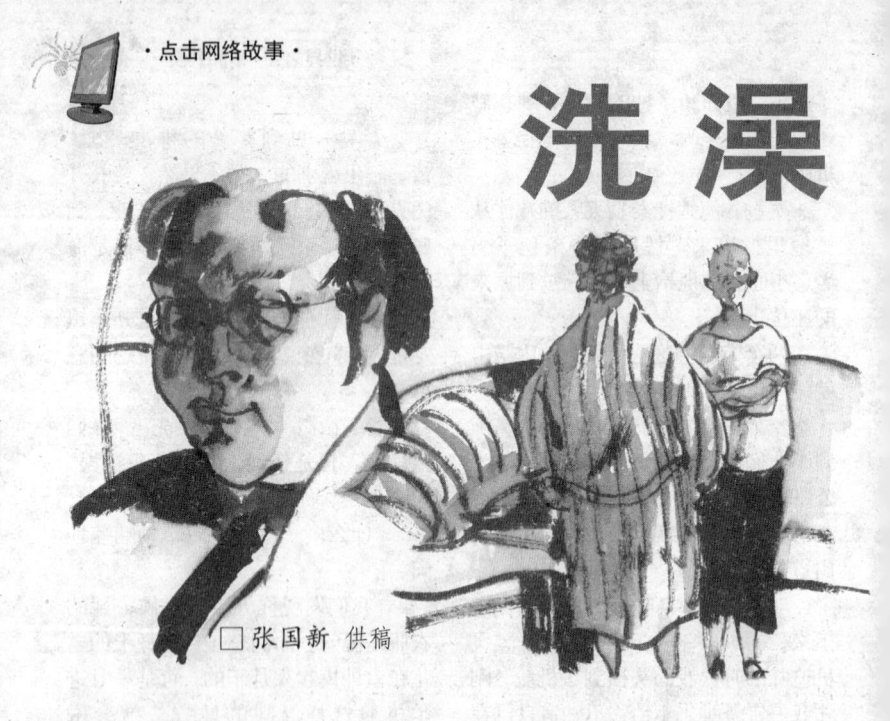

洗澡

□ 张国新 供稿

某电信部门的领导回到当年插队的地方看望老朋友,刚下车他就住进了镇里的一家招待所。经过一路的颠簸,领导身上汗渍渍的,想洗个热水澡,但招待所条件有限,只有一个公用的澡堂。

领导来到澡堂门口,被一名服务生拦住了:"先生,您要洗澡的话请先交15元的初装费,我们将会为您安装一只喷头。"

领导一愣,心想这招待所怎么这么宰人!但碍于身份,领导没有发作。他交了钱刚想进去,却又被服务生拦住:"先生,对不起,为了便于管理,我们的每只喷头都有编号,请您交10元的选号费,选好的号码只供您一人使用。"

领导有些生气,但还是交钱选了"8"号。服务生又说:"您选的是个吉利号码,按规定您还得交8元的特别号码附加费。"

"见鬼!"领导压了压火,说,"那我改成4号。4号不是吉利号码,总用不着交什么特别号码附加费了吧?"

服务生说:"4号是普通号码,当然不用交特别附加费,不过您得交5

"80万元读者大奖"活动之 2
2004年《故事会》"开门红"读者有奖阅读

"开门红"读者有奖阅读活动，具体规则如下：

1. 本刊将在2004年1月号上半月（红版）、下半月（绿版），2月号上半月（红版）、下半月（绿版）每期刊登一枚幸运标记，读者凡集齐这4枚幸运标记（复印无效），剪下后即可一起寄回本刊参加抽奖。

2. 本次活动共设奖金14万元，其中：一等奖50名，各获摩托罗拉手机一部（或奖金1000元）；二等奖100名，各获奖金600元；三等奖200名，各获价值100元的书籍；阅读奖1000名，各获《故事会》丛书2本。

另两项活动见P34、P59。

元改号费。"

领导无奈地摇摇头，心想真是世风日下啊！他满肚子不乐意地交了钱后，理直气壮地问："这下我可以进去洗澡了吧？"

服务生笑着说："当然可以，您请。"领导瞪了他一眼，踱着步往里走。服务生突然又补充说："对不起，我还得告诉您：由于4号喷头仅供您一人使用，所以不管您是否来洗澡，您每月还要交7元5角的月租费。此外您洗澡要按每10分钟3元的价格收费，每月交费的时间是20日之前，如果您逾期未交，还要交纳一定的滞纳金……"

"够了，够了，我不洗了！"领导气坏了，扭头就想走。

服务生问："您真的不洗了吗？"

领导声色俱厉地说："对！我永远也不在你们这里洗澡了！"

服务生微笑道："如果您不再使用4号喷头了，那您还得交9元8角的销号费，只有这样，您以后才不用向我们交纳任何费用了。"

领导大怒，和服务生大吵了起来。不一会儿，招待所的经理闻声赶来。领导一见经理来了，便高声嚷嚷着要投诉，要到别的浴室去洗澡。经理了解了事情的经过后，笑着对领导说："先生，对不起，也许您还不知道，就像你们电信行业一样，洗澡业在我们这里是垄断经营的，全镇只有我们一家……"

（本篇月月评短信代码：0316）

（题图：箭　中）

· 民间故事金库 ·

碰到的财富

□ 叶 子

洁娥和阿米是一对恩爱的夫妻，他们的家境虽然贫苦，但是生活却过得很快乐。邻居们常常称赞他们勤劳，友善。只有财主毛拉例外，因为他非常妒忌阿米有一个美丽能干的妻子。

冬天里的一天，阿米到树林里砍柴。他在树林中的一片空地上发现两只大西瓜。他摘了一只，抱回家去。他一路走，一路想：在我们这里，冬天里的西瓜是最宝贵的东西，我还是把它拿去卖给有钱人，换些粮食回来过冬吧。

阿米把大西瓜抱到毛拉家里。毛拉看见大西瓜，立刻买了下来。

毛拉问："你还有这样大的西瓜吗？"

阿米说："还有一个。"

毛拉一听，就有了坏主意，说："阿米，咱们来打个赌吧，如果你把另一只大西瓜也摘来给我，那么，我就把你的手在我家里最先碰到的东西送给你。但如果你没有把大西瓜送来，我就到你家去，你必须把我最先碰到的那样东西送给我！"

阿米想了想，同意了毛拉的建

52　在一切有困难的交涉中，不可希冀一边下种一边收割。　——培根议。他高高兴兴地走回家。他一边走，一边想：我把剩下的那只西瓜摘给毛拉，然后去碰他的马，以后出门就有马骑了。

阿米回到家里，把这件事告诉妻子。

妻子说："你还记得那只西瓜在哪里吗？"

"当然记得，就在树林左边的空地上。"

"那么你赶快去把它摘回来！不然，给别人摘走了，我们就要倒霉了！"

阿米莫名其妙地问："为什么会倒霉呢？我们这么穷，家里一件值钱的东西都没有啊！"

"我们虽然没有值钱的东西，可是，我呢？万一他用手碰了我一下，我不是就要被他带走吗？"妻子担心地说，"你要晓得他早就在打我的主意呀！"

阿米恍然大悟，急忙往树林里跑去。

哪知道他和妻子的谈话，都被毛拉派来的仆人听到了。

仆人赶在他前面，把大西瓜摘走了。所以，阿米来到空地时，大西瓜已经不见了！

阿米非常苦恼。他不敢马上回家，就在河边坐下，望着河水发呆。

忽然，河里传来"救命啊！救命啊！"的呼喊声。他往河里一看，发现河里有一个老人，眼看就要给水淹死了！

阿米不顾一切，立刻跳下河去，把老人救上岸来。

老人休息了一会，感激地对阿米说："如果没有你，我早就淹死了。真谢谢你啊！"

可阿米皱着眉头，没有回答。

老人关心地对阿米说："你好像有什么心事。你说出来，也许我能帮你。"

阿米把自己的苦恼告诉了老人。

老人听了，想了想，然后走到阿米身边，低声地对他说了几句话。

阿米一听，脸上立刻露出了笑容。他向老人道谢后，便赶紧回家，照着老人的话把事情准备好。

不久，毛拉得意洋洋地来到阿米家。他一看见阿米，就说："朋友，你还记得我们说过的话吗？"

"记得！记得！我家的哪样东西被你最先碰到，那样东西便是你的。你看！我还请了几个村民来做证人哩。"阿米指着门前几个村民，轻松地说。

毛拉在阿米屋里看了一会，什么东西也不去碰。

后来，他走到门外。突然，他听见屋顶有妇人的说话声。他抬头一望，发现阿米的妻子正坐在屋顶上和邻居打招呼呢！

毛拉高兴地叫道："快下来！洁

·民间故事金库·

娥!"

洁娥答道:"我还要干活呢!迟些才会下去。"

毛拉急着要去碰洁娥,他看见墙边靠着一架木梯,就把手放在背后,一级一级地登上梯子去。他登上第四级时,梯子忽然摇动起来。他心里一慌,连忙伸出双手抓住梯子。但是迟了,他连人带梯子一起倒了下来。

"哈!毛拉,"阿米大声喊道,"你已经碰到梯子了,请你把梯子带走吧!"

村民们跑过去,七手八脚地把毛拉扶起来,又把梯子抬上他的肩膀。

毛拉不敢拒绝,只好扛着梯子,垂头丧气地回家去。

村民们跟在背后,哈哈大笑:"聪明的毛拉赢得了一架梯子,现在他家有两架梯子啦!"

(本篇月月评短信代码:0317)

(题图:箭　中)

《解读〈故事会〉》

一本揭示 故事会 40年发展历程的传记

欢迎邮购　欢迎评说

亲爱的读者,为体现与时俱进、求实创新的办刊思想,本刊在《故事会》创刊40年之际,特推出《解读〈故事会〉:一本中国期刊的神话》一书。关于《故事会》这本杂志,你可能有过这样那样的疑问:为什么《故事会》能几十年长盛不衰?高考满分作文与读《故事会》有什么关系?为什么卖《故事会》杂志就能赚钱?办《故事会》的人是不是特别有智慧?为什么著名作家陈忠实说"《故事会》是一大奇迹,写小说的作家可以得到启示"……看完这本书,相信你会揭开所有的谜底。

《解读〈故事会〉》由上海社会科学院出版社出版,定价34元。欢迎读者邮购,邮费免收。汇款请寄上海市市南绍兴路74号《故事会》杂志社收,邮编:200020。同时也欢迎读者评头论足,本刊将在"小白信箱"中选登部分读者的来信。

·东方夜谈·

□ 叶敬之

请多关照

省城的近郊有个长岛村，本地人都到城里打工去了，村子里住着的多是些干体力活的外地人，做什么的都有，大家过着平平静静的生活。

有一天，村里忽然来了个中年人，西服的棱角如削铅笔的刀锋，皮鞋照得见人影，脸红红的，每一个毛孔都像要滴出油来。不用问，一看就知道是老板。这样的人，应当在城里住高档住宅楼的，可不知怎么回事，竟然在这个小村里住下了——当然，人家租的是一幢二层小楼，来来往往都是出租车。

跟这个老板一起来的，还有一位老太太，六七十岁年纪，穿什么且不论，单从人家耳朵上的耳环，手上的金戒指看，就知道是有福气的人。不过，她那脸上山芋垄一样的皱纹，粗大的手指关节，表明她也是从贫困中走出来的。

老板人很和气，见谁都笑嘻嘻的，递上一张名片，还像日本人那样点头哈腰地说："请多关照！"从名片上，人们知道这位老板姓郑，是一家建筑公司的经理。人们还从房东那里听说，跟郑老板一起进出的老太太是他的母亲，是由她那孝顺儿子带到省城里来见见世面的。

这母子俩的出现，打破了村子里

的宁静。

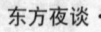

一个做钟点工的女人说:"嫁一个这样的丈夫,死了腿也伸得直直的!"这天回家,她就没给丈夫好脸色。

一个失业的说:"姓郑的一定非常有钱,我们有他百分之一的钱,这辈子就花不完了!"

一个扫大街的顺着他的话说:"那样,老子也能找个细皮嫩肉的老婆了!"

失业的话里有话地说:"想要钱还不容易?让郑老板松松腰包呗。"

这时,恰逢郑老板母子从出租车上下来,他们停止了说话,都把目光投射到这对母子身上,心情很复杂。

晚上,神差鬼使一样,做钟点工的、扫大街的、失业的三个人又聚到一起了。

做钟点工的说:"把郑老太太带走,让她儿子拿钱来赎。"

扫大街的说:"那可不行,弄不好要杀头的!"

失业的说:"你懂什么?我们又不把老太太杀了。"

做钟点工的说:"对,千万不能杀人。掉脑袋的事情不能干。"

绑架老太太是一件非常容易的事情。这天,瞅着她儿子一个人出门去了,失业的叫了一辆出租车,敲开了老太太的门,说:"大妈,郑老板叫我来接您出去吃午饭。"老太太没有半点疑心,跟着失业的就上了出租车。

他们把她关在一间养鱼人住过的简陋小屋里,失业的负责看管,做钟点工的和扫大街的去打电话联系郑老板。

他们按照郑老板名片上提供的电话,接通了郑老板。扫大街的捏着嗓子说:"郑老板,你的母亲在我们手里。你赶快准备10万块钱来赎。不准报警!否则,你母亲性命难保。"

要说人家郑老板,到底是见过大世面的,面对如此变故,竟然不急不慌,说:"哦,是这样!我准备交钱好了。到哪里交给你们?"

"你等我们的电话!"

"好,就这么说定了。请多关照!"

扫大街的放下电话,出了一手心汗。

第二天,他们又给郑老板打电话:"10万块钱准备好了没有?"

郑老板说:"我最近手头紧张,拿不出这么多钱,能不能缓一缓?"

扫大街的急了:"缓一缓?不行。你明天要是不拿钱来,就给你老妈收尸吧!"

"好,我找人借钱。请多关照。"郑老板说完,"咔"地放下电话,把扫大街的吓了一跳。

接连两天,都打不通郑老板的电话。直到第五天,他们才打通第三次电话。这次,他们决定动点真格的——找个僻静一点的电话亭,假如郑老板还推脱说没有钱,就由做钟点工的假装老太太嚎叫,好像老太太惨遭毒打似的。看你郑老板心痛不心痛!

电话打通了,扫大街的问明郑老板还没有钱,就说:"郑老板,看来非给你一点颜色瞧瞧不可了。你不是很孝顺你的母亲吗?你听见你母亲哭叫也不心疼?给我打!"说着,他使了个眼色,做钟点工的就学老太太的声音惨叫起来:"哎哟!打死我了!儿子,你快给他们钱吧!"一边叫,还一边拿巴掌打自己的大腿。

"怎么样?还不快送钱来!"扫大街的威胁道。

"请多关照,下手轻一点呀!"对方说完,"咔"地挂了电话。

三次打电话,三次落空,三个人沉不住气了。钱要不到,还有可能随时暴露。那天,两名警察骑自行车去钓鱼,经过这里,一个警察停下车子来撒尿,把他们吓得要死。幸亏老太太睡着了,不然叫喊起来还了得!这老太太简直就是一颗定时炸弹,不知什么时候爆炸了,把他们都炸得粉身碎骨!他们后悔起来。现在,他们觉得受一点穷不要紧,关键是心情轻松,担惊受怕真不是人过的日子。

他们决定把老太太送回出租屋,可是老太太竟然死活不愿意走,她说:"你们叫我儿子来接我,要不我不走。你们要是硬送我走,我就到处嚷嚷,说你们绑票!"

没有办法,他们只好给郑老板打第四次电话,提出让他来把老太太接回去,钱就不要了。

谁知,郑老板在电话那头嘿嘿一笑:"让我接回来?没那么容易。你们不是很喜欢她么?那你们就把她当妈好了。请多关照。拜拜!"

三个绑架的愣了,他们还头回听说把妈白送给人的呢。一打听,敢情这个郑老板正在追一个漂亮的女演员,那女演员嫌他有一个肮脏土气的母亲,一直跟他不即不离。他这次到乡下的目的,就是要把母亲"脱手"。如今终于"脱手"了,他高兴还来不及呢,怎么会把母亲给接回去!

这下做钟点工的、扫大街的、失业的没法子了,自己都养不活,怎么还能养个老太太呀。无可奈何之下,就到派出所自首。派出所也觉得这事新鲜,忙打电话跟郑老板联系,谁知郑老板的所有电话、手机都停了,人也下落不明。

警察也没办法了,对三个人说:"找不到他儿子,你们先取保候审,把老太太养活起来。等什么时候他儿子把她接回去了,你们再来听候审讯。不过老太太有个什么好歹,可要你们负责!"

啊!瞧这仨倒霉蛋!

(本篇月月评短信代码:0318)

(题图:刘斌昆)

· 情节 ABC ·

借碗头

□ 邵 健

这是六十年代的事情了。当时,我才十八岁,我二弟十六,都是血气方刚的小伙子。

一个中秋节前的日子,表弟来看我母亲。中午我们招待他吃饭。那时候乡下真叫穷,啥东西也没有。母亲在家里张罗了半天,也就是弄了一刀韭菜,配着两个鸡蛋炒了一碗菜,还有一个烧茄子,一碗腌酱豆。俗话说"三个菜,当鳖待",三个菜招待客人是不礼貌的,何况是自己的娘家侄呢?再说桌上总不能不见荤腥吧?

穷有穷的办法。母亲就按乡里的习惯,到邻居家去借碗头。啥叫碗头?现在的年轻人都不懂。那时候穷,做荤菜做不起满碗满盘的,就以素菜为主,做上一大碗,上面盖几块肉片,端出去当作一碗荤菜招待客人。用来盖素菜的那几块肉片就是碗头,客人一般是不能吃的,只能看看。主家端上来表示礼节,待客人走后自己也舍不得吃,挟出来浸放在油罐里,准备下次再来客人时用。我们家连碗头也没有,可以想见家里穷到啥样。母亲炒了一碗粉丝后,就到邻居家借碗头,回来盖在了粉丝上。临端上桌之前,母亲一再交待我们兄弟俩,说再馋也不能动人家的碗头,这个碗头总共有6片肥肉,少一块都不好看,吃了就还不起了。我们听了连连点头,表示知道了。

但是表弟不懂这个规矩,或者说是懂这个规矩,但是控制不住自己。

不幸是一所最好的大学。——别林斯基

·花开三枝　健思益智·

因为先前吃了好长时间他也没动一块碗头。吃饭的时候，我们三个人的眼光一直没离开过碗头那几块肥肉片，目光相撞后赶紧移开，都感到很不自在。我想，这样下去也太那个了，吃不吃劝一下也算是尽了礼数吧。于是，我和二弟就拼命让表弟，意想不到的事情发生了，可能是表弟太年轻的缘故，经不起碗头那几块肥肉片的诱惑，在我们又一次相让之后，他终于犹犹豫豫地伸出筷子，夹起碗头的一块肉片！我的心里发毛了，赶紧把目光投向站在一旁的母亲。母亲冲我偷偷地摆了摆手，大声地咳嗽起来。我明白了，不敢再劝表弟吃肉了。然而二弟不懂事，看着表弟狼吞虎咽的样子，口水都流了出来。还没等表弟吃完，就迫不及待地问："香吗？"表弟嘴里含着没咽下的肥肉片，呜呜哝哝地说："香，香。"母亲狠狠地瞪了二弟一眼。二弟没有发觉，继续说道："好吃就再吃吧。"表弟连连点头："好，好。"一边说，一边把筷子又伸向了一片肥肉。

母亲几乎发怒了，大喝一声："老二！"二弟闻声回过头来，这才看到了母亲那刀子一样剜着的目光，二弟吓得不敢再出声。这当儿，表弟已经把第二片肥肉吞进了肚里。我和二弟互相看了看，眼睛里几乎要喷出火来，心想，自己要是能尝一尝碗头的滋味该多好啊。可是，只剩下4块碗头肉了，已经不够还人家了，我们怎么敢动它一指头呢？

请问，这一天我和弟弟怎么样了？
A.我们被妈妈狠狠责骂了一顿（短信代码BA）　B.我们也吃到了肉（短信代码：BB）　C.我们被爸爸打了一顿（短信代码：BC）　　　（题图：箭　中）

"80万元读者大奖"活动之3
猜情节，赢奖品

　　开动脑筋，猜想正确的情节！请选择你认为正确的情节发展，将其短信代码发送到200056（中国移动）或900056（中国联通）。我们将在本月下半月的刊物上刊登这个故事的结尾，并从竞猜正确的读者中抽取优胜奖20名，赠送价值100元的纪念品；从参加竞猜的全部读者中抽取参与奖500名，赠送价值10元的纪念品。所有参与读者将另获赠精彩梦网信息服务。本期活动截止期2月5日。

　　参加全年情节ABC活动，并猜对全部情节的3名读者更将获得特等奖彩信手机一部！

　　得奖读者在评选结果揭晓后将得到短信通知。本活动第一季度收发短信免费，第二季度起收发每条短信收取0.10元。

谈古说今

一块铜板断终身

□ 张国华

北宋年间,安徽定远县举子、冯家布庄的二少爷冯子简赴京赶考,一举高中黄榜,自是喜不自禁,连忙打发人回老家定远报喜。

可是按照当时的制度,举子高中黄榜,不是马上就可以上任去当官的,需要等朝廷大员或者上一级官员的保举推荐,才有机会得到官职。所以有那么句老话叫作"朝中有人好做官"。

这冯子简虽是高中黄榜,却因一时无人举荐,只得住在旅馆中候补。一晃半年过去了,手中所余盘缠已不多,心中十分焦急。

这日,冯子简与几位候补的举子在一茶肆喝茶闲聊,大家是同病相怜,只恨自己当初投错了胎,落得个朝中无人,还不知要候补到何年何月。

这时,忽有一举子对冯子简说:"年兄是定远县人,听说现任开封府尹、龙图阁大学士包拯包大人也是举

·前事不忘 后事之师·

子出身,十年前首任定远县令,也算和年兄是半个老乡,年兄何不投他老人家门下,求他举荐?"

冯子简听了,一拍大腿:"我怎么没想到这一茬!"

他回到旅馆,兴奋得一夜没睡着觉,第二天一大早,就带上礼品,赶到包府门前,递上礼单和名刺,等候接见。

谁知等了许久,包府家人出来说:"大人说了,不见!"

冯子简也不敢说什么,只得蔫蔫地回去。回到旅馆,他躺在床上怎么也想不明白:都说这包大人平易近人,清正廉洁,为什么不愿见我呢?我在京城举目无亲,唯有这一条路可走,所以走不通也得走!莫非包大人是嫌礼物太轻?于是他倾囊置办了丰厚的礼物,第二天天不亮就再次来到包府门前,递上名刺和礼单,等候接见。谁知包大人让家人传出话来,还是不见。

回到旅馆,冯子简就挠开了头:也许包大人真的讨厌我送礼?若是这样,那只有换种方法,我用诚心来感动他。于是,第二天天不亮,冯子简什么礼物也没带,只身来到包府门侧跪下求见,可直到晚上,也不见动静。冯子简把心一横,决心不见包大人就不起来。

第二天早晨,家人出来扫地,见冯子简还跪在那儿,就叹了口气,对他说:"你与我家老爷可有什么过节?"

冯子简说:"没有,你家老爷在定远当县令时,学生还是个十几岁的娃娃。家父是个商人,也从未与官府发生过瓜葛。"

家人说:"那就怪了,我家老爷向来是不拒见读书人的,那日先是并没说不见你,可是看了你的名刺后,我家老爷好像想起了什么,就有些生气,所以说不见。"

冯子简想了半天,也没想出个所以然来,就继续跪在那里求见。

当日下午,忽然天降大雨,但冯子简依然跪在那里纹丝不动。不一会儿,包府家人跑了出来,递给他一个东西,说:"我家老爷说了,你就是跪到明年这个时候也不见,但念你是定远来人这一点,送你几个字,好好琢磨去吧!"

冯子简一看,家人递来的是自己的名刺,翻过来,只见背面写道:"劝尔莫做官,只因尔太贪,小小十几岁,匿钱心何安,如若掌州县,岂非尽子简。与其贪赃死,不若布衣安!——记得十年前尔家布店中'黑老头'乎?"

冯子简冒着大雨,一边看,一边想,这才记起一件往事。

大约是十年前的一天,冯子简还是个十几岁的孩子,在自家布店中玩耍。冯家布店是定远县城最大的布

谈古说今

店,所以是顾客盈门生意兴隆。这时,有一买布老者在掏钱买布时,不小心掉了一枚铜板,那枚铜板骨碌碌顺着地面滚,恰巧滚到少年冯子简的脚边,冯子简一抬脚就把那枚铜板踩在了脚下。那掉钱的老者似乎也意识到丢了钱,但往地下一看,到处是脚,哪里看得到。待老者买完布走了,那少年冯子简才抬起脚,弯腰将钱拾起。这时,掌柜的也就是冯子简的父亲和管家等都齐声喝彩,齐夸这小孩有心计,长大是个做生意的好手,前途不可限量。

旁边有个面色乌黑的老者却只是冷笑,开口问道:"你这孩子,叫什么名字?"

有个小孩说:"他叫冯子简。"

黑面老者对掌柜的说:"你们就这样教育孩子吗?"又对少年冯子简说:"拾到别人的东西应该还给人家,这是做人的起码道理,你小小年纪养成这种习惯,以后不知会长成什么东西!"

那少年冯子简自小娇生惯养,向来说一不二,又被几个大人一番表扬,哪听得进黑面老者的话!就说:"哪里来的黑老头,关你屁事?给我滚一边去!"

那老者冷笑着说:"好你个冯子简,我倒要看你将来究竟能长成什么人!"

……

想到这,那冯子简不禁出了一身冷汗。一算时间,十年前包大人正在定远当县令;难道冤家路窄,当年那黑老头就是微服私访的包拯包大人?如果真是这样,那可是算我倒了八辈子霉了!但他转念一想:俗话说,此处不留爷,自有留爷处,我就不信,死了张屠夫,就吃连毛猪了,何必在这一棵树上吊死!

想到这,冯子简站起来"呸呸呸"地朝地上吐了几口唾沫,回了旅馆。

你还别说,没过几个月,这冯子简真的时来运转,不知是走的什么路子,当上了淮河岸边的秋水县令。

刚当上秋水县令,冯子简憋了一口气。你包黑子不是说我从小就贪,将来要"贪赃死"吗?我偏要做给你看看!所以他谨小慎微,勤政廉洁,的确做出一些政绩。

转眼几年过去,这一年,秋水县遇到了百年不遇的特大旱灾,将近一年滴雨未落,淮河都干得见了底,独轮车可以从河底推过河去,田里的禾苗点火就着,百姓早就断了粮,四野是饿莩满地,朝廷就拨了五十万两银子和一些粮食来救灾。面对这白花花的银子,冯子简心动了,他犹豫了一下,终于抵挡不住诱惑,向这五十万两救灾款伸出了手……

不久,皇上派包拯带着尚方宝剑下来微服私访,查处贪污救灾粮款的官员,没费什么力气,就把冯子简查

鸟 奴

(青春小说系列)

沈石溪著 32开 165面 定价15元

作者假托动物学家考察鸟类生活,讲述了一个奇异的故事:一对鹩哥竟然与猛禽蛇雕同树共栖。作者结构了一个孩子们爱听的故事,讲得张弛有序,绘声绘色,且又在不知不觉间,放进了警示与反思……

* *

漂来的狗儿

(青春小说系列)

黄蓓佳著 32开 245面 定价16元

《漂来的狗儿》是儿童文学作家黄蓓佳的新作,也是我社重点策划的"成长系列小说"中的一本。

这本书写得非常有趣,它生动地描绘了在"十年动乱"的年代里,一帮生活在教师家属院——"梧桐院"里孩子们的成长历程。

邮购电话:021-64716466;汇款地址:上海市市南绍兴路74号上海文艺出版社邮购部;邮编:200020。

了个正着。

冯子简被五花大绑着,跪在包大人面前,两边是壮硕如牛的王朝、马汉和红绸布盖着的狗头铡。包大人看了看他,沉着脸问道:"冯子简,你还认识我么?行刑前你还有什么话说!"冯子简长叹一声,道:"都说包大人料事如神,我是心服口服了。实际上我在十几岁时,您就给我断了案子,在我高中黄榜时又断了我的命案。唉,悔不该当初没听信您的忠告,如果我当初听了包大人您的话,不出来当官,也不会落得今天被杀头的下场啊……"

(本篇月月评短信代码:0319)

(题图:黄全昌)

·快乐辞典·

读者推荐：值得关注的流行语

◇ 看不懂不叫看不懂，叫——晕；

◇ 不满不叫不满，叫——靠；

◇ 见面不叫见面，叫——聚会；

◇ 有钱佬不叫有钱佬，叫—— vip；

◇ 提意见不叫提意见，叫——拍砖；

◇ 支持不叫支持，叫——顶；

◇ 强烈支持不叫强烈支持，叫——狂顶；

◇ 不忠不叫不忠，叫——外遇；

◇ 追女孩不叫追女孩，叫——泡mm；

◇ 吃不叫吃，叫——撮；

◇ 羡慕不叫羡慕，叫——流口水；

◇ 乐一乐不叫乐一乐，叫—— happy；

◇ 跳舞不叫跳舞，叫——蹦的；

◇ 东西不叫东西，叫——东东；

◇ 成人笑话不叫成人笑话，叫——黄段子；

◇ 别人吃饭不叫请吃饭，叫——饭局；

◇ 兴奋不叫兴奋，叫——high；

◇ 特兴奋不叫特兴奋，叫——至high；

◇ 有本事不叫有本事，叫——有料；

◇ 倒霉不叫倒霉，叫——衰；

◇ 单身女人不叫单身女人，叫——小资；

◇ 单身男人不叫单身男人，叫——钻石王老五；

◇ 蟑螂不叫蟑螂，叫——小强；

◇ 流氓不叫流氓，叫——猥琐男；

◇ 好看不叫好看，叫——养眼；

◇ 被无数蚊子咬了不叫被无数蚊子咬了，叫——新蚊连啵！

（欢迎读者为本栏目推荐新鲜有趣的幽默格言、俏皮话和顺口溜，来稿请寄：上海市绍兴路74号《故事会》杂志社，邮编：200020。请写明姓名和联系方法，并请在信封上注明"快乐辞典"字样。电子邮件请发：gushihui_sh@163.com）

《故事会》诚征封面设计与插图作者

为了在新的时期体现新的形象，使《故事会》更上一层楼，本刊现向社会诚征封面设计和插图作者。

要求：应征者可以在《故事会》现有封面格局和插图的基础上，进行创新改革，设计出符合《故事会》杂志特点、读者喜闻乐见、具有时代性的画面。封面需要有一个整体风格的设计和说明，以及1到2幅彩色样稿；插图任选《故事会》中的一篇作品，配1到2幅彩色或黑白样稿。

封面设计一经采用，即与作者订立长期合作合同。

欢迎专业从事美术设计的工作室及个人应征，来稿请寄上海市绍兴路74号《故事会》杂志社吴伦收，邮编200020，也可发送电子邮件至gushihui_sh@163.com。如有任何问题，请发电子邮件或来电021-64375030咨询。

·中篇故事·

让人爱也让人恨的足球场,什么时候可以变成一片净土呢?

绿茵场上的阴影

□李滋民

1. 可疑的球赛

出租车司机赵云杰今年四十多岁,平时也没什么爱好,就爱看个足球。不出车的时候,就和单位里的几个铁杆球迷凑在一块儿,聊聊足球。

这天晚上十二点多,赵云杰在悦宾楼酒店门口拉上了两个身高体壮的小伙子,这两人看样子都喝得差不多了,脸色通红,说话舌头都短了半截。车开出不久,一个留着长头发的小伙子说:"兄、兄弟,你说这桑老头真不是个东西,我这技术、能力,比他大刘不……不差吧?可他愣是让我坐了半年冷板凳。要不是大刘上周受伤,我今年是没上场机会了。"另一个留着小平头的小伙子说:"桑老头说你训练态度不好,他这是要冷处理你呢。"

赵云杰一听,立刻来了精神。他知道大刘是本市甲级俱乐部"海马队"的左边后卫,上周确实受伤了。他们说的桑老头,大概是指海马队的巴西籍主教练桑代克。赵云杰常在电视里看"海马队"的比赛,但对这两个小伙子没什么印象,心想他俩大概是板凳队员。球迷见了自己喜爱的球队的队员,当然非常高兴。赵云杰想等

故事会 2004年2月号红版 65

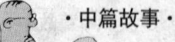

个机会,搭个腔,和他俩聊聊球。

只听长头发又气呼呼地开腔了:"这王老板也够黑的,这么大的买卖,才给咱哥儿俩八、八万,你说冒这个险值吗?"小平头说:"你知足吧,你以为你是谁呀?马尔蒂尼?就咱俩这样的上不了场的板凳,能挣几个算几个。"

"你这不是拿我开涮吗?咱们这种不入流的球员,能跟人家马、马尔蒂尼比吗?我要有马尔蒂尼的那份年薪,会干这种偷鸡摸狗的勾当?"

两人的话虽然说得断断续续,语无伦次,但赵云杰还是听清楚了,心里不由咯噔一声,他知道马尔蒂尼是意大利队的左后卫,他们说的"偷鸡摸狗"的勾当又是指什么呢?他想起报纸上老说有假球黑哨,这两个小子莫不是搞这种名堂的吧?这么一想,一种厌恶的感觉从心头涌起,刚才还想和他们聊聊足球的兴致全没了。赵云杰想摸摸打火机抽支烟,手伸到口袋里,触到一个硬盒子,这是儿子要他买的小录音机,学英语用的。下午在商场里,试完磁带,顺手就装在衣袋里。赵云杰灵机一动,按下了录音键,心想,听听这两个小子还能说出什么鬼话来。

小平头又开口了:"别光发牢骚了,想想周六的事吧。"长头发喷着酒气,得意地笑着:"早想好了,不就是盯个张野吗?我跟他是一个体校出来的,我比他大一岁,说起来还是他的师兄呢。他过人的招数我一清二楚,想让他过,他就能过,不想让他过,他就过不了。"

小平头说:"你也别太离谱了,现在这些记者、球迷都厉害,评起球来,一套一套的,不是那么好糊弄的。"长头发又嘿嘿一笑,说:"我心里有数,先慢半拍,放他过去,然后跟在他后面玩儿命地追,别说记者,就是桑老头都看不出什么破绽来。"小平头说:"你要老重复同样的错误,也容易让人生疑。罚角球的时候注意,稍微跳慢一点儿,让球从咱们头上飘过去,谁也看不出什么来,咱们的任务就完成了。"接着,两人又扯了些别的闲话,下车走了。

赵云杰回到家里,躺在床上,琢磨了好一阵子,心想,也许是这两个小伙子长时间打替补,心里有怨气,酒后发牢骚罢了,醉鬼的话不能当真。想到这儿,他也就把这事搁在一边了。

第二天,儿子放学回家,就冲赵云杰喊:"爸,你买的什么劣质磁带?前半段是两个酒鬼在说醉话,后半段才是英语。同桌的冯小英借我的带子去翻录,回来当笑话给全班同学说,我今天这人可丢大了。"

赵云杰一听,也觉得好笑,说:"那盘带子呢,给我吧,我今天出去给你重买一盘。"

星期六到了,赵云杰正好轮休,想起那天车上的事,心里忽然一动,何不到球场看个究竟呢。于是花一百元买了张球票,进场一看,人山人海,彩旗飘扬,能装四万人的球场差不多坐满了。比赛还没开始,狂热的球迷已经开始敲锣打鼓,摇旗呐喊了。广播里,解说员在介绍比赛的有关情况时说,今天是海马队和天狼队的比赛。天狼队是同省的另一家俱乐部,已经处在降级的边缘,今天必须从海马队身上全取三分,才能脱离降级的苦海。但天狼队要想战胜技高一筹的老大哥海马队谈何容易。海马队虽无降级之忧,但为了取得联赛的好成绩,面对弱旅天狼队,相信也会抓住这个机会,奋力一搏,提升自己的名次。

比赛开始了。天狼队果然发动了潮水般的攻势,频频从两翼下底传中,但是正如解说员所说的那样,天狼队的实力毕竟不如海马队,看起来攻得气势汹涌,却总是只开花,不结果,攻势一次次被海马队瓦解了。久攻不下,反被海马队打了两次反击,球门就被攻破了。上半场,海马队以一比零领先。下半场开始不久,天狼队又发动了一次攻势。赵云杰看见天狼队的前锋10号张野带球突破,海马队的22号后卫上来堵截他,却被张野晃过,带着球冲入禁区,起脚打门,球进了!比分变成了一比一,主场海马队的球迷们发出一阵嘘声。

赵云杰身边的一个大个子球迷一

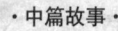

·中篇故事·

拍大腿,懊恼地说:"这个海马的后卫呀,怎么就慢了半拍!"

一听慢了半拍这个词,赵云杰的脑海中立即浮现出那天车中的一幕。他借过大个子球迷的望远镜,向场上望去。只见刚才那个22号后卫,果然就是那天车上的长头发小伙子!又搜索了一圈,发现那个小平头也在场上,穿着6号球衣。大个子球迷说,小平头叫王玉生,是踢中场的。

比赛继续进行,平局维持到只剩五分钟了,就在大家以为这场比赛会以双方握手言和而告终时,场上形势又发生了变化。

天狼队获得罚角球的机会,只见皮球划了一道弧线,向海马队球门飞去,又是天狼队的10号张野,高高跃起,一个狮子甩头,球又进了。只听解说员发出了惋惜的感叹:"球又进了!本来海马队对对方的箭头人物张野也布置了重点盯防,22号李建军和6号王玉生一前一后夹击张野,可是他们起跳的时机没有掌握好,都没有触到球……"解说员还在口似悬河地解释着刚才的那个球。赵云杰心里却像吃了一只死苍蝇。海马队的主教练桑代克老头急得又喊又跳,连忙找人把李建军和王玉生都换下来。可是为时已晚,他也回天乏术了。

再看球场上的这三四万人:天狼队的球迷发出了山呼海啸般的欢呼,锣鼓敲得震天响,铜管乐队奏起了欢快的乐曲。对面看台上的球迷还打出了一幅大标语:张野,我们爱你!而海马队的球迷,有的仰天长叹,有的捶胸顿足,有的骂爹骂娘。乱吵了一通之后,球迷们又把不满发泄在主教练身上,场上喊起了:"桑代克,下课!桑代克,大草包!"

赵云杰突然发现,所有的这一切都是一幕并不高明的戏,而这三四万观众却被骗得疯疯傻傻。他想,如果不是那天偶然拉上那两球员,如果不是那两个家伙酒后吐真言,自己今天也会像全场球迷一样,为喜爱的球队呐喊助威,为它的失球痛心疾首。想到这里,他骂了句:"可耻!"没等比赛结束,就起身离开了足球场。

2. 卷进是非窝

第二天,赵云杰照常出车,在停车场等客人的时候,他买了几张报纸,翻看体育栏目,各报的体育记者都把这场球失利的原因归在了主教练桑代克的头上。要在过去,赵云杰还觉得这些记者水平就是高,分析得头头是道。可今天一看,全是胡扯淡。

赵云杰的心情坏到了极点,开着车在街上瞎溜。路边明明有客人要车,手摆得跟白杨树叶子似的,他却假装没看见,一踩油门就跑远了。溜了一个多小时,不知怎么溜到了人民广场。这里有个球迷角,有球赛的季

68 生命短促,只有美德能将它留传到辽远的后世。——莎士比亚

节,总有一大群球迷聚在这里侃球。赵云杰是这里的常客,他把车锁了,钻进人群,听人聊球。

只见一个戴着眼镜的年轻人站在人群中间,滔滔不绝地发表演说,又是足球环境,又是人文背景,横向和欧洲五大联赛作比较,纵向从两千年中国封建历史找原因,直说得唾沫星四溅,听众频频鼓掌。赵云杰觉得十分好笑,心说这场球失利的原因只有我老赵一个人知道,你小子胡拉乱扯些什么呀。这么一想,他情不自禁吐出了四个字:"胡说八道!"听众的目光一下聚焦在他的身上。年轻人很有风度地打着手势问:"请教这位师傅,既然您认为鄙人的观点是胡说八道,想必另有一番高见,不妨讲出来,咱们切磋切磋,有道是奇文共欣赏,疑义相与析嘛。"赵云杰的脸一下红了,他一个开出租的,哪在这大庭广众下发表过演说?憋了半天,才憋出一句:"我也讲不上你这么高深的理论,我就知道足球就是足球,它是个实实在在的东西……"年轻人打断了他的话,说:"那你说昨天那场球失利的原因是什么?"赵云杰脑袋一热,冲口而出:"那是有人捣鬼,踢假球!"

这句话一出口,球迷顿时炸开了,有的说你可不能信口开河,有的说咱不能一输球就说是假球,还有的骂他说,你这球迷档次也太低了。

赵云杰不善言辞,只能反反复复说着:"我就是知道,知道他们踢的是假球!"他见众球迷七嘴八舌,根本不听他的,觉得跟这伙人说不清楚,就挤出人群往外走。

没走出多远,听到有人叫他:"这位师傅请留步。"回头一看,一个眉清目秀的小伙子走了过来,递上名片,赵云杰一看,上面写着"《体育论坛》记者宁素石",心想,这名字倒还古香古色的。宁素石很礼貌地问:"师傅贵姓?""免贵姓赵。""我想跟您谈一谈,赵师傅有时间吗?""我是个开出租的,时间有的是,可您采访我,不是瞎子点灯白费蜡吗?"宁素石说:"对面有个咖啡屋,我请您喝杯咖啡好吗?"

两人来到咖啡屋,坐定后,宁素石才说:"刚才我在广场听您说昨天那场球是假球。我看您跟他们争得脸红脖子粗,好像挺动感情的。"赵云杰气哼哼地说:"这伙人,平常有人散布什么离奇古怪的小道消息,他们都信,我说的是千真万确的大实话,反而没人信,你说这叫什么事啊?"宁素石说:"干我们这一行的,社会上三教九流的人观察得多了。我的直觉告诉我,您绝不是一个信口雌黄说假话的人。您刚才说的话有什么根据吗?"赵云杰正觉得心中有一口闷气无处发泄,一看这个记者待人也很诚恳,就把这前前后后的事细说了一遍。宁素

· 中篇故事 ·

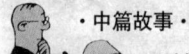

石问："您说的那盘磁带还在吗？送给我好吗？"

赵云杰觉得这磁带放着也没用，就一口答应了。宁素石坐上赵云杰的车，来到他家，赵云杰找出那盘磁带送给了他。

几天后，《体育论坛》登出了宁素石采写的独家新闻：天狼俱乐部收买海马队队员，球场放水，致使海马队主场落败。这条新闻犹如一颗重磅炸弹，掀起了轩然大波。各个媒体都抓住这个新闻热点大做文章，有评论的，有追踪报道的。海马队的球迷群情激愤，强烈要求严惩球场败类，一时间热闹异常。

天狼俱乐部老板出面辟谣，说此事纯属无中生有，要和《体育论坛》对簿公堂。《体育论坛》也发表声明，说有重要证据在手，坚决要把这场维护正义的战斗进行到底。

媒体几乎闹翻了天，赵云杰仍照常出车，这天中午，一个戴着墨镜的胖子上了车，问他到哪儿，胖子说随便。赵云杰心想，随便是哪儿？管他呢，把车开到城外高速公路上，那儿不堵车，跑够了公里数，他付钱就行。

车开到郊外，胖子突然开口了："赵师傅，开出租这活儿挺辛苦吧？"赵云杰吓了一大跳："你怎么知道我姓赵？"胖子微微一笑："这个你就别问了。赵师傅，鄙人姓刘名庆昌，咱们交个朋友吧。你们出租车司机，风里来，雨里去，挣几个钱也挺不容易的。现在有笔财不知道赵师傅愿不愿意发？"

赵云杰在后视镜里扫了胖子一眼，说："只要不是杀人、贩毒、干伤天害理的勾当，钱谁不想挣？""您放心，这买卖一不违法二不乱纪，保证让您一点儿风险都不担。"赵云杰哼地一笑："天上还能掉下馅饼来？你就说吧，是什么买卖？""听说您在车上录了两个醉鬼的音？磁带还在你手里吗？只要把那带子给我，再在这份声明上签个字，我立马付您二十万现

70 当我们是大为谦卑的时候，便是我们最近于伟大的时候。——泰戈尔

金。"胖子说着，掏出一张支票来扬了扬，又掏出一张纸递过来。

赵云杰感到事情不简单了，就把车拐进了慢车道停下，然后细看那张纸。纸上是电脑打出来的两行字：郑重声明——关于海马队球员打假球的事，本人一概不知。本人也从来没有在私下接触过海马队的任何队员。

赵云杰陷入了沉思，他怎么也没想到在车上偶然录了两个醉鬼的醉话，会引出这样大的一场风波来。他觉得这二十万来得也太容易了，自己得干多少年才能挣够这么多钱呢？可再一想，说出去的话，泼出去的水，咋收回来？何况这事已在报纸上发表了，怎么能出尔反尔呢？胖子见赵云杰半天不出声，开导他说："老赵师傅，我看你也是个老实人，想给你提几句忠告。足球圈里水深得很，像你这样的老实人最好不要搅进来，搅进来没你的好果子吃。"

赵云杰听得目瞪口呆，他做梦都没想到自己会被搅进这趟子浑水。天生不会撒谎的他，便一五一十地把这前后经过给刘庆昌说了一遍。

刘庆昌问："说了半天，你手里没磁带啊？""磁带让宁记者拿走了。""那这样吧，你只要在这声明上签个字，这二十万照样归你。你拿上这钱，什么话也别再说，这事以后就跟你没关系了，怎么样？"赵云杰态度坚决地说："钱谁不喜欢，可是这个字我不能签，咱不能睁着眼睛说瞎话，害了人家宁记者。"

刘庆昌叹了口气，语调低了下来："老赵师傅，你是个好人，可是你大概还不知道你已经卷进是非窝里了，咱们平头老百姓，斗不过那些大老板。你一个开出租的，走到哪儿不是靠车轱辘挣钱？那个姓宁的记者，以为从你这儿抓上一盘磁带就能呼风唤雨。这个书呆子也太天真了。我也只是个给老板跑腿的角色，我是看面对二十万巨款不动心，觉得你是条汉子，才说了这些不该说的话。我的话你可以不信，但你走着瞧好了。"

刘庆昌说完，又叹口气，下车拦住另一辆出租车，走了。

赵云杰回到家中，越想越奇怪。再看报纸上，关于天狼队收买对手的事，依然炒得沸沸扬扬。《体育论坛》言之凿凿，说要揭开黑幕的盖子。天狼俱乐部信誓旦旦，说绝无此事，要用法律来捍卫自己的尊严。球迷听得一头雾水，不知道信谁的好。

3. 引来贼登门

这天，赵云杰轮休在家，宁素石突然慌慌张张来找他。一见面就问："赵师傅，那盘磁带你留底子了吗？"赵云杰惊讶地说："留什么底子，当时就给你了。"宁素石一听，急得连连跺脚，道："坏了坏了，我家失窃了。我放在写字台抽屉里的那盘带子，今天

·中篇故事·

突然不见了。我把家里翻了个底朝天,都没找到。问我家里人,都说没动过我的东西。最后我细看抽屉,好像被人翻过了。我家有防盗门,窗户上也有防护栅栏,没有任何被撬的痕迹,这小偷是怎么进来的呢?看样子是个作案高手干的。"

赵云杰感到问题严重了,就把那天遇到刘庆昌的事说了一遍。宁素石听了,直埋怨赵云杰:"赵师傅,你也太大意了,这样的秘密,怎么能向一个陌生人和盘托出呢?"赵云杰委屈地说:"我哪里知道事情会这么复杂?我说你也太大意了,你既然知道那盘带子非常重要,就应该放到你们报社的保险柜里才对。"两个人你怨我,我怨你,怨了好一阵子。宁素石苦着脸说:"天狼俱乐部要和我们报社打官司,没有了磁带,就失去了最重要的证据。现在唯一的办法,就是赵师傅你出庭作证。即使这样,能不能把官司打赢,我心里都没底,还得去请教律师。"

赵云杰现在才体会到,那天刘庆昌的话并非吓唬人的。他担心地问:"咱们斗得过这伙人吗?"宁素石激动地说:"我也知道这伙人财大气粗,势力很大,可是咱们都是球迷,热爱足球!为什么咱们足球这么多年还搞不上去?我看主要病症就在这些家伙身上。对于恶势力,你要敢于对它说

不。"两个人又谈了一阵,宁素石要告辞了,临行时交代说:"赵师傅,丢失磁带的事,你要绝对保密,我回去也只能对我们报社的老总一个人说。不能让对方知道咱们手里没证据了,否则的话对方就更嚣张,咱们就更被动。"

宁素石走后,赵云杰躺在床上,把刘庆昌和宁素石的话反反复复想了几遍,也没想清楚到底听谁的好。他觉得两个人说的都有道理,从宁素石磁带被窃来看,天狼的老板确实如刘庆昌说的不好惹。自己若答应出庭作证,肯定会引火烧身,但不答应吧,又觉得良心上过不去。左思右想,最后一咬牙,拿定了主意,第二天就给宁素石打电话,说同意出庭作证。

第二天,天狼的官员向新闻界宣布,说《体育论坛》制造假新闻,他们手中没有任何证据,纯属造谣中伤,天狼方面完全有把握打赢这场官司。记者电话采访《体育论坛》老总,老总回答说无可奉告。接着报上又登出消息,称由于种种原因,这场官司的开庭日期被推迟了。双方只是在报纸上打嘴仗,球迷们看新闻是越看越糊涂。只有赵云杰心里明白,双方用尽了心机,其实要害就在他那盘磁带上。《体育论坛》手中没了磁带,就像枪里没有了子弹,不敢贸然上阵,所以把开庭时间推迟了。

这天,赵云杰突然接到了一个电

72 忍耐是支持工作的一种资本。——巴尔扎克

话:"赵师傅吗?你好,我叫刘庆昌,您还记得我吧?"赵云杰大声说:"当然记得,我问你,是不是你们到宁记者家偷了磁带?""赵师傅过奖了,我还没有这么大的本事。但据我所知,天狼俱乐部有的是钱,花点儿钱雇个开锁高手,那还不是小菜一碟?""你们也太卑鄙了!""赵师傅不要发火,我觉得你还是太天真了。俱乐部老板说到底还是个商人,在商人眼里,商场就是战场,为了达到目的,采用什么手段都是无所谓的。像你这样单纯的人,不应该卷进这个漩涡里来。听说你要为《体育论坛》出庭作证?""不错,我是要出庭作证。我要在法庭上把你们搞的那些见不得人的东西统统揭露出来,让全省人民看看这些肮脏的交易!""赵师傅不要太激动了,有人让我转告几句话给你,这场官司《体育论坛》必输无疑。天狼方面请的律师是打官司的高手。就算你出庭作证,没有磁带,口说无凭,无济于事。他们还可以找出证人,说那天晚上海马的所有队员都没出过门,你是信口开河。不过,只要你答应不出庭作证,上次我说的那二十万还可以给你。赵师傅,你是个聪明人,你掂量一下这分量,三思而后行吧。"

赵云杰气得眼冒金星。平时不善言辞的他,这时不知道用什么言语来表达他的愤怒,这个从来没说过假话的人,憋了半天,不知怎么憋出一句:"你们别欺人太甚,告诉你,那盘磁带我翻录了一盘,在家藏着呢。"对方听了一阵沉默后,咔哒一声,电话挂断

·中篇故事·

了。

赵云杰正为他有生以来第一次谎言得意呢,哪知两天后,小偷就光临他家了。这次小偷可不像到宁素石家那么客气,家里的东西被翻得乱七八糟。真皮沙发被人用刀片划了十几道大口子,电视机、影碟机、音响全放在灌满水的浴缸里,门窗却没有任何被撬的痕迹。赵云杰的老婆坐在地上号啕大哭,边哭边骂:"都是你那个足球给闹的。平时一有球赛,你们爷儿俩就坐在电视机前发神经,我一说你,你还说是男人就要爱足球。你爱得好,足球把贼都引到家里来了,这日子没法过了……"

派出所的人来了,看了看没丢什么东西,就给赵云杰讲了一通大道理,要他今后提高警惕,加强防范措施,配合派出所共同搞好社会治安。赵云杰真是欲哭无泪,他心里清楚,小偷是来找那盘根本不存在的磁带的。他想把这来龙去脉给派出所的民警说一说,但一想到那个来无踪,去无影的刘庆昌,又担心说出来不但破不了案,也许会遭到更大的报复,于是就忍住了。

晚上,赵云杰家的电话铃响了。"赵师傅吗?我是刘庆昌。"赵云杰一听就火冒三丈:"姓刘的,你们这伙人太无耻了,竟然用这种下流的手段。告诉你,我明天就找宁记者,让他把你们的这种下流做法披露在报纸

上!""赵师傅,别激动。没有证据就是诬陷。我想重复上次的话:你这个老实人斗不过那些大老板,你为什么放着二十万不要,非要一条道走到黑呢?国外的赌球集团,总统都奈何不了,你一个司机逞什么能呀。"

别看赵云杰是个老实人,可老实人发了火,九头牛都拉不回头。他对着电话吼道:"逞能就逞能,你们还无法无天呢!"对方把电话挂断了。

赵云杰一回头,发现老婆就站在身后。还没等他开口解释,老婆就嚷起来了:"我都听见了,赵云杰,这次说什么你也得听我的,你拿人家一盘什么磁带,赶快交出去。咱们平头百姓,就图个平平安安过日子,惹不起那伙恶人。你说你拿着那个惹祸的磁带干什么?"

赵云杰只好给她解释:"其实我手里没什么磁带,我只是随口说了一句假话吓唬他们的……"老婆喊道:"事情都这份儿上了,你还骗我呀?你没磁带,这伙人能把咱家祸害成这样呀?"赵云杰真是有口难辩,只好赌气溜到大街上,瞎转悠到半夜才回家。

4. 寻找活证人

赵云杰一句话把天狼俱乐部老板给弄糊涂了,他们一时弄不清对手有没有那盘磁带,就干脆来了个以攻为守,正式向法院递交了一纸诉状。这一试探性的进攻还真把报社给吓慌

了,报社老总天天催着宁素石赶快搞磁带,把宁素石催得跟热锅上的蚂蚁似的团团转,他在无计可施时又来找赵云杰商量,赵云杰想了半天,突然说:"我看咱们直接到海马的训练基地去找那个李建军和王玉生,我跟那俩小子当面对证,他们还能当面说没讲过那些话吗?"

宁素石也想不出别的办法,就同意去试一试。两人驱车来到郊外海马的训练基地,隔着栅栏,看到桑代克老头正领着队员进行战术训练。赵云杰把栅栏里的人一个个细细地看了一遍,就是没有李建军和王玉生。等到训练结束,趁着两个球星给场外的追星族们签名时,赵云杰和宁素石凑过去问一位球星:"请问你们队的李建军和王玉生为什么没有参加训练?"那球星正忙着签字,抬头看了一眼赵云杰,说:"哟喂,还有您这么大岁数的追星族?追的还是俩板凳?"赵云杰说:"我们不是追星……"宁素石怕他把实话说出来,赶紧拽了他一下,抢着说:"是这样,李建军和王玉生欠这位师傅一笔钱,我们来找他。""噢,你俩是来要钱的呀,告诉你们吧,来晚了,这俩小子让老板给炒鱿鱼了!"赵云杰一听急了,问:"到什么地方去找他俩呀?"球星说:"那我就不知道了。"宁素石满脸赔笑地说:"劳驾您给提供个线索吧,那笔钱对我们很重要。"

球星骂道:"这俩小子,咋这么不地道呢,欠人家的钱不还,什么人啊!李建军他爸好像是你们这里黎明机器厂的工人,你们到那儿去问问看。"

两人如获至宝,第二天就赶到黎明机器厂,费尽了周折,总算找到了李建军家。这是黎明机器厂家属区的两间破旧平房。李建军果然在家,他大概也认出赵云杰了,气呼呼地坐在床边,一言不发。李建军他爸是个下岗工人,忠厚老实,听赵云杰把前后

·中篇故事·

经过说了一遍,唉声叹气地说:"唉,你说踢个足球咋就这么难呢?兄弟,一提这事我就想大哭一场。我们两口子都是工人,没啥大本事,就把希望都放在儿子身上。建军这孩子,打小我就把他送进体校。我跟他妈省吃俭用,攒点儿钱都用在他身上了,就盼着他有个出息。和他一批的队员,有的在大俱乐部打上了主力,年薪七八十万。我们盼星星,盼月亮,好不容易盼到他进了海马队,谁知道这小子不争气,灌了点马尿,胡说八道,让老板炒了鱿鱼。"

宁素石说:"这些老板太可恶了,李师傅,你也别难过,让建军换个俱乐部吧,只要有技术,还怕没球队要?"李建军瓮声瓮气地开口了:"你就是那位记者吧?你这就叫站着说话不腰疼,我泄露了天机,就坏了这圈子里的规矩,哪个老板还敢要我呀?大记者,就你那一篇狗屁文章,把我一辈子的前程都毁了……"赵云杰打断了他的话说:"小伙子,你这话就不对了,你们打假球还有理了?"李建军也不服气:"打假球的又不是我一个人……"

经过赵云杰和宁素石苦口婆心劝了半天,加上李建军的爸在旁边帮腔劝导,李建军终于被说动了。他撸撸长发,说:"反正我也踢不成足球了,一不做,二不休,我把我知道的情况都告诉你们吧!"宁素石大喜过望,赶紧拿出采访用的小录音机。

不料就在这时,传来了一阵敲门声。李建军他爸打开门,赵云杰一抬头,大吃一惊,来人竟是那个神秘的刘庆昌。刘庆昌一见是他们俩,也吃惊不小,尴尬地说:"哟,赵师傅,这可是冤家路窄。我要是没猜错的话,这位就是大名鼎鼎的宁记者了,怎么,想在这儿抓点新闻?记者的嗅觉确实灵敏,佩服佩服!"赵云杰凑在宁素石的耳朵上说:"这就是我给你说过的那个刘庆昌。"宁素石冷冷一笑,反唇相讥道:"刘先生也很辛苦么,今天光临李师傅家不知又有何贵干呀?小伙子已经被炒了鱿鱼,你们还不放过,太过分了吧?"

刘庆昌那白胖脸上微微变了点色,挤出点笑容说:"我知道你们把我想得很坏,很讨厌我,其实我也很讨厌我自己,唉,可是人在江湖,身不由己呀。好了,不说这些了,我找李建军有点事,希望我的到来没有打扰宁记者的采访。"宁素石知道和李建军的谈话是不可能继续下去了,只好拉了赵云杰告辞出门。

第二天下午,宁素石约上赵云杰,又来到李建军家。谁知一进门,李建军的父亲就说:"二位,我知道你们都是好人,可求你们别来找咱建军了。"

宁素石一听这话,心中暗暗叫

苦：坏了，到手的线索又飞了！忙问原因，李建军的父亲说："昨天来的那个胖子，是天狼俱乐部的人。他们给建军安置了个工作，天狼集团在西北有个大宾馆，建军和王玉生都被安置到那儿去当保安，月薪两千五，条件是永远不准对外再说足球上的事。我们爷儿俩都在人家的合同上签了字。我觉得这样挺好，我这儿子除了踢球再没别的本事，不过这孩子长得牛高马大的，当个保安也合适。我这个八级钳工混了一辈子，如今下岗在家，一个月才领二百多元生活费。建军能有这么个结局，我们很知足了。您二位昨天讲的那些大道理都对，可我们是平头百姓，惹不起那些大老板，对不住二位了。"

宁素石和赵云杰听了好似当头被浇了一盆冷水，顿时傻了眼。两人回到赵云杰家，坐在屋里，你望着我，我望着你，一根接一根地抽闷烟。

就在这时，赵云杰的儿子推门进来："哇，这么多烟啊，跟着了火似的，你们发什么愁啊？"

赵云杰不耐烦地说："去去去，小孩子不要管大人的事！"儿子一撇嘴，把头凑过来，说："老爸，你别小看人，我知道你们为啥发愁，而且我还有解决你们发愁的灵丹妙药。"赵云杰将信将疑地看着儿子。宁素石一把拉住赵云杰儿子的手，说："快说，什么灵丹妙药？""爸，你忘了？那盘磁带，我的同桌冯小英翻录过。"

一句话，让赵云杰喜得蹦起来："这孩子，你怎么不早说！"他急忙拉起宁素石和儿子出门上车。来到冯小英家一问，磁带竟然还在。放进录音机里听了听，内容完好。三个人高兴得又喊又跳，把冯小英一家看得莫名其妙。

回到赵云杰家，宁素石感叹说："这才叫山穷水尽疑无路，柳暗花明又一村！这下不怕上法庭了。赵师傅，我还有另一个打算，市公安局刑侦科的郭科长，是咱们市里的破案高手。这人也是个球迷，和我很谈得来，我想明天请他来，看看你家和我家失窃案的现场，也许能搞出一点线索。"

第二天，宁素石领着郭科长来到赵云杰家，看了现场，又听赵云杰谈了前前后后的经过，郭科长也很气愤，说："从作案的特征来看，我有一个怀疑对象，此人名叫张金毛，外号'金钥匙'，这家伙开个单位的保险柜，那可真叫一绝。开你们家里的这种锁，更是易如反掌。这家伙还是我把他逮捕归案的，去年刑满释放了。听说他和天狼俱乐部一个副总以前是哥们，会不会是他干的呢？这事儿你们先保密，我摸摸情况再说。"

5. 意外的结局

宁素石拿着磁带兴高采烈地来到老总办公室，递上磁带说："老总，这

·中篇故事·

下咱们可胜券在握了。"

谁知老总反应冷淡地说:"先放着,以后再说吧。"宁素石心里直纳闷,老总今天怎么了,这样的重要证据竟然没有兴趣。

第二天,他在办公室翻看着当天的《体育论坛》,忽然在报纸的偏僻角落发现一则《本报郑重声明》:"由于本报工作人员工作不够细致,本报所刊有关海马足球队和天狼足球队比赛的报道,与事实不符,特此向海马俱乐部和天狼俱乐部表示诚恳的歉意。"

宁素石一看,不禁火冒三丈,假球案的稿件发表后,报纸的发行量大增,此时正应该乘胜追击,把足球圈里的害虫挖出来,这样更可以大大提高报纸的知名度。现在老总竟然指鹿为马,登出这样荒唐的"郑重声明"来!他气呼呼地拿着报纸去找老总。

一进门,老总就跟他打招呼:"小宁呀,你来得正好,我正要找你呢。我们经研究决定,把你的工作变动一下,今后你负责报道群众体育这一块,足球这一块的新闻,交给别人去跑。"宁素石觉得被人当猴耍了,气得脸色发青,冲口而出:"老总,我提出辞职!临走前,我只想问一句:咱们搞新闻的人还要不要一点职业道德?"

老总的脸刷一下红了,他让宁素石坐下,说:"小宁呀,既然你把话都说到这份儿上了,咱们不妨推心置腹地谈一谈。你以为就你一个人有正义感?我不想当维护正义的斗士?说心里话,和天狼方面妥协,我也不愿意,可是天狼是大集团公司,这次达成和解,他们公司答应给我们报社一大笔赞助,还拉来几宗广告业务,报社的收入一下增加了六百万!要照你说的,咱们硬碰硬,干到底,天狼公司就要撤出广告业务,咱们社的收入就要大幅度下滑。这一进一出,差距有多大,你算算这账!报社有几百口子人我得养活,你们的福利、奖金,少了一分都要骂娘,你以为我这老总是那么好当的?小伙子,现实一点,得让人时且让人吧。"

从老总的办公室出来,宁素石觉得心灰意冷,不知道该去哪里。他想找个没人的地方大哭一场,可是连这么一个清静的地方也无法找到。他垂头丧气,漫无目标地在大街上走着,不知走了多长时间,一辆出租车"嘎"的一声停在了身旁。司机伸出头,是赵云杰。

"宁记者,到哪里去?上车!"宁素石懒洋洋地上了车,把这前后经过给赵云杰说了一遍。赵云杰气得瞪眼骂道:"这太气人了!我也没心思跑车了,咱们到江边散散心去!"

两人买了一瓶酒,开车来到江边,在一个石桌边坐下,一边喝酒,一边发泄着心中的郁闷,当一瓶酒快喝完时,突然有一个浓妆艳抹的女子,走到宁素石面前:"大哥,你好帅啦,陪我玩玩好吗?"宁素石以为是暗娼来拉客,怒斥道:"滚,滚远点,再不走,我就叫警察了!"不料话还没说完,不知从哪里蹿出三个彪形大汉,照着宁素石就是一阵拳打脚踢。

赵云杰忙上去拉他们,一边怒喝道:"你们是什么人?怎么随便打人呀!"一个大汉回手一拳,就把赵云杰打了个仰面朝天。不知谁打了110电话,巡警赶到了。宁素石已被打得鼻青脸肿。没等赵云杰他们开口,那伙流氓竟然恶人先告状,一个大汉说,宁素石喝醉酒,公然在光天化日之下调戏他的女朋友,他才打宁素石的,是正当防卫。那个年轻女子,此时披头散发,把内衣撕得稀烂,又哭又闹,说宁素石对她动手动脚。这时,又不知从哪里冒出七八个人来,说他们都是目击者,这女子所说属实,他们都可以作证。

巡警公事公办,一本正经地作着笔录。赵云杰和宁素石这时就是长出十张嘴也说不清楚了。巡警看了他们两人的证件,训斥道:"你还是个记者,文化人,怎么能干出这样的事来?跟我们走一趟!至于你,酒后驾车,执照没收。明天到交警队参加学习班,听候处理。"说完,不容分说把宁素石押上警车带走了。赵云杰走过来,见自己的车玻璃被砸碎,轮胎也被扎破了,刚才那伙人站在远处,幸灾乐祸地冲他笑着。

晚上,赵云杰躺在床上生闷气。

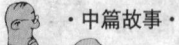

· 中篇故事 ·

忽然，电话又响了，又是那个刘庆昌的声音："赵师傅，你好。"

赵云杰破口大骂："好个屁！你们这群王八蛋——""赵师傅，不要激动。今天下午江边的一幕我都看到了，全过程我都录了像。我把录像带翻录了一盘，用塑料袋包好，扔在你家楼下的垃圾箱里，你现在就可以去取。拿到录像带，就有了证据，你明天就可以到公安局把宁记者救出来。"赵云杰大惑不解地问："你为什么要这样做？"

"事到如今，我也不想瞒你了。我是天狼集团的一个高级职员，这次在江边制造冤案，是我们老板雇了几个社会上的混混干的。原因就是你们二位知道的事情太多了，老板想让你们二位闭嘴。今天下午，我受老板的指派，在远处监视那伙人，录像后向老板交差。可我觉得他们太无耻了。我非常敬佩你和宁记者的为人，所以才做出这样的决定。"

赵云杰说："你这么做，不怕你们老板找你的麻烦吗？""我已经想好了，明天就离开这个城市。尽管天狼方面给我发一份相当可观的薪水，可是想到你，一个普通的出租车司机都能面对巨款不动心，仗义执言，我就觉得我活得不像个男人，有愧于我这个名牌大学毕业的高才生！我知道这样帮助你们，肯定会有大麻烦，所以明天我就要远走高飞了。请转告宁记者，不要泄气！这个世界上，有良心的人还有很多。再见了，赵师傅，好自为之。"

赵云杰飞快地跑下楼，果然在垃圾箱里找到了录像带。第二天，他就拿着带子到公安局找郭科长。

郭科长和公安人员认真分析了录像带的内容，认定这是一个设计好的诬陷案。而且郭科长在录像里面，一眼认出其中一个"证人"就是金钥匙张金毛！

郭科长当机立断，派人拘留了张金毛。连夜审问，张金毛供出，是天狼集团的人雇他开锁偷磁带，那几个所谓"证人"也都是天狼集团雇来的。司法机关决定对天狼集团与假球案有关的犯罪行为立案侦查。一时间，天狼集团成了全城关注的焦点。

宁素石也要离开这个城市了。临行前，来向赵云杰告别，他把那盘被罪犯偷走的磁带又还给了赵云杰："赵师傅，不，赵大哥，这场磁带风波终于结束了，带子我翻录了一盘，留作纪念。原版还给你，希望我们的友谊长存，希望你永远保持这颗善良、正直的心！"

赵云杰紧紧握住宁素石的手，激动得泪水汩汩而下："兄弟，保重，别忘了足球……"

（本篇月月评短信代码：0320）

（题图、插图：杨宏富）

失败也是我需要的，它和成功一样对我有价值。——爱迪生

[故事会爱好者丛书]
家庭故事
《故事会》编辑部编
32开　5.00元

家庭是一个舞台,千千万万个家庭演绎着万万千千的故事。这本故事书里的51则作品,艺术地再现了家庭中的矛盾纠葛、悲欢离合和儿女情长,内容亦庄亦谐,或耐人寻味,或令人捧腹,有较强的可读性和可传性。

[故事会爱好者丛书]
情爱故事
《故事会》编辑部编
32开　5.00元

集中所收38则故事,几乎覆盖情爱生活的各个环节,社会众生相在作品中得到了不同程度的映照和折射。这些故事不仅在情节设计上精于构思、巧于安排,而且在艺术风格上也各有所长。对看惯小说电影戏剧的诸位来说,浏览此书是一种全新的享受。

[故事会爱好者丛书]
聪明人故事
《故事会》编辑部编
32开　5.00元

本书犹如一叶风帆,引您在智慧之海遨游。故事中的主人公活跃在各自的人生舞台,凭着自己的聪明才智,斗强蛮,蔑权贵,助弱小,解万难,演绎着一出出绝妙无比的连台活剧。内容既有情节性又有趣味性。

[故事会爱好者丛书]
傻子故事
《故事会》编辑部编
32开　5.00元

傻子故事在民间流传极广。本书共收72则傻子故事,内容生动风趣,人物栩栩如生。一群言行可笑、可悲而又憨厚可爱的艺术形象,如一幅幅色彩奇特而又耐人寻味的漫画,让你目不暇接。

邮购电话:021-64716466;汇款地址:上海市市南绍兴路74号上海文艺出版社邮购部(免邮费);邮编:200020。

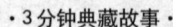

酒和砖头

一个人耍酒疯,被扭送到法庭。他预感到法官要惩罚他酗酒,就说:"首先我想问您几个问题。"法官说:"你问吧!"

"我如果吃了沙枣,有什么不好吗?""没有什么不好。"法官回答。

"如果我再喝一些水,这有罪吗?""没有罪。"

"然后我躺在阳光下晒一会儿,这是不是犯罪?"

法官说:"当然不是。"

这个人于是得意地质问道:"那为什么枣加上水放在阳光下,您就说有罪,并声明禁止?喝了这种酒,您就认为破坏法律!"

法官说:"别急,先生,现在我向你提几个问题。如果我向你泼一点水,你会得病吗?""不会。"这个人回答。

"如果我往你头上倒点黏土,你会残废吗?""当然不会。"

"那么我把黏土掺上点水做成砖头,再放在烈日下晒。我用这种砖头猛力击你的头,会有什么后果?""砖头会打破我的头,弄不好会把我打死!"

"很好。"法官说,"如果用水和黏土做成的砖头会砸破头,那么用水和枣酿成的酒,喝了就会酗酒闹事,破坏法律。"

(推荐者:李 磊)

沉默是金

美国大发明家爱迪生发明了自动发报机之后,想卖掉这项发明,然后建造一个实验室。因为不熟悉市场行情,不知道能卖多少钱,爱迪生便与妻子商量。米娜也不知道这项技术究竟值多少钱,她一咬牙,发狠心地说:"要2万美元吧。"爱迪生笑着说:"2万美元,太多了吧?"

一位商人听说爱迪生的自动发报机后,表示愿意买下这项发明。在商谈时，这位商人问了价钱。妻子不在家，爱迪生认为要2万美元太高了，不好意思开口，于是只好沉默不语。

这位商人几次追问，爱迪生始终不好意思说出口。最后，商人终于耐不住了，说："那我先出个价吧，10万美元，怎么样？"

爱迪生大喜过望，当场与商人拍板成交。

有时候，沉默可以给对方和自己都留有余地，沉默甚至可以挽救我们。

（推荐者：张红利）

环保征文

一家知名杂志社进行环保征文，由于奖金丰厚，应征稿件堆积如山。其中不乏名家巨匠，也多的是真知灼见。出人意料的是，特等奖却颁给一个普通的中学生。

那只是一篇寻常的文章，怎么会是最优秀的？面对众人的质问与怀疑，评委会的负责人取出那份薄薄的稿件，答道："他的文章也许不是最优秀的，但他是唯一一把文章打印在稿纸正反两面的人。如果能节约四千张纸，便可以少砍一棵树。只有他真正做到了环保！"

的确，在"做到"面前，任何华丽的语句都会黯然失色。

（作者：叶倾城 推荐者：刘阳春）

·沧海拾贝 人生百味·

打破常规

在一次欧洲篮球锦标赛上，保加利亚队与捷克斯洛伐克队相遇。当比赛剩下8秒钟时，保加利亚以2分优势领先，一般来说已稳操胜券。但是，根据那次比赛循环制规则，保加利亚队必须赢得5分以上才能取胜。可要用剩下的8秒钟赢得3分，谈何容易。

这时，保加利亚队教练，突然请求暂停。场上观众对此付之一笑，认为保加利亚队大势已去。

暂停结束后，比赛继续进行，这时，场上出现了令人意想不到的场面：保加利亚队的队员突然运球向自家篮下跑去，并迅速起跳投篮，球应声入网。全场观众目瞪口呆。全场比赛时间到，裁判只好宣布，双方战平，须对阵加时赛。

这时，全场观众掌声雷动。保加利亚队出人意料之举，为自己创造了一次起死回生的机会。

结果，在加时赛时，保加利亚队净赢6分，光荣出线。

什么叫另辟蹊径？什么叫起死回生？往往面对困境的时候，需要的只是两样东西，一点置之死地而后生的勇气，一点打破常规的急智。

（推荐者：张 莉）
（本栏题图：箭 中）

·东方夜谈·

□ 张开山

人眼看狗低

阿冬是只土狗,一出生就被主人收养了,朝夕相处,其乐融融。主人虽没花一文钱,却整天也拿它当个宝贝一样对待:"乖阿冬,该吃饭了。""乖阿冬,让妈妈抱抱。""乖阿冬,跟妈妈去街街玩。"

阿冬每一次看见女主人,就像看见了自己的亲妈一样,手舞足蹈,亲切无比。

谁知好景不长,自从主人抱回来一只京巴狗黄花,就把对阿冬的爱全给了黄花,"乖阿冬"变成了"臭阿冬",不但不陪阿冬玩了,还时时训斥它,甚至于踢它几脚。阿冬怎么努力也无济于事,主人就是不喜欢它了。

阿冬在痛苦中闹明白了,原来黄花是主人花几百元钱买来的宠物狗,而自己只是个不值钱的柴狗,主人怎么会喜欢自己呢?弄明白了这些,阿冬就不再生主人的气了,反而怨自己命贱:唉!谁让我出身不是名门呢?认命吧!

认命归认命,但狗也有狗的智慧。只要主人不在家,阿冬就会狠狠地欺负黄花,用嘴咬它,用身子压它,再恶狠狠地吓唬它。阿冬的策略还真管事,自己没被气死不说,黄花也老实多了,不敢在主人面前讨乖卖好了。

一日,男主人下班又抱来一只京

84 很多显得像朋友的人其实不是朋友,而很多是朋友的倒并不显得像朋友。——德谟克里特

·夸张离奇 事出有因·

巴狗,这只京巴更漂亮,更可爱,一落地就向黄花和阿冬挑衅地狂叫:"汪,汪汪。"女主人一看就急了,说:"你疯了?咱家已经有两只狗了,再来一只怎么养?"男主人笑着说:"这是我们科长的狗,叫大腕。科长去党校学习去了,听说回来就提升为处长。他知道我养狗内行,叫我代他照顾大腕。"

女主人一听,笑逐颜开,说:"那你就能当科长了?"

这下,大腕就成了家中的宝贝,好吃好喝的全先让着它,洗澡、游戏也全让它先来。主人这样做,对于阿冬来讲还没有什么,它已习惯了做二等狗民了,黄花可不行,它哪里受过这种气?它开始反抗,敌视大腕。以前它最看不起阿冬了,现在却整天和阿冬在一起玩,甚至于想和它搞对象,生个杂种狗出来,气气女主人。

女主人看出了问题,这还了得,黄花怎么能和土狗相配呢?她再看看大腕,多纯正的狗呀!何不让它和黄花结合,生出来的狗不但更纯正,还和科长结成了狗的亲家,说不定以后丈夫升官更快呢。女主人越想越激动,激动得她按住黄花就让大腕来交配。大腕兴冲冲地跑上来就要亲近黄花,黄花不答应,被女主人重重打了几巴掌,黄花屈服于女主人的武力,哭泣着被大腕占有了。

四个月后,黄花在痛苦的呻吟中生下了三只小狗,是纯一色的京巴。男主人乐坏了,抱着大腕亲了又亲,连夜在电话里把这个好消息告诉了远方的科长。科长夸了主人一通,说给他也留一只小狗。

黄花痛苦万分,泪水不断地往外流,趁主人和大腕不备,一下将自己的孩子们叼到阳台上,一只只扔了下去。大腕发现了,发疯似的跳上阳台栏杆,冲着楼下嚎叫。黄花看着它,新仇旧恨一齐涌上心头。心想若不是你来,我何至于如此?使劲一扑,将自己和大腕一起扑到了楼下。主人发现后惊慌失措,跑到楼下一看,地上鲜血淋漓,哪里还有一只活狗?

这下可闯大祸了,科长回来了如何交待?男主人跳着脚地骂女主人是蠢货:"你这个笨蛋!都是你想攀高枝,把黄花往火坑里推,被大腕给糟蹋了。要是你平时多关心一下黄花,它怎么会跳楼!啊?"

女主人也不示弱,拔高了喉咙骂:"你才是废物哩!我受苦受累还不是为了你早点升官?大腕还不是你为了讨好你们科长,领回家来的?"吵到最后,两人打了起来,女主人力气小,打架吃亏,一气之下,回了娘家。

男主人气咻咻地坐在沙发上正生闷气呢,电话铃突然响了。拿起来一听,男主人的声音都变了:"是科长啊⋯⋯"

·小白信箱·

湖南读者 乐亦：《故事会》40岁生日举办了什么庆祝活动？

小白：去年岁末，我们在上海一家五星级酒店举办了《故事会》的"生日派对"。来参加活动的客人可多啦！他们中有特地从祖国五湖四海赶来的作者、读者、邮局、印厂、出版界的代表和领导，大家欢聚一堂，为《故事会》祝寿。在名为"全力创建大众文化的精品工程——《故事会》创刊40周年庆祝大会"上，我们的主编与大家共同回顾《故事会》40年的风雨历程，共同分享《故事会》40年的辉煌成果。

那天，我们收到许多美好的祝福。中共中央宣传部出版局、国家新闻出版总署副署长石峰、中国期刊协会发来贺信，殷切期望《故事会》越办越好，创出品牌，成为国际一流期刊。《半月谈》、《中国青年》、《读者》、《知音》、《家庭》、《南风窗》、《少男少女》、《女友》、《十月》、《演讲与口才》、《海外星云》等杂志社的同行纷纷来信来电，祝福《故事会》永葆青春，再创奇迹。

还有我们的外国朋友，世界期刊联盟、美国的《读者文摘》、法国的桦榭菲力柏契出版集团、德国鲍尔出版集团、日本讲谈社，也送来了热情祝贺。在此，小白代表《故事会》杂志社，向这些领导和朋友们道声"谢谢"。也感谢所有长期关心、支持《故事会》的作者、读者朋友们——你们的祝福与鼓励一定会成为我们巨大的动力，使《故事会》更加繁荣昌盛！

小白信箱：xiaobaixinxiang@126.com。

科长在电话里说他回来了，这就来取回他的大腕，顺便再领个小狗回去。男主人吓坏了，放下电话，急得手脚冰凉，豆大的汗珠直往下淌。这可怎么办？他想想自己前途和命运，越想越生气，越想越可怕。

突然，他觉得心里一阵难受，就摔倒在地上了，豆大的汗珠落了下来。

屋子里除了他，只有阿冬了。阿冬刚才被他们吵得头晕，这会儿一看男主人摔倒了，急忙跑出去，用头敲开邻居家的门，又汪汪叫着把邻居领回了家。

幸亏阿冬求救，邻居及时把男主人送进医院，他捡回一条命。第二天，女主人也回来了。他俩抱头痛哭，最后搂住阿冬，眼泪汪汪地说："都说狗眼看人低，其实人眼看狗的水平也不高呀！"

（本篇月月评短信代码：0321）

（题图：箭　中）

·情节聚焦·

女人想要什么

□ 王远 编译

年轻的亚瑟王中了埋伏，被邻国的国王关了起来。邻国国王表示可以给他自由，但是他得回答出一个非常难的问题。

亚瑟王有一年的时间来回答这个问题，如果到期回答不出，他将会被处死。这个问题就是："女人真正想要的是什么？"

即便是知识最渊博的人也会被这样的问题难住，对于年轻的亚瑟王而言，这个问题就更加难回答了。但是为了逃过一死，他还是接受了邻国国王的提议。

他一回到自己的国家就马上征询每一个人的意见：王妃啦，神父啦，智者啦，甚至宫廷里的小丑也都问到了。但是没有一个人能够给他一个满意的答案。许多人建议他去请教老女巫，也许只有她才能回答出这个问题。

一年的最后一天到来了，亚瑟王没有别的选择，只好去请教女巫。女巫答应回答亚瑟王的问题，但是亚瑟王必须先接受她的开价——她要嫁给亚瑟王的好友高文将军！

亚瑟王被这个要求震惊得目瞪口呆：老女巫既驼背又丑陋，只有一颗牙齿，口里发出一股股只有臭水沟才

·情节聚焦·

有的气味；而高文将军是骑士团的团长，长得高大英俊。把这两个人凑到一起，真是太不可思议了！

亚瑟王当场拒绝了老女巫的要求："不！我宁愿自己死掉，也不能背叛我的朋友！"

可是高文将军听说了女巫的要求以后，立刻告诉亚瑟王，跟亚瑟的生命和国家的安宁相比，做出什么样的牺牲都不为过，他愿意娶老女巫为妻。

就这样，高文将军与老女巫将要举行婚礼的告示马上公布了出来。老女巫也在一年期限的最后一天回答了亚瑟王的问题：女人真正想要的是能够掌握自己的命运。

邻国的国王听到这个答案以后，立即给了亚瑟王完全的自由。

亚瑟王获救了，但高文将军和老女巫却举行了婚礼。

这天晚上，高文将军鼓足勇气，硬着头皮去见新娘。当他走进洞房的时候，却发现一位美若天仙的少女躺在喜床上！

高文将军惊讶地问："你是谁？这是怎么回事？"美女笑吟吟地说："将军，我就是那个老女巫，不过今后有一半的时间我会是那个老女巫的样子，而另一半时间，就是一个年轻美丽的女子。你可以选择让我白天或者晚上是现在这个样子。"

这真是一个残酷的问题！高文将军沉思着自己的困境。到底是白天里有一个貌美的妻子向亲朋好友炫耀，还是在晚上与一个美丽的女子共享最甜蜜的时刻？无论是哪一种选择，似乎都不能让人满意。

突然，他想到了老女巫给亚瑟王的答案：女人真正想要的是能够掌握自己的命运。于是，他回答道："亲爱的，你可以自己选择喜欢的方式。"

听到这句话后，新娘发出了银铃般的笑声，马上说："亲爱的将军，谢谢你给了我掌握自己命运的权力，女人不会希望自己有难看的时候，所以我的选择就是永远保持现在这个美丽的样子！"

（本篇月月评短信代码：0322）

（题图：箭　中）

《范大宇故事集》出版

继吴伦、吴文昶、崔陟、黄宣林、夏元寿、何初树、肖士太后，《故事会》又编辑了第八本"中国故事家创作丛书"：《皇城根儿下说故事——范大宇故事集》。本书定价20元，免收邮资。邮购地址：上海市市南绍兴路74号上海文艺出版社邮购部；邮政编码：200020。

· 幽默世界 ·

人情债

□ 叶 飘

这天，老孙起床迟了，来不及吃早饭，签到之后，便溜到单位边一个小吃店，要了一碗豆浆两根油条。刚坐下，忽听有人和他打招呼："老孙，媳妇没给您做早饭哪！"

老孙一看，是隔壁办公室的小王，连忙点头，解释说："昨天看电视晚了，早上起不来。"

小王呼啦呼啦就把拌面和炖排骨汤吃完了。这时，老孙的豆浆油条也端上来了。小王一看，说："还挺节约的嘛！"就起身招呼老板结账，他指指老孙："他的一起算上。"老孙忙推辞，小王满不在乎地说："别客气，又没几个钱。"

也是凑巧，这天中午，老孙走进一家快餐店，点好菜后挑了个角落坐下，正吃着，又听到了小王的声音。老孙想起了早上的豆浆油条，心里七上八下的，不还小王这个人情吧，脸上无光；要是回请呢，一份快餐最少五块，可是那豆浆油条才一块三，太亏了。

老孙拿定主意，避而不见，就背对着店堂慢腾腾地吃起来。时间特别难熬，一会儿，老孙听到小王要伙计添半碗饭，他不禁暗暗叫苦：自己面前盘子里的饭菜就要吃完了，总不能呆坐着吧。正巧伙计走过来，老孙也要了半碗饭和一份青菜。那顿饭吃得老孙差点撑死，总算熬到小王吃完离开。

后来，老孙想想还是应该回请小王吃顿早饭。就天天跑到那家早点店，边吃边等，可怎么也等不到小王。

·幽默世界·

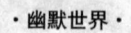

老孙找了个借口去和小王聊,打听到小王最近早饭改吃牛奶和面包了,这才宽下了心,也不去早点店了。

可意外还是发生了。这天老孙又起晚了,还到那家店里吃早点,因为特别饿,就破例多要了一份炖排骨汤。正吃着,猛然看见小王远远地走来。老孙暗叫不好,心想,这回怎么也要回请小王,但一摸口袋:糟!他只带够了付自己账的钱!这可怎么办?

办法只有一个,就是赶在小王进店之前离开。老孙看着香喷喷的炖排骨汤,又有点舍不得。于是他开始狼吞虎咽,谁知一不留神,一根小骨头卡到了嗓子里。老孙也顾不上了,扔下钱就急忙冲出店门。回头再看小王,根本没进早点店,他是去隔壁西饼铺买面包的!

问题是,喉咙里的小骨头怎么也取不出来。老孙只得上医院,一番折腾,骨头是拿出来了,可收费单上的价格是三百。

望着那张收费单,老孙真是欲哭无泪,喃喃地说:"这顿豆浆油条,也太贵了吧!"

(本篇月月评短信代码:0323)

细米

(青春小说系列)

曹文轩著

作者是大家,文笔纯净,气息凝重,有过人的白描功力。他落笔生风,将乡村生活表现得清新明丽,令人神往。且会造势,会"抓人",并着力将笔触伸进人性深处,所以不能不使读者内心激流涌动,甚至骤起风暴。

本丛书为"青春小说系列"。作者果然抓住了"青春"二字,男女主人公在生命轨迹的交汇与撞击中,同时完成了内心的蜕变与飞跃……

邮购电话:021-64716466;汇款地址:上海市市南绍兴路74号上海文艺出版社邮购部;邮编:200020。

行为纯正的贫穷人,胜过乖庆愚妄的富人。——《旧约》

·幽默世界·

产的不如捡的

□ 顾文显

星期天，老康头划拉了自家地里产的三瓣大蒜，领着孙女上城里卖钱。

爷孙俩经过一个垃圾堆，见有个穿绒裙子的年轻女人，骂咧咧地将一只纸箱扔到垃圾堆上，转身就走。老康头看那只箱子蛮干净的，走近一看，原来是一箱烂西红柿，说是烂，里面还有不少好的。老康头便扛起纸箱，到一个小河沟边，好一通冲洗，又把没烂的拣出半纸箱，打算带回家吃。

老康头领着孙女在市场蹲了两个小时，大蒜没人问价。他怕孙女饿，便掏出小手帕，拿两只西红柿，擦干净了，爷孙俩每人一只，吃得很甜。

这时候，有人在摊边站住了，问："老头儿，你这西红柿多少钱一斤？"老康头一仰脸，老天，这不是刚才扔纸箱那女人吗，胳膊上还挎着个西装男人。老康头不好意思承认自己是捡人家扔的，便硬邦邦地说："两块。"他知道这东西市场价一块五，高点要价把对方吓跑了拉倒。哪想到，这女人听了二话没说，用手一点："你给我称五斤。"到了这节骨眼，老康头只好跟邻摊借秤，给女人称了五斤西红柿。女人转身教育那男的："你瞧人家爷俩吃得那么欢，这肯定是自家种的，无污染，绿色食品！"那个穿西装的男的听了连连点头。

这工夫身后又过来一个男人，问了价，咕哝道："这么贵？"裙子女人不屑地白他一眼："那边一块五呢，你去买吧。"男人受了抢白，也对老头说："剩下的我都要了。"一称，七斤多一点，算是十四块钱。

顾客走远了，老康头仍然像在梦中一样：这城里人是咋的啦，自家产的大蒜没人要，捡来的西红柿却卖了二十四块钱！他拉着孙女的小手，笑眯眯地说："早知道，刚才咱吃那破番茄做啥呀，白扔掉一块多钱。走，爷爷带你下馆子，出来没准还能碰上个好垃圾堆哩。"

（本篇月月评短信代码：0324）

·幽默世界·

张三卖药

□ 文 泉

张三是个药店的售货员,不过,他干得实在不怎么样,已经整整一个月没有卖出去一瓶药了。老板问他为什么不卖药给顾客,张三回答说:"那些来买药的病人都只告诉我他们哪里不舒服,从来不告诉我他们要什么药,我怎么卖呢?"

老板火了,他警告张三说:"如果下一个病人来,你还不把药卖给他的话,你就不要再来上班了!"偏偏这时来了一个人,咳嗽得非常厉害,好像连肺都要咳出来了似的。那人直接走到张三跟前,问他有没有治咳嗽的药卖。

张三虽然心里面七上八下,可嘴里却一口应承道:"有有有……请稍等片刻,我这就给您拿过来!"话没说完,他就转身到货柜里面乱翻起来。可是,他就是找不到什么治咳嗽药,他想回头跟那人说找不到,可是却看见老板正盯着他。张三把心一横,拿了一瓶泻药塞进那不停咳嗽的人手中,用非常肯定的,只有专家级的医生才会使用的口吻对那人说:"立刻把这药吃下去,你就不咳嗽了!"

病人听他这么说,想都没想,甚至连药瓶上的说明都没看一眼,就把药给吃了,付完钱便急急地往外走去,刚刚走到大街上,病人就扶着一根电线杆一动也不动了。

老板对张三说:"不错,看来你还是会有进步的嘛。那家伙咳得不轻啊,你卖了什么药给他?""泻药。""什么?"老板大吃一惊,"泻药治得好咳嗽吗?"

"你看,老板!"张三指着外面那个人说,"他这么久了都不敢咳一下!"

(本篇月月评短信代码:0325)

· 幽默世界·

让妈妈晕倒的故事

□ 平 之

六一儿童节，电视台举行儿童讲故事比赛。为了体现故事的真实性和精彩性，比赛题目在开始前五分钟才告诉大家。

故事的题目是"爸爸妈妈的故事"，要求讲述发生在爸爸妈妈身上的故事。轮到小明上场了，台下坐满了观众。妈妈摸摸小明的头说："小明你别怕啊，上了台你别往下边看，就不慌了！"小明笑着说："妈妈，我怎么会怕人多呢？人不多我才怕呢！"

小明说到做到，上了台就对台下观众做了个飞吻，然后拿着主持人递过来的话筒开讲了："我从四岁开始就不跟爸爸妈妈一起睡，自己睡一个房间了。有一天晚上，我听见爸爸妈妈房里传来吱吱的声音，好像是床铺响的声音，我想到底是怎么回事呢？于是我就偷偷来到爸爸妈妈房门口，从门缝往里瞧，你们说我看到了什么？"小明说到这里不讲了，眼光朝台下观众横扫，得意洋洋叫大家猜呢！

显然大家都巴望着小明能讲出什么出人意料的精彩情节来呢，所以全场都安静下来了。

小明的爸爸妈妈当然想不到这小子讲的是这种故事，这时心里直叫苦：我的妈呀！讲什么主题不好，偏讲这个呀！

小明见大家都等不及了，这才揭开谜底："我看见他们两个在搬床呢，我们家床铺是正宗柳州睡宝！很重的，怪不得发出吱吱声呀！"

哄的一声，人们大笑起来。

小明爸爸妈妈心上的石头刚落地，没想到小明接着讲开了："还有一个晚上，半夜里我听见爸爸妈妈房里劈里啪啦响，爸爸好像讲着什么，妈妈啊啊地叫，我以为爸爸妈妈打架，我就起来了，从门缝往里看，你们说这回我看到了什么？"小明说到这里

·幽默世界·

赶猩猩

□ 唐 慈

有天早上,汤姆发现他后院的树上有只大猩猩,张牙舞爪十分吓人。他想起这几天电视上有动物园播的启事,说是一只凶猛的大猩猩从笼子里溜了出来,要市民小心,千万不要去招惹它。

汤姆连忙打电话到动物园去。不一会儿,动物园就派来了一个人。来人带着一只高大威猛的狼狗、一个扫把和一把猎枪。汤姆搞不懂靠这些东西怎么抓猩猩。

那人来到树跟前,抬头看了看,说:"不错,这就是那只逃出来的猩猩。"

说着,他把手里的枪交给汤姆,叮嘱道,"你一定要听仔细了,这非常重要。一会儿,我爬上树去用扫把赶那只大猩猩下来,等它掉下树来的时候,我那只训练有素的狼狗就会冲上去咬住猩猩的脖子,然后我们就能把它制服……"

汤姆看了看手中的猎枪,有些不解地问道:"那这把猎枪有什么用呢?"

那个人说:"别急,我还没说完呢。你端着这把枪,万一要是我被猩猩从树上赶下来,你赶快用枪打我的狼狗!"

(本篇月月评短信代码:0327)

又打住叫大家猜。

全场静得各人都只听见自己的心跳,小明的爸爸直拍大腿,小明的妈妈脸都红到耳根了。

小明得意了一阵,揭开谜底:"你们猜不出来了吧?告诉你们,我看见他们在打老鼠,我妈妈怕老鼠,老鼠一跑到她脚边她就啊啊大叫,你们说好笑不?我妈妈这么大的人还怕老鼠呢!"

(本篇月月评短信代码:0326)

(本栏题图: 李 加**)**

过着杞人忧天的生活,那人生就未免太短暂了。——金斯利

故事会

二〇〇四年第二期
下半月刊·绿版

[故事会爱好者丛书]
哲理故事

《故事会》编辑部编
32开　　5.00元

生活中处处有哲学，57则作品无不通过曲折生动的故事情节与矛盾冲突，揭示丰富和深刻的哲理内涵，让你从中看到智慧的闪光与思想的火花，并由感情的激荡而升华为哲理的思索，从中悟出事物深层的蕴含与人生命运的真谛。

[故事会爱好者丛书]
打官司故事

《故事会》编辑部编
32开　　5.00元

"打官司"这个词具有强烈的民间语言色彩，官司一打起来，各种矛盾冲突就无可回避，无法隐藏。本书共收集涉及法制的故事30则，分6大类，它们是：精彩个案，愚昧法盲，弄权枉法，道德法庭，回头是岸，法永道恒。

[故事会爱好者丛书]
女死囚故事

《故事会》编辑部编
32开　　5.00元

触摸女死囚凄绝的灵魂世界，探索现代人复杂的心理误区，本书记述的是在生活的地下长河里缓缓流淌的真实故事，她们是一群行走在生命极地上的女人。

[故事会爱好者丛书]
打工故事

《故事会》编辑部编
32开　　5.00元

随着改革的不断深化，打工的观念将会成为社会普遍认同的一个观念，本书收编的24则故事，就是生活中打工仔、打工妹们打工生活的真实写照与缩影，它们是同类故事中的精品，相信能引起您的阅读兴趣。我们祝愿打工者们：明天会更好！

邮购电话：021-64716466；汇款地址：上海市市南绍兴路74号上海文艺出版社邮购部（免邮费）；邮编：200020。

栏目	标题	作者	页
	笑话15则	杨畅等	4
	快乐辞典		8
我的故事	漂泊路上	红叶	9
16岁故事	无泪的天空	张晓峰	12
中国新传说	中国地图	刘春山	17
	司机的梦	韩进林	19
	一双男人鞋	吴庆安	23
	的哥上夜班	于于	32
	祸从狗起	张长公	34
	天国之约	周远河	36
	恨你不容易	邢东	38
	两个喷嚏	宾澜	41
阿P系列幽默故事	和局长亲密接触	王国龙	26
哲理故事	分汤方案	郑学伟	29
传闻逸事	戏迷	荣庆	30
民间故事金库	错走一步	孙庆章	44
	棋呆	王洪震	49
外国文学故事鉴赏	一幅镂刻版画	李丹	52
情感故事	60岁的浪漫	路一歌	56
东方夜谈	魔鬼乐队	梁洪涛	59
	找替身	林火	62
悬念故事	电话上的花招	郑开慧	63
	3分钟典藏故事		65
中篇故事	八百里风云	国鹰	68
幽默世界	《形象的比喻》等9则	李建平等	82
	漫画故事		89
海外故事	最后一枚筹码	王晖	90
	本刊信息传真		11、28、31、33、48、83、94
	"80万元读者大奖"活动信息		
	"'掌上灵通杯'优秀作品月月评"等		22、58、80

故事会

2004年2月
下半月刊·绿版

主 编：何承伟
副主编：吴伦

社务委员会
何承伟 吴伦 姚自豪
夏一鸣 冯杰 张凯

本期责任编辑：鲍放
美术编辑：李宝强

发稿编辑：
夏一鸣 蔓石
马峡 梁宁宁
潇白 姚自豪

主管：上海市新闻出版局
主办：上海文艺出版总社
（上海市绍兴路74号）
邮政编码：200020
电话：021-64375030

出版发行：《故事会》出版发行部
（上海市建国西路384弄11号甲）
邮政编码：200031
电话：021-64313938

广告总代理：上海文艺广告传播中心
上海市绍兴路74号（邮编：200020）
广告总监：张淮
广告业务：021-34010383
广告投诉：021-64333738
广告经营许可证
沪工商广字3101034000029号
国外发行：中国图书贸易总公司
印刷：上海商务印刷厂
发行：上海市报刊发行局
南京市报刊发行局
浙江省报刊发行局

本刊封面、内文彩页采用晨鸣纸业铜版纸
封面图片由Corbis/达志影像提供

本刊各栏目欢迎来稿。来稿寄上海市绍兴路74号《故事会》杂志社，邮编：200020，请在信封上注明"××栏目"收；本期责任编辑E-mail地址：tigerbao2002@yahoo.com.cn

·笑话·

什么毛病

家电修理部的老王上班后对同事抱怨说："真倒霉，昨晚没睡好，被邻居叫去修电视机，折腾了大半夜。"

"怎么要这么长时间？什么毛病？"

"什么毛病也没有！"老王哭笑不得地说，"查来查去，结果是他们老夫妻俩戴错了眼镜！"

（杨畅）

更愉快

有人在黄山顶峰石壁上刻下一行字：我和太太到此一游，很愉快。几天以后，旁边多了另一行字：我到此一游，没带太太，更愉快！

（高培溟）

（本栏插图：李加）

傻儿子

儿子问爸爸："为什么鸡蛋是椭圆形而不是方形的？"

爸爸不知怎么回答。

儿子又问爸爸："为什么人的鼻孔眼朝下而不是朝上呢？"

爸爸还是不知怎么回答。

儿子再问："为什么人的脚趾头在前而不是在后呢？"

爸爸因为还是不知道怎么回答恼怒得差点要举起了拳头。

儿子得意地朝爸爸笑道："爸爸，这么简单的问题你怎么会答不出来呢？因为鸡屁眼是圆的，所以鸡蛋才会是椭圆形的呀；如果人的鼻孔眼朝上，下雨天不是要被雨水呛着了吗？脚趾在前的原因更简单了，如果在后面，不是要被后面的人踩了吗！"

爸爸愕然。

（魏然 红超）

只有建立在真实生活基础上的幽默才会不朽。——马克·吐温

找 邻 居

张大妈有急事要给城里的儿子打电话，找了半天，找到了儿子离家时留下的电话号码"1234567"，可是打过去没人接。

怎么办？找邻居！张大妈于是拨号码：1234568。

对方还没开口，张大妈就赶紧说："我找你们邻居阿毛。"那一头回话："没这个人。"

不对呀？那就换个邻居问问。张大妈再拨号码：1234566。对方问："喂，你找谁？"张大妈赶紧客气地说："不好意思，我找你们的邻居阿毛。"回话："对不起，我们不认识。"

"啪嗒"电话断了。张大妈心里嘀咕："城里人硬是不如我们乡下人，三个电话号码都是连着的，明明是邻居，还硬说不认识。怎么会没这个人呢？"

（梅向山）

风雨同舟

有个小伙子在报上登了一则征婚广告，自我介绍后特地补充了一句：欲寻觅一位能与我风雨同舟的姑娘为伴。还留下了自己的电话号码。

第二天，他就收到了这样一则短信：请问这个"舟"是小木船还是豪华巨轮？

（李明翠）

对"钱"下药

实习生向主治医生请教："病人来看病，你首先问他职业。难道病与职业一定有关系吗？""不，"主治医生向他解释，"钱与职业有关，问清楚了，我可以对'钱'下药。"

（黄小平）

没有缘分

小姐和先生约会。小姐问先生："你有'奔驰'吗？"先生摇摇头："没有。""你有洋房吗？""没有。"小姐讪笑道："那看来我们是没有缘分了。"

先生无可奈何地起身，自言自语道："难道非要我把'宝马'换成'奔驰'，把二百平米的别墅换成洋房吗？"小姐晕倒。

（熊 娇）

· 笑话 ·

谁之过

法官:"我担任这个地方的法官以来,已经在法庭上见过你七次了,难道你不觉得羞耻吗?"

被告:"你不能升官,可不是我的过错。"

(李意昂)

在旅馆里

旅馆走廊上,挂着一块牌子,上面写着:请在夜间保持安静,切勿打扰旅客休息。

第二天早晨,人们发现牌子上这行字的下面又添了一行小字:如果老鼠也认字,那该多好!

(耿无为)

这梦真好

一天清晨,丈夫对妻子说:"我昨晚做的梦真好。"

妻子问他:"你梦见什么了?"

丈夫说:"我梦见抽屉里有很多钱,我随便花;酒柜里有很多酒,我随便喝;咱家还雇了保姆,我不用天天洗碟子涮碗了。你说,我这梦说明了什么?"

妻子冷冷地回答:"说明你确实是在做梦!"

(邱美中 供稿)

驴的故乡

一天,有个外乡人在酒吧里喝着酒,竟然大喊了一声:"总统是驴!"

旁边有个大汉立刻气势汹汹地走到他身旁,说:"喂,你怎么可以这么喊呢?如果你再这么喊,我就狠狠揍你一顿。"

"先生,真不好意思,"那外乡人立刻赔礼道,"我不知道这里是总统的故乡。"

"不,不,不,"那大汉纠正他说,"这里是驴的故乡!"

(阎树声)

6　笑声,是所有感觉中最好的感受!——乔西·比林斯

· 笑口常开 轻松一刻 ·

满意的辞退

布顿先生听说自己要被公司解雇了,便去找老板:"既然我在公司干了这么多年,我想至少公司应该送我一封感谢信。"老板同意了,并说第二天就给他。

果然第二天早晨,布顿先生刚到公司,就在自己的桌子上看到了一封信,上面写道:"布顿先生,您在本公司工作了10年,当您离开公司的时候,大家都很满意。"

(严抒生)

薄 煎 饼

医生对病人说:"你得了一种罕见的传染病,我们准备把你隔离起来,你只能吃薄煎饼了。""为什么?薄煎饼能治好我的病吗?"

"不能。但从你门缝下只能塞进去薄煎饼。" (胡长修)

突击学法

有个王老汉,老伴刚去世,他自己病重又住进了医院。同室病友见其子女一直不来照顾,觉得十分奇怪,王老汉苦笑着说:"他们正忙着学法呢。"

病友大惑不解:"学法是好事,可也要落到实处,尊敬老人才行啊!"

王老汉叹了口气:"他们正在学'继承法'哪!" (孙明喜)

照 旧

比赛前夕,拳王老猫又住进了那家五星级宾馆。

服务员热情地迎上来问:"您还是住上次那个套间吗?"

老猫点点头:"当然!"

服务员又问:"您的早餐和晚餐还是上次那个标准吗?"

老猫依旧点点头:"当然!"

"那……"服务员迟疑着开口道,"如果您的鼻梁骨再被打折了,还是联系上次那家医院吗?"

老猫愕然……

(印岱)

(欢迎来稿,本期责任编辑电子邮箱: tigerbao2002@yahoo.com.cn)

· 快乐辞典 ·

读者推荐：值得关注的流行语

◇ 十年以前别人的笑话常常让我捧腹大笑，十年以后只有老板的笑话才能让我捧腹大笑——即使已经听他说过八遍了。

◇ 十年以前我以为我的生活至少会有五百种可能，十年以后我知道我的生活只有两种可能：晚上回家吃饭和晚上不回家吃饭。

◇ 十年以前同学见面，大家说进步进步，学习进步；十年后同学见面，大家说发财发财，恭喜发财。

◇ 十年以前常常很傻，十年以后常常很会装傻。

◇ 十年以前明知道那个女生很喜欢自己，也不敢追她，怕被拒绝；十年以后明知道那个女生不喜欢自己，还要去追她，被拒绝也无所谓。

◇ 十年以前别人告诉我一个故事，我假装不信，其实是相信的；十年以后别人告诉我一个故事，我假装相信，其实是不信的。

◇ 十年以前以为孩子是一个奇迹，十年以后知道母亲才是一个奇迹。

◇ 十年以前我认为需要很多人的爱，十年以后我才知道很多人需要我的爱。

[故事会爱好者丛书]

校园故事

　　《故事会》自复刊以来，总发行量达8亿余册，是中国发行量最大的期刊之一。《故事会爱好者丛书》系从上万则作品中挑选而成，可称是这类故事书中的精品。

　　本书集校园生活故事34则，分6大类：缤纷校园、人小鬼大、青春烦恼、情谊无价、海阔天空、顶天立地。它是一本充满活力的书，学生的时代，校园的生活，如花盛开般奔放，如火焰般热烈。从儿童时代保存下来的美好的神圣的回忆，也许是最美好的回忆。

　　本书由《故事会》编辑部编辑，上海文艺出版社出版发行。书价：5元，含邮费。邮购电话：021-64716466；汇款地址：上海市市南绍兴路74号上海文艺出版社邮购部，邮编：200020。

·我的故事·

漂泊路上

□ 红 叶

漂泊的日子里，一个姑娘最怕什么？

我是"穷人的孩子早当家"，十八岁就开始走南闯北到全国各地去推销我们湘西的名茶，成了一个道地的卖茶妹子。在外漂泊的日子里，要问我最怕的是什么，我不怕山高路远，不怕受冻挨饿，最怕的就是夜晚。对一个姑娘来说，每晚在外借宿实在是一件很可怕的事情，遭人拒绝、被人猜疑或者是受人欺负，那都是家常便饭，即使半夜被人撵出来也不稀奇。

这天黄昏，我在鄂东一个名叫李家村的地方做完最后一笔生意，天已经黑透了。这是一个偏僻的村庄，离最近的小镇也还有二十多里山地，我不敢独自一个人走夜路，而且已经累得没了一丝力气，恨不得歪在路边倒头就睡。我硬撑着在村里寻找夜宿的地方，后来在一片鱼塘边发现了一个大概是过去人家守夜的小屋，门虚掩着，里面没有一丝儿亮光，我决定先去那儿歇歇脚再说。

为了以防万一，我走近小屋时轻轻唤了几声，果真没人，这才小心翼翼地钻了进去。黑暗中，我摸到里面有一张床，床上还有被子，我真是喜出望外，掀开被子就睡下了。

已经多少时候没有这么熟睡过了，一觉醒来已是第二天早上，太阳升起老高，我慌忙爬起来到门口张望了一下，见四周没人，背起茶袋就赶

故事会 2004年2月号绿版 **9**

·我的故事·

紧逃出了小屋。

走出大老远的我才敢回头。阳光下，我看那小屋虽然又破又脏，可正是这个简陋的地方，昨晚却给了我一夜好睡！我心存感激地眺望着这个对别人来说毫不起眼的地方，两眼溢满了泪水……

这天，我并没有走远，不知是因为这一带生意不错还是因为这个温暖的小屋，反正到夜幕降临的时候，我不由自主地又转回到那个小屋去了。

屋里还是没人，不过我发现小屋的主人白天回来过，而且她也是个女人，因为我在床上摸被子时，摸到一把梳子和一面小圆镜，还有一件女人的小衣服。

我心里禁不住一阵窃喜，绷紧的心完全放松下来：女人和女人，怕啥！我干脆放心地脱了衣服，舒舒服服地睡下了。

我很想能够见上这个女人一面。第三天我卖完茶叶，轻车熟路早早地就回到了小屋，可是这个女人并没有来。

我不能老待在一个地方，明天就要离开这儿到另一个站点去取货了，这一晚，带着深深的遗憾和失望，我渐渐进入了梦乡。

第二天鸡叫头遍的时候我就起床了，因为要去赶早班车。临走时，我将床铺收拾得干干净净，又从茶袋子里掏出三包茶叶，压在枕头底下，这是我对女主人的一点谢意。

要走了，这个小屋也许我再也不会来了，我跨出门去，充满眷恋地在屋前屋后走了一转。

这一转不打紧，我猛然发现屋后的水沟旁躺着个人，是个四十出头的汉子，身上还盖着一件破棉袄。我顿时毛骨悚然，"啊"地惊叫了一声，拔腿就跑，一路跑一路庆幸自己幸亏走得及时，否则那汉子酒醒了不知会干出什么事来。

一个月后，我卖茶再一次路经鄂东，在李家村，那些老主顾们很快认出了我。

10 世上惟有"真"才是最可爱的。——波亚诺

·敞开心扉 诉说真情·

有个大嫂拉着我的手问:"妹子,一个月前,有个女人在村外塘边那个小屋住了几夜,是你吧?"

我的脸顿时红到了耳根,不好意思地点点头。

大嫂迟疑片刻,说:"那守夜的二愣子,没把你咋样吧?"

我立刻猜到大嫂说的二愣子准是我临走时撞见的那个汉子,我告诉大嫂,我在那小屋住了三夜,只是到临走时,才发现那个二愣子躺在屋后的水沟旁。

大嫂听我这么说,眼圈儿就红了,大滴大滴的泪水往下落。她说,那守鱼塘的二愣子是她的小叔子,从小就没了爹娘,在哥哥的拉扯下念了几年书。结婚后他跟一个窑匠学烧窑,没学多长时间,竟得了严重的哮喘病,媳妇为了挣钱给他治病,去南方打工,在一次意外火灾中命丧他乡,二愣子天天在家盼媳妇,怎么也料不到盼回来的却是一只骨灰盒。从此他清醒一阵糊涂一阵,时不时盼到村口,将归乡的女人都认成自己媳妇。那一夜,他见小屋忽然来了个女人,又犯糊涂了,以为是媳妇回来了,后来才明白那也是一个漂泊在外的女人,夜里没地方睡,把他的小屋当窝住了。二愣子心痛得不得了,不但没赶那女人走,还生怕吓着她,故意把过去媳妇用过的东西放在床上……他自己呢,怕那女人一人睡塘边不安全,晚上天又冷,于是就揣瓶酒,喝得烂醉后睡在屋后头,整整睡了三夜。女人走后不久,二愣子因为受了风寒哮喘病发作,有天夜里一口痰堵了喉咙,一个人静静地去了……

听罢大嫂的哭诉,我如遭五雷轰顶,顿时肝肠寸断。我啥话也没说,疯了似的往水塘边跑。

大嫂带我来到二愣子的坟前,我长跪在地,连连呼喊着:"大哥,大哥呀,我就是那个漂泊的湘西妹子啊!三夜之恩,我咋报答你啊?"

(本篇月月评短信代码:0401;活动信息详见p58)

(题图、插图:安玉民)

(欢迎来稿,本期责任编辑电子邮箱:tigerbao2002@yahoo.com.cn)

《范大宇故事集》出版

继吴伦、吴文昶、崔陟、黄宣林、夏元寿、何初树、肖士太后,《故事会》又编辑了第八本"中国故事家创作丛书":《皇城根儿下说故事——范大宇故事集》。本书定价20元,免收邮资。邮购地址:上海市南绍兴路74号上海文艺出版社邮购部,邮政编码200020;邮购电话:021-64716466。

·16岁故事·

无泪的天空

□张晓峰

这儿的天空一片静寂，没有眼泪，只有回忆……

有个男孩，名叫金宝，自小就没了爹妈，靠吃村里的百家饭长大。十七岁那年，他随人家到乌通河畔的一个金点，在工地上专门负责给大伙儿挑水送饭，打工挣钱。每天天不亮他就要起床，晚上得等最后一批民工下了工吃了饭，他的活才算完。金宝个子小，老板说干这个算是照顾他了。

这天，天已经完全黑了，金宝拖着疲惫的身子回到工棚，刚想往铺上躺一会儿，突然，一个从河南来的打工仔惊叫起来："谁动了我的包？我的包被人翻过了！"

这一喊，其他人就纷纷看自己的包，发觉也被人翻过了。虽说东西没发现少什么，可工棚里的气氛顿时就紧张起来，大伙儿你看我，我看你，最后不约而同把目光盯在了金宝身上：大伙儿白天一起干活，晚上一起睡觉，谁也没有耍过单帮，能有机会单独出入工棚的只有两个人，一个是给大家做饭的老翟头，一个就是金宝了。老翟头又瘸又拐，笨笨拙拙的没那本事，剩下的不是金宝还会是谁呢？

生命是充满遗憾的篇章，因为它没有机会让你修改病句。——爱玛·洛蒙贝克打工仔们顿时一个个变得凶神恶煞起来，挥舞着拳头要揍扁金宝。金宝又惊又怕，其实他什么也不知道呀，可一肚子委屈没法当面申辩，吓得只好躲到老翟头那里。

老翟头看又黑又瘦的金宝就像一只受了惊吓的小兔缩在墙旮旯里，不由叹了口气："唉，欺负一个孤苦伶仃的孩子，真是作孽呀！"他对金宝说："孩子，凑合着熬吧，熬到乌通河结冰了，咱们就都回家了。"

老翟头不提"家"字还好，一提这个"家"，金宝原本就在眼眶里打转转的泪水"哗"的一下就下来了，他从小就没爹没妈，哪里还有家啊！老翟头心里一酸，一把把金宝揽在了怀里。

老翟头留金宝住在自己这儿。可是住了不到一个星期，这天，那个河南仔又大叫大嚷起来，说他的手表早晨上工前忘在了铺上，下工回来后就不见了，翻遍了铺上铺下角角落落，就是没找到。

河南仔咬定是金宝干的，骂骂咧咧一阵摔打之后，就气咻咻地去报告老板。

老翟头的心一下子提了起来：金宝年龄太小，涉世未深，哪对付得了老板这号心狠手辣的人？老板整天牵着一条凶猛的藏獒，在金点周围转来转去，上次有个民工的孩子拿了一点沙金回来玩儿，正巧被老板撞见了，这民工被老板打得死去活来不说，第二天就被喝令卷铺盖走人。

老翟头赶紧想提醒金宝几句，可不知为什么，突然觉得金宝有意无意地老在躲他的眼光，甚至连神情也有些慌张。老翟头心里不由起了疑：莫非这孩子真干下了那号事？

当晚，活儿干完之后，老翟头拉过金宝试探着问了一句："孩子，有难处跟大伯说说？"

金宝眼眶红红的，可是什么也没说，老翟头不由深深叹了口气。

第二天一大早，天刚蒙蒙亮，老

翟头猛然惊醒过来，发现金宝不见了，走出伙房一看，金宝一个人正悄悄蹲在伙房后面的沙地上，入神地看啥东西。

此时已是深秋时节，清晨的草木山石都挂上了厚厚一层霜，金宝衣衫单薄，身子冻得有点瑟瑟发抖，但老翟头看到他脸上分明挂着平时少有的笑容。

老翟头脑子里一个激灵：他是在藏偷来的手表？不行，我不能眼看着这孩子毁了。"金宝——"他冲着金宝的背影轻轻喊了一声，他不想把事情闹大，只要金宝认个错，他愿意出面替金宝去向那个河南仔说情。

可谁知金宝的动作比他的声音还快，转手把东西揣进了怀里，站起来就走，老翟头傻眼了。

一整天，老翟头没见金宝的影子，他心里七上八下地寻思着，总觉得要出事儿。果然，傍晚收工的时候，工棚那头突然传来金宝惊恐凄厉的哭喊声："救命啊，救命啊！"

老翟头慌忙奔过去一看，只见金宝身上满是泥沙，原本破旧的衣裤上又多了一条条新撕裂的口子，破衣片被山风一吹，露出了身上一道道血痕，老板的那条藏獒正伸着长长的舌头，"哈哈"地喘息着，围着金宝嗅来嗅去，似乎在寻找新的下口地方，金宝吓得抖成一团，哀哀哭泣着，一动也不敢动。

这时候，民工们都陆陆续续从工地上回来了，大伙儿一见这情景都愣住了，那个河南仔惊出一身冷汗，连连懊悔自己干吗不直接找金宝算账而要把事情捅给老板。

这时，只听老板"忽"一声轻喝，那条藏獒"唬"地立起，又向金宝身上扑去，金宝吓得脸色惨白，哇哇大叫。

老翟头再也看不下去了，一瘸一拐地分开众人走进圈内，老板朝他眼一瞪："这儿没你的事，你给我滚一边去！"

老翟头壮起胆子说："老板，求求

不幸是一座最好的大学。——别林斯基

你放了他吧,他还是个孩子啊!"

老板根本不理睬老翟头,恼怒地一抡胳膊朝藏獒高吼了一声,那畜生便再一次朝金宝身上扑去,鲜红的舌头舔着金宝的脸。

金宝惨烈而又绝望地哭喊着:"我没偷啊,真的不是我偷的啊!我……"突然,他一个趔趄,身子重重地倒在脚下一块三棱尖石上,锋利的石尖深深地扎进了他的后脑,他的哭叫声戛然而止,殷红的鲜血从他的脖子下流出,淌进他身旁的水洼,他大张着嘴,两只眼睛惊讶而又痛苦地望着天空。

空中,一群南归的大雁正飞过,发出阵阵哀鸣……

金点这地方天高皇帝远,谁也管不着,死个民工就像死只小猫小狗,所以老板一看出了人命掉头就走,那些民工们自顾不暇,也跟着四散开去。

老翟头摇摇头,叹口气:"唉,这可怜的孩子!"他走过去,轻轻为金宝合上眼睛。

在整理衣服时,老翟头发现金宝上衣口袋里有一张照片,翻过来一看,呆住了:这是老翟头自己的一张"全家福",他和老婆中间,是儿子的笑脸。他突然想起来了,金宝当初看到这张照片的时候,就红着眼睛指着照片上他儿子说:"唉,这要是我该多好!"老翟头这才恍然大悟:他一早蹲在那儿,就是在看这张照片啊!这孩子,打小就连父母长得什么样都不知道,他是把照片上的儿子当他自己,想有个爹疼他,有个妈护他呀!

老翟头掩埋了金宝,第二天工钱也没要就离开了工地。

三天之后,一辆警车呼啸着开进了金点。原来是老翟头去报的案,他一直怀疑工棚里偷鸡摸狗的事儿是老板自己干的,只是苦于拿不到证据,怕弄不好还要连累自己,所以一直没敢吱声。金宝的死,让他义无反顾地走进了公安局的大门。

经过调查,事情果然如老翟头所料,金点老板每隔几天就要到工棚里去搜查一番,一来防民工们偷沙金,二来也顺手牵羊把他看得上眼的东西拿走。河南仔的手表其实就是老板自己拿的,金宝成了他的垫背。

事情真相大白,金点老板被押上了警车!

那个丢表的河南仔在金宝的坟前痛悔不已,民工们都深深低下了头,可是这一切都已经成为过去,金宝将永远长眠在这里。

金点上空一片静寂,留给大家的只是一个沉痛的回忆……

(本篇月月评短信代码: 0402)

(题图、插图:安玉民)

(欢迎来稿,本期责任编辑电子邮箱: tigerbao2002@yahoo.com.cn)

[故事会金栏目·中篇系列]
政府大院养老虎

《故事会》编辑部编
定价：10.00

本书系《故事会》金栏目"中篇故事"的精选，共收9则传奇色彩浓郁的精品。大老虎走进政府大院，还被委以"保卫"重任，它果然尽职尽责，抓到了坏人，真叫新奇荒唐。两头公牛一碰面就眼红气粗，斗得天昏地暗，当它俩遭遇群狼围攻时，竟捐弃前嫌，配合默契，脚蹬角挑，杀得饿狼嗥嗥惨叫，可谓奇妙。还有鹰猴各为其主，舍命拼斗，小黄牛为救女主人，居然初生牛犊不怕狼。民兵营长独闯野猪沟，杀死红野猪。汽车班长迷路斗公狼，血战沙尘……

[故事会金栏目·中篇系列]
"黑色"人物在行动

《故事会》编辑部编
定价：10.00

本书系《故事会》金栏目"中篇故事"精选，共收9则该栏目之精品，主要围绕金钱这一主题多侧面地拓展故事情节。其中有因钱而污染灵魂，导致亲情泯灭，好友成仇，有见财起意，不择手段冒领他人钱财；有为钱所逼，做了违心之事；更有为发横财，行骗作恶等。中篇故事的特点是故事性强，曲折生动，时代感强，读来有较深沉的回味。

[故事会金栏目·中篇系列]
密访曲家屯

《故事会》编辑部编
定价：10.00

本书系《故事会》金栏目"中篇故事"精选，共收9则有关形形色色的"官"的故事精品。清官好官，他们心系民众，为民请命，惩治土顽，为民称颂；他们巧妙拒贿，秉公施政，亦颇感人。有些作品形象地、善意地批评一些干部，为创"政绩"搞形式主义，或弄虚作假，蒙了上级，苦了百姓。对那些贪官污吏们以权谋私，仗势欺人，坑害民众，甚至为逃避罪责杀人灭口、销毁罪证等行为进行了无情的揭露与抨击。

[故事会金栏目·中篇系列]
高原守护神

《故事会》编辑部编
定价：10.00

本书系《故事会》金栏目"中篇故事"精选，共收其9则故事精品，说的是怎么做人的故事。作品一般通过人物的言行，形象地描绘做人的道德、原则与气质，展示人与人的相互关爱、诚信以及见义勇为的精神。行丑心善的火化工关爱弱女，可歌可泣；好邻里关心失足青年，以情动人；男女青年历尽坎坷，体现了大海可以作证的为人美德。

邮购电话：021-64716466；汇款地址：上海市市南绍兴路74号上海文艺出版社邮购部（免邮费）邮编：200020。

· 中国新传说 ·

中国
地图

□ 刘春山

南来北往的列车上,每一节车厢,都是一幕社会活剧的窗口……

这年夏天,一趟北京开往广州的火车上本来就超员了,可到了郑州站又上来好多人,车厢里挤得密不透风。

一个乡下大爷被挤在车厢中部,站都站不稳,他伸长脖子四下张望,发现就在前排,一个小青年正横在三个人的座位上呼呼大睡,旁边站着的人竟没有一个吭声的。

大爷不管三七二十一硬是挤了过去,拍拍他的腿,要他起来让出两个位子来。

这当儿,有人拽他的衣角,大爷一看,是个怀抱婴儿的青年妇女。

那女人低声对大爷说:"凑合着站吧,这号人惹不起!"她边说边指

·中国新传说·

指那小青年的腿。

大爷眼神差,凑近一看,才看清小青年的腿上文着两条龇牙咧嘴的狂龙。怪不得,没人敢惹呀!

大爷没吱声,等了一会,见小青年没有起来的意思,便又重重地拍了拍他的腿:"嗨,你到站了,快起来吧!"

装睡的小青年不知大爷用的是计,跳起来就向车门口挤,于是大爷顺势就坐了下来,还朝那个抱孩子的女人点点头,让她也坐下。

谁知那女人却摇摇头说:"大爷,你快走吧,他肯定会回来的,到时候……"女人话音未落,那小青年已经气呼呼地挤回来了,旁边的人都吓得不由自主地朝后退去。

果然,小青年话没开口就一把揪住大爷的衣襟,恶狠狠地骂道:"好你个乡巴佬,看我今天不揍扁了你!"

这个大爷看来也是个硬汉,一点没被他的气焰吓倒,大声反问道:"凭啥你一个人要占三个人的座位?"

"凭啥?爷我今天让你见识见识!"那小青年说着,猛地扒掉自己的上衣,原来他胸脯上还文着一颗青面獠牙的骷髅头。

谁知大爷不看则已,一看就笑出了声:"嗨,就凭这呀,我身上也有,你比不过我!"

小青年一时摸不着大爷深浅,气焰顿时收敛了不少,小心翼翼地问:"你是老江湖?"

大爷点点头。

小青年不敢造次,讪讪地站着。可是,看这个乡下老头的穿着打扮,不像是江湖中人呀!他决定探个明白:"前辈,你身上文的啥?"

大爷笑笑说:"也没啥,只是文了一张中国地图!"

中国地图?小青年断定这乡下老头是在诈他,不由"腾"地拔出一把水果刀,"啪"朝茶几上一扔,粗声恶气地说:"好,那我今天就非见识见识你的中国地图不可!"

大爷的脸沉了下来:"非要看?"

小青年说:"少废话,今天见不着中国地图,我下手给你文上。"

车厢里空气顿时紧张起来,女人怀里的孩子吓得"哇哇"大哭。

大爷看这情势没说一句话,慢慢把自己的上衣扒拉开来。

小青年惊呆了,车厢里的人都惊呆了。只见大爷的身上布满大大小小几十处疤痕。

大爷如数家珍:"这是打延安留下的,这是打四平留下的,这是打重庆留下的……小伙子,这算不算文了一张中国地图?"

(本篇月月评短信代码:0403)

(题图:王申生)

(欢迎来稿,本期责任编辑电子邮箱:tigerbao2002@yahoo.com.cn)

每个人都是靠自己的本事而受人尊重的。——古希腊谚语

・中国新传说・

司机的梦

□ 韩进林

郝聪明原是新山县中医院的司机,六年前调到县委小车班,给县委书记梁人文开车。新山人戏称：领导的司机,领导的知己,只要握住了一把手的小车方向盘,等于坐上了"升发号"宇宙飞船。这升发号指的是升官发财。为什么这么说呢？原来,在新山有一条不成文的规矩,县里的一把手只要是提拔升迁了,都会把他们的司机安排到效益不错、油水不少、待遇不薄的单位担任二把手。可郝聪明有他的小九九,他做梦都想当一把手。

也是想瞌睡就来了枕头,就在外面流传梁人文要上调到省里的时候,县中医院的院长遇车祸成了植物人。郝聪明见机会来了,就直接找到了梁人文。

梁人文听说郝聪明要当中医院院长,有些为难地说："这可不太好办呀,前几任的司机不都是二把手嘛,搞特殊化常委会上怕不好通过呀。"

郝聪明胸有成竹,说："梁书记,不是我有意给您出难题,我当中医院院长应该说条件具备,理由充分。第一,我是从中医院出来的,再回原单

·中国新传说·

位,名正言顺。第二,中医院是副科级单位,副科级的一把手与正科级单位的二把手是黄鳝水蛇一般齐,职级都一样。第三,我有中医大学的本科文凭,学的又是中医药剂专业。"

梁人文听到这里,顿时来了兴趣:"哦,你还是中医大学的本科生?那怎么安排你开车哩?"

郝聪明连忙解释说:"我父亲是县汽修厂的厂长,我小时候就会开车。到中医院后,老院长对我十分赏识,有意要把我培养成复合型人才,所以让我先给他开车。梁书记,只要您让我干,我一定不给您脸上抹黑!"郝聪明说着从包里拿出一个大信封,放在茶几上。

梁人文扯开一看是一万元钱,当即脸就拉了下来,十分严肃地说:"小郝呀,你也给我搞这个名堂?赶紧给我收起来!不然的话,你还想到中医院当院长?恐怕副院长也当不成!"

几个月后,梁人文被安排到中央党校学习一年。郝聪明在梁人文离开新山县之前,也顺利地当上了县中医院的一把手。

新官上任三把火。郝聪明上任三把火还没来得及烧起来,这天,梁人文从北京打来电话,说他的老母亲不小心扭伤了腰,他听人介绍有一副祖传单方,就是把100克黄金碾成粉,与糯米饭拌在一起热敷,据说效果特别好。梁人文学习没结束不能回来,于是就想请郝聪明帮忙。

见梁书记如此信任自己,郝聪明心里激动啊,他拍着胸脯对着话筒直喊:"梁书记,您放一百二十个心,这事儿就包在我身上了!"

放下电话,郝聪明立即跑到珠宝行,精心挑了100克黄金,亲眼看着老师傅打磨成粉,然后又到超市买了上等糯米,马不停蹄赶到梁人文家。

梁人文的夫人是省城一所著名重点中学的校长,因为工作脱不了手,一直没有调过来,家里只有梁人文的老母亲和一个老保姆,郝聪明二话不说,挽起袖子亲自动手,把糯米又仔仔细细拣了一遍,淘洗,蒸煮,待火候适中的时候就把黄金粉拌进去,一切都搞得妥妥帖帖了,才轻轻把它敷到老人的腰上。

当晚,梁人文的电话就来了,着实把郝聪明夸了一通。梁人文说:"小郝啊,你这是在替我尽儿子的孝心哪,我真要好好谢谢你,药钱你就从我工资里扣吧!"

"梁书记,您跟我还客气什么呀!"郝聪明一听梁书记把自己比做老人的儿子,激动得声音都发抖了,"梁书记,钱的事儿您就别管了,一副药能有多少钱?我来!"

郝聪明话是说得很响,可心里到底痛的啊:100克黄金哪里是小数目,自己半年的工资全贴上去还不够。但郝聪明是个聪明人,他明白这代价花得值:梁人文能到中央党校学习,这就表明他马上还会升迁,到时候,他吃肉,我弄点骨头啃啃总行吧?

过了一个星期,梁人文的电话又来了,说这方子既然是人家祖传的,他想索性给他老母亲敷上一个疗程,让郝聪明再给买1000克黄金。

郝聪明一听傻了眼:1000克黄金,那可得十几万哪,自己到哪儿去弄这笔钱?不由心里骂开了娘:"你这个黑良心的,用黄金粉敷腰,还什么祖传秘方,狗屁,全是蒙着眼睛哄鼻子,变着法儿敲老子。真是不得好死!"

骂归骂,不过郝聪明骂过后还是冷静下来了,他知道这号人得罪不起。也罢,你敢开口要,我就想法给,把你伺候好了我也得利。于是郝聪明就打着梁书记的旗号,到处浑水摸鱼,趁着单位盖大楼,竟让他搞到二十万元钱,不但把事儿摆平了,自己还额外捞了几万元。

上任才三个多月,就被梁人文弄去了十几万,尽管是公款,郝聪明心里还是酸溜溜的,于是他便开始了花样翻新的"捞钱战争",仅到日本考察订购医疗设备,一次性就向日方厂商索贿人民币50万。

俗话说,要想人不知,除非己莫为;久做必有犯,伸手必被捉。半年后,郝聪明东窗事发,被县纪委双规了。在双规期间,郝聪明为了争取立功,从宽处理,便主动交待了梁人文先后两次向他索要黄金1100克的情况。

县纪委看了郝聪明的检举交待,认为此事非同小可,立即向省纪委报告。

省纪委很快组成了专案组开展调查。经过几个月的反复调查取证后,得出的结论是:郝聪明购买1100克黄金属实,但检举梁人文索贿黄金失实。责成新山县纪委追查郝聪明的1100克黄金的去向,深挖郝聪明的受贿行贿问题。

这天,县纪委办案的负责同志

·中国新传说·

来找郝聪明，向他宣布了省纪委的调查结果："郝聪明，梁人文岳母扭伤了腰的事完全属实，这有医生的临床诊断和X光底片证明。梁人文两次给你打电话的事也完全属实。只是他要的，不是金银珠宝的'金'，而是一味名叫'黄精'的中药。'黄金'与'黄精'，粗听一个音。专案组查阅了大量的医史文献，得知黄精是治疗五劳七伤的要药，名列中华62味补养药之七。关于用黄精加熟糯米热敷腰伤的秘方问题，省专案组先后请教了十几位在国内外享有盛誉的中医药专家，专家们都认为此方确是中华医学的优秀传统秘方，《本草纲目》和《中华中医药典》上都有记载。"

郝聪明像是在听天方夜谭，眼睛白瞪白瞪，怎么也反应不过来。

县纪委的同志不解地问道："郝聪明，你是中医大学的本科生，学的又是中医药剂学，对名列中华补养中药第七位的黄精会一无所知？"

郝聪明张着嘴，瞪着眼，结结巴巴地说："我……我……我那张文凭是……是花钱买来的。"

（本篇月月评短信代码：0404）

（题图、插图：王申生）

"80万元读者大奖"活动之 1
2004年《故事会》"开门红"读者有奖阅读

为回报社会各界对《故事会》的厚爱，本刊自2004年第1期起举办《故事会》"开门红"读者有奖阅读活动，具体规则如下：

1. 本刊已在2004年1月号上半月（红版）、下半月（绿版）、2月号上半月（红版）和2月号下半月（绿版）上，每期刊登了一枚幸运标记。读者凡集齐这4枚幸运标记（复印无效），即可参加抽奖。请将剪下的1—4号幸运标记，连同填好的下表一起寄到上海市绍兴路74号《故事会》编辑部（邮编200020），并在信封上注明"开门红"字样。截止日期：2月29日（以邮戳为准）。

2. 本次活动共设奖金14万元，其中：一等奖50名，各奖摩托罗拉手机一台（或奖金1000元）；二等奖100名，各获奖金600元；三等奖200名，各获价值100元的书籍；阅读奖1000名，各获《故事会》丛书2本。

3. 所有中奖者均由本刊专函通知。

姓　名		性　别		年　龄		文化程度	
职　业		电　话		身份证号码			
邮　编		地　址					

另两项活动见P58、P80。

22　虚伪的真诚，比魔鬼更可怕。——泰戈尔

·中国新传说·

一双男人鞋

□ 吴庆安

不平凡的心灵之所以不平凡，是因为一颗心在流血，另一颗心在宽容！

夜半时分，金锁在外边打完牌回家，坐床边脱鞋时发现床下有一双不认识的男人鞋。审问妻子桂枝，桂枝咬紧牙关一声不吭。这还了得，金锁举手就要打，可眼前突然浮现出丈人丈母那一对凶狠刻薄的面孔。原来，桂枝的爹娘都是势利眼，压根没把种田的金锁放在眼里，明明金锁为他们家事情做得多，东西送得多，可逢年过节一上桌，总是城里的二女婿坐首位，丈人丈母端洗脸水煎荷包蛋地忙活着，从来没有金锁的份。金锁狠狠朝桂枝瞪了一眼："哼，我倒要看看你爹娘明天怎么来收拾你！"

第二天起早，金锁抄起那双男人鞋直奔桂枝娘家。丈人已经下地去了，只有丈母在家，金锁把鞋往地上一摔，三言两语把事儿一说，丈母脸都黄了，捂着胸口说："怪不得这几天眼皮老跳，我就知道要出事。唉……"她小心翼翼地瞧了金锁一眼，"可说起来也是可怜，我们家桂枝刚懂事就知道帮大人干活，这回虽说是干了亏心事，可……可你们家那么多活儿，不都是她一个人干出来的？"

金锁一听就朝她吼了起来："我要的是干净女人！"丈母无话可说，脸色更黄了。

这时候，丈人回来了，金锁破例

坐着没动。丈人的脸拉得老长,丈母赶紧把他拉到门外,两个人嘀嘀咕咕了一阵,丈人龇着牙走进来,朝金锁一声冷笑:"我管三尺门里,丑事出在你家,是你门风不正,你别把尿盆子往外泼。桂枝在家是我女,出嫁是你妻,现在要打要杀你看着办!"

这是什么屁话。金锁肚子都要气炸了:"好,既然你当爹的这么说,看我不揍扁了她!"他一把拿起地上那双男人鞋,甩头就走,气狠狠地直往家里奔。

半路上,金锁撞见了爹,爹正在路边割草。爹瞧他那脸色,又四下里一瞧,说:"啥事儿?别瞒爹。"

金锁把手里的男人鞋朝爹眼前晃了晃。爹问:"这事?"金锁点点头:"这事!"爹没吱声,重新弯下腰去割草,割了一茬又割了一茬。金锁心里冒烟,想走又不敢。

好一会儿,爹直起腰问:"这事儿你打算咋了结?"

金锁怒气冲天:"打,还有不打的道理?得让她把那家伙说出来。"

爹又问:"底下咋办?"

金锁两手一比划:"我把斧头磨快点儿。"

爹瞥了金锁一眼:"我就知道你是半吊子。"

金锁迟疑了一下:"要不,我跟她离婚?"

"你个二杆子!"爹狠狠骂了他一句。

"那我干脆当肉头算了!"金锁忍不住声音响了起来。

爹将手里的镰把一举:"你跟我赛腔哩?"

金锁吓得缩了缩舌头,不敢吭声了。

爹拿出烟袋,装满烟末,金锁给点着火。爹不紧不慢地说:"你闹啥哩?正因为这种事最丢人,咱才丢不起这种人。爹老了,活不了多少年了,可你路长着呢,张扬出去你往后还咋往人前站?"金锁想想有道理,不免佩服爹有远见。

爹磕掉烟灰,又装满烟末,金锁

又给点着。爹喷着烟雾说:"县城西边那个姓丁的,那年把他老婆闷进水缸的事,你总还记得吧?你比姓丁的材料高。杀人抵命这是硬道理,到时候你瞒得了丈人可瞒不了公安局。"

被爹这么一提醒,金锁立刻觉得浑身都在冒汗:自己本事没有那个姓丁的高,一斧头劈死了人,不就要拿自己的命去抵?划不来呀!

金锁不由抹了抹额头上渗出的汗,他爹依然慢声细语地说:"其实,这也算不上什么大事。你娘死得早,这些年你想想,咱们家里里外外还不是桂枝在操持着?年轻人心里没底,哪能保证不走错一步?说起来这事也不全怪桂枝,你夜里不守着自己老婆,野出去打什么牌?让人家钻了空子。"

爹的一番话,金锁横想竖想觉得句句都有道理,回去后他没磨斧头没逼供,没打桂枝没声张,甚至把那双鞋都悄悄扔进灶膛烧了。

两天后,金锁用自行车驮了桂枝去丈人家。一进门,丈人丈母以为他休妻来了,紧张得不知怎么应对,他们已经两天两夜没吃好没睡好了,后悔那天把大话撂给了他,想想这事儿怎么收场,越想越可怕。谁知金锁却对他们说:"桂枝整天在家忙,活儿都做不到头,我想趁眼下农闲送她来家住几天歇歇。"

丈人丈母一听,立刻缓过气来,丈人忙不迭地给金锁端来洗脸水,丈母烧了一大碗水煮蛋,金锁暗地里一数,碗里边白白嫩嫩的家伙儿整整有八个。

临走的时候,金锁想起爹的交代,对丈人丈母说:"这事情过去就过去了,谁也不许再提它。桂枝是我的人,我不嫌弃,今后谁也不许为难她。"

一番话,说得丈母真想给金锁下跪,两家的门风保住了,真是难为了女婿啊!想起前两天对金锁那态度,丈人愧疚得真恨不得挖个地洞钻进去。

三天之后,丈人亲自把女儿送回来,桂枝从此干活儿更泼,对金锁爹更孝,伺候金锁也更周到。金锁呢,也不再出去通宵打牌,在家守着老婆一心一意过日子。过了一段时间,丈人又用小拖儿驮了一套新家具亲自送上门,说是早几年穷,没好好给桂枝添嫁妆,现在日子好过了,给闺女补补屈。

这一年春节,金锁和桂枝去给爹娘拜年,吃饭的时候,丈人丈母说金锁是老大,该他坐上座。城里的二女婿摸不着头脑,以为是自己哪个地方得罪了老人。

(本篇月月评短信代码:0405)

(题图、插图:王申生)

(欢迎来稿,本期责任编辑电子邮箱: tigerbao2002@yahoo.com.cn)

·阿P系列幽默故事·

和局长亲密接触

□ 王国龙

阿P到单位不满三年,就被局长列为业务科科长的候选人。老科长马上就要退休了,眼下,阿P正接受考察哩!

俗话说:不跑不送,原地不动。阿P也想给局长送一个红包,意思意思,可他老婆小兰嫌这样做太俗气,说不如请局长吃顿饭,不温不火,礼到意思到。阿P一想也是,于是便给局长下了帖子。没想到这个局长一天十几个饭局,根本没把阿P放在眼里,阿P请了好几次,局长始终没答应。

阿P正急得像小狗割掉尾巴——团团转呐,突然有一天,局长把他叫了去,笑眯眯地说:"你不是要请我吃饭吗?今天晚上怎么样?"局长主动请吃,这太出乎阿P意料了,他顿时激动得手足无措,连声说:"行,太好了,我一定安排好!"从局长办公室出来,阿P连忙打电话在眼下全市最火的"香满天"酒楼预定了席位。

难得有机会能和局长这么近距离地亲密接触,阿P决定到时候好好表现表现自己。不过,趁机自吹自擂一番吧,太浅薄;摆阔充大款吧,也愚蠢;和局长拼酒量?更可笑。他抓耳挠腮思忖了半天,没想出最佳表现办法。这时候,手机响了,是小兰打来的,叫他下班买米回家,阿P趁此把请局长的事说了。小兰在电话里咯咯

任何倏忽的灵感,事实上不能代替长期的功夫。 ——罗丹

·多重性格 憨态可掬·

笑了："你快回来,我教你一个办法,保证让你们局长对你刮目相看。"

如此这般到了晚上,阿P到酒楼等局长,没想局长还带来了一个打扮入时的女人。见阿P一脸疑惑,局长忙介绍道："这是我的大学同学,出差路过,我请她一起过来了,你不介意吧?"阿P脑子转得飞快:原来局长今天让我做东是醉翁之意不在酒啊!他赶紧让座："局长您真是太客气了,这是我阿P今天运气好,平时就是八抬大轿也请不到你们这样的贵客呀!"

酒菜很快上来了,阿P心里那个高兴呀,一炷香供两个菩萨,看来,只要把这顿饭请好了,考察也就过关了。不一会儿,服务小姐给各位斟满酒,阿P恭恭敬敬端起酒杯,正要来段情深意长的开场白,突然,他腰间的手机响了,没办法,只好歉意地给局长打个招呼,出去接电话。回来之后,阿P很不好意思,嘴里一个劲地解释："几个客户真烦,吃饭都不让人太平。局长,您可千万别见怪。"也许是女同学在边上吧,局长显得特别大度,一点儿都不在乎,反而体谅地对阿P说："手机不就有这个好处嘛,有事儿随时都能找得到你,否则要它派什么用?"

局长如此体贴自己,阿P真是感动不已,他立刻站起来,恭恭敬敬地给局长和他的女同学敬酒："局长……"可才吐了两个字,他的手机又响了,只好又跑出去接听。

就这样来来回回的一顿饭还没吃到一半,阿P已经接了十多个电话,有好几次铃声大作,局长还以为是自己的手机响呢,赶紧拿起来听,结果都是阿P的。局长看阿P跑进跑出这么忙,不由拍着他的肩感叹道："你这个同志呀,真是不简单哪!瞧瞧,忙得一头大汗,你要注意身体呀。"局长的那位同学早已没了吃饭的兴致,推说还有事,匆匆忙忙吃了几口,就和局长一起离开了酒楼。

局长他们走了,阿P独自坐在包厢里,回味着刚才局长的话,心里像抹了蜜似的,哈哈,业务科科长的位子非我阿P莫属了!

一个星期以后,科长的任命下来

了,谁知却没有阿P的名字。阿P当时就差点昏过去。他百思不得其解,自己到底哪个环节做得不到位呢?后来有人给他通了气,局长说阿P这人爱出风头,作风不踏实。

一肚子的委屈单位里不能说,阿P只好回家一古脑儿倒给小兰。原想小兰还会安慰自己几句,可小兰看着他那张拉长了的脸哭笑不得:"你呀,你真是个呆子!我要早知道你们局长还带个女的来,我就不会给你打那么多的电话了。你想想,你不在局长的女同学面前好好对局长献献殷勤,还去跟局长抢什么风头?一顿饭,你电话不断,局长倒像个闲人,你叫局长的面子往哪儿搁?"

阿P心里冤哪,其实那天的电话确实都是小兰打的,他们是想在局长面前造成自己精通业务、客户多多的印象,哪知反而弄巧成拙。阿P又恼又悔,在床上睡了整整一天。不过,第二天早上醒来,他又想开了,小小的科长算什么,哼,过几年老子发达了,局长都得给我拎包。想到高兴之处,阿P不由得哼起了小调。

(本篇月月评短信代码:0406)

(题图、插图:李 加)

《解读〈故事会〉》

一本揭示 故事会 40年发展历程的传记

欢迎邮购 欢迎评说

亲爱的读者,为体现与时俱进、求实创新的办刊思想,本刊在《故事会》创刊40年之际,特推出《解读〈故事会〉:一本中国期刊的神话》一书。关于《故事会》这本杂志,你可能有过这样那样的疑问:为什么《故事会》能几十年长盛不衰?高考满分作文与读《故事会》有什么关系?为什么卖《故事会》杂志就能赚钱?办《故事会》的人是不是特别有智慧?为什么著名作家陈忠实说"《故事会》是一大奇迹,写小说的作家可以得到启示"……看完这本书,相信你会揭开所有的谜底。

《解读〈故事会〉》由上海社会科学院出版社出版,定价34元。欢迎读者邮购,邮费免收。汇款请寄上海市绍兴路74号《故事会》杂志社收,邮编:200020。同时也欢迎读者评头论足,本刊将选登部分读者的来信。

要善于处世,不过可别成为处世的专家。——弗兰西斯·昆尔斯

· 哲理故事 ·

分汤方案

□ 郑学伟

在鲁南苏北一带，有一道名吃叫"炖羊肉汤"，因其味道鲜美，营养丰富，备受人们青睐，甚至还时常有听说为了多喝少喝一口汤而闹得面红耳赤不开心的事。

这天七个人聚会，开始大家还有说有笑吃得挺欢畅，可等一锅羊肉汤端上桌，气氛就有点紧张了，因为谁也不愿意自己比别人少喝一口，于是便推举了一个大家公认最无私的人来分汤。可谁知这个人经不住汤的香味诱惑，还没开始分自己就要先尝一口，结果立刻被其他六个人夺下勺子来。

第二个人自告奋勇站了起来，表示愿为大家服务，他的这个举动立刻得到了第三个人的夸奖："看来还是老兄你最公正无私了！"第二个人随口接了一句："凭你这句话，得给你多加一勺。""那怎么行！"另外五个人异口同声地喊了起来，这个方案自然也被否定了。

其实说到底也就是一锅汤，再怎么好吃也经不起这样的讨论，汤凉了还有什么好吃？于是七个人都急了，便拿起勺子争先恐后地都要往锅里舀。

邻桌一个长者看他们这副样子，忍住笑走了过来，说："亏你们七个人白长了七颗脑袋，这事儿还不好办？"他让服务员拿来七只汤碗，一字儿排开，对他们说："我提个方案给你们。第一，得都分好了大家才可以开始吃；第二，谁负责分汤谁就得最后一个端碗。你们不信试试，用这个办法，保证你们分得均匀。"

一试，果然如此！

（本篇月月评短信代码：0407）

（题图：张　恢）

·传闻逸事·

戏迷

□ 荣庆

有个叫刘祥的年轻人,虽生在种田人家,倒长得眉清目秀。那时候是旧社会,乡村里惟一的娱乐方式就是看戏。离刘家不远有个镇子,镇里有个有钱人是个戏迷,供养了一班唱戏的,每天在老槐树下排戏。刘祥家养着两头牛,每日里需要割草喂牛,父亲把割草的活儿交给刘祥,刘祥喜欢看戏,于是就常常挎着草箩头偷偷到老槐树下看排戏,一直看到天不早了,才急急忙忙去割草。

刘祥曾读过几天私塾,认识一些字,又天生是个唱戏的料,看完一场戏后,对里边人物的唱词唱腔就记个八九不离十,待钻进高粱地里割草时,就亮开嗓门唱几遍,只唱得过路人驻足静听。如此这般,时间一长,他不仅有了很好的唱功,而且肚子里还装下了四五十场戏。闲天时候,一帮年轻人聚在一起,少不了有人撺掇他,他忍耐不住,也少不了唱上几段。刘祥的父亲很守旧,认为唱戏是下九流的事,他希望儿子做本分的庄稼人。父命难违,刘祥在人前不敢唱,只好在庄稼地里唱。

有一年春季,刘祥被国民党部队抓了壮丁,刘祥不愿当兵,半路上和人结伙逃了,可不幸又被抓了回去。连长正为壮丁不断逃跑的事焦躁,见人抓回来了,决定杀一儆百。

被抓回来的三个人跪在队伍前面,连长训过话之后就命令立即枪毙

30 积财千万,不如薄技在身。——颜之推

他们。

"砰!"枪响了,其中一个一头栽倒在地,腿一伸不动了。

"砰!"另一个晃了一下,不甘心地又挺了一下腰,也不动了。

黑洞洞的枪口对准了刘祥,"唉——"刘祥仰天长叹了一声。连长问:"叹什么气,难道冤枉你了吗?"刘祥咽了口唾沫,心事重重地说:"我死没啥可惜,只可惜我一肚子的戏再也唱不成了。"

碰巧这连长也是个戏迷,立马来了兴趣,当即考了他几段戏文,他对答如流。连长叫他唱几句听听,他唱了一段《南阳关》,嗓音高亢圆润,吐字清晰明快,既悲哀恨怒又武勇激昂,活脱脱一个报仇心切的伍云召。连长高兴得眉飞色舞,立即给他松了绑。

刘祥保住了命,从此伺候连长,给连长唱戏。后来他瞅准机会终于投奔了解放军。全国解放后,他转业到地方,正好县里成立剧团,就请他当了第一任团长。

人活于世,拥一技之长,莫道不重要啊!

(本篇月月评短信代码:0408)

(题图:张 恢)

(欢迎来稿,本期责任编辑电子邮箱: tigerbao2002@yahoo.com.cn)

为广大故事作者提供免费进修的学习机会
本刊将举办第10期故事创作培训班

培养实力作者　　创办强势刊物

为了培养故事创作的骨干力量,我刊自1996年起已成功举办了9期故事创作培训班,参加培训的350余名学员大都已成为故事界的成熟作者而被大众所瞩目。

我刊所举办的这类培训班带有明显的强化集训的性质,除由本刊编辑和有关专家集中授课外,编辑部还组织了富有针对性、实践性、实效性的考核、评比活动,大幅度地缩短了学员"入门"的时间,学员普遍反映良好。

为继续加强对骨干作者的培养,从而进一步提高改刊后《故事会》的内容质量,本刊决定今年5月在上海举办第10期故事创作培训班,以强化集训的形式缩短作者的成熟周期。所有费用均由本刊承担。

报名办法如下:1.提供本人创作简历一份,并提供至少一篇具有现实感、新鲜感且可读性较强的故事作品,篇幅长短不限;2.附通讯地址、单位、联系电话;3.来信寄上海绍兴路74号《故事会》杂志社(邮编:200020),信封上须注明"培训班报名"字样。即日起开始报名,至4月15日截止。4月底发录取通知,未录取者稿件一律不退,请自留底稿。欢迎广大作者踊跃报名参加。

·中国新传说·

的哥上夜班

□于 于

大蔡嘴碎,平时说话不会看脸色行事,就为这老讨人嫌,媳妇说了他多少次也改不了。从运输公司下岗后,大蔡到一家汽车公司当了一名开"桑塔纳"的的哥,媳妇心想:跑出租一人一车,他还能跟谁耍嘴皮子去,这臭毛病不改也得改了。可谁知大蔡就是管不住自己的嘴,只要客人一上车,他的喉咙就发痒。

这天他晚班刚出车,就有个风度翩翩的瘦高个招他,说是要到八马路去。八马路离这儿很远,车子要开将近一个小时,刚上班就接到这么一笔大生意,大蔡特别开心,右额上那道平时看上去挺吓人的刀疤,这会儿好像也隐淡了下去。那瘦子上车还没坐稳,大蔡就热情地招呼他:"朋友,那么远,干吗去?"

瘦子随口答了一句:"办点事。"

"办事?"大蔡冲口而出,"这么晚了,还办事?人家单位早下班了!"

瘦子解释:"看个人。"

"看人?"大蔡管不住自己的嘴了,追着问,"是你什么人?"

瘦子瞥了他一眼,挺不情愿地吐出两个字:"……朋友。"

大蔡嗓门更响了:"朋友?看朋友还这么不好意思说?准是去……"大蔡以为自己探到了瘦子的秘密,不免有些得意起来,"嘿嘿"笑出了声,转了个话题又问:"你哪发财?"

32 无一事而不学,无一时而不学,无一处而不学,成功之路也。 ——朱熹

· 大千世界 众生百相 ·

瘦子有点恼了,闷闷地回了一句:"没发财。"

大蔡眼一瞪:"不对,一上车我就看你像个大老板。"

瘦子挺生气:"我不是老板。"

"不是老板?我看人很准的,就你这个样,一个月肯定赚得不少!"

瘦子不回话。

大蔡没觉察到瘦子已经不高兴了,还一个劲地猜测:"你媳妇也是女强人?"

瘦子鼻子里"哼"了一声。

大蔡以为瘦子说"是",羡慕地说:"哎呀,那你们家的钱用不完哪!啧啧!"说话间,他从反光镜里瞥了瘦子一眼,这才发现,瘦子不但一脸怒气,而且两只眼睛正警惕地盯着他。大蔡这才意识到自己的嘴又碎了,不禁暗暗吐了吐舌头。

就在这时候,车子"吱——"的一声突然停了下来,再怎么发动也无济于事。大蔡气呼呼地边骂边从座椅下面抽出一把大号锥子,准备下车看看,这车早上就出过毛病,这已经是第二次了。可几乎是在同时,就见瘦子突然灵敏得像一只兔子,打开车门跳下车就跑,边跑边喊:"救命啊!打劫啦!"

大蔡一听:把我当强盗了?又好气又好笑,一边追上去一边喊:"你不要搞错,你别跑啊,你还没付我车钱哪!"瘦子哪里信大蔡的话,两条腿跑得更快了。

这时候,正赶上武警巡逻到此,一个扫荡腿就把大蔡给绊倒在地。前后一调查,事情真相一清二楚,大蔡那个气呀!瘦子不好意思地对大蔡说:"对不起,对不起!可你别怪我,听听你车上说的那些话,起码你也是个'疑似'吧?"

(本篇月月评短信代码:0409)

(题图:安玉民)

(欢迎来稿,本期责任编辑电子邮箱:tigerbao2002@yahoo.com.cn)

《故事会》金栏目·中篇系列丛书出版

为庆祝《故事会》创刊40周年,本刊隆重推出"《故事会》金栏目·中篇系列丛书"。本丛书一套共6册,每册共收中篇故事8则。其中有描写官场权力之争的《秘访曲家屯》,有反映男女情爱的《妻子要跳交谊舞》,有与歹徒、罪犯展开殊死搏斗的《私人侦探第一案》,有为财富而拼得头破血流的《"黑色"人物在行动》,有展示人的道德、原则、气质的《高原守护神》,还有传奇色彩极浓的《政府大院养老虎》。所有作品故事性极强,具有鲜明的口头文学特点。

本丛书每册10元,一套(6册)共计60元,可分册邮购,免收邮资。邮购地址:上海市市南绍兴路74号上海文艺出版社邮购部;邮编:200020;电话:021-64716466。

·中国新传说·

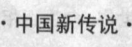

祸从狗起

□ 张长公

酒店老板王阿根在歌舞厅搭上了坐台小姐杨白妹，两个人立刻粘得像合穿了一条裤子似的，谁也离不开谁了。

王老板给白妹租了一套房子，借口生意上的事天天不回家，泡在白妹这里过起了包二奶的日子。白妹呢，从此穿金戴银吃香喝辣不说，还硬让王老板花两万元钱替她买了一条进口的纯种狗玩。

这天，广州有个客户来找王老板谈生意，白妹便独自带着狗狗去公园散步，狗狗一身光亮亮的卷毛引来了不少游客的眼光，大家不由纷纷猜测起狗狗的身价来，白妹在一旁神气得不得了。

正在这时，从旁边树丛里蹿出一条金毛犬来，围着狗狗打起了转转，后来索性爬到狗狗身上寻欢作乐起来。

诡计总要穿衣服，真理却喜欢裸露着。——席勒

· 大千世界 众生百相 ·

围观的人哄堂大笑,白妹顿时觉得好像自己受了欺负,一边骂"哪来的野种",一边捡起地上的砖块就朝金毛犬扔去。

只听金毛犬一声惨叫,从狗狗身上跌了下来。几乎是与此同时,金毛犬的主人,一个胖胖的女人,鸭子扑水般地奔了过来,"啪啪"甩手就给了白妹两个耳光。

白妹自然不肯让步,于是两个女人揪成一团,几个来回之后,白妹被胖女人踢进了树丛边的水沟里。

白妹气得一面哭一面摸出手机"啪啪啪啪"给王老板打电话:"哥呀,有人打我呀!"

王老板正在与客人应酬,一听白妹说话带着哭腔,心疼死了:"心肝,你……你怎么啦?"

电话那头好像哭得气都喘不上来了:"你快来呀,公园里有人欺负我呀!"

什么?是谁吃了豹子胆了?王老板生意也没心思谈了,甩下客人就朝公园赶。

跑到公园一看,狗狗早已不见了踪影,白妹正一身泥水满头乱发地坐在地上,白妹看王老板来了,索性放开喉咙号啕大哭起来。

王老板暴跳如雷,朝围观的人眼一瞪:"哪个干的?"

他正要发威,突然耳朵被人揪住了,回头一看:怎么竟是自己的老婆?

老婆生生地朝他吼道:"好哇,背着我又搞女人了?"

王老板脑子转得飞快,舌头一转说:"我……我哪里认识她呀,我这不才赶来?她老公正和我谈生意哩,接到她电话说公园里受人欺负了,老公自己腿不好,要我帮着出出场。我哪知道是和你闹的呀?"

老婆将信将疑,旁边人自然是劝和的多,纷纷证明刚才白妹确实用手机打过电话,老婆总算作罢。

老婆是拎得清的人,知道生意场上的客户得罪不得,于是翻着白眼朝白妹"哼"了一声,唤了金毛犬就要走。

眼看王老板蒙混过关了,这时候忽地从树丛里蹿出两只狗来,亲热地围着王老板直打转,狗狗还咬着王老板的裤脚管,直朝王老板摇尾巴。

怎么回事?王老板老婆顿时醒悟过来:这个该杀千刀的,他如果和这女人没关系,女人的狗怎么会对他这么亲热?

老婆的脸立刻拉了下来,冲上去,死命揪住了王老板的耳朵。

王老板的脸"刷"地白了:"惨了,从此再不会有太平日子过了!"

(本篇月月评短信代码:0410)

(题图:张 恢)

(欢迎来稿,本期责任编辑电子邮箱:tigerbao2002@yahoo.com.cn)

·中国新传说·

天国之约

□ 周远河

赵前和孙里在一个单位工作几十年了,但就因为赵前比孙里晚进单位一年,他的行政级别就老是落在孙里后面,孙里当科长的时候他是副科长,如今孙里当上处长了,他紧随其后坐了副处的位置。

为这事赵前心里就一直憋着股屈劲儿,平时与孙里的关系也总有点疙疙瘩瘩,每当孙里将他那肥硕的身子塞进那个象征权力地位的黑漆漆的皮圈椅时,赵前就感觉那肥屁股像是坐在了自己的胸口上。长此以往憋着劲儿,终于得下了不治之症。

医生说,按他们医院目前的医疗水平,赵前的生命至少还可以维持半年。可赵前自己已经万念俱灰,躺在病床上整天唉声叹气,不到一个月就形容枯槁,活脱脱一具木乃伊形象,亲朋好友再怎么劝慰也没用。

这天,孙里捧着一大抱康乃馨去看赵前,赵前的呼吸已经很微弱了。孙里叹了口气,对赵前的家属说:"唉,怨我平时对老赵关心不够哇……"话音刚落,只听赵前喉咙里"咕咕"响了两下,孙里立刻打住话头,大家便都附身去看。

多少天不说话的赵前突然睁开了眼睛,两只眼球在黑洞洞的眼眶里闪烁。他死死盯着孙里的脸,声音从他空空的大嘴里发出来,就像来自遥远

惟有心灵残缺才是真正悲剧性的人物。——歌德

[故事会爱好者丛书]
滑稽故事

《故事会》自复刊以来,总发行量达8亿余册,是中国发行量最大的期刊之一。《故事会爱好者丛书》系从上万则作品中挑选而成,可称是这类故事书中的精品。

《滑稽故事》汇集了《故事会》多年来的同类故事精品,不少为各类故事大赛获奖之作,且通过人们口耳相传,在各地广为流传。作品情节引人入胜,悬念层出不穷,语言幽默,人物风趣,是人们茶余饭后上佳的精神伴侣。

邮购电话:021-64716466;汇款地址:上海市市南绍兴路74号上海文艺出版社邮购部(免邮费);邮编:200020。

的天国:"老孙呀,谢谢你来看我。我一辈子搭了晚班车,这回是要走在你前面了,凭你老兄的身体,怕再活它个十年二十年没问题。也好,将来等你来报到的时候,你当科员我起码应该混到个副局了!"

赵前说完就开始"呼哧呼哧"地喘气。孙里没想到赵前临死之前还在想着心中的那个结,感慨着连连叹息,因为要去赶一个会议,他安慰了赵前家属几句,随后就离开了医院。

一路上堵车堵得厉害,平时半个小时的车程这天足足开了一个半小时还没到。司机急了,后来等上了高速公路就一再加码,结果一个闪眼,车子撞上了路边的防护栏杆,孙里当场就送了命。

消息一传开,知道赵前心结的人悄悄把他们两个人的死亡时间一对照,发现赵前最后还是走在了孙里后面:赵前是在孙里出车祸之后半个小时咽下最后一口气的。

假若赵前孙里真的能在天国相见,不知见面后赵前又该作何感想?

(本篇月月评短信代码:0411)

(题图:安玉民)

(欢迎来稿,本期责任编辑电子邮箱:tigerbao2002@yahoo.com.cn)

·中国新传说·

□ 邢 东

恨你不容易

阿乔这阵子倒霉透了：因为拿不出三千元钱，跟自己处了三年的对象田丫硬是被她爹逼着嫁给了山下开矿的长春家。娘因此气得大病一场，阿乔请医买药地给娘治病，等娘的病好了，家里的钱也差不多花光了。看看空空如也的屋子，看看娘骨瘦如柴的身子，阿乔恨死了田丫。

这天中午时分，阿乔在外面打零工回来，进门就和一个人撞了个满怀，对方"扑通"一声坐在了地上，阿乔也被撞得眼前金星直冒。谁呀？阿乔揉揉眼睛一看，愣住了：竟是一个身穿灰布袍、头戴灰布帽的小尼姑。那小尼姑慌慌张张地扫了阿乔一眼，赶紧从地上爬起来，扭身就走。阿乔一眼瞥见小尼姑帽子下的一缕长发，一把冲上去抓住她衣领："你往哪跑？"小尼姑挣了几下没挣脱开，只好站下了，低着头一句话也不说。

这时，阿乔娘听声音从屋子里蹒跚着走出来，见儿子这副凶巴巴的样子，赶紧叫他放手。娘对他说："小师傅是为修观音庙来化缘的，你怎么能这么对她？"阿乔冷冷一笑，问娘："你给她钱了？"娘点点头。"给了，我给她一元钱，尽尽心。小师傅非但不嫌少，还主动说要给你消灾哩！"阿乔急着问："她让你拿东西给菩萨上供没有？""拿了呀！"娘挺纳闷，"你怎么知道？我把你这些天打零工挣下的150元钱都给菩萨供上了，用黄纸

38 真正的友情是一株成长缓慢的植物。——华盛顿

包着压在你炕褥子底下。"

阿乔急得一跺脚:"娘,你快去看看,那钱还在不在?""不能看的,"阿乔娘说,"小师傅说了,一看就不灵了。""娘啊!"阿乔大喊了一声,"娘你上当了,他们这种骗人的办法报纸上早就登过了。"说到这里,阿乔一把拉下小尼姑头上的帽子,一头乌发顿时就披散下来。阿乔娘这才慌了神,抖抖索索地返进屋里一看,立刻急得哭叫起来:"作孽呀,你这个闺女干啥不好,偏偏要干这种伤天害理的事呀?"

小尼姑见事情瞒不下去了,"扑通"一声就跪在了阿乔面前:"大哥,是我不对,求求你放了我吧,以后我再也不敢了。"她边说边从衣兜里掏出那个黄纸包,递给了阿乔。阿乔打开一看,就是那150元钱,松了口气。

小尼姑拔腿要走,阿乔猛然心里一动,说:"让你走也行,可你得先给我办件事儿。""什么事?"小尼姑疑疑惑惑地问。阿乔诡秘地一笑,说:"待会我领你去一户人家,你把他们家里的钱弄出来,咱们二一添作五,怎么样?""那……他们那家人好糊弄吗?大哥,你别是把我往火坑里推呀?""哪能呢!今天那家人男的都到矿上去了,只有一个叫田丫的女人在屋里,她不像你,胆儿特别小。他们家钱多,不像我们家穷得叮当响。"

小尼姑一听,站起身,整了整衣服,从地上捡起刚才被阿乔扔了的帽子,重新戴好,就跟着阿乔向山下走去。

走到离长春家不远的地方,那里正好有一片树林子,阿乔停了下来,指着前面的房子对小尼姑说:"看到没有,那座最高的砖瓦房,黑漆大门的那幢就是。你甭怕,这时候上工的上工,下地的下地,村里没几个人。我在这儿等你,你可别跟我要心眼儿,要不我可不会放你第二回。"

小尼姑点点头,便向长春家走去,敲开了门,果然田丫那张让阿乔又爱又恨的脸从门里探了出来。小尼姑和她说了几句,于是田丫就把她让进了屋。大约过了半个钟头,田丫又

·中国新传说·

把小尼姑送了出来,可谁知小尼姑没有按阿乔事先的约定回到他这儿来,而是飞快地向长春家屋后的山上跑去。

"想跑?没门!"阿乔狠狠地朝地上啐了一口,立刻抄近路把小尼姑给截了下来。他没料到小尼姑此刻一点也不怕他,手里也不知怎么多了一只手机,得意地朝他晃着。阿乔正要开口问什么,突然觉得脖子一凉,转头一看,一个高大的汉子正把一把匕首横在自己的脖子上:"你小子胆够肥的,就你这德性,还想吃黑?要不是我妹子偷着设法给我打电话,这会儿还真让你给吃上了。说吧,你打算分多少?"

阿乔的脸"刷"地白了。小尼姑兴高采烈地在一旁看着,忍不住从衣兜里掏出一个黄纸包,高兴地对汉子说:"哥,这家那女的果真好骗,我三句两句一说,她就被蒙住了。我让她把他们家最贵重的东西拿出来供菩萨,她真信了,还非要自己亲手包了才行,弄得我差点儿连调包计都使不上。临走我故意关照她这东西必须放三天才能归了原位,她就真像捧着个神灵似的。你说她这样子傻不傻?"

"哈哈哈哈!"汉子听了一阵浪笑,那笑声就像一把刀子捅在阿乔心上,想起以前和田丫相处的日子,阿乔在心里狠狠地骂自己混蛋,怎么竟会想出用这种傻主意去伤害田丫,自己的良心真是被狗吃了。

此刻,这边汉子浪声大笑,那边他妹子已经在拆黄纸包了,两个人都迫不及待地想知道田丫究竟在纸包里包了多少钱,或者金银首饰之类。可是等他们完全把纸包打开,那汉子气得一脚就把阿乔踹倒在地上,随后拉起他妹子骂骂咧咧地掉头就跑。

怎么回事?阿乔忍痛从地上爬起来,捡起被撕坏的纸包一看,愣住了:纸包里是他熟悉的那方绣着一对鸳鸯戏水的红纱巾,纱巾里还裹着一张照片,正是自己当初送给田丫的那张!

"田丫,我的田丫!"阿乔大喊了一声,抱着头跪在地上,朝着那座青瓦房号啕大哭起来……

(本篇月月评短信代码:0412)

(题图、插图:王申生)

40 少量的邪念足以勾销人全部高贵的品质。——莎士比亚

· 中国新传说 ·

两个喷嚏

□ 宾 澜

刘诚三十岁就当上了党委书记，有了自己专门的办公室。正式上任那天，他得意洋洋地在办公室里踱了一圈又一圈，最后一屁股在宽大的办公桌后面那把红木的大靠椅上坐了下来。想想这个书记位置尽管是乡一级的，可自己只用了三年时间就坐上了这把交椅，心里乐滋滋的。

正得意着哩，忽然觉得鼻子有些痒，"阿嚏"打了个大大的喷嚏。咦，不对呀，六月天了，怎么身上会突然觉得一阵阵发冷。他起身给自己倒了一杯水，喝下去，还是不行，一摸额头，竟有些烫手。

感冒了？上任第一天就生病可不是好兆头，他不想惊动任何人，找了个借口就悄悄回了家。

老婆正在厨房里忙着，准备晚上好好给刘诚贺贺升官之喜，见他这么早就回来了，而且脸色不对，不禁愣住了。

只见刘诚一边满屋子乱转，一边说："他奶奶的，上任第一天就生病，真是怪事儿。咦，你把我那件厚毛衫放哪儿去了？"

话音刚落，"阿嚏"又打了个大大的喷嚏。

老婆赶紧去摸刘诚的额头，果然滚烫，心疼得一边给他拿毛衫一边自言自语道："早上出门还好好的，这是撞了哪门子邪了，莫非你坐了他那把老椅子？"

刘诚刚才还满屋子躁得慌，一听老婆这话立刻站住了，一摸脑袋说："你说得有道理呀，我就是坐了他那

·中国新传说·

把老椅子才不对的。"又狠狠道:"真不是玩意儿,死了还跟我过不去!"

他们说的这个"他"是谁呀?是刘诚的前任书记老马。老马才去世不久,活着时与刘诚是冤家对头。刘诚夫妻俩平日就是既信马克思又信钟馗爷的,碰上什么不顺心的事往往暗地里也会悄悄地求神拜佛来两下子,所以今天刘诚被老婆一提醒,便就认定了是老对头在与自己过不去。

既然是这样,那就得想办法破解。两人一合计,决定由老婆出面去找三姑问问,三姑平时对这种事儿挺在行,说起来一套一套的,老婆当下收拾收拾,就奔三姑家而去。

一问,三姑煞有介事地说就是那把老椅子作的祟,因为人死后三年之内,三魂七魄还有一魂一魄守着自己的地盘,眼见得是自己的冤家来坐这把椅子,怎么会乐意呢?

老婆紧张得不行,问三姑可有办法破解,三姑笑着说:"怎么会没有办法,你回去替你老公烧些纸钱,再好好给那冤家赔个礼道个歉,换把椅子不就得了?"

老婆一听这么简单就能解决问题,心里的石头落了地,再三道谢之后就往家奔,路上还顺道到药店买了点治感冒的药。

到家一看,刘诚躺在床上,身上盖了两条被子还在嗦嗦发抖,老婆把三姑的话学说了一遍,又赶紧让他把药服了,然后自己就到外院给老公的冤家烧纸钱,一边烧一边作揖,一口一个"对不起"。

夫妻俩本想感冒也不是什么了不得的大事,加上药也吃了,纸钱也烧了,道歉的话也说了无数遍了,应该没事了吧?可谁知第二天起来一看,刘诚的脸像被火烤着一样,血红血红的,而且还有些肿;摸摸额头,冰凉冰凉的。这一来,夫妻俩慌了神,到底得的啥病?心里没了底,决定去医院。

检查下来,刘诚除了发烧白血球偏高以外,其他指标都正常,医生认为刘诚还是感冒,除了调整药量加打针剂,就是嘱咐多喝开水多睡觉。

夫妻俩总算定下心来,回来之后就老老实实地按医生吩咐的做。可奇怪的是,一连十多天过去了,刘诚的身体总也不见利索,虽说烧是退了,可精神就是不见好,硬撑着去上班吧,坐在办公室里总觉得头晕晕的,不得劲。

刘诚嘴上不说,心里总觉得还是那个老冤家在找自己的麻烦,于是找了个借口把自己办公室那把老椅子给换了。

老婆明白他的心思,趁他不在家的时候偷偷跑了四十里路,特地去找邻乡过去一个很有名的道公求教破解的办法。那道公起初不肯见她,后来

42 生活最沉重的负担不是工作而是无聊。——罗兰

·大千世界 众生百相·

被逼急了,两手一摊对她说:"我早就不干这行了,这世上哪真有鬼呢,你还不如回去问问你老公,可曾做过什么亏心事。要真有,那鬼一定就在他心里啊!"

老婆吃不准自己老公到底在外面干过什么,心急火燎地赶回家,如此这般一说,谁知刘诚泪流满面,长叹一声,向老婆道出了埋在心里的一个秘密。

原来,前书记在位的时候,刘诚是他的副手,但因为是副职,两个人互相较劲中刘诚总是占下风。前书记去世后,刘诚眼看着自己能坐正了,便得意忘形起来,公然在前书记的抚恤金和他女人的生活费发放问题上搞打击报复,书记女人来向他要钱,他每次都借口手续不全拒绝签字。前书记的儿子在城里做生意,书记女人知道刘诚有意作难自己,也懒得和他理论,不在乎那几个钱,进城到儿子那里去了,刘诚于是就把那笔钱悄悄占为己有。要说鬼,这就是刘诚心中的"鬼"啊!说实话,自从把这笔钱私吞以后,刘诚就再没有睡过一个囫囵觉。

老婆一边听刘诚诉说,一边自己心里就"怦怦"跳,没想到,丈夫心中真有鬼啊!刘诚拉着老婆的手说:"唉,只怪我一时糊涂做下了亏心事,我这是自找的啊!"

老婆也顾不上责备丈夫了,着急地问:"那你,你到底拿了人家多少呀?"

"一……一万。"

"一万?"老婆吃了一惊。一万元钱对做生意的人家不算什么,可对自己这个家来说,是个大数字啊!

"那钱呢?"老婆追着问。

"钱,钱……"刘诚的声音抖得厉害,"都说做股票发财,我那回进城,都买了股票了。不是我故意瞒着你,我是想到时候赚一把,给你一个惊喜。"

望着刘诚那可怜兮兮的神情,老婆的心软了。第二天她狠狠心,用高于银行利息三倍的承诺,向左邻右舍借了一万元钱,连夜进城找到前书记儿子的家,把钱交到书记女人手里。老婆哭着把事情一五一十都说了出来,求书记女人原谅,好让自己丈夫除去心中的鬼。

书记女人捧着这沓子钱,忽然泪如雨下,说:"唉,谁心中没有一个鬼呢?可是,我男人却再也不能让我们知道他心中的鬼是什么了。你知道他是怎么害病的吗?"

刘诚老婆惊异地摇摇头。

前书记女人说:"他呀,开始也只是打了个喷嚏!"

(本篇月月评短信代码:0413)

(题图:魏忠善)

(欢迎来稿,本期责任编辑电子邮箱:tigerbao2002@yahoo.com.cn)

错走一步

□ 孙庆章

山东有个叫廖永的，是个常年在外经商的小贩，这年初夏，他带上家中的全部资产去塞外贩皮毛，谁知上路不久，因水土不服又偶感风寒，病倒在一家小客栈里，以后便是不断地延医服药，磨磨蹭蹭捱了大半年光景，身体才算康复，可带出来的银两已所剩无几。眼看快过年了，廖永想想家中还有老母娇妻在倚门翘望，不管咋的，总得回去跟家人团聚吧？打定主意后他便辞了客栈，挣扎起虚弱的身子，一路风餐露宿，以乞讨为生，总算好歹回到了自己的家。

白发老母见儿子回来了，自然十分高兴，但妻子却是愁眉不展。廖永再三询问，妻子这才道出实情。原来廖永外出期间婆媳俩无以为生，只得向左邻右舍告贷，原本指望廖永赚了钱回家来还债，谁知他这一病花光了积蓄，如今家中穷得粒米不剩，外有债主逼门，一时不知如何捱过这个年关呢。妻子说到这里，禁不住掉下泪来，廖永忙问到底欠了人家多少银子，妻子说："钱数倒是不多，总共才十四两五钱银子，但欠的人家却多，有十来户呢！"廖永听着妻子的诉说，想想自己如今这落魄样，心里酸酸的，一时不知说什么好。

第二天一大早，债主们听说廖永回来了，以为他赚了大钱，不约而同都登门要债来了，廖永家那两间小小的茅舍里一时挤满了人。廖永万般无奈，只得随口编个诳语说："银子还在路上，等明天一到，定当如数奉还。"债主们听了，这才陆续散去。

一整天，廖永都心事重重的，不知怎么办好，明天拿什么去还人家呢？晚上，他躺在床上辗转反侧，怎么也睡不着。翌晨五更里，天尚未破晓，廖永趁一家人还都在沉沉梦中，便悄悄起了床。他先用锅灰把自己的脸涂成一片黑，又从屋角取了根桑木棍子，偷偷出了村口，埋伏在一处山道旁。干啥？等路人呗！自己实在拿不出钱来，只能用这个办法了。

不多辰光，山道上有了"蹭蹭蹭"的脚步声，那是附近清河镇上广远当铺的一名学徒，此刻正从外村收账回来。廖永伏在草棵丛中，见是个戴瓦楞帽的小伙计，身上斜背着一只沉甸甸的青布褡裢，心想里面肯定装了不少银子，于是待那小伙计走近身旁时，他硬着头皮大喝一声，从树丛里跳将出来。

小伙计吓得半死，战战兢兢地问："你……你是人还是鬼？"

廖永把手里的木棍一横，说："傻小子，我不是鬼，我是人。你别怕，我只是一时不想让你知道我的模样罢了。"

小伙计的胆子好像大了一些，问道："大路朝天，各走一边，你拦我道想干什么？"

廖永说："不为别的，只想跟你借几两银子花花。"

小伙计这下可慌了神，他取下褡裢，紧紧护在胸前，说："大哥，那可使不得，这包袱里的银子全是老板的，不关我的事。"

廖永猜想不拿出点撒手锏来吓唬吓唬这个小子，今天就别想把事情办成。他早年在乡间学过几手花拳绣腿，于是把手里的桑木棍舞得风车轮子似的飞转，打得道旁的枯枝败叶四下里乱飞。他朝小伙计吼了一声："小子，瞧见了吧，乖乖地把钱给我拿出来！"

小伙计这才蔫了，抽抽搭搭地说："大哥，这褡裢里的银子我全给

·民间故事金库·

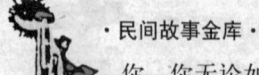

你,你无论如何不要伤我性命哪!"说罢,乖乖地把褡裢递了过来。

廖永毕竟好人一生,从未干过这种伤天害理的事,一时反倒显得迟疑起来,可一想到天亮之后那帮债主就要上门,他不忍心让老母娇妻陪着自己再过那种提心吊胆的日子,于是横下一条心来,迅速打开褡裢袋口,从中抓出几锭银子,又从自己腰间解下一把小戥秤,不多不少称足了十四两五钱银子后,把褡裢打叠好,退还给了小伙计。他从袖里掏出一张纸条,对小伙计说:"这是我在家里就写好的借据,我向你借十四两五钱银子,到时我一定连本带利还你。多谢了!"说完,他对小伙计深深作了一揖。

天下竟有如此奇怪的强盗?褡裢里的银子一百两都不止哪!小伙计愣住了。廖永扫了他一眼,把银子藏进口袋,头也不回地自顾自走了。回家以后,廖永把手里的十四两五钱银子全部还给了债主。妻子任氏有点怀疑他这笔钱来路不明,追问了他好多次,他一口咬定是向外村一个生意上的朋友借的,妻子只得作罢。

一来二去的就到了大年三十了,村里家家户户买鱼买肉的热闹不已,可廖永家冰锅冷灶,连青菜萝卜也吃不上。眼看家里穷成这样,廖永心里问自己:"当初为何不多跟人家要点儿银子来打发年关?自己咋就一根筋似的这么认死理儿呀!"再想想,一回借是借,二回借也是借,要想过个太平年,或许只有再走一次黑道了。思量再三,廖永用锅灰把脸一抹,拿上那根桑木棍,又悄悄上了路。

天快擦黑了,山道上杳无一人,廖永贼一样地伏

46 恶习渐渐形成于不知不觉中。——德赖登

在小树林里，又冷又饿，眼看挺不住了，正在此刻，却传来了一串吆喝牲口的声音。廖永不禁精神一振，抬眼望去，只见山道上踢踢踏踏地缓步走过来一条跛腿驴子，驴背上骑着个弯腰屈背的老者，背上也挎着只青布褡裢，因为戴了顶水缸盖子一般大的斗笠，一时无法辨清脸面。

廖永不管三七二十一，一下从小树林里跳将出来，喝道："赶路的，慢走一步！"老者吆喝驴子停下，问道："老朽急着回家过年，你何故要挡我的道？"廖永不忙作答，兀自把手中的桑木棍胡乱舞了一通。只见老者"嗤"地一笑，不无揶揄地说："哦，真让老朽开了眼界。"廖永眼一瞪，把桑木棍往路中央一插："老人家，不瞒你说，家里穷得揭不开锅了，想'借'你褡裢里的几两银子用用。"

老者一听，"嗵"地从驴背上跳下来，说："拦路借粮？老朽活了一辈子还从没听说过哩。你是个劫道的吧？"廖永顿时感到无地自容，嘴里极力申辩道："不，我只借不劫，不信你瞧，我连称银子的家伙也带上了。"说罢，他从腰间解下那杆戥秤来，又加了一句，"我当场立个字据给你。"

老者哈哈大笑："你这是哄三岁孩儿哪？那天你劫了我家三小子十四两五钱银子，害得他在老板那儿交不了账，老朽刚才是厚着老脸才从外表亲那儿借了十四两五钱银子，替我那不中用的三小子补上被你'借'下的窟窿，可你倒好，尝到了一回甜头又想照搬第二回，难道咱家是替你开钱庄的不成？"

一席话，说得廖永脸上红一阵白一阵的，借银居然借到了同一对父子身上，这是他做梦都没有想到的。要说这时候他乖乖走人，也许事情的结果还不会那么糟，可不知怎么鬼使神差的，他见老者一副连风也吹得倒的身架，居然抡起桑木棍，瞄准老者的天灵盖狠狠地劈将下去。那老者呢，倒也不避不让，只伸出右手两根铜枝铁桠般的指头，就稳稳地叉住了廖永的桑木棍子，又随手一抽，廖永就身不由己地跌出了一丈开外，扎扎实实闹了个狗吃屎。老者把桑木棍搋在手里，像折根火柴棒似的一折两截，"啪"丢进了路边的草丛里。

廖永心想：这可糟了，一定是遇到武林高手了，以自己的三脚猫功夫，哪里是人家的对手，现在惟一的办法只有逃之夭夭了。于是他连滚带爬地从地上跃起，一下子蹿进了旁边的小树林里。

此刻，天差不多快黑透了，小树林里伸手不见五指，廖永像只没头苍蝇似的到处乱窜，突然，他听到耳边传来一阵"嗡嗡嗡"的声音，抬头一看，头顶上竟有一团飞旋的白光，正不偏不倚地紧紧罩住了他。他闹不清这是何物，心里一紧张，脚被树桩一

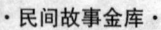

绊，一个趔趄摔倒在地，昏了过去。半夜时分，廖永才醒过来，见那老者已经升起了一堆篝火，正焦急地守护着他。老者见他睁开了眼睛，便幽幽地指着自己的斗笠说："你这个人哪，一顶斗笠就把你吓成这样！"廖永这才恍然大悟，原来吓走自己三魂七魄的，竟是老者头上那顶再普通不过的斗笠哪！廖永羞得无地自容，半响也说不出话来。

这时，老者从褡裢里取出一小块银子，对廖永说："我知道你也是被逼急了才走此黑道的，老朽余银无多，只剩这一小块了，你先拿回去安家吧。"廖永哪里敢收，连连推辞道："不，老人家，我若再拿你银子，必遭天打五雷轰！"

老者叹了口气，说："世道轮回，做人是最要紧的。如果说你上回跟咱家三小子要银子还有点像君子的话，那么这一次却是彻头彻尾的盗贼了。记住，君子与盗贼只有一步之遥啊！"说罢，老者牵过正在啃夜草的驴子，一纵骑上，"得儿"吆喝了两声，便向沉沉夜幕中走去。

廖永愣在那里，惊出一身冷汗。突然，他像想起了什么，对着黑暗中老者的背影，猛喊道："大爷，明年春上，就是拆房卖地，我也一定还你的银子！"

寂静的山谷，传来阵阵如雷的回声……

(本篇月月评短信代码：0414)

(题图、插图：黄全昌)

欢迎投稿

人类天生就有讲故事的才能，在讲述自己的故事时往往下意识地把"悬念"当作一种必不可少的要素，为此，本刊特推出"悬念故事"栏目，以强化作品的"悬念"色彩，满足人们与生俱来的"悬念"愿望。来稿要求：1.要有新奇性，不能让读者观其头而凭经验就能知其尾。2.要有暗示性，不可故弄玄虚，让读者摸不着头脑。3.要有诱导性，步步为营，充分调动读者的兴趣。4.本栏目题材不限，字数以3000字以内为宜。

此外，您手中还有什么其他得意之作？新的、奇的、巧的、趣的、险的、智的……欢迎投稿。本刊辟有二十多个原创性栏目，如笑话、中国新传说、中篇故事、我的故事、幽默世界等，可谓丰富多彩，必有一栏适合您。

读到或听到什么趣事可以和大家一起分享吗？3分钟典藏故事、情节聚焦、外国文学故事鉴赏、快乐辞典等，是本刊的推荐性栏目，一旦采用，均可获得相应的"推荐费"。

来稿必须注明投稿人的真实姓名、地址及一般联系方式（如电话、手机等）。来稿若没有采用，恕不奉还。

投稿地址：上海绍兴路74号《故事会》杂志社，邮编：200020；请在信封上注明"××栏目"收。本期责任编辑E-mail地址：tigerbao2002@yahoo.com.cn。

一切真理的精华是人们最终认识自己。——马克思

棋呆

□ 王洪震

清朝乾隆、嘉庆年间，棋风盛行。浙江海宁有个棋手，名叫范三，一迷上棋盘就撒不开手了，一家老小衣食无着，他也不闻不问。没办法，老婆只好靠给人家做针线活维持全家的生活。他们有个儿子，那年才两岁，老婆说："你活不干，总不能孩子也不带吧？"于是，范三走到哪里，就只好把儿子带到哪里。

范三的儿子虽然生得眉清目秀，神情却是木木的，像棋子似的，往那儿一摆非常省心。范三下起棋来忘了吃忘了喝，他儿子也就大半天不吃不喝不屙不尿，光是呆呆地看着那棋盘。旁边人看这小孩一天到晚不出声，就喊他"棋呆"，日子久了，棋呆就成了他儿子的名字。后来棋呆长到四五岁的时候，有一回，范三与人家下棋，无意中走错了一步，棋呆竟在一旁指指点点比比划划，支出的那招竟是出人意料的高，不仅旁人看呆了眼，就连范三自己也张了半天的嘴没合拢来。待得棋呆长到十四五岁的时候，他的棋艺已远远超过了范三。

此时，京城棋风更盛，范三的老婆眼看儿子走了和他爹一样的路，也奈何不得，正巧京城有个爱下棋的老爷要个棋童，便把儿子送了去，巴望他能在老爷那儿混出个人样来。可棋呆到了老爷家，与老爷对了几盘，就没再把老爷放在眼里。

这天，老爷府上来了个太监，说

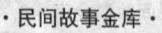

是王爷要上门来手谈。棋呆知道,所谓"手谈"其实就是下棋。棋呆长这么大还是第一回见王爷,心里不免有些紧张,可待得老爷的棋盘一摆开,双方的棋阵一布下,他的心思就全在他们的棋子上了。王爷喜欢浪战,大刀阔斧,大起大落,先就赢了一局,老爷也不甘认输,沉沉稳稳地给扳回来一局。

到了第三局,谁也不轻易下子儿了,都小心翼翼地防着对方。该老爷出子儿的时候,看着他举棋不定的样子,棋呆在一旁有些不忍,就给他支了一招。谁知就这一招,王爷就怎么也扳不回去了,最后只好输在了老爷手里。

送走了王爷,老爷一脸愁云地把棋呆叫到跟前,责备说:"你小子心眼儿太实,咱跟王爷下棋得给他留点脸面儿,今天你这一招高是高,可你让他的脸面儿往哪搁?你别以为我没辙,我那是让着他。"

棋呆就有些恼:"下棋能赢不就得了?要顾脸面你干脆就别跟王爷下了。"

老爷若有所思地叹口气道:"唉,时间长了你慢慢会明白这其中的奥妙。不信你看着吧,王爷输了这盘棋,我这府上从此就别想太平了。"

棋呆还是一脸茫然,老爷无心和他细说,顾自进了内房。

第二天,王爷又要来手谈,这回老爷关照好了,棋呆在一旁只准看不准插手,否则就把他赶回家去。果然,老爷这回就把王爷伺候得高兴了,输给了他却还没让他看出来是故意让了他的。

棋呆实在不解:下棋就是要分个输赢,如果谁的官大谁就一定要赢,那天下只有一个皇帝,天下人就都不要赢棋了?棋呆越想越觉着没意思,没等老爷赶,他自己第二天就决定回老家了。

棋呆正要上路,王爷来了,还带了四个棋手。老爷认得这四个棋手都是称霸京城的国手,现在被王爷豢养在府里的。王爷刚落座就发话道:"我今天就来个'坐山观虎斗',就让他们四个和你这个小棋童操练一回!"

老爷战战兢兢地回道:"王爷,这个小棋童是我刚从乡里买来的,忒嘛不懂,只会提茶续水。"

王爷"嘿嘿"一声冷笑:"树叶再稠不挡鹰眼,我早已看出你这里是藏龙卧虎之地。你这个棋童是个大大的高手,怎么样,就让他们见见高低吧,我也开开眼界。"

老爷还想分辩,王爷摆摆手,老爷只得住口。

棋呆倒是显得不慌不忙,问道:"怎么比?是车轮战,还是同时下?"

王爷一愣:"你真以为你是龙虎之辈?"四个棋手随即哈哈大笑,中气之盛,声震屋瓦。

此时，就见棋呆一扫往日呆样，不卑不亢道："王爷，你误会了，我只是不想耽误四位前辈的时间，才提出和四位同时下的。"

"那好。"王爷说，"这是你自找的，到时候可别说是我们欺负你。"旋即，他立刻吩咐成扇形摆上四张棋桌，棋呆居中，四个棋手眈眈相向，如同群狼围住了一只小羊。

老爷看棋呆从从容容的样子，嘴上不说什么，心里却在打鼓。

开局之后，棋呆出手极快，举重若轻，举棋不悔，四个棋手开始还神气活现地互相挤眉弄眼，到后来就渐渐招架不住了。王爷的脸色很难看，他今天原本是想来出一口前天输棋的恶气的，没想到这四个家伙就这么不顶用，王爷真恨不得一脚把这几个窝囊废踹出门去。

此时，老爷的脸色也好看不到哪里去。老爷是担心哪：这事儿怎么收场？横竖难做人呀！

正在这时候，就见棋呆微微一笑，站起来说："四位前辈，小的要出去净手了。"

四个棋手正巴不得他出去，好有机会商量对策，于是鸡啄米似的连连点头说："你去，你去。"

棋呆出得客厅，老爷随即跟了出来，拉起他就一路拐角从偏门走了出去。一辆双轮马车已经等在那里了。老爷对棋呆说："不要管输赢了，你快走吧，京城不是你这等人呆的地方。以后老夫从官场上退下来，咱们后会有期！"棋呆还想说什么，老爷一把把他推上马车，"驾！"随着车把式一声鞭响，马车辚辚而去。

老爷给自己定定神，然后硬着头皮回到客厅。四个棋手还在那里绞尽脑汁冥思苦想，王爷急得在客厅里从这头踱到那头，嘴里叽里咕噜地骂着："我真是白养了你们这帮家伙，搞得我多少江河都过去了，今天竟会在这小小的阴沟里翻了船！"

这时，有一个棋手突然高兴地大叫起来："我真昏头了，这棋不是和了吗？"大家定神再看时，果然和了；其他三个棋手也再看自己的棋局，嘿，也是和了。

四个棋手一时兴高采烈，王爷却觉得这事儿有点蹊跷，他对着四个棋盘仔仔细细看了又看，忽然看出了名堂："你们这帮混蛋，你们把这四个盘连起来看看吧！"

原来，每个棋盘上都黑白分明地用棋子儿排着一个字，连起来就是：天外有天！

从此，棋呆的名气大大响了起来，人们不叫他棋呆，叫他"棋圣"。

(本篇月月评短信代码：0415)

(题图：黄全昌)

(欢迎来稿，本期责任编辑电子邮箱：tigerbao2002@yahoo.com.cn)

· 外国文学故事鉴赏 ·

一幅镂刻画

本文根据蒙塔古·罗兹·詹姆斯（1862—1936）的小说改编，作者曾任英国剑桥大学国王学院及伊顿公学院长，以创作鬼怪故事见长。

□李 丹 编译

威廉姆斯先生在一所著名的大学博物馆工作，为该馆搜集有关英国乡村住房和教堂的绘画作品。这天，他收到千里之外一家画店专门为他们博物馆寄来的绘画作品目录，里面还附着一封信。信上这样写道："亲爱的先生：谨向您推荐我们目录中的第978号作品，如果您对它感兴趣的话，我们很乐意给您寄上。"署名是"布里耐尔"，这家画店的职员。

威廉姆斯先生于是翻到978号作品介绍这一页，看到了如下的说明：第978号，19世纪英国乡村住房；作者不详。画面长40厘米，宽25厘米；售价20英镑。看说明，这幅画好像没什么特别呀，不过，既然是画店专门推荐，一定有它的道理，威廉姆斯先生决定买下它。

一个星期后，这幅画被送到了威廉姆斯先生的办公室。此刻，威廉姆斯先生正和他的同事宾克斯先生在喝茶聊天，两个人于是仔仔细细地把画

52 不相信任何人和相信任何人同样都是错误的。——塞涅卡

欣赏了一遍,发现第978号作品其实是一幅镂刻版画,一座19世纪英国乡村的住房正在画中面对着他们,房子有两层高,每层都有三排窗户,底层正中是这所房子的大门。房子两侧是浓密的树林,房子正前方还有一大片绿茵茵的草地。画的左下角附着一张纸条,上面写着"安宁利府"和"埃塞克斯"两个词儿。

宾克斯先生对威廉姆斯先生说:"'埃塞克斯'?我怎么觉着这词儿有点熟?"

"我觉得这幅画也有点眼熟。"威廉姆斯先生说,"好像在哪儿看到过。"他一边嘀咕着,一边就转身从书架上取下一本书。翻着翻着,突然他的手停了下来,对宾克斯先生说:"你来看,就是这幅,一模一样,这书里说它是一座埃塞克斯的乡村建筑。"

"我说是嘛!"宾克斯先生得意地凑过来看,不过他立刻又嚷了起来:"不对呀,哪儿像你说的一模一样,你看,那幅镂刻版画里明明多了一个人。"宾克斯先生用手指了指画上房子前面的草地。

"我看看!"威廉姆斯先生立刻在那幅镂刻版画前仔细寻找起来。噢,看到了,在靠近画幅边框草地的一角,隐隐约约是有个人,正神情专注地看着他面前的这所房子。"厉害,厉害!"威廉姆斯先生佩服地竖起拇指,在宾克斯先生面前晃了晃,"好眼力,真是好眼力啊!"可是两个人又觉得挺奇怪:既然两幅画一模一样,那镂刻版画里怎么会多出一个人来呢?

因为有事情,宾克斯先生要走了,他与威廉姆斯先生约定第二天再来,因为两幅画的细微差别引起他们的兴趣,他们很想搞明白这到底是什么原因。

一个小时以后,威廉姆斯先生也要下班了,临走之前,他不经意地瞥了那幅镂刻版画一眼。奇怪!好像草地上的那个人从角落里走了出来,身上还披着一件式样古怪的黑色外衣。威廉姆斯先生激动万分地抓起桌上的

电话就拨宾克斯先生的号码:"快,你赶快到我这儿来!"

"你老兄查到什么线索了?"电话那一头,宾克斯先生的声音也很兴奋。可是,宾克斯先生手头的事放不下来,等他急匆匆赶到威廉姆斯先生这儿时,已经是后半夜了。

这时候,他们两个人再凑到这幅镂刻版画前,"哇!"已经惊讶得闭不拢嘴了:整个画面暗了下来,被撒上了一层银白色的月光,那个披黑色古怪外衣的人正悄悄趴在草地上,朝那座房子匍匐前进。

好半天,威廉姆斯先生和宾克斯先生才回过神来。这究竟是怎么回事?两个人全无睡意,决定连夜查找资料,决心要把这幅神秘的镂刻版画解读出来,可是几乎把书架上所有有关的资料都翻看过了,也没有发现有关的线索。两个人又聚拢在版画前,这时候,他们发现,草地上的这个人已经不见了踪影。

"天哪!"两个人几乎是同时惊叫起来,"他一定是进了房子了!"

既然解不开画中的秘密,威廉姆斯先生和宾克斯先生决定就守在画前,看看到底这幅画还会发生什么变化。大约半个小时以后,突然整个画面变得云雾一片,威廉姆斯先生和宾克斯先生神情紧张地盯着画面,渐渐地,他们看出来了,草地上又出现了那个披黑外衣的人,看样子是从房子里出来的,因为他正大步面朝着他们的方向走来,而且臂弯里好像还抱着一个孩子。

画中人很快就又突然不见了踪影,然后画面就渐渐清晰起来,云雾退尽了,月亮落下去了,整幅画又回到了当初他们白天看到时的情景。这个时候,天也就快要亮了。威廉姆斯先生和宾克斯先生怎么也想不到自己居然度过了这么神秘的一夜。两个人小心翼翼地把画收起来,约定第二天晚上再看,可是画面上从此便没了动静,整整等了一个星期,还是什么也

· 世界之窗 精品共赏 ·

没有等到。

威廉姆斯先生提议请当地著名的格林医生来看看这幅画,他记得格林医生是埃塞克斯人,说不定从他那里能得到点什么。于是,威廉姆斯先生和宾克斯先生立即带着镂刻版画,还有那本从书架上翻到的刊载着一模一样画的书,赶到格林医生的家。

果然,格林医生一看镂刻版画就说:"这不是安宁利府吗!"格林医生介绍:安宁利是12世纪埃塞克斯的一个教堂;当地有个叫弗朗西斯的家族,就住在教堂后面,大家就把他们家族的这个住地称作"安宁利府"。现在这个家族已经没有了,他们最小的一个成员很小的时候就神秘失踪了,弗朗西斯爵士是家族的最后一个成员,他是一个画家,平时一直深居简出,听说后来被人发现死于家中时,身旁放着他刚刚完成的一幅描述安宁利府的画作。

"那么……"威廉姆斯先生打开随身带来的那本书,翻到有安宁利府画的那一页,又指着镂刻版画上那个隐约可见的草地上的人,对格林医生说,"您看这两幅画,你能不能给我们说说这个人是怎么回事?"

"那可就说不准了。"格林先生摇摇头,"曾听一些老人说起过弗朗西斯家孩子失踪的事儿。听说当地有些人就爱到安宁利府去偷东西,被弗朗西斯爵士发现了就把他们都抓起来,罚他们给他干活,双方为此结下了仇,其中就有一个叫高迪的。后来有一次,高迪带了一帮人去安宁利府的树林子里打鸟,被弗朗西斯的手下抓了个正着,双方为此打得不可开交,弗朗西斯把高迪告到法官那里,法官后来把高迪判了绞刑,高迪的朋友为报仇,就掠走了爵士的小儿子。不过依我看,这事儿更像是老高迪自己干的,谁知道他是不是真被绞死!"

说到这儿,格林医生忽然似有所悟:"这幅画,难道就是弗朗西斯所作?"

威廉姆斯先生和宾克斯先生对视了一眼,两个人互相补充着,便把一个星期前那个神秘夜晚发生的故事,一五一十地说给格林医生听。格林医生简直听傻了,目瞪口呆说不出一句话来。他硬把他们两个人留了下来,当晚,三个人又一起守着这幅画,可是再也不见了任何动静。

现在,这幅镂刻版画就放在博物馆里,伴随着这个故事的流传,画前总是有很多人在饶有兴味地细细观赏,但威廉姆斯先生和宾克斯先生那晚的神奇际遇,是再也没有人享受到了!

(本篇月月评短信代码:0416)

(**题图、插图**:箭 中)

(欢迎来稿,本期责任编辑电子邮箱:tigerbao2002@yahoo.com.cn)

故事会 2004年2月号绿版 **55**

· 情感故事 ·

60岁的浪漫

□ 路一歌

这是一个冬天的夜晚，外面的小北风刮得挺紧，老嘎看了一会电视，在屋子里若有所思地转了一个圈，随后爬到热乎乎的炕头上，二话没说，抱起枕头一下就钻到了炕西头果子的被窝里。

果子嘟哝了一句："过来就过来呗，还抱什么枕头？"

老嘎却一本正经地对果子说："果子，从今天开始，咱一头睡觉吧？咱不分居了，同居到老。"

果子一听，"呲"地一声笑了起来："结婚这么多年了，咱们哪天分居了？不都是一口锅里吃，一铺炕上睡？你知道什么叫'同居'？"

老嘎笑了，往果子跟前偎了偎，说："你不用教我，我识文断字懂得比你多，我的意思是说，从今往后，咱俩天天在一头睡觉，行吗？"

果子一听，把身子往炕外挪了挪，说："自打嫁给了你，都是我睡炕西头，你睡炕东头，几十年都过来了，现在年纪一大把了却来个一头睡，你臊不臊？"

老嘎依旧往果子跟前偎："臊？有啥好臊的！一头睡多好，你不见现在年轻人都是一头睡？你看咱俩，炕东一个，炕西一个，多不方便，钻过来钻过去的真叫麻烦，再说天冷还容易感冒。咱俩也学学年轻人，啊？"

果子不想和老嘎扯下去，就脸朝炕外不睬他。老嘎见果子不吱声，于

爱情的浪漫行为原是人生的一部分。——莫泊桑

是就偎在果子身后躺了下来。这一来，老嘎的脸正对着果子的后脑勺，老嘎呼出的气正好吹在果子的后脖子上，果子便感到不自在，总觉得身后像在刮小北风，以前是肩头的被一掖，严丝合缝的，怀里抱着老嘎的脚，又暖和又实在，灯一熄就进了梦香阁，可是今天空落落的不说，背后还来了一股歪风邪气，这觉咋能睡得着？果子想着就转过身来，故意对着老嘎的脸也大口地呼起气来。

这一呼，把老嘎给逗乐了，转过身也把后脑勺对准了果子的脸，果子就吹得更起劲了。

老嘎受不了，缩着脖子说："要不咱俩背对背吧？"

果子憋着笑，就和老嘎背对背起来。

背对背比起一顺来的确好了不少，可肩头还是有缝，两个人还是不习惯。老嘎提议那还不如就来个面对面吧，于是两个人又转过身来。

起初，两个人隔了二尺远，中间当然有风；后来隔了一尺远，中间还是有风；再后来虽说靠近了些，可还是怎么试怎么都有风。看来，要想密不透风，只有抱成团。

老嘎于是就抱着果子不放，果子大叫："老嘎呀，老嘎你疯了？"

老嘎说："你嚷什么？这是在做科学实验。"

果子知道犟不过他，只好由着他去。其实，果子心里也不是不想浪漫，只觉得自己年纪大了，假如时光能够倒流，那该多好哇！

浪漫了不到五分钟，老嘎压在果子下面的那只胳膊就酸溜溜的了，他一边抽出胳膊，一边问果子："那些年轻人都是这样抱成一团睡觉的吗？难道他们就不累了？再说，夜夜抱成团，感情该一天深似一天，可为什么年轻人现在离婚的却越来越多呢？"

果子说："他们年轻人火力大，不用抱着睡，被窝里透点风不要紧。咱们年纪大了，可经不起一点风吹草动哪！"

试来试去，看来要想被窝里不透风，两个人共一床被是不行的，于是老嘎和果子就一人一床被，分别将它折叠成筒状，各人钻各人的被窝，两肩头一掖，严丝合缝的，感觉好极了。老嘎头一歪能看见果子，手一伸能摸着果子，他明白了：原来年轻人是这么睡的。不研究不实践还真不知道哩，老嘎满意地笑了！

不知过了多少时候，老嘎还是没睡着，果子说她也睡不着，好像不习惯这种睡法，于是两个人就你一句我一句地拉起呱来。说到巡警太平的老婆和地邻宝成搞到一起的事，果子马上想到自己家的地邻也是一个又年轻又漂亮的媳妇，男人常年在外面做买卖，老嘎会不会也学宝成的样，先是

·本刊信息传真·

"80万元读者大奖"活动之 **2**
"掌上灵通杯"《故事会》优秀作品月月评

《故事会》与上海掌上灵通咨询有限公司联合举办"掌上灵通杯"《故事会》优秀作品月月评活动,全年共设价值48万元的奖金和奖品。参加方式如下:

1. 请选出本期你最喜欢的一篇作品,将其篇尾的月月评短信代码(如0401,没有短信代码的作品不参加评选)发送到200056(中国移动)或900056(中国联通)。每次限选一篇,可多次投票。

2. 凡选中获奖作品前三名的读者均可参加抽奖。每期共设:一等奖3名,奖金各500元;二等奖10名,奖金各300元;三等奖20名,奖金各100元;阅读奖500名,各获价值15元的纪念品一份。所有参与读者将另获赠精彩梦网信息服务。

3. 另设读者参与奖:从参与上半年全部12期投票的读者中抽取20名幸运者,各获奖金2200元;从参与一年全部24期投票的读者中抽出20名幸运者,各获奖金5000元。

4. 2004年第一季度投票短信免费,第二季度起每条短信收取0.10元。

5. 本期活动截止期为:2月20日。得奖读者在评选结果揭晓后将得到短信通知。

另两项活动见P22、P80。

你看我的苹果我看你的苹果,再是我给你去枝你给我去叶,大白天里苹果树下挤眉弄眼,夜里天一黑立马一头睡?

想到这里,果子试探着问了老嘎一句:"你不会是惦念上咱家的地邻了吧?"

老嘎在被窝里拧了果子一下:"我还真想和人家一头睡,你发给我准睡证?"

果子笑了,伸过手去,也拧了老嘎一下。

鸡快打鸣的时候,两个人都困了。朦胧中,果子伸手抱住老嘎的头摸了个遍:"哎呀,你这脚今晚咋毛茸茸的像猴脚?"

老嘎回答:"那不是嘎脚,是嘎头。"

天亮了好大一阵子,果子才醒。她身边,老嘎不见了,只有一只枕头。

炕东头,老嘎钻在果子的被窝里,怀里抱着果子的脚,睡得正香。

(本篇月月评短信代码:0417)

(题图:王申生)

(欢迎来稿,本期责任编辑电子邮箱:tigerbao2002@yahoo.com.cn)

·东方夜谈·

魔鬼乐队

□ 梁洪涛

这天,小学老师苏侠下班经过文化馆小剧场门口,看到一张新贴出的海报,上面写着:魔鬼乐队现场演出,男女老少皆可入场;前三天每天听完全场者,领酬金10元。

苏侠是个乐迷,一看有这样的好事,就情不自禁走进了剧场。一听,乐队水平不怎么样,但演奏非常认真,台上形成的一种气势能把台下观众给牢牢吸引住。一场音乐会听下来,苏侠和大家一样完全被陶醉了,而且走出剧场的时候,还果真领到了10元钱。

回到家里,苏侠把这大好事儿告诉丈夫秦翔,秦翔不信。秦翔说:"天上哪会掉馅饼,你别跟着人家上当。什么队名不好起,偏要叫魔鬼乐队?"苏侠反驳说:"你不要神经过敏好不好?'魔鬼'是现在最时尚的词儿了,身材好叫'魔鬼身材',人聪明叫'魔鬼智商',这'魔鬼乐队'嘛,顾名思义就是听了能让人着魔的乐队!"秦翔笑苏侠天真:"你听一场音乐就这么痴迷,到现在脸都红成那样,十场听下来不神魂颠倒才怪哩!"苏侠自己也乐了:"你别说,我明天还真的想去,你和我一块儿去吧,你们干公安的别老谈案子,也需要艺术熏陶嘛!"

秦翔心里一动,可能是职业的敏感,他决定第二天和苏侠一起去听听这个不同寻常的音乐会。可偏偏不凑巧的是,第二天傍晚,他们夫妻俩才出门,苏侠的手机就响了,是学生家

·东方夜谈·

长打来的,说孩子昨晚一整夜没回家,要老师帮着一起找找,苏侠只好一脸失望地和秦翔分手。秦翔独自一人前往,走到剧场门口,只见人山人海,走进剧场里面,也早已没了座位,秦翔找了半天,最后只好在一个靠墙的地方半倚半蹲下来。

演出马上就要开始了,突然透过密密的人群,秦翔发现前面有个人背影很像苏侠。不会吧,她怎么可能这么快就过来?秦翔赶紧拿出手机给苏侠打电话,果然是苏侠吞吞吐吐的声音:"我……本来是要去……可不知怎么又来了……"秦翔心里一惊:苏侠平时不是一个不负责任的人,今天怎么竟会丢得下学生的事,何况还是这么大的事?想起昨天苏侠回来时那张兴奋的脸,秦翔心里一个闪念:莫非是……他不由浑身一个战栗,顾不上和苏侠多说话,当机立断关了手机就悄悄向台前靠去。"肯定有名堂!"他心里叫道。

这时候,全场灯光暗了下来,大幕徐徐拉开,演出开始了。秦翔一面观察着台上的动静,一面注意着台下的反应。很奇怪,一直到全部演出结束,场上并没有任何反常的举动,就像苏侠昨天讲给自己听的一样,只是台下观众的反应好像比苏侠说的还要热烈,每一首曲子演奏完,都会响起暴风雨般的掌声,不少人甚至跟着节拍手舞足蹈,十分投入。

秦翔不甘心就这么离开,趁着观众退席离场的当儿,他一个灵劲儿潜到了后台,悄悄躲在一个角落里观察。哈,就这一个挪位,在大幕背后,他看到了一个不可思议的奇特景象:那些乐手下台后,竟然把乐器都放进一个特大号的池子里浸泡起来。这是为啥呢?秦翔觉得非常奇怪。等乐手们走尽了,秦翔轻轻走过去一看,只见那池子里的水一片乳白,他伸手往水里一蘸,再放到舌尖上一舔,全明白了:水里掺的是白粉!原来乐队竟然在用这种丧心病狂的迷魂法拉拢听众,不就是为了三天之后赚回更多的

60 每一杯过量的酒都是魔鬼的毒汁。 ——莎士比亚

黑心钱吗?

这一切,苏侠包括所有的听众当然全都被蒙在鼓里。苏侠散场后走在街上就觉得浑身燥热,想唱想跳想发泄,想整天能有这样的音乐伴着过日子。她在街上兴奋了很久才回家,到家一看,秦翔不在,给她留了张条:"侠:我有任务不能回家,你那个学生的事怎么样了?小剧场不要再去了。切切!"平时,秦翔工作一忙常不回家,苏侠也习惯了,所以这次也没把它当回事儿。只是丈夫提醒得对,自己怎么竟然把学生的事给忘了呢?于是赶紧打电话,方才知道那个学生家长等不及她去,已经向公安局报了警。

放下电话,苏侠心里不由连连自责,可是到了第二天同一时候,她的两只脚不由自主地又向小剧场跑去。不过今天剧场里的气氛好像有点不一样,乐队队员的面孔全都换了,演奏的曲子虽然和前两天没什么两样,但就是少了那种能让他们着迷消魂的东西。开始,大家还凝神细听,可一会儿就耐不住了,台下起初是唧唧喳喳,而后便是吵闹声一片。

就在这时候,突然剧场里所有的灯"刷"的一下全都亮了起来,几个身着公安制服的人出现在舞台上,苏侠一看,里面竟有自己的丈夫秦翔!只见秦翔神色凝重地对大家说:"我现在郑重地告诉大家,所谓魔鬼乐队,其实是一个非法的民间组织,他们利用文化馆小剧场审批制度上的漏洞借用了这个地方,用非法手段拉拢观众,企图赚黑心钱。他们用来演奏的每一件乐器,都是在毒品水里长时间浸泡过的,表面上看不出什么,可一场音乐会下来,听的人就会着魔,你就会在这种散发着毒品的空气中被他们牢牢地套住,哪怕他们明天开出500元一张的票,你也会想尽办法买了票来听……"

秦翔说到这里,台下顿时乱了套,哭的叫的,什么声音都有。可也就在这时候,一阵悠扬的小提琴声在剧场内响起,秦翔重又拿起话筒,向大家介绍说:"现在,魔鬼乐队已经被我们公安机关取缔了!今天为大家演出的是我们的阳光乐队,这个乐队的每一件乐器也都是浸泡过的,用的就是我们连夜突击研制出来的'驱毒散'。我们的音乐会也是免费的,只要大家坚持来听三天,我们的阳光一定能驱散大家身上的魔毒!"话音刚落,欢快的阳光音乐顿时响彻全场,人们一个个坐稳了身子,重又开始倾听起来。

随着阵阵乐声入耳,苏侠的眼睛湿润了,她真想一头扎进秦翔宽厚的胸膛,朝他深情地喊一声:"我的好丈夫!"

(本篇月月评短信代码:0418)

(题图、插图:安玉民)

·东方夜谈·

找替身

□ 林 火

张科长酒量特别大,可有一次不知怎么搞的,不但喝醉酒,而且喝死了。死了以后,张科长才知道活着的好处,他千方百计打听,终于得到一个秘密:你死在哪儿,就到哪儿去找替身;你因为什么事儿死的,就得让人家干那事儿,然后让人家把你替出来。

原来托生这么简单,当晚张科长便趁着天黑躲过看守的小鬼,悄悄返回阳间。张科长熟门熟路来到他上次醉死的酒家,进去一看,依然人声鼎沸。他在各个酒桌转了一圈,发现有个大胖子,人看上去很老实,满座的人谁敬他酒他都一口喝尽。"行了,"张科长心说,"我的替身就是老兄你了!"为了快快让胖子醉死,张科长用了一点小法术,把胖子酒杯里原来38度的酒换成了58度的烈性高粱。

可是事与愿违,胖子一点没醉,旁人反倒一个个倒在了酒桌下,而且胖子酒杯里浓烈的酒味把张科长自己的酒瘾吊了上来。张科长一时性起,"啪"坐到胖子对面,撸胳膊挽袖子地说:"敢不敢和我喝?"胖子朗声大笑:"岂有不敢之理!"

两个人推杯换盏也不知喝了多少时候,胖子依然面不改色,张科长却扛不住了,终于也向酒桌下滑去,迷迷糊糊中,好像听到胖子的声音:"孬样,还想和我比?想当年我活着的时候,当的可是局长!"

张科长大概永远也不会知道,他这个原本海量的好酒者怎么会真做了酒鬼?其实当初就是这个胖局长找他做的替身哪!

(本篇月月评短信代码:0419)

(题图:张 恢)

· 悬念故事 ·

电话上的花招

□ 郑开慧

已经是晚上9点钟了,柯克大侦探才刚刚收拾好桌上的案卷,正要离开办公室,电话铃响了,拿起来一听,是他的西班牙朋友费加博士打来的。

博士这几天正来此地出席一个国际人类基因研讨会,原本明天上午要宣读科研论文的,可今天下午一个名叫黑山四郎的人却突然找上门来,非要他以100万美元的价格出让他的科研成果,否则就将采取进一步行动。博士对这种明目张胆的威胁气愤不已,可自己又想不出个对付的办法,于是便找柯克大侦探求救。

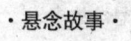

柯克当然义不容辞,立即要博士给他描述一下这位黑山四郎先生的相貌特点。谁知博士才说到一半,柯克就听到话筒里传来按门铃的声音,博士连忙给柯克打招呼:"对不起,请稍等一下,好像有人来了。"

柯克职业性地扫了一眼墙上的挂钟,这时是9点15分,他继续握着话筒,耐心地等着博士回来继续介绍。可是足足等了15分钟,始终没有听到博士的声音。这是怎么回事?难道是博士只顾接待客人,把自己给忘了?就在柯克感到十分蹊跷的时候,对方把电话给挂断了。

柯克觉得不对劲,他马上通过电话局查到博士下榻的大酒店房间电话,立即挂过去,电话很快接通了,可是却没有人来接。柯克预感到事情不妙,冲出办公室,驾车直奔大酒店。

博士的房门没有上锁,柯克进门一看,博士已经倒在地上断了气,一把尖刀刺透了他的左胸;博士的旅行

故事会 2004年2月号绿版 63

·悬念故事·

皮箱被打开了，里面被翻得一塌糊涂。

柯克想到要做的第一件事是检查电话机。只见话筒很正常地搁在电话机上，是博士自己放上去的，还是罪犯在杀害博士以后发现话筒扔在一边而放上去的呢？如果是罪犯放上去的，那么至少罪犯在9点15分到9点30分之间没有离开过这个房间。

但是，有一件事使柯克费解，因为他发现电话机上湿漉漉一片。这是为什么呢？柯克立刻报了警。

警方根据柯克提供的线索，首先一一排查酒店旅客，结果发现9楼910房内住着的旅客，虽然身份证上的名字叫平岛纠夫，但是他的相貌与博士在电话里所描述的黑山四郎先生极其相像。警察单刀直入问他："9时15分至9时30分那段时间里，你在哪里？"平岛纠夫回答："我在自己房间里呀！"警察追着问："什么人可以证明？"平岛纠夫嘴一撇："用不着什么人证明，你们不信的话可以去问问电话局，我正巧在这个时间里打过两个电话，一个打给我母亲，一个打给我的朋友。"

与电话局一核实，果然像平岛纠夫说的，而且这两个电话都是他在自己客房里打的。这就是说，在这段时间里，平岛纠夫不可能呆在13楼博士房间里，平岛纠夫有完全不在现场的证明。

难道还有另外一个人杀害博士，然后挂上那个电话？

柯克盯着湿漉漉的电话机沉思起来。几分钟之后，他笑了，转而肯定地对平岛纠夫说："你这种小花招瞒得了别人，可休想瞒过我。你就是黑山四郎，你就是杀害博士的凶手！"

平岛纠夫脸涨得通红，嚷嚷起来："你凭什么这么武断？"

"别演戏啦！"柯克说，"你没法逃脱罪责。9点15分你敲开博士的房门向他索取论文，计划不成之后你就对他下了黑手，并窃走了他的论文稿。此时你发现电话筒还没有挂上，于是就耍了个花招，把冰箱里的冰块拿出来，搁在话筒和电话机之间，当冰块全部溶化后，话筒就可以自然地落下来，挂回电话机上。为了应付日后警方的侦查，你悄悄潜回自己客房之后还故意给你母亲和朋友打电话，以提供自己不在现场的证据……"

黑山四郎脸上的肌肉不由自主地痉挛起来。此时，柯克的两道眼光犹如两把利剑，直直地射在平岛纠夫的脸上，"你以为这样做就神不知鬼不觉了？可正是这个湿漉漉的电话机，泄露了你的全部秘密。怎么，难道你还能有其他的解释？"

黑山四郎傻眼了，再也没有了招架的功夫。

（本篇月月评短信代码：0420）

（题图：安玉民）

人人都有推理能力，但只有少数人具备判断力。——叔本华

密电的价值

二战期间，英国情报部门运用他们掌握的情报密码，通过无线电监听，截获到一份重要情报：德国空军即将轰炸英格兰中部一个叫考文垂的城市。卡恩少校片刻不敢耽搁，立即向上级部门作了汇报。

没想到政府部门没有采取任何措施。数小时后，大批德国轰炸机如期而至，向考文垂倾泻了几万枚炸弹，这座历史文化名城顷刻间就被淹没在火海之中，卡恩少校的父母和未婚妻都在这场狂轰滥炸中丧生。

接到噩耗，卡恩少校无比震惊，他不相信情报在传递过程中会出现差错，一定是最高统帅部忽视了情报的价值。当得到此事不能外传的命令时，卡恩少校悲愤到了极点。

后来盟军组织诺曼底登陆，出发前丘吉尔特地召见卡恩少校："听说你对我很有意见？"卡恩少校十分惊讶，丘吉尔拍着少校的肩膀说："没有考文垂的牺牲，就不能迷惑敌人，也不可能因此截获到更多的情报，也就不会有今天反击的一天。现在，是为那些在轰炸中丧生的人们报仇的时候了！"

用局部的牺牲去换取全局的胜利，这个浅显的道理说起来容易，做起来非常难。　　（作者：张 湃）

心灵空间

· 3分钟典藏故事 ·

古时有一富翁，家有万金，妻妾成群，忽得一怪病，寻医问药却屡治不愈。

眼看富翁生命垂危，这日正巧有一老郎中路过，家人闻知便向他求救。

老郎中进屋一看富翁脸色，转身便走。家人在后面紧追不舍。老郎中说："你家主人已经病入膏肓，无可救药，你们不必再追我了。"

家人不解："我家老爷才病数日，怎么就病入膏肓了呢？"

老郎中摇摇头，叹道："只是他自己不知道而已，这是常年感受风寒的结果啊！"

家人越发不解：我家老爷金银成山，屋宇无数，从来没有露宿街头过，怎么会感受风寒呢？

家人回来把老郎中的话一五一十说与富翁听。富翁忽有所悟，大叹一声道："此话当真矣！他是在说我纵有广厦千万，但因心灵空虚，一生浑噩，到头来没有一个好的归宿，就如同街头露宿者啊！"

从这个意义上讲，心灵的建设何等重要！

（推荐者：张玉枝）

（欢迎来稿，本期责任编辑电子邮箱：tigerbao2002@yahoo.com.cn）

成功之箭

有个大学生，在国外三年里靠在一家宾馆帮助修剪草坪为生。这个大学生从小爱画画，他的梦想是将来当一名油画家，所以做这份工作非常不情愿。

可是渐渐地，这个大学生发现修剪草坪的工作并非那么枯燥，比如有一天他不小心铲坏了一块草皮，他就因势把这块草坪修成了一幅草坪画，竟得到了大家的极力赞赏，薪酬也因此增加了一倍。

大学生开始喜欢修草坪这个工作了。后来，因为请他修草坪的客户太多，他一个人忙不过来，就雇了一些人帮忙。

再后来，大学生有了自己的小店。三年以后，他成立了自己的公司，这是一家专门帮人设计修剪草坪画的公司。

如果当年这个大学生一味地专心油画而不去做其他工作，也许永远也不会有这样的机会；成功之箭没有射中他梦想中的油画这个靶心，却射中了草坪公司的靶心。

其实很多时候，成功之箭射中的都是另外的靶心。

（作者：孙　丽；推荐者：倪早菊）

赶考

有位秀才已经是第三次进京赶考了，考试前两天，他一连做了三个梦。

第一个梦是自己在墙上种白菜，第二个梦是下雨天他戴了斗笠还打伞，第三个梦他梦到自己跟心爱的表妹背靠着背地躺在一起。

秀才吃不准这三个梦是好是坏，第二天就赶紧找算命先生。

算命的一听说："你还是回家吧。你想想，高墙上种菜不是白费劲吗？戴斗笠打雨伞不是多此一举吗？跟表妹背靠背睡觉，不是没戏吗！"

秀才一听心灰意冷，回店收拾包袱，准备回家。

店老板看他还没考试就回家非常奇怪，秀才如此这般一说，店老板乐了："我也会解梦的，你别信他话！你想呀，墙上种菜不是高种（中）吗？戴斗笠打伞正说明你有备无患；跟你表妹背靠背睡正说明你翻身的时候要到啦！"

秀才一听浑身来了劲，第二天精神振奋地参加考试，结果中了个探花。

积极的人，像太阳，照到哪里哪里亮；消极的人，像月亮，初一十五不一样！

（推荐者：胡　明）

弱者与强者

师徒两人云游到一个偏僻小镇，投宿在一户李姓人家。

半夜，他们被一阵骚乱惊醒，起身一看，当院停着一具尸体，男人正准备棺木，女人趴在那尸体上哭得死去活来，女人背上还驮着一个孩子。原来小镇上正流行一种缩骨病，得病的人全身骨节最后会缩成一个球，然后死掉，这家男人的妹妹不幸染上了这个病，因为忍受不了痛苦，刚才投河自尽了。男人说，他女人也得了这种病，早晚也会走这条路。

女人哭得越发厉害了，徒弟悄悄问师父："这两个女人，一个跳河，一个痛哭，为什么都这么脆弱？"

师父说："女人是弱者。"

过了三年，师徒两人又云游到这个小镇，经过李姓人家门口时，发现这里已经盖起了新瓦房，有个三四岁的小孩正在玩耍，师徒俩猜测这一定是李家那个孩子了，那家男人肯定已经再娶。

正在这时候，从门里走出一个女人，整个身子弯成了弓形，骨头紧紧叠挤在一起，比孩子高不出多少，师徒俩一眼认出，她就是当年那个女施主，连忙上前问好。

女人也认出了他们。

女人说："大师走后，男人怕我把病传染给他，扔下我们娘俩就一去没了踪影。别人都说我活不长，可我想如果我死了，我的孩子也必死无疑，所以我不能死，就算痛得满地打滚，我也要撑起来给孩子熬粥喝。真没想到，我居然就这样挺过来了！"

看着收拾得井井有条的院落和女人舒心的笑容，徒弟问师父："你不是说女人是弱者吗？"

师父点点头："但母亲是强者。"

（推荐者：昌　秀）

（插图：张　恢）

·中篇故事·

八百里风云

□ 国 鹰

世上有多少个人，就有多少条生活的路。

乱世年代，东北碾子镇周围方圆八百里，有两拨大土匪。一拨在碾子镇东南老磨山，匪首人称万老爷子；一拨在碾子镇西南五道河，匪首绰号彭光头。两拨土匪明争暗斗，眼睛都盯上了碾子镇边上的马家林场。那马家林场虽说开了才三年，但由于场主马行空经营得法，而且为人又侠义，所以林场生意做得红红火火不说，连碾子镇上的买卖都捎带着闹活了起来。镇上人赚闲钱有了活路，林场成了他们的衣食靠山，引得万老爷子和彭光头两拨土匪做梦也在想着把马家林场占为己有。

一场较量由此而起……

1. 林场争斗

早春的一天，碾子镇外通往马家林场的大车路上，突然响起一阵"嘀嘀哒、嘀嘀哒"的吹打声，三辆大车

68　力量只有在斗争中才能衡量和考验。——列宁

·社会长廊　生活广角·

组成的队伍，头一辆车装饰得那叫一个喜庆，能用上红的地方全用上红了；第二辆车上叽叽歪歪地坐着几个女孩儿，还有一个抽旱烟袋的老婆子；第三辆车最大，里面塞得满满的——原来这竟是一队出嫁的行列。前面那个吹唢呐的也不知怎么搞的，老是走调，旁边一个骑马的汉子听着不顺耳，开口骂了句粗话，"啪"脸上就挨了一鞭子。那汉子刚想发作，可一看抽他的主儿，立刻就缩了回去：老天爷，发狠的居然是坐在第一辆车上的新娘子！

第二辆车上抽旱烟袋的老婆子忙不迭地跳下车，一路颠着跑到前面，做好做歹把新娘塞进了轿帘子里，口里劝道："我说火姐儿，今儿可是你出嫁的好日子，不兴乱发脾气的。"那个叫火姐儿的新娘本来还一脸怒意，一听"出嫁"两字，人竟像乖了许多。

说起这个新娘的来头，可真是不得了，她是老鹰山上土匪首万老爷子的独生闺女。万老爷子是什么人，这里流传着一句话：老鹰山上一只雕，不飞不动声嗷嗷，一飞一动风云荡，翅藏千刃爪藏刀。万老爷子手下有七百多个大碗喝酒大块吃肉的汉子，他这样的女儿，加上和她爹一样的火爆性子，谁敢轻易娶得？所以一直到今年二十八了，都没有上门来说亲的。

那么今天火姐儿是出的哪门子嫁呢？她呀，今天是自己把自己嫁出去了！她看中了马家林场的场主马行空，自从三年前在碾子镇上见过一面之后，心里就再也放不下了，依着她的脾气，她今天想嫁就非得嫁。不过说是这么说，剃头挑子一头热，火姐儿心里毕竟有点虚。那个抽旱烟袋的老婆子叫张嫂，是火姐儿从小的奶妈，火姐儿被她劝进轿帘的一刻，不由低声问道："张嫂，你说这回我就这么来了，他……他会娶我吗？"张嫂眼一红。这孩子从小没了娘，在土匪窝里长大，虽说穿金戴银，可也着实不易，这么些年来，她可还是头一次听这孩子显出一般女孩儿家的怯弱来，不由给她打气道："大小姐要嫁那个姓马的，这是他几辈子修来的福分。那人虽说有点本事，可真正要保住那份家业，还得靠你爹，他还有什么不情愿的？"

其实，火姐儿思嫁，马行空不是不知道，曾经有人旁敲侧击地向他提起过，只是他一直没言语罢了。就在火姐儿这支出嫁的队伍吹吹打打继续前行的时候，他的心腹账房袁先生正在和他商量另一件事，因为今天是马行空整二十九生日。袁先生对马行空道："马爷，今儿各路人马都聚了来，说是要给你贺个寿，另外咱们人参貂皮木材黄金上的生意也好归拢了。你看，今儿午后咱们就办个大宴，款待一下各位，如何？"

马行空点点头，袁先生做事他历

故事会 2004年2月号绿版　69

·中篇故事·

来放心。却听袁先生又小心道:"还有,老磨山万老爷子的那门亲事,你也得拿个主意吧?过了今日,你又长一岁了,我能替你挡一阵子事,可这终身大事你不能再拖了呀!"

马行空的脸色顿时就阴沉下来——这事不那么简单,他知道老磨山的万老头儿一直在打他的主意,难为那万火姐儿对自己像还是一片真心。不过他猜测此刻袁先生突然提及此事,肯定另有原因。沉吟片刻道:"怎么,五道河彭光头那儿又有动静了?"

袁先生点点头,只是今天要操办场主的生日,他不想坏了他的好心情。但是袁先生的提醒不是没有道理,就在马行空的生日宴席开始不久,就有下人来报:场外大路上传来一片碎马蹄儿响。

马行空为人警觉,侧耳一听声音就知道来的都是好马,怕不下十来匹。该请的客人都请了,这时还会有什么人来?他给袁先生使了个眼色,袁先生抓空闪出门去。再进来时脸色便有些严肃。马行空的眼里与他已有了问答,知道是五道河的人来了。

马行空一抓椅子扶手,正在忖度该怎么做,已有一人在正屋前下马落地,大笑着进得门来:"马场主,你做寿怎么没给咱五道河一个口信。要不是我们打听得明白,可不是日后要落得见怪?"

座中客人一听"五道河"脸色就

你要学会怎样做自己的主人,指挥你自己的心。 ——卢梭

变白,彭光头这个杀人如麻的土匪头子早就臭名远扬了,提起来就让人发颤,马行空识得此人是彭光头的老军师吴谅。那吴谅进门就向在座的扫了一眼,朝马行空呵呵笑道:"真是高朋满座呀,马兄弟,你当真能干,兄弟没白来。兄弟这次是代表我们彭老大给马兄弟你送个寿礼。"说着一挥手,喊道:"抬上来!"

就见门外两个人"嘿呦嘿呦"地抬上一口箱子,然后又是一口,又是一口。

两个土匪打开第一口箱子,众人不由惊"哦"一声:箱中竟是个漂亮的女子!吴谅笑道:"马兄弟,兄弟们知道你还没娶亲。也是,这方圆百里,哪有配得上我马兄弟这般英雄人物的!我们彭老大吩咐下来,要给马兄弟好好办一份寿礼,小弟就把通辽城这头牌红姐儿给你办来了,怎么,小弟这份礼不俗吧?"

第二口箱子这时也打开了,是一箱上好的烟土,撩得座中有些人口水欲滴。

第三口箱子打开时,却没人敢再吱声了——吴谅亲手从箱中拿出一只已干枯的断手来:"见笑了,我们吃这号饭的办礼虽不俗,却也不能失了本色。马兄弟,这是去年为生意上的事在通辽城得罪过你的那家伙的一只爪子。怎么,当兄弟的够意思吧?"

随后,那吴谅不待人请,自己在马行空对面坐了下来,斟了杯酒,润了润喉咙,冲四周诸人笑道:"各位大老板不用怕,是马兄弟的客人,嘿嘿,就是我们五道河的客人了。当然,话说回来——马兄弟得真把我们当兄弟!"

这不分明是要挟之意?自从有马家林场以来,五道河就把财雄势厚的马行空盯上了,五道河里向来号称有"八大金刚",他们一意拉马行空入伙,排行老九,马行空一直不卑不亢,虚言推脱,他们这次可来硬逼的了。

马行空气黑了脸。马行空也当真硬扎,只见他双手按桌,冷笑道:"你们杀人越货,我姓马的瞧不上你们,别说是九弟,就是你们彭光头要我去做大爷,我姓马的也不愿意!"

吴谅冷冷道:"马兄弟,你是不是喝高了?要是喝高了,兄弟我一定担待。要是没有,我可说与你知道,彭老大还一向没像对兄弟你似的给过什么人这么大的面子,你要真破了这个面子,嘿嘿,五道河要下不些狠手,只怕在江湖上的面子就丢大了。"

马行空气得一声吼:"来人!我倒要看看你们的狠手。"只听门外一片枪栓响,众人向门外看去,只见谷前谷后,全站满了马家林场的人,手里拿的不是长枪就是砍刀。

吴谅没料到马行空会当场回了他,气得一时也脸色惨白,屋里的空气绷得人神经都要断了。就在这一触

· 中篇故事 ·

即发之际,山谷入口处却荒唐地传来一阵"嘀嘀哒、嘀嘀哒"的声音,却是几支不成调的唢呐在吹着"喜相逢"的调子,听得人不由生出一份啼笑皆非之感——都要出人命了,还"喜相逢"哩!

2. 刀枪对面

本来如果要出事,袁先生一个手势,外面马家林场的人就可以封住整个谷口,马行空敢于与吴谅对着干,也不全凭意气,他确有一份保家卫场的实力在。但现在来的那一支队伍太过古怪,竟是一队嫁女的行列,马行空看不懂了,那领头的倒似老磨山万老爷子的手下。他们来干什么?不像是来打架拼命的,否则不会女人箱子带了一大堆。马家守谷口的人一愣之下就放了那队人马进来。

那队人马却吹吹打打不停,全不知这边形势,坐在新娘车里的火姐儿看到袁先生为替马行空做寿特地让人布置的戏台,还以为这是为自己准备的哩!她心中又惊又喜:那个杀千刀的一向冷口冷面地对自己,难道是知道自己今儿要来,提前准备下了?想到这里,她羞涩地放下了头上的盖巾。

车到正屋门口,张嫂把火姐儿搀下了车,搀进了屋。张嫂一进屋就觉出了满屋子的紧张空气,但更愣的却是马行空:"你们怎么来了?"

张嫂知道这尴尬事还得她开口,只听她笑道:"马爷,给你带喜事来呀,咱们姑娘今日上门,可就是你马家的媳妇了。你说说,到哪儿找这么大一件喜事去?"

那张嫂眼尖,一面说话一面就看到了当厅的"寿"字,呵呵笑道:"呀,恭喜你呀,马爷你可真是双喜临门哪!"她朝身后吩咐道:"丫头们,愣什么,还不快布置喜堂?"

婚礼本就是女人们唱戏的地方,只见两个丫头上前,不等人言,搬了个凳子,就在那"寿"字旁又贴了一个大大的"喜"字。马行空愣住了:还没听说过有女人自说自话把自己给

72　未逢逆境者不知自己的力量。——培根

嫁了的!他朝张嫂挥挥手说:"别闹了,也不看看是什么时候!"

张嫂故作不懂:"什么时候?办喜事的时候呀!马爷你就别绷着了,快换衣服,快换衣服去!"

正说着,外面飞也似的跑进来一个林场子弟,紧着喉咙报告:"外面来了个送信的,说是五道河彭老大亲率二百兄弟,要来恭贺场主寿辰。"

原来彭老大今天就是要挑明了对着干!马行空心中一惊:谷中今日能摸枪的也就六七十个,看来血拼是难免的了!他眉头一挑,刚要开口说话,只见这边火姐儿却"忽"一把掀了头上的盖巾,扔在地上。她火姐儿是谁?从小在土匪窝里长大,一听就明了形势,知道五道河今天要对马行空动手了。火姐儿把对马行空冷落她的一腔怨气全泻在了彭光头的头上:妈的,我火姐儿今天要和这杀千刀的成亲,你彭光头居然敢扰了我的好事?她一步蹿上去,"啪"的一巴掌就扇在了五道河的狗头军师吴谅的脸上:"五道河怎么了?今天是我的好日子,神来神避,鬼来鬼躲,你们彭光头来,不信我一爪在他脸上挖不出五个窟窿!你给我滚回去说给他知道,让他掂着点,别不知道我的屁股是坐在哪一边的!"

说完,火姐儿一股风似的卷了出去,直奔她装箱笼的大车,翻出个鸽子笼,写了几个字附在鸽足上抖手就放。接着,她又从车里摸了把枪进来,抵在吴谅的脑门上说:"你别以为你们有二百兄弟有多么了不起,马家林场这六七十杆枪也不是吃素的,你有本事就三天之内把他们拿下来,没那本事就赶紧回五道河收尸去吧,我这鸽子放回去,我爹要不出手,我从此不姓万!哼,老头子早就盯着你们五道河不顺眼了。"

吴谅一听这话不由惊住了,他知道万老爷子的阴损,当真会趁彭爷率兄弟围攻马家林场之际拔下五道河。他想赶快去给彭爷报信,可又一时驳不下自己的脸面,他受不了火姐儿的这份张狂,于是就冷冷回了一句:"哼,人家娶不娶你还不知道呢,就忙着替人家出头了,就算你为他死了,还说不准他许不许你葬他家的坟头哩!"

火姐儿一愣,所有的人都以为她会立刻大怒,没想两行热泪却从她满是铅粉的脸上流了下来,流出两道难看的沟迹。只见她抬袖一擦眼,恨恨地说:"我他娘天生就这脾性,生赖上了,你能拿我怎么样?"她强忍住说完这句话,就大哭起来,一边哭一边朝着吴谅操起了枪:"你给我滚,滚!我数到三你要还没走,老娘不崩了你不是人养的。"

她这么披发如狂,当真也没人敢惹她。吴谅趁机带着人就走,出门时狠狠回头刺了一句:"我们彭爷只知来硬的,也是,他没女儿,想不出这

·中篇故事·

出招女婿的好戏呀！嘿嘿，贪心人共有，巧妙各不同吧。"这就是他军师的高招：马、万两家的婚事就算成了，他也要预先在这婚事里种一个姐。他知道，那个马行空心里会让他作为一个被利用的男人永远不安。

3. 三强争锋

五道河吴谅一伙悻悻地走了，可厅堂里火姐儿的送亲队伍还等着马行空的发落，尽管张嫂使尽了她能说会道的嘴在左右劝说，一边马行空却脸色发青，一语不发。火姐儿发怒的号哭已变成了辛酸的抽泣，袁先生看看不妥，就上前劝道道："大小姐，你帮了马家林场一把，马场主是感你恩的，可这婚姻大事总还得从长计议。再说，马场主今天被气成这样，大小姐想必一定不忍心让他为难，我看不如大小姐先请回去，咱们日后再议，如何？"

张嫂看看今天这样子也确实没戏好唱了，就回过头帮着劝了火姐儿几句，挽着她出屋去。火姐儿满脸是泪，一步三回头，临上车时，盯着马行空哀怨地大叫着："我恨你，我恨你，我恨你！"

当晚，风声越来越紧，从五道河和老磨山打探来的消息使马行空不敢有丝毫松懈。马行空是个要强的人，一直觉得林场这份家业是他和千把汉子和他们家小赖以生存的饭碗，所以他绝不容许别人随便来碰。

厅堂里，袁先生问他："场主，你真打算干一场了？"

马行空冷冷一笑："刀架在脖子上了，不拼又如何？"

袁先生点点头："那好，大伙儿都是跟着场主闯出来的，这个饭碗大家知道端得不容易，要是五道河的人真敢来，就跟他们拼了。只是，老磨山那边……"

话音未落，门外一个人影晃进来，结结巴巴道："场主，我按袁先生的吩咐，跟着去万家打听消息。正如袁先生所料，火姐儿果然气恼难平，可她好像倒不恨场主你，才回家就带了人马冲两面坡去了。听张嫂说，大小姐说了，彭光头搅了她的婚事，她要他给她一个交待。"

袁先生与马行空对望一眼，袁先生脸上有一种"早料到会如此"的神情，而马行空的神情却是一半欣慰一半烦恼。最难消受美人恩，袁先生猜得出马行空此刻的心情，所以任由他自个儿呆立着，悄悄退了出来。

再说两面坡是五道河与老磨山的分界线，双方人马表面上一向井水不犯河水，现在火姐儿带着人马冲两面坡，这碾子镇上的人急了：土匪们火拼，最后倒霉的多半还是他们这些细碎小民，只等他们一分出胜负，只怕接下来遭殃的就轮到他们赖以生存的马家林场了。

就在这天深夜,一辆马车悄悄驶进了马家林场,车上的人一直把帽檐儿拉得低低的,直到进了袁先生账房才揭开了那顶帽子。只怕任谁猜破了脑袋也想不到的是,那人居然是吴谅!

他来干什么?不是两家正结了仇吗?只见吴谅尴尬地低声笑了笑,说:"想不到会是我吧?"

"这个乱世,岂能事事都想得到?来什么应付什么吧。"马行空这话不卑不亢。

吴谅却似就此消了尴尬的神色,一竖大拇指赞道:"马兄果然是英雄!怪不得当初不肯屈居我们五道河的九弟位子。不闹不相识,我今日算是真正明白了马兄是条真汉子!"他干笑了两声,"难怪我们彭爷发下话来,说以后不许和马场主为难。今天我是得了彭爷吩咐,特地来看场主,一点薄礼是彭爷的意思,不为别的,为的是要不早来,拖的时间长了,旁人还以为我们五道河小鸡肚肠,为了那点小事就和马场主你结下仇了呢!"

他说着,就让随从把车上的东西搬来,一共有三个大口袋,每个口袋里都装了十支簇新的钢枪。当此乱世,这个礼可就大了。

只见马行空面露喜色,连连搓手道:"这……怎么敢当,怎么敢当?"

嘴里这么说着,礼也就收下了。那晚,马行空和袁先生陪着吴谅喝了

·中篇故事·

一夜酒，马行空当即在酒桌上表示要与五道河结盟，共抗老磨山老万家。第二天天还没亮，马行空让袁先生随吴谅回去，给五道河回几大车的礼。

五道河那营寨果然是个险要所在，面朝五道沟，每一道都是沟壑，一条吊桥通过去，桥上都有土匪守着。袁先生一干人刚到沟前，彭光头就亲迎了出来，一连数天好酒好肉款待得分外周到。接着彭光头又派了两百多条枪到两面坡去与火姐儿对仗，他现在不担心马行空那方了，他把全部火力对准了老磨山。

袁先生一看这情势，兴奋不已，就派了个小伙计回林场去给五道河搞点肉食来，准备待彭光头的手下从两面坡凯旋回师后，好好庆祝一下。那小伙计回到马家林场时天已傍黑，马行空结盟心切，一听小伙计传来的话，当即作好安排，连夜就带人上五道河送肉去了。

彭光头一看马场主亲自出场，惊喜不已，立即大摆宴席。席上大家喝得正凶，这时外面枪响了。彭光头当然不会知道，其实马行空和他结盟是假，借机把五道河拔了才是真，此刻的枪声，是马行空和袁先生早已密谋的计划里的一部分，是马行空特意伏下的一拨人打着老磨山万家的字号，从五道沟下攻上来了。

彭光头仗着五道河天险倒也不慌，带了寨子里的三十多个弟兄就去对付。马行空等他走了，立即指挥马家林场在这里的所有伙计，一部分在袁先生带领下一举拔下火药库——袁先生可不是来白送礼的，早把寨子里的地形探得个明明白白了！余下的就一笼统把席上那些喝得醉醺醺的家伙全镇在那儿了。他们把寨里先清理利落，然后就从里向外攻，拔下了五道沟最里三道沟的卡子，直到和彭光头交上了火儿，才吃上紧。直闹到半夜，这一仗干得可真漂亮利索，彭光头被打碎了光头，他的三兄五弟死的死，伤的伤，五道河终于彻底给拔了！

4. 悍匪逼婚

扫平土匪窝，碾子镇上人人叫好。可要说起这事儿来，不能不说到火姐儿呀！你想，要不是火姐儿提马两面坡，锋头直指五道河，给了马行空一个歼灭彭光头的机会，任马行空怎么能干，彭光头也不是这么容易拿下的。马行空欠下了火姐儿的情！

万老爷子自许为人中之鹰，坐镇老磨山已经四十年了。马行空拾掇下五道河后，万老爷子听到消息就点头，第一句话是："这小子有种！"接下来一句就是："我女儿看来非嫁他不可了。"上一次火姐儿自说自话地要嫁，万老爷子既没同意也没反对，有这么个脾气的女儿，他要反对也没用，这回他可要亲自操办了。

76 太胆小是懦弱，太胆大是鲁莽，勇敢最适得其中。——塞万提斯说办就办，万老爷子带了一拨人上马家林场，一见马行空就哈哈大笑："好小马儿，你可真给我长见识！五道河那光头我看着不顺眼多时了，也没想出辙来收拾他，你一出手就是开门红呀！"

马行空道："全靠老爷子暗中支持。"

万老爷子笑道："我当初曾放出话来，说你敢跟那光头结盟，我就把光头和你一起灭了。我心中就在想：他妈的，这小子能不能懂我的意思？说句实在的，我虽猜到你能明白我这话里的意思，可也没料到你手脚会这么利索。我老万头儿不是虚夸人的——在这地儿，白道上起家又不服黑道的，嘿嘿，也只有我的小婿你了。"

他说话看似粗狂不羁，其实说出"小婿"这两个字时，他眼睛看着手里的盖碗茶，眼角的余光却在悄悄瞟着马行空这小子：这门亲事，他现在到底答不答应？他知道马行空是个聪明人，但吃不准这小子的脾气会倔到什么程度，以他性子，如果一言不逊，真要翻脸只怕他也干得出。

马行空半晌没说话。

好在还有袁先生，他眼看着马行空，好像在对他说："老磨山不比五道河，万老爷子也不比彭光头，真要得罪了，几千兄弟的饭碗只怕就要真的沾血了。"

良久，马行空点了点头。

· 社会长廊　生活广角 ·

万老爷子大笑："那好，咱们这事儿什么时候办？要我说，宜急不宜缓，明天就好。"他问的却是袁先生，因为马行空的脸色实在难看。

袁先生也不敢自作主张。

马行空狠狠地一点头："好，那就明天。"

5. 别样团圆

火姐儿其实早已来了，只是她没有随老爷子到林场，而是住在碾子镇上。第二天一早，她在客栈里一醒过来，就有喜娘来打发她梳头。第二回上花轿了，底下一群人闹哄哄地围着

故事会 2004年2月号绿版

·中篇故事·

看,火姐儿这次却没有发怒:一种崭新的生活就要开始了,终于可以像个平常女人那样,脱离土匪窝,当家立户做个主妇。想到这一点,不知怎么,火姐儿就想哭。她是真想哭呀,她只想爱那个男人一辈子,因为他,让她终于可以重新变成为一个真正的女人了。

正堂屋早已大大地贴了个"喜"字。马行空一夜没睡,在那"喜"字的映衬下,显出他的脸色有一点苍白。火姐儿跨了火盆才进正房,早有司仪引导着行礼。万老爷子在左首坐了娘家人的首座,男方首座的位子却不知怎么坐了一个三十有许的女人。马行空与火姐儿三拜礼毕,又双双跪了给万老爷子上了茶,然后司仪就引着他们向那女人走去。

走到那女人跟前,那司仪似乎也不知怎么称呼,只听马行空低声道:"大太太。"司仪一愕,对新娘道:"见过大太太!"

此语一出,众人称奇。那万老爷子也道:"咦,小马儿,你还有一个嫂子在呀?怎么一向没听说过?"

那被称作"大太太"的女人苍白着一张脸,小户人家模样,也不知怎么说话。袁先生面上露出忧色,紧张地盯着万老爷子,马行空却静静道:"老爷子,你猜错了,这是我马行空的正房夫人吴月如。"

"啪"的一声,万老爷子手里的盖碗摔到了地上,火姐儿也一掀盖巾,露出了一张说不出是惊是怒的脸。马行空冷冷道:"当年我马行空贫穷落难之际,得月如全家援手,我那时就打定主意,以后要倾生相报。如今月如久已孀居,无人照料,在我心里,她家给我的恩德是第一位的,任谁来,也灭不过她的次序去,所以昨晚特地请了她来,与她合卺成礼,她是我的正室。怎么,这不合适吗?"

袁先生心里明白:马行空所以这么做,一则是感恩吴月如,二则其实是为了以后自己不为万老爷子所控,才行险走此一着。现在就要看万老爷子的反应了。

只见万老爷子怒极反笑道:"哈哈,小马儿,你可真高,我老头子都被你玩转了。这么说来,你答应娶我的丫头,是要她来做小了?"

马行空说:"月如是我发妻,俗话说'结发之妻不可弃'。她身体不好,这次婚事过后,她要想留在林场也行,要想图清净回老家也随她的愿,我马行空坦坦荡荡。再说,这门亲事可不是我一力要结的。"

万老爷子眼一瞪:"这么说,是我们一定要结的,所以就只能做小了?妈妈的,弟兄们……"他下一个动作肯定就是掏家伙,他那些手下早已大怒,眼看就要血溅喜堂了。

就在此时,马行空的手轻轻牵住了火姐儿的手。

·社会长廊　生活广角·

不知怎么，只在这一牵之下，火姐儿身子就一抖。她原本心里正想：这个杀千刀的有太太，那自己这拜堂算什么？火姐儿呀火姐儿，你还以为你修成了正果，却原来是这么个正果啊！可被马行空这一牵手，丝丝温情就那么沿着手臂贴着心地传了上来。

马行空的手心是温温的，可不知怎么，火姐儿这一刻却从他手心里感觉出了一丝柔弱。此刻，马行空正静对着她老爷子的怒色，火姐儿痴痴地看着他，单那侧面露出的棱角分明带着男子气的英俊，就让火姐儿心中猛生出一种想好好护住这丝丝柔弱的执着：这个男人，这个男人呀……

就在他爹要大喝一声掀场时，火姐儿已经一个人先对着吴月如拜了下去，口里喃喃道："见过大奶奶。"

这句话本万难出口，但火姐儿又要勉力说大声一点，好让她爹包括满堂贺客都听到。她借那一低头时顺势就把盖巾放了下来，心里一声轻叹："冤家啊……"这本是无声的哀叹，但做喜娘的张嫂感觉到了，在一边的袁先生也感觉到了，他们都似有些同情地看着她，这让火姐儿多少感到了一种慰藉。她回头低声对她爹说了句："爹，我愿意。"

端坐的吴月如脸上颇为惶急，马行空却已蹲下身子，用双手来扶火姐儿了。火姐儿在盖巾底下第一次看到马行空低下身子的脸，在他的眼中，分明有一丝晶莹，那是一个男人最深

故事会 2004年2月号绿版

· 情节 ABC ·

借碗头（结尾部分）

（2月号上半月刊中说到，碗中只剩下四块碗头肉了……）

要命的是表弟第三次把筷子伸向了肥肉片！母亲的眼泪都快要出来了，嘴唇哆嗦着，却没有说出什么。眼看着表弟把第三块肥肉又挟到了筷头上，母亲终于忍不住又喊了一声："老二！"二弟惊慌地回过头来，不知所措地望着母亲，我也扭头望着母亲，不知二弟又做错了什么。却见母亲气急败坏地指着饭桌，大声地说："戆货，吃肉呀，反正是留不住了！"

是呀，反正是留不住了，不吃等啥！我和二弟对望了一眼，齐刷刷地把筷子伸向了碗里剩下的那三块肥肉片。我一下就挟住了两块，把其中一块送给站在一旁的母亲，母亲苦笑着摆摆手，揉着眼睛出去了。我就把那一块肉又给了表弟。

后来，为了还这几块肉，我家三个月没吃上鸡蛋。

所以，正确的答案是：B. 我们也吃到了肉

"80万元读者大奖"活动之 3：猜情节，赢奖品

开动脑筋，猜想正确的情节！我们将在每月上半月的刊物上刊登供竞猜的故事和选项，在下半月的刊物上刊登这个故事的结尾，并从竞猜正确的读者中抽取优胜奖20名，赠送价值100元的纪念品；从参加竞猜的全部读者中抽取参与奖500名，赠送价值10元的纪念品。所有参与读者将另获赠精彩梦网信息服务。

参加全年情节ABC活动，并猜对全部情节的3名读者，将获得特等奖彩信手机一部！得奖读者在评选结果揭晓后将得到短信通知。本活动第一季度收发短信免费，第二季度起每条短信收取0.10元。

另两项活动见P22、P58。

的感动！

自己的一片真情终于有所回应，火姐儿不由湿了眼睛……

袁先生一挥手，喜乐奏起，在这个乱世里，那欢乐的调子在乐手们吹来，仿佛也夹杂着一丝慌乱。但也许正因为掺杂了这些，这一份喜庆才似乎更真切。

不管怎么说，火姐儿从此绝不是以前的大小姐了。

（本篇月月评短信代码：0421）

（题图、插图：杨宏富）

（欢迎来稿，本期责任编辑电子邮箱：tigerbao2002@yahoo.com.cn）

以书会友　乐在书中

问世上事　读天下书

上海文艺出版社读者俱乐部入会指南

上海文艺出版社读者俱乐部创办于1986年，是国内第一家读者俱乐部，其依托大社、名社、老社，具有雄厚的品牌资源、优质的服务质量、高雅的文化品位，并以迅捷的现代传递技术，赢得了数万名会员的青睐，成为名副其实、最可信赖的读者之家。

会员权利：

1. **书海信息　即时了解**——每2个月获赠一本辟有书市瞭望、新书专递、会员沙龙等专栏以及预订回执、精品荟萃、图文并茂的《书海知音》。

2. **优惠价格　超值享受**——图书、期刊3-8折（其中新书8折；每月特价专卖书5-6折；每年两次降价书3-4折），除港澳台及海外会员邮费自理外，会员每次购书只收原书价10%的邮费，如一次购书满200元者、购特价专卖书者、订购全年期刊者，都免收邮费。

3. **以书会友　共品佳作**——免费参加出版社及读者俱乐部举办的各类讨论会、座谈会、签名售书、有奖竞猜等文化活动，为会员与作家、编辑交流提供良机；《书海知音》每期开辟专栏，优先录用会员稿件，为会员提供文化交流园地，稿酬从优。

4. **一卡在手　购书便利**——凡会员都拥有一张象征出版社荣誉身份的精美金卡，凭金卡可在指定地点优惠购书。

5. **购书多多　自动入会**——非会员读者，凡在我社购书一年内满200元者，便自动成为俱乐部会员，即可获金卡并享受会员各项权利。

会员义务：

现在开始，您只需要：

1. 交16元：一次性支付16元入会费。
2. 购一本书：每季度至少订购我社图书一本。

您就能成为我们的终身会员！

入会手续：

请汇款16元，寄上海市市南绍兴路7号上海文艺出版社读者俱乐部，汇款单上请写清楚您的姓名、地址、邮政编码，并附言注明"新会员"。咨询电话：021-64663084。

上海文艺出版社俱乐部全心全意为会员服务，尽心尽力为会员提供方便。

朋友，请接受这一世纪盛邀，共享读书、会友好时光！

上海文艺出版社读者俱乐部对"指南"中所有相关条款拥有最终解释权。

· 幽默世界 ·

形象的比喻

□ 李建平

刘胖子和大老宋是参加老年协会活动时结下的新朋友,两个人都有一个孙子,两个孙子今年都读初三,马上就要考高中了,做爷爷的都希望自己的孙子能考上重点中学。

为了顺顺当当实现这个目标,刘胖子花大钱给孙子请了一个辅导老师,定期给孙子补充课外营养,大老宋家里没这个条件,只好眼巴巴看着刘胖子给孙子"开小灶"。后来,大老宋听说刘胖子请的这个辅导老师是包时间一对一专门辅导他孙子的,实在羡慕得不行,思忖再三,这天小心翼翼与刘胖子商量说:"老刘,你们老师给小勇补课时,能不能让我孙子在旁边听听?反正一个学生这么教,两个学生也是这么教。"刘胖子心里不怎么情愿,可又拉不下这个脸面,只好答应了。于是,每当辅导老师给刘胖子的孙子上课时,大老宋的孙子就在一旁吃"偏食"。

几个月后,两个孙子双双参加中考,可让两个爷爷出乎意料的是,吃偏食的孙子考上了市里最有名气的一所重点中学,而吃主食的孙子反而落选了。

大老宋心里过意不去,当晚倾其所有硬是买了一大堆礼品,想去刘胖子家道谢。走到刘家门口,正好听到刘胖子在训斥孙子:"你也不是小孩子了,要我怎么开导你好呢?做个最形象的比喻吧,如果你再不加把劲读书,将来就是人家的孩子请得起辅导老师,而你呢,你的孩子只能在旁边沾光听!"

只听刘家孙子不服气地在一旁嘀咕了一句:"那到时,不就是我的孩子能考上重点,人家的孩子考不上吗?"

站在门外的大老宋噎得说不出话来。

(本篇月月评短信代码:0422)

汇报演出

□ 刘灼闻

一年级新生要在全校作一次期末汇报演出,有个叫桑保罗的男生演技相当不错,就是生性非常羞怯,这个毛病也带到了舞台上。

他在戏里饰演一个痴情王子,在最后戏的高潮部分与美丽的公主有这么几句台词:

公主:我们分手吧!

王子:为什么?我们这么好,都已经有那层关系了。

公主:你说什么,我是清白的。

王子:你怎么会是清白的呢?我连你乳房上有两颗痣都已经知道了。

桑保罗就是说不出"乳房"这两个字,每次戏排到这儿,他都会羞得满脸通红。指导老师心急如焚,最后实在没有办法,就对桑保罗说:"咱们把台词改一下吧,改成'我连你胸前有两颗痣都已经知道了',如何?"

桑保罗舒了口气,于是每天晚上临睡前都默念一遍:"我连你胸前有两颗痣都已经知道了。"然后才安心入梦。

汇报演出在一个月明风静的晚上开始了,舞台上,桑保罗将台下观众的心渐渐带进了戏剧高潮——

公主说:"你说什么?我是清白的。"

只见桑保罗先做沉思状,然后深情款款地对公主说:"你怎么会是清白的呢?我连你胸前有两个乳房都已经知道了。"

公主的脸涨得通红,台下的人都笑傻了。

(本篇月月评短信代码:0423)

欢迎邮购2003年《故事会》合订本

2003年《故事会》合订本已经编辑完成,为方便广大读者购买、收藏,上海文艺出版社邮购部即日起为此书开辟"邮购直通快车"。

2003年《故事会》合订本分上、下两册,共计30元。需邮购者请将款汇至上海市市南绍兴路74号上海文艺出版社邮购部(邮编:200020),并请注明"购2003年《故事会》合订本",免ברpost。联系电话:021-64716466。

·幽默世界·

考媳妇

□ 李宽云

小二要去相亲,临行前,他爹特意关照:"咱是手艺人家,找的媳妇不光模样要俊,人还不能傻。"

小二皱着眉头问:"模样俊不俊一眼就能看出来,可如果不说话,她傻不傻我怎么知道?"

爹说:"你出题考她呀,亏你还念过初中哩!"

小二跟着媒人到了女方家,一看,这宅子还是爹和自己一起起的呢,心里不觉有了主意。瞅准时机,他把姑娘拉到一边,悄悄问:"你家这院子有多少平方米?"姑娘摇摇头:"不知道。"

小二又问:"你家这房子跨度是多少?"姑娘的脸红红的,还是答不上来。

小二不免有点得意:"那我再问你,你知道你家这房子是谁掌线垒起来的吗?"姑娘惊异地抬头看了小二一眼,抬腿就奔进了自己的闺房。

回到家,小二激动地把三道题给他爹说了一遍,庆幸自己幸亏听了爹的话,没把傻媳妇娶进门。

正说着话呢,媒人进来把他痛骂了一顿:"你这个正儿八经的傻熊!"

小二爹在一边不乐意了:"哎,你这是怎么说话哩,俺小二问得不是没道理,要说头两个问题她不知道也就算了,可这第三个答不上来,不明摆着就是傻嘛,你在村里挨家挨户打听,有哪家媳妇不知道她公爹名字的?"

"就是嘛!"小二在一旁不服气地插嘴道,"俺娘说啦,她没过门的时候就知道俺爷爷的名字,还知道俺爷爷的外号叫'半套驴'。"

媒人又气又乐,冲小二说:"对对对,你往后再去相媳妇,先问她知不知道你爹叫'二五眼'。她要是不知道,就是仙女下凡你也不要。"

(本篇月月评短信代码:0424)

·幽默世界·

小姐的勇气

□胡长修 供稿

一架联合航空班机因故停飞,机场人员在23号柜台帮助旅客办理转乘其他航班的手续,柜台前排起了长长的队伍。

有一位老兄等得不耐烦了,气呼呼地从队伍后面挤上来,将自己的机票和一应证件甩到柜台上,嚷嚷着要替他先办。

柜台小姐很客气地指着他后面的队伍,对他说:"先生,我很乐意为您效劳,可总得有个先后吧?"

这位老兄一听,喉咙顿时就响了:"你知道我是谁吗?"

柜台小姐看了他一眼,按下扩音开关,对着话筒说:"各位旅客请注意,各位旅客请注意,联合航空23号柜台前有一位先生不知道自己是谁,如果有哪位旅客能够帮助他辨识身份的话,请到柜台前来。谢谢!"

队伍里一阵哄笑,那位仁兄脸一摆:"不办就不办呗,还来这一套!"

(本篇月月评短信代码:0425)

乞丐

有个衣衫褴褛的乞丐挡住一名男子的去路,乞求施舍两个美元让他吃顿饱饭。男子问:"我给你钱,你会不会拿去买酒买烟?"乞丐说:"不会,我戒烟酒已经两年了。""那你会拿去赌博吗?""怎么会呢,我都饿得两天没吃饭了。"男子说:"那好吧,你现在就可以跟我回家,我让妻子为你做一顿丰盛的饭菜。"

乞丐听了非常吃惊:"您妻子不会因此大发脾气吗?要知道,我很脏,身上的气味很难闻。"男子说:"这没关系,我只是想让他看看,一个男人如果戒酒戒烟,会变成啥样!"　　(刘圣任)

(本篇月月评短信代码:0426)

· 幽默世界 ·

哥俩好

□ 张伟良

大葱跳舞成瘾，天天晚上泡在舞厅里。

他妻子小花气得不行，警告他说："你要再这样，我和你离婚！"

大葱害怕了，可不跳舞浑身又难受，思来想去，他有了主意。

这天，他来到铁哥阿丁家。阿丁说："你小子无事不登三宝殿，说吧，有何贵干？"

"呵呵！"大葱笑了，搓着手说，"帮个忙，帮个忙，我那个管家婆盯得我没法活，我晚上去舞厅，万一她要追到你这里问，你得帮我稳住她。"

阿丁捶了他一拳："屁大的事，包在我身上！"

当晚，大葱在舞厅里一直疯到晚上十二点才回家。一进门，小花劈头就问："这么晚回来，又去舞厅了？"

大葱说："没有呀，我在阿丁那儿，不信你可以打电话问。"

小花不信，一个电话打到阿丁家里。大葱在一边偷着乐："打吧，打烂了也是白忙。"

只听小花在电话里问："阿丁，我家大葱今晚是不是在你家？"

"没错。"电话那头，阿丁的声音特别清楚，"大葱是在我这里，我们俩正在下棋呢！"

大葱脑袋"嗡"的一声，一头栽在了沙发上！

（本篇月月评短信代码：0427）

· 幽默世界 ·

梦见父亲

□ 胡宝龙

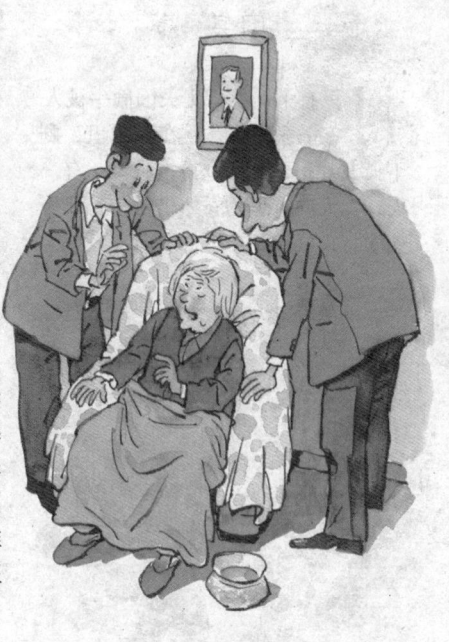

父亲早早过世,母亲一直非常怀念父亲,而且会经常做梦,梦见父亲在"那边"因身子瘦弱而遭人欺负。为了让母亲放心,两个儿子决定给父亲扎两个纸保镖。

老大喜欢泰森,依葫芦画瓢做了一个;老小则挑他自己欣赏的霍利菲尔德加以仿制。两个儿子对母亲说:"父亲有两位世界拳王保护,保管以后只有别人受欺负的份了!"

母亲摇摇头:"横行霸道耍威风没有必要,你们爸不喜欢那样,咱只求他平安就行。"

谁知母亲舒心了没几天,又显得忧心忡忡起来。儿子们再三追问,母亲说:"你们弄那两人我想起是谁了,电视上看到过,厉害不假,可在一块儿老打架。要是在你们爸面前打起来,凭他那个头哪拉得开啊?我思来想去,就觉着你们爸面前还缺个人。"

儿子们忍住笑,问母亲:"缺谁呀?"母亲说:"我琢磨着,得给他派个裁判。"

(本篇月月评短信代码:0428)

洛希回家

洛希喝醉酒后回家,站在门外却不进屋。

不一会儿,他妻子从外面回来,见丈夫这样子,不禁问道:"你怎么站在这里不进屋呢?""嘿,你不知道,"洛希醉眼朦胧地说,"我喝醉了酒进屋去,老婆她又是打又是骂,真让人受不了!"

妻子生气了,大声吼道:"洛希,你睁开眼睛看看我是谁!""哼!"洛希嘟哝着说,"你不就是个女人嘛!" (阎树声 编译)

(本篇月月评短信代码:0429)

·幽默世界·

克隆丈夫

□ 宾 炜

村里有个女人，丈夫因偷牛被人家揪去见官，下在大牢里，剩下孤儿寡母，日子过得很艰难。有一天，女人向村里的秀才借银子。那秀才早就打上女人的主意了，只是苦于找不到机会。这下好了，秀才一口就答应借银子，但有一个条件，让他做一天女人的丈夫。

女人知道秀才不怀好意，可还是答应了。秀才心中一喜，挤眉弄眼地对女人说："咱们可得有言在先，我这个丈夫要做得跟真的一样，倘若有一点不像，这银子我可要收回来。"

女人爽快地说："行啊。"

女人拿了银子回到家，对儿子如此这般交待一番。正说着话，秀才就到了，女人笑吟吟地迎上前去行礼，口称："官人，你回来了！"儿子也跟着喊："爹爹回来了！"秀才美美地应着，心里乐开了花。接着，女人杀鸡买酒，款待秀才。"一家人"欢欢喜喜地开始吃饭。女人左一句"官人"，右一句"孩子他爹"，孩子一口一个"爹爹"，叫得跟真的一模一样，把秀才的骨头都叫酥了。

好不容易等到天黑，女人抱了一堆衣裳出来缝补，秀才心痒难耐，坐立不住，只是有孩子在旁，不敢放肆。正当他想入非非时，女人喊道："孩子他爹，你忘了挑水么？"秀才一愣："挑水？明日再挑罢。"女人嗔怪说："哎呀，你以前不是晚上把水挑好的嘛！"秀才怕得罪了女人干不成好事，只好摇摇晃晃站起来去挑水。

好不容易把两个大水缸挑满，出了一身大汗，刚坐下还没喘过气来，

笨蛋的心在嘴巴上，聪明人的嘴巴在他的心上。——富兰克林

· 漫画故事 ·

试 探 (文：张永进；图：枫 叶)

1. 店主想试探一下新雇的伙计手脚干不干净，故意在地上放了一张百元钞票。

2. 店主转了一圈回来，伙计对他说："老板，我刚才在地上捡了一张百元钞票。"店主满意地点了点头。

3. 店主说："钱是我故意放的。"伙计说："你怎么不早说，我还以为是顾客丢的，已经捡起来给他了。"

4. 店主："啊？"

女人又喊："孩子他爹，明日没有柴火了。"秀才喘着气说："明日……明日再说罢！""哎呀，你以前不是晚上把柴火劈好的嘛！"秀才一听，心想：这家的男人怎么老在晚上干活呀？没办法只好又劈了几担柴火，两只手都起了血泡。

完了，秀才想：这下该进房睡觉了吧？见女人还没有这意思，便使劲咳了一下，色迷迷地盯着女人道："娘子，夜已深，进房歇息罢！"女人笑道："急什么，鸡还没叫头遍哩！"秀才一想：原来他们要鸡叫头遍才上床。这样也好，免得有人串门，坏了好事。

眼巴巴地等到鸡叫了头遍，只见女人打了个呵欠，进里屋拿了一条布袋和一捆绳索出来。秀才惊道："你拿这些东西做什么？""给你装东西呀！"女人奇怪地说，"孩子他爹，你以前不是半夜出去偷东西，天亮才回来睡觉的嘛……"

女人话音未落，秀才已跑得无影无踪了！

(本篇月月评短信代码：0430)

(本栏题图：李 加)

故事会 2004年2月号绿版 **89**

·海外故事·

最后一枚筹码

□王 晖

命运在作祟

迈克迷上了赌博,开始还瞒着妻子艾丽,赌注也很小,后来收不住手,渐渐就赌大了,可奇怪的是,不管他下多大的赌注,却一次也没有赢过。迈克不相信自己的运气会这么差,便去请教当地一个有名的星相师。大师一听就皱眉头说:"只要是公平的赌博,你总该有机会赢几次,可你一次也没赢过,这一定是命运在作祟,有人挡了你的财运。"大师细细一算,告诉迈克,挡他财路的是他的妻子艾丽,因为他们两个人的命相克。

迈克已经在赌场上昏了头,所以大师的话他一听就信。想想是呀,自己和艾丽结婚都快一年了,却一次也没见过艾丽的家人,平时只要偶尔提到娘家的事,艾丽总是支支吾吾用别的事情搪塞过去,原来她是一个不祥的女人!迈克怒气冲冲地跑回家,冲

世间并无黑暗,只有愚昧。——莎士比亚

着艾丽就大叫大嚷起来："你这个臭女人，都是你，尽给我带来霉运。"

"你说什么？"艾丽瞪大了眼睛，莫名其妙地望着迈克。迈克说："你这个臭女人，要不是你，我哪会把家里的东西都赌进去？大师说得对，我算是瞎了眼，娶了你这个倒霉的女人。"

"你……"艾丽想了想，朝迈克点点头说，"好吧，我不该再对你抱有幻想了，我原本还想再劝劝你的，现在，我们分手吧。"艾丽一边说着，一边从书桌抽屉里拿出一份离婚协议书，在上面签了字，随后递给了迈克。"房子是物业公司的，家里的东西都归你吧。"艾丽平静地说道。

"可你、你手上的戒指……"迈克的声音突然结巴起来。为什么？那是他当年给艾丽的定情信物，特地花1500美元买的，现在要回来，大概心里总还有些不好意思吧？艾丽明白过来，她褪下手上的戒指，把它放在桌上，朝迈克惨然一笑："祝你好运，迈克。"说罢，头也不回走出了家门。迈克没想到艾丽居然连一个为什么都不问，就这么绝情地离开了他，他一把抓过桌上的戒指，心里说："哼，你这个臭女人，等老子赢了钱，看你还神气什么！"

我要发财了

迈克连水也不喝一口，转身就冲出家门，一头扎进了赌场。他沿着纸牌桌和掷骰台转了一圈，最后在"轮盘赌"的大桌子旁站了下来。管轮盘的庄家看见有人凑过来，笑着招呼道："赢家来啦，下注喽！"迈克本想看看再下注，但又觉得庄家的招呼是个好兆头，忍不住指着就近的一个点数说："好，借你的吉言，五点10美元。"庄家笑笑，在五点上给他放了一个10元钱的筹码。

不一会，轮盘转动起来，迈克的心也跟着提了起来，星相师的话到底准不准，就看今天这个转盘了。只见转盘悠悠地转啊转啊转，转了几圈之

·海外故事·

后,真的就在迈克下注的五点上停住不动了。迈克惊呆了,从来没有赢过钱的他居然一下子赢了180元还多,10元钱一个的筹码拢起有一堆哩!庄家把筹码推到迈克面前,示意他收起来,迈克还愣在那里。"上帝保佑!"迈克心里对星相师感激涕零,看来好运真的要来了。

迈克回过神来刚刚收起筹码,轮盘又开始了下一轮的转动,这一次它还是不停地转啊转啊转,又转到那个五点上不动了。"我的天!"迈克兴奋得浑身发抖,"感谢上帝,我要发财了!"他一边喃喃着,一边赶快收起赢来的一大堆筹码,"老子的运气真来了!"迈克攥紧拳头,盯着轮盘下起了更大的赌注……

说来也怪,这天晚上,不管迈克把筹码放到哪个点上,最后转盘总会停在那儿,一直赌到下半夜两点多,迈克一次也没有输过,他赢来的筹码已经可以堆起一座小山了。有人帮他粗略计算一下,这一晚他至少赢了70万美元。迈克兴奋得快要发疯了,兴冲冲地收起筹码,到兑换处去兑换现金。

救命稻草

根据赌场规定,如果赌客口头下注,而没有实际把现钞押下去,那么到最后,他一定要证明他口袋里有足够能支付第一次下注的现钱,否则赌

92 狐狸永远只咒骂陷阱,从不责怪自己。——布莱克